Christian Küchli
Wälder der Hoffnung

Christian Küchli

Wälder der Hoffnung

Verlag
Neue Zürcher Zeitung

Autor und Verlag danken folgenden Institutionen und Unternehmungen für ihre Unterstützung:	Bundesamt für Umwelt, Wald und Landschaft (BUWAL), Bern Bundesamt für Aussenwirtschaft (BAWI), Bern Direktion für Entwicklung und Zusammenarbeit (DEZA), Bern Intercooperation, Bern Sera Lotteriefonds des Kantons Bern Karl Mayer Stiftung, Triesen Rolex SA, Biel Schweizerischer Forstverein, Zürich Stadt Biel WWF Schweiz, Zürich
Der Autor dankt zudem allen Kolleginnen und Kollegen in den verschiedenen Ländern, die ihn bei seinen Recherchen derart grosszügig unterstützt haben. Besonders verbunden für ihre Hilfe ist er:	Pichai Assavavipas, Sylvia Bahri, Sunderlal Bahuguna, Dominique Bauwens, H. S. Bishnoi, Keith S. Brown jr., Gerardo Budowski, Dietrich Burger, Mario Dantas, Manfred Denich, Pidet Dolarom, Laure Emperaire, Philip Fearnside, Gomercindo Garcia Rodrigues, Nancy Glover, Don Gilmour, Ruedi Hager, Ian Hutchinson†, Bill Jackson, Jean-Paul Jeanrenaud, Fred Kabare, Gerald Kapp, Ludwig Karner, Masakazu Kashio, Alexander Kastl, Thomas Kohler, Peter Laubmeier, Luan Shen Qiang, Tej Mahat, Bill Macklin, Kimani Muhia, Lucio Pedroni, Suntisuck Prasitsak, Octavio Reis Filho, Patrick Robinson, Ali Sadeli, Horst Siebert, Leonardo Sousa da Cruz, Thomas Stadtmüller, Jörg Steiner, Hansjürg Steinlin, Rolf Suelzer, Jean-Pierre Veillon, Kazumi Watanabe, Horst Weisgerber, Wang Zonghan, Yang Yuchou,

Text und Fotografie: Christian Küchli
Abbildungen Seite 20/21 und 193 unten: Jeanne Chevalier
Abbildungen Seite 178 und 186: Ludwig Karner
Abbildung Seite 15: Eugenio Schmidhauser, Schweizerische Stiftung für die Photographie, Zürich
Abbildung Seite 199 oben: TreePeople

© Verlag Neue Zürcher Zeitung, Zürich, 1997

Titel der englischsprachigen Ausgabe: Forests of Hope – Stories of Regeneration.
London: Earthscan

Gestaltung: Heinz Egli, Zürich
ISBN 3-85823-644-6

Inhalt

Einleitung ... 6

Schweiz
Wer Bäume pflanzt, wird den Himmel gewinnen ... 8

Indien
Konflikte lösen, um Shivas Locken zu pflegen ... 30

Nepal
Die Gemeinschaft ist der bessere Förster ... 50

Tanzania
In Gottes Garten ... 72

Kenya
Die Frauengruppe unter dem Akazienbaum ... 86

Costa Rica
Sekundärwald bewirtschaften, um Urwald zu erhalten ... 100

Indonesien
Eine stabile Kulturlandschaft dank Harz ... 116

Brasilien
Amazonien ist noch nicht verloren ... 134

Thailand
Walddörfer: Mehr Bäume, mehr Wohlstand ... 156

China
Millionen von Menschen pflanzen die Grüne Grosse Mauer ... 172

USA
Von Baummonstern in Los Angeles ... 188

Deutschland
Waldbauern im Schwarzwald: Leben von den Bäumen ... 204

Wälder der Hoffnung? ... 224

Anmerkungen und Literatur ... 231

Einleitung

Zu Beginn der achtziger Jahre sah es schwarz aus für die Wälder der Erde. In Europa und Nordamerika traten Schäden an den Bäumen zu Tage, die ohne die diversen Abgase des Erdölzeitalters nicht zu erklären sind. In den Tropen begannen sich Motorsägen und Feuer immer schneller in die Regenwälder zu fressen. Im Himalaya drohte eine wachsende Bevölkerung den Wald zu zerstören und damit die Berge der Erosion preiszugeben. Die Reaktionen auf das Sterben der Bäume, *die* Chiffre für den Niedergang schlechthin, reichten von Gefühlen müder Machtlosigkeit bis zu diffusem Zynismus.

1984 hatte ich das Glück, Sunderlal Bahuguna zu treffen. Der charismatische Exponent der Chipko-Bewegung, jenes Volksaufstands, der sich in den siebziger Jahren zum Schutz der Wälder im indischen Himalaya gebildet hat, weilte damals in Europa. Eigentlich, dachte ich mir, müsste es überall Persönlichkeiten und Bewegungen geben, die sich der Waldzerstörung ähnlich ermutigend entgegenstellen. Mit dieser Annahme habe ich mich auf den Weg gemacht.

Auf meinen Reisen habe ich Kahlschläge, erodierende Hänge und rutschende Flanken in einem Ausmass gesehen, das zur Herausgabe eines Buches zur Ankündigung des Jüngsten Tags gereicht hätte. Das sind die harten Fakten, die sich in den Entwaldungsstatistiken internationaler Organisationen spiegeln. Doch es gibt auch eine andere Realität: Ich bin tatsächlich überall Frauen und Männern begegnet, die ihre Bäume und Wälder so behandeln, dass sie diese mehr oder weniger unversehrt an ihre Kinder weitergeben können.

Das Schicksal der Wälder entscheidet sich im Gestrüpp menschlicher Konflikte. Ob Bäume wachsen oder darben, hat letztlich mit Macht und Eigentum, mit Entmündigung oder Ermächtigung der lokalen Bevölkerung zu tun. Wem gehört der Wald? Wer hat die effektive Verfügungsgewalt? Wer profitiert vom Holz und

anderen Waldprodukten? Auf welcher Seite stehen der Forstdienst und die übrige staatliche Administration?

Die folgenden zwölf Länderreportagen gehen solchen Fragen nach. Die Ursachen für Waldzerstörungen sind komplex, doch ein Grundmuster schimmert überall durch: Wo der Zentralstaat oder starke Marktkräfte die Kontrolle der lokalen Bevölkerung über ihre Ressourcen ausser Kraft setzen, kommt es zu tiefgreifenden Änderungen bei der Landnutzung. Häufig verschwinden die Bäume, oder die Wälder werden zu Baum-Monokulturen umgestaltet, die jedoch weder wirtschaftlicher noch sozialverträglicher sind als die ursprüngliche Vegetationsform.

Dass ich trotz den statistischen Fakten meine Zuversicht für die Wälder nicht verloren habe, beruht auf einigen grundlegenden Beobachtungen. Gegen die rasche Ausbeutung durch Aussenstehende regt sich heute an vielen Orten lokaler Widerstand. Entscheidend für den Erfolg ist oft die Unterstützung von Gruppierungen der Zivilgesellschaft wie nichtgouvernamentalen Organisationen, die der lokalen Bevölkerung bei der Einforderung ihrer Rechte beistehen. Erst wo die Eigentumsrechte klar und die politischen Verhältnisse stabilisiert sind, kann auch die Kunst der naturnahen Waldbewirtschaftung ihr Potential entfalten.

Ein Symbol der Hoffnung an sich ist die Regenerationsfähigkeit der Waldvegetation. Haben wir die Flächen, die uns nun seit bald drei Jahrzehnten als zerstört gemeldet werden, nicht schon längst abgeschrieben? Doch gerade in jenen Gegenden, aus denen die schlimmsten Meldungen stammen, kommt der Wald oft grossflächig zurück, schlagen die abgesägten Strünke aus, samen sich neue Bäume an. Allerdings werden noch Jahrzehnte bis Jahrhunderte vergehen, bis diese Pionierbestände wieder dem ursprünglichen Wald ähnlich sind.

Wie gross das Selbstheilungsvermögen der Waldvegetation ist, vermag die Wiederbewaldung Mitteleuropas in den letzten anderthalb Jahrhunderten zu belegen. Allerdings zeigt gerade diese Region, wie zentral ein gesamtgesellschaftlicher Wandel für die Wiederkehr der Bäume ist. Eisenbahn, Kohle und Industrialisierung im letzten Jahrhundert haben sozial ausgleichend gewirkt und zur Dämpfung der fundamentalen Konflikte um den Wald entscheidend beigetragen.

Auch im Süden wird ein Wandel, welcher der ganzen Gesellschaft zugute kommt, nötig sein, um entscheidend zur Erholung der Wälder beizutragen. Allerdings sind der energieintensive Industrialisierungstyp des Nordens und dessen Verschwendungskultur in unserer vollen Welt mit rasch schwindenden Ressourcen nicht beliebig ausdehnbar. Nötig ist daher die Entwicklung und Umsetzung einer universellen Kultur der Nachhaltigkeit, in der alle Menschen gerechten Zugang zu Ressourcen und Einkommen haben. In dem Mass, wie wir auf diesem langen Weg vorwärtskommen, wird sich auch das düstere Waldbild der Gegenwart aufhellen.

Christian Küchli,
Mai 1997

Schweiz

Wer Bäume pflanzt, wird den Himmel gewinnen

Karl Kasthofer ist 1806 zum Oberförster in Interlaken ernannt worden. Sein Zeitalter weist verblüffende Ähnlichkeiten mit der heutigen Lage in sogenannten Entwicklungsländern auf. Das damalige Grundproblem des Waldes sind konkurrierende Ansprüche auf verschiedenen Ebenen. Städte und die meisten Förster wollen Energie- und später Nutzholz, die Bauern hingegen Blattfutter für ihre Tiere und Laubstreu für die Düngerproduktion. Konflikte gibt es aber auch innerhalb der Landbevölkerung mit den vielen Landlosen, die zum Überleben auf den Wald angewiesen sind. Folge der Streitigkeiten ist die weitgehende Unterbindung der Waldverjüngung, was sich erst nach der Klärung der Eigentumsrechte bessert. Entscheidend für die Erholung des Schweizer Waldes waren jedoch die Einfuhr von Kohle ab 1860 und der anschliessende gesamtgesellschaftliche Wandel. Auch heute erweist sich das Energiesystem als Schlüssel für die Nutzungsweise des Waldes und dessen Zustand.

Alles ist bestens vorbereitet. Im letzten Herbst, kurz vor dem Einschneien, ist Oberförster Kasthofer nochmals nach Meiringen im Haslital geritten und hat den Gemeindebehörden seine Pläne erläutert. Die Bäume sollen am Hasliberg gepflanzt werden, schräg gegenüber dem Reichenbachtal mit den berühmten Wasserfällen. Nun ist der Frühling gekommen, ein strahlender Märztag mit warmem Föhnwind, der den Brienzersee in gleissende Wellen legt und den Schnee auf den umliegenden Bergen rasch zum Schmelzen bringt. Mit etwas Glück, denkt Karl Kasthofer, gelangen die Pflanzen noch vor dem Zusammenbruch des Föhns in den Boden und werden vom nachfolgenden Regen gleich angegossen.

Tausende von Lärchensetzlingen aus dem Pflanzgarten am Kleinen Rugen liegen zusammengebündelt und mit nassen Getreidesäcken umwickelt bereit. Nun werden die Pakete auf einen Kahn geladen, der am Ufer der Aare vertäut ist. Der Förster schärft seinen Arbeitern nochmals ein, die Säcke ständig feucht zu halten, damit die Wurzeln nicht ausdorren, die Bäume dann mit aller Sorgfalt zu pflanzen und mit den stachligen Zweigen wilder Rosen vor dem Vieh zu schützen. Dann wird das Schiff mit einer Stange in den Fluss bugsiert und vom Uferweg aus die Aare hinauf in den Brienzersee gezogen. Zuversichtlich kehrt Kasthofer in sein Amtslokal im nahen Schloss zurück.

Zuviele Leute oder zuwenig zu essen?

Karl Kasthofer ist vor ein paar Jahren – 1806, um genau zu sein – zum ersten Oberförster des Berner Oberlandes gewählt worden und ist im Alpenraum einer der ersten Forstmänner mit akademischer Bildung. Diese hat er sich in Deutschland geholt, an den Universitäten von Heidelberg und Göttingen und an einer Forstschule im Harz. Aber er kennt nicht nur die Bäume, sondern ist von Adam Smith' «unsichtbarer Hand» und deren Versprechen von Freiheit und Wohlstand für alle ebenso beeinflusst wie vom Sozialforscher Thomas Malthus. Wie diesem erscheint dem Forstmann die Anpassung der Nahrungsproduktion an die wachsende Bevölkerung als «Hasenjagd durch Schildkröten», und Kasthofers Bemühungen zu Beginn des 19. Jahrhunderts sind denn auch stark darauf ausgerichtet, den Schildkröten Beine zu machen, das heisst, die Nutzung von Feld, Wald und Wiese möglichst zu verbessern.[1]

Zu Kasthofers Zeit basiert die Wirtschaft im Berner Oberland wie in allen Alpentälern auf bäuerlicher Selbstversorgung. Auf den Tischen dominieren Käse und andere Milchprodukte sowie Getreide und Kartoffeln, mit denen die Talböden gartenähnlich bepflanzt sind.[2] Die Minderbemittelten ernähren sich vor allem von Ziegenmilch und Kartoffeln. Fleisch steht selbst bei den Wohlhabenden selten auf dem Speisezettel. Trotz der Verteilung des Produktionsrisikos auf Viehwirtschaft und verschiedene Feldfrüchte kann der Hunger nicht immer vom Tisch gehalten werden, besonders dort nicht, wo die Güter durch Erbteilung und Verschuldung zu klein geworden sind, oder bei Familien, die überhaupt keinen eigenen Boden besitzen.

Die Handelskreisläufe sind noch klein, die Ströme dünn; zum Export kommen Käse und Kühe, importiert werden Eisen, Salz für die Käselagerung und – wie Pfarrberichte missbilli-

Karl Kasthofer, 1806 zum Oberförster des Berner Oberlandes gewählt. Trotz städtischer Herkunft und akademischer Bildung hatte er ein klares Auge für die Konflikte zwischen der mächtigen Stadt Bern und der Landbevölkerung, insbesondere der kleinen Leute.

Vorherige Seite:
Die Lärche, Karl Kasthofers Lieblingsbaum, ist ein wichtiges Element im Schutzwald der Zentralalpen.

gend festhalten – Wein, modische Kleider und Kaffee, der in besseren Häusern bereits um 1760 täglich getrunken wird.[3] Doch weder Energie noch Dünger gelangen von aussen in dieses System, das allein von der Sonne in Gang gehalten wird. Wichtigste Energie ist die biologisch erzeugte mit den Pflanzen als Sonnenkollektoren. Damit steht Energie in dieser Solarenergiegesellschaft zwar nur beschränkt zur Verfügung, dafür ist sie nachhaltig erneuerbar.[4]

Beschränkungen bestehen auch in der Landwirtschaft, nicht weil zu wenig Boden vorhanden wäre, sondern mangels düngender Nährstoffe. Neuerungen zur Schliessung der Düngerlücke werden von den ökonomischen Gesellschaften zwar bereits seit Jahrzehnten vorgeschlagen, doch noch immer leckt der Kreislauf, kann nur etwa ein Fünftel des Viehdungs aufgefangen und wiederverwendet werden.[5] Infolge des Düngermangels wächst wenig und schlecht nährendes Viehfutter – die Kühe geben höchstens zwei bis drei Liter Milch pro Tag. Auch das Ertragsvermögen der Feldfrüchte ist längst nicht ausgenutzt.

Wald: wirtschaftlicher und sozialer Puffer

Zentrale Bedeutung in dieser Welt der knappen Ressourcen hat der Wald. Primärwald, unberührten Urwald, gibt es weiterum schon lange nicht mehr. Abgelegene Sekundärwälder jedoch befinden sich in durchaus naturnahem Zustand. Waldungen in Siedlungsnähe wiederum sind durch jahrhundertelange Nutzungen oft stark beeinflusst. Sie liefern nicht nur das Brennmaterial für die offenen, holzfressenden Feuerstellen. Von Bäumen gesichelte und in der Laube getrocknete Blätter dienen als Viehfutter für den Winter. Weil wenig Getreide angebaut wird, ist kaum Stroh als Bindemittel für den Dung vorhanden. Als Ersatz dient Herbstlaub, und zu Kasthofers Zeiten gibt es im ganzen Oberland keinen Buchenwald, in dem die abgefallenen Blätter nicht zusammengerecht werden. Aus Blättern und Dung entsteht kompostartiger Mist, der einzige zur Verfügung stehende Dünger für Äcker und Wiesen.

Die Viehzucht als wichtigster Nahrungs- und Erwerbszweig wird bis zum äussersten ausgereizt. Der chronische Mangel an Viehfutter zwingt dazu, selbst die Wälder zu beweiden. Wie Heuschrecken ergiessen sich die Ziegenherden jeden Morgen die dorfnahen Hügel hinauf. In den Wäldern oben raufen die Tiere jedes erreichbare Blatt und jede Nadel von den Ästen.

Das Vieh spielt bei der schleichenden Degradation des Waldes eine weit schädlichere Rolle als die Axt, denn es unterbindet die natürliche Verjüngung. Traditionell werden die Bäume nämlich entsprechend ihrer Verwendung einzeln und verstreut gefällt, und die entstehenden Lücken könnte die Natur problemlos schliessen. Doch die Baumkeimlinge werden von den Schafen ausgerupft oder von den Kühen zerstampft, und was überlebt, nagen die Ziegen zu Tod.

Das Vieh aus dem Wald zu verbannen ist vorderhand jedoch unmöglich, denn die Waldweide hat auch wichtige soziale Bedeutung. Bis zu einem Viertel der Familien, je nach Dorf, besitzen keinen eigenen Grund und Boden.[6] Wie überall in der damaligen Schweiz ist die Bevölkerung entgegen dem Mythos weder frei noch gleich, sondern besteht aus Klassen mit unterschiedlichem Zugang zu den Ressourcen. Nur die alteingesessenen Familien besitzen politische Rechte, mehr oder weniger eigenen Boden und Nutzungsrechte am gemeinschaftlichen Eigentum, an den Weideflächen in Dorfnähe, an den

Alpweiden, wo das Vieh gesömmert wird, und am Wald, wo ihnen Energie- und Nutzholz zustehen.

Die Landlosen hingegen, meist später Zugewanderte, haben zu diesen guten Ressourcen keinen Zugang. Als hauptsächlicher Lebensraum bleibt ihnen nur der Wald, wo sie allerdings auch keine verbrieften Rechte haben, sondern lediglich geduldet sind. Hier holen sie die Äste für das Herdfeuer, die von den Berechtigten liegengelassen werden[7], kratzen Blattstreu und düngende Walderde für die Kartoffeln zusammen, die sie auf ihren Pachtäckerchen ziehen.

Auch ihre Ziegen – «die Kühe des armen Mannes» – ernähren sich während der schneefreien Zeit im Wald. Wenn die Landlosen Bauholz brauchen oder sonst etwas, das ihnen das Gewohnheitsrecht nicht zugesteht, sind sie zum Freveln gezwungen. Je randständiger die Menschen in dieser Gesellschaft leben, desto mehr benötigen sie den Wald, um zu überleben.

Entwicklungsfachmann Kasthofer

Aus der Sicht des 20. Jahrhunderts entspricht Karl Kasthofers Berner Oberland etwa dem, was der amerikanische Präsident Harry Truman 1949 als «unterentwickelte Region»[8] bezeichnet hat, woraus dann der Begriff «Entwicklungsland» entstanden ist, und Kasthofer erscheint aus heutiger Sicht durchaus als eine Art «Entwicklungshelfer». Obwohl damals noch kaum Gegensätze zwischen den Ländern des Nordens und des Südens bestehen, ortet Karl Kasthofer doch etliche Übelstände in seiner Gesellschaft, die er zu beseitigen sucht.

In den ersten Jahren seiner Amtstätigkeit konzentriert er sich auf technische Verbesserungen. Um eigene Erfahrungen zu sammeln, erwirbt er die Alp Abendberg bei Interlaken und experimentiert dort mit Kaschmirziegen aus dem Himalaya, die nicht nur feines Haar für weichste Gewebe liefern, sondern auch als genügsam und daher wenig waldschädlich gelten. Er pflanzt sibirischen Sommerweizen, spanischen Klee und andere Pflanzen aus der Familie der Hülsenfrüchtler, welche sich durch Wurzelbakterien auszeichnen, die Luftstickstoff fixieren und so den Boden düngen.

Zentral sind für ihn die Bäume. Besonders Eschen und andere Laubbäume, so seine Empfehlungen an die Bauern, sollen auch ausserhalb des Waldes entlang von Bächen und Böschungen oder auf Wiesen und Weiden gepflanzt werden. Bäume können den Wurzelraum tiefer und den Luft- und Lichtraum mit ihrer grossen Blattfläche besser ausnutzen. So lässt sich zum Gras hinzu Laubfutter gewinnen. Immer wieder propagiert Kasthofer daher solche «Wiesen in der Luft».[9]

Auch in der Schiffsladung für Meiringen spiegeln sich diese Ziele wieder. Die Lärche ist für Kasthofer nicht nur wegen des kostbaren Bauholzes, das sich einmal gut verkaufen lassen wird, besonders wertvoll. Ebenso wichtig erscheint ihm, dass unter der lichten Krone noch Weidegras wächst und die Nadeln, die jeden Herbst abfallen, grosse düngende Kraft haben. Daher hat er im Pflanzgarten am Kleinen Rugen viele Lärchen angezogen, die er Gemeinden oder Privaten kostenlos abgibt.[10]

Schwelende Eigentumskonflikte

Eine Woche nach der Entsendung des Lärchenschiffs – Karl Kasthofer geht eben über die Zollbrücke – sieht der Förster den Kahn mit seinen Arbeitern anlegen. Was haben die denn mitgebracht, denkt er, überquert die Brücke und eilt die Böschung hinunter. Es sind die Lärchenbündel, wie er bestürzt feststellt, die Säcke sind ausgetrocknet, die ockergelben Triebe runzlig und abgestorben.

Zerknirscht erstatten die Männer Bericht. Als sie den Pflanzort erreicht hätten, seien die Bauern gekommen, denen dort das Weiderecht zustehe. Diese wollten von der Entwicklungshilfe aus Interlaken gar nichts wissen, denn sie seien der festen Überzeugung, dass der Staat Bern aus dem Bäumepflanzen später auch das Recht der Holznutzung ableiten würde. Die Diskussionen hätten angedauert, die Tücher und dann die Wurzeln seien eingetrocknet und schliesslich seien die kaputten Pflänzlinge «dem Forstbeam-

Der Kleine Rugen, der Hügel südlich von Interlaken, im Herbst 1996. Dies war Karl Kasthofers waldbaulicher Experimentiergrund, und die gelb verfärbten Lärchen sind zu seiner Zeit, einzelne wohl von seiner Hand gepflanzt worden.

Xaver Siegen aus dem Lötschental ist einer der letzten Schweizer Bauern, der Eschenlaub als Futter für seine Kühe schneidet. Jahrhundertelang waren Eschenblätter als Viehfutter im ganzen Alpenraum nicht wegzudenken.

Tessiner Bäuerinnen schleppen Brennholz zu Tal. Das Bild ist um die letzte Jahrhundertwende entstanden, doch bis in die 1950er Jahre hat Brennholz in der Energieversorgung des Tessins eine wichtige Rolle gespielt, ähnlich wie heute noch in vielen Ländern des Südens.

ten als belehrender Protest gegen solche Kulturgelüste» des Staates wieder nach Interlaken zurückgesandt worden, wie Kasthofer das prägende Erlebnis schildert.[11]

Erst ein tiefer Blick in verstaubte Dokumente liefert dem konsternierten Oberförster eine Erklärung für den eigenartigen Vorfall. Grundherr im Oberhasli war seit dem 14. Jahrhundert die Stadt Bern, die auch die herrschaftlichen Waldrechte beanspruchte. Allerdings verzichtete Bern vorerst auf deren Ausübung, hatte den Höfen vielmehr ausgedehnte Weide- und Holznutzungsrechte überlassen. Die Bauern waren in Nutzungsgemeinschaften organisiert, die sich selber Regeln auferlegten und gemeinsam bestimmten, wie der Wald zu nutzen war. Faktisch lagen also alle Rechte bei der Landbevölkerung, und aufgrund der langen Ausübung hatte sie allen Grund zur Annahme, diese längst erworben zu haben.

Doch als dort im 15. Jahrhundert Eisenerz gefunden wurde, machte Bern seine herrschaftlichen Rechte an den Wäldern geltend und liess die jeweiligen Bergwerkspächter Holzkohle darin brennen. Zwar versah die Stadt jeden Pachtvertrag mit der Klausel, dass die lokalen Rechte zu berücksichtigen seien. Doch zum Schmelzen des Erzes brauchte es enorme Energiemengen, Übergriffe waren an der Tagesordnung, und schon früh entspann sich ein Kampf zwischen Einheimischen und Bergwerksverwaltern.

Die Eisenverhüttung wurde erst kurz nach Kasthofers Amtsantritt aufgegeben. Jahrhundertelang bezog Bern, damals der mächtigste Stadtstaat nördlich der Alpen, eine halbe Tonne Kanonenkugeln als Pachtzins. Jahrhundertelang versuchte die Stadt, das nötige Holz zu sichern, und jahrhundertelang pochten die Bauern auf ihre Rechte und entzogen dem Bergwerk vorsorglich möglichst viel Wald, indem sie die Schlagflächen erst beweideten und die stehengelassenen Bäume später schwendeten, das heisst die saftführende Holzschicht durchtrennten und die trockenen Bäume dann anzündeten.

Höchste Verschwendung also war die Folge dieses ewigen Konflikts, der Wald verschwand grossflächig oder degradierte, und mancherorts konnten sich Lawinen und Steinschlagzüge etablieren, wo bis heute keine Bäume mehr aufgekommen sind. Auch die Schiffsladung verdorrter Lärchen ist letztlich Ausdruck dieses uralten Konfliktes und belegt den historischen Widerwillen der Haslitaler gegen die besitzergreifenden Tatzen Berns, der sie auf Entwicklungshilfe durch den staatlichen Oberförster Kasthofer lieber verzichten lässt.

Bern als Schwarzes Loch

Bern hat auf seine Umgebung wie jede Stadt stets als «Schwarzes Loch» gewirkt, das Unmengen von Energie und Rohstoffen verschlingt. Schon im 14. Jahrhundert versuchten die Berner, ihre Stadtwaldungen mit rigorosen Bestimmungen zu schützen und bestimmten später genau, wem wieviel Holz zum Kochen und Heizen zustehe. Aber trotz Warnungen vor holzfressenden Missbräuchen und der Verschwendung eines Gutes, über das «wir unseren Kindern und Nachkommen Rechenschaft schuldig sind»[12], brauchten die 12 000 Einwohner um 1800 jährlich 50 000 Kubikmeter Energieholz.[13]

Um seinen Energiehunger zu stillen, wandte sich Bern auch dem Oberland zu. Auf der Aare war das Holz leicht zu flössen, und weil die Stadt alte Rechte reklamieren konnte, war es billig. Nach Kasthofers Schätzungen wurden allein bis 1800 mindestens 100 000 Stämme nach Bern geflösst. In Form von Salz und Eisen, zu deren Produktion andernorts viel Holz verkohlt wurde, floss der Stadt zudem jahrhundertelang Graue Energie in beträchtlicher Menge zu. Die vermögenden Berner belasteten die Wälder also ebenso stark wie die Landlosen.

Karl Kasthofer hat die staatlich organisierten Holzimporte Berns stets als Versuch kritisiert, «den gefürchteten sogenannten Holzmangel zu verhüten» und damit den Preis tief zu halten.[14] Die künstliche Verbilligung des Rohstoffs und Energieträgers Holz verhindere nicht nur energiesparende Erfindungen, die «Zimmer und Gebäude gleichsam kältedicht» machen würden[15], sondern auch die Kunst des Holzsparens durch bessere Herde und Öfen.

Die Eingriffe der mächtigen Stadt provozieren überall im Oberland Widerstand und erfüllen «die nutzungsberechtigten Gemeinden mit Misstrauen gegen jede obrigkeitliche Forstadministration».[16] Die Bevölkerung von Interlaken hat Bern bereits im 18. Jahrhundert eine Protestnote wegen Kahlschlägen am Rugen zukommen lassen. Eine andere Gemeinde, gegenüber der die Stadt Waldeigentum und damit Nutzungsrechte behauptete, hat kurz vor der Revolution von 1798 einen Rechtsstreit gewonnen, was im Oberland eine Lawine ähnlicher Verfahren auslöste.

Verschiedene Nutzungsmuster als Konfliktgrund

Der tiefere Grund für diesen «Geist des allgemeinen Widerstandes»[17] gegen alles, was von Bern kommt, liegt in einem fundamentalen Interessenkonflikt. In der bäuerlichen Welt sind Wald, Feld und Wiese noch eine Einheit. Die Bauern benötigen für ihre Selbstversorgungswirtschaft vor allem Blattfutter, Laubstreu sowie Brennholz und wollen ihr Vieh frei weiden lassen. Balken, Bohlen und Bretter zum Bauen oder für Gerätschaften braucht es wenig auf dem Land.

Ganz anders die Interessen der städtischen Welt. Für sie ist Holz bis weit ins 19. Jahrhundert hinein praktisch der einzige Energieträger und ein Rohstoff von grösster Wichtigkeit. Der Hauptgrund für Kasthofers Ernennung zum Oberförster lag in der Hoffnung Berns, die zunehmend umstrittenen Eigentumsrechte im Oberland doch noch durchzusetzen und «dem Holzmangel durch polizeiliche Wirksamkeit besser begegnen zu können».[18]

Gebirgswald im Lötschental (rechts), Holz aus einem Kahlschlag, der um die Jahrhundertwende im Steinbachwald bei Chur stattfand (oben). Viele Gemeinden in den Alpen besassen ausgedehnte Waldungen, deren Holz in der Dorfökonomie keine Rolle spielte. Andererseits bewirkte der Energie- und Rohstoffbedarf der Städte einen steten Holzsog. Warum also Holz verfaulen lassen, das flussabwärts sehr begehrt war und dessen Verkauf wenigstens einen bescheidenen Erlös brachte? Mit Blick auf die Kahlschläge Berns im Oberland hat Karl Kasthofer allerdings darauf hingewiesen, dass der «wahre Holzwert und der wirkliche Holzpreis» ganz verschiedene Dinge seien. Der bescheidene Preis, den Bern für Holz und Transport aufzubringen habe, würde dem Wert in keiner Weise entsprechen, den der Wald und seine Schutzwirkungen für die lokale Bevölkerung und alle stromabwärts lebenden Menschen habe. Je mehr Gemeinden und Private aus dem Holzverkauf lösen könnten, desto besser würden sie zu ihren Wäldern schauen, desto eher würde die primitive Waldausbeutung einer nachhaltigen Waldwirtschaft weichen.

Ist der Bauer der geborene Feind des Waldes?

Die Forstwissenschaft ist im 18. Jahrhundert als Kind des Holzmangels vor allem in Städten Deutschlands und Frankreichs entstanden, und Forstleute können als die ersten Experten für Energie- und Rohstoffprobleme betrachtet werden. Von Beginn weg sehen die Experten die Landbevölkerung als Problem und empfinden die traditionellen Waldnutzungen vor allem als Ressourcenzerstörung, denn die Baumkeimlinge werden von den Streurechen ausgerissen, die jungen Bäume von den Ziegen gefressen und die überlebenden von den Bauersleuten zu Jammergestalten gesichelt, anstatt zu Nutzholz für die Städte aufwachsen zu können. Sehr deutlich spiegelt sich der fundamentale Nutzungskonflikt in den damals entstehenden forstlichen Wortschöpfungen: die traditionellen Nutzungen der ländlichen Welt werden zu «Nebennutzungen» degradiert, während die Holzproduktion für die urbane Welt zur «Hauptnutzung» erhoben wird.[19]

Entsprechend ihrer Herkunft waren die ersten Forstleute (und ihre Kollegen in den Ländern des Südens sind es oft heute noch, wie die folgenden Kapitel zeigen werden) Vertreter urbaner Interessen. Sie drängen darauf, Wald und Feld zu trennen, um den Wald ohne Störung durch die Bauern sozusagen in einem forstlichen Elfenbeinturm bewirtschaften zu können. Wo viele Selbstversorger leben, ist dies jedoch noch unmöglich. Auch Karl Kasthofer hat aus Erfahrungen wie jenen in Meiringen gelernt, dass ohne Interesse und Zusammenarbeit mit der Bevölkerung jede forstliche Bemühung scheitern muss, und er schenkt Eigentums- und Nutzungskonflikten in der Folge viel mehr Aufmerksamkeit.

Für ihn kann die Forstwirtschaft in einer Gesellschaft von Selbstversorgungsbauern nur Dienerin der Landwirtschaft sein, nicht jedoch deren Herrin. Höhere Produktion im Wald hält er zwar für möglich, trotzdem müsse jede forstliche Massnahme auch auf «Fütterungsmittel für das Vieh und Düngungsmittel für die Pflanzung der Lebensmittel» ausgerichtet sein, solange dadurch kein wesentlicher Waldschaden erfolge.

Kasthofer, obwohl in Bern aufgewachsen, ist also kein Forstmann, der die Interessen der urbanen Welt über jene seiner «lieben Landleute» gestellt hätte, wie er die Bauern in der Art des patriarchalischen Entwicklungshelfers zu nennen pflegt. Er ist vom bequemen Bern ins ländliche Oberland gezogen, wo die Menschen nicht städtisch parfümiert, sondern nach offenen Herdfeuern riechen, er nimmt beschwerliche Märsche in die Wälder und zu den Bauern auf sich, und auch lausige Herbergen halten ihn nicht von seinen ausgedehnten Reisen ab. Sein Engagement für die Sache und die lokale Bevölkerung hat ihm denn auch den Vorwurf seiner Vorgesetzten eingebracht, dass er «zu liberal» sei und «mehr im Interesse der Landschaft, statt für die Regierung gearbeitet» habe.[20]

Forstliche Fingerübungen

Die Landbevölkerung andererseits braucht Zeit, um ihr Misstrauen gegenüber dem von Bern gesandten Forstbeamten abzulegen. Aber Kasthofer kann vorderhand nur wenig zu einer neuen Rechtssicherheit beitragen und ist gezwungen, eher technisch ausgerichtete Entwicklungshilfe zu leisten, oft mit wenig Erfolg. «Konfucius spricht: wer Kinder zeugt und Bäume pflanzt, der wird den Himmel gewinnen. Für's erste sorgen unsere Hirtenvölker schon, für's zweite haben sie wenig Lust»[21], kommentiert er nicht ohne Enttäuschung. Manche seiner Aufforstungen ist dem Zahn der Ziegen zum Opfer gefallen, und von den unentgeltlich an Bauern abgegebenen Lärchen sind wohl auch nicht viele aufgekommen, sonst hätte er darüber berichtet.

Kasthofer konzentriert seine Tätigkeit daher auf jene Staatswälder, die mehr oder weniger unumstritten und gut kontrollierbar sind wie der Kleine Rugen, der Hügel am Südrand von Interlaken beim Kurhaus Jungfraublick. Dort lässt er Lärchen, Weymouthsföhren aus Nordamerika, Libanonzedern und Schwarzföhren aus Österreich pflanzen. Nicht nur einträgliches

Murgang des Lammbachs bei Brienz im Berner Oberland, 1896. Murgänge, Überschwemmungen, Lawinen und Steinschlag sind durch Kahlhiebe ausgelöst oder verstärkt worden.

Holz soll hier wachsen, sondern auch ein Erholungswald für «fremde und einheimische Lustwandler» entstehen[22], und so beginnt er 1815 damit, Spazierwege anzulegen.

Tourismus und produktivere Landwirtschaft

Im Jahr darauf besucht der englische Dichter Lord Byron das Oberland, dessen begeisterten Schilderungen die grosse Anziehungskraft dieser Gegend auf die Engländer mit zu verdanken ist. England nutzt damals mit der Kohle schon längst eigene fossile Energie[23] und hat in überseeischen Kolonien wie Indien bedeutende Nahrungs- und Rohstoffquellen angezapft. Handel und technisch-wirtschaftlicher Wandel versetzen eine privilegierte Oberschicht in die Lage zu reisen.

Interlaken beginnt sich vom Bauerndorf zum Kurort zu mausern; Pensionen entstehen und Wirtshäuser, überall werden Privatzimmer angeboten. Mit der Schnitzerei kann eine Heimindustrie wenigstens punktuell Fuss fassen.

Auch die Landwirtschaft wandelt sich nun rasant. Die Neuerungen, wie sie im 18. Jahrhundert von den ökonomischen Gesellschaften vorgeschlagen und von Tüftlern wie Karl Kasthofer verfeinert wurden, dringen aus den tieferen Lagen des Kantons nun zu den Talböden des Oberlandes vor. Die Ergänzung der Ställe mit Jauchegruben erlaubt, auch den Tierharn aufzufangen, der die Hälfte des ausgeschiedenen Stickstoffs enthält und zuvor nutzlos versickerte.[24] Durch intensivere Düngung und kleeartige Futterpflanzen steht mehr und besseres Futter zur Verfügung, was bald einmal zu einer Verdoppelung der Milchleistung und zu einem Export-Boom beim Käse führt.[25] Vielenorts wird traditionell von der Gemeinschaft beweidetes Allmendland in Privatparzellen aufgeteilt und in Kartoffeläcker verwandelt, die bei guter Düngung sehr produktiv sind.

Umwälzungen finden auch im politischen Bereich statt. Bei den Wahlen 1831 setzen sich die Liberalen durch, deren Kantonsverfassung vom selben Jahr die erblichen Vorrechte der Herkunft beseitigt, die Gleichberechtigung aller Bürger gewährleistet[26] und ebenso die volle Freiheit in Landwirtschaft, Gewerbe und Handel. Als Voraussetzung dafür wird Privateigentum angesehen, die unbeschränkte Verfügungsgewalt einer Person über eine Sache. Traditionelle Formen gemeinschaftlichen Eigentums hingegen erscheinen nun als Haupthindernis für liberale Marktwirtschaft und wirtschaftliches Wachstum.

Entflechtung der Nutzungsrechte am Wald

Karl Kasthofer hat die Notwendigkeit liberaler Neuerungen auch für die Forstwirtschaft stets betont. Wälder, in denen mehrere Besitzer über verschiedene Rechte verfügen, sollen aufgeteilt werden, damit jeder das Seine nach eigenen Vorstellungen «und nicht gehindert von trägen oder neidischen oder unverständigen Miteigentümern» nutzen oder verbessern könne.[27] Weniger belastete Wälder hingegen sollen weiterhin gemeinschaftlich bewirtschaftet werden.

Forstlicher Manchester-Liberalismus allerdings ist nicht Kasthofers Ziel.[28] Vielmehr fordert er ein Rahmengesetz als Leitplanke, vor allem bei der Nutzung der Gebirgswälder. Um deren Schutzfunktion nicht zu gefährden, sollen sie nachhaltig bewirtschaftet werden. «Nachhaltig wird ein Wald benutzt, wenn nicht mehr Holz gefällt wird, als die Natur darin erzeugt», so definiert er dieses forstliche Schlüsselprinzip.[29]

Das Rahmengesetz soll durch einen Forstdienst überprüft werden, der gleichzeitig die Waldeigentümer berät. Die entsprechenden Fachleute sollen in einer Försterschule ausgebildet werden. All dies wäre mit Gebühren auf Holz zu finanzieren, das aus dem Kanton exportiert wird.

1836 wird Karl Kasthofer in die Kantonsregierung gewählt, und drei Jahre später erlässt seine Verwaltung ein Gesetz zur Trennung von Wald und Weide. Die Ablösung der Weiderechte dauert oft Jahrzehnte, doch wo sie gelingt, können die Bäume endlich wieder zur Verjüngung kommen.[30]

Dann folgt ein Gesetz zur Klärung der Holznutzungsrechte. Es sieht vor, die Wälder zwischen Staat und berechtigten Gemeinschaften real aufzuteilen, um auch die uralten Rechtsstreitigkeiten zwischen Bern und der Landbe-

Vorherige Seite:
Sorgfältige Holzerei, bei der die Bäume zentimetergenau gefällt werden, ist wesentlich, um die natürliche Verjüngung zu schonen. In der Schweiz sind grossflächige Kahlschläge mit anschliessender Monokultur, die zu Altersklassenforsten führen, bereits vor hundert Jahren zugunsten kleinflächiger oder einzelstammweiser Verjüngungsverfahren aufgegeben worden (oben).

völkerung endlich beilegen zu können. Allerdings sind die Folgen der Neuordnung des Waldeigentums vorerst einmal zwiespältig, weil es der ländlichen Oberschicht gelingt, ihre eigenen Interessen durchzusetzen und Kasthofers rechtliche Leitplanken ebenso zu verhindern wie einen leistungsfähigen Forstdienst mit kompetenten Forstleuten.

Als problematisch erweist sich zum einen die Bestimmung, dass den Nutzungsgemeinschaften zugesprochener Wald real unter den Berechtigten weiterverteilt werden darf. Auf diese Weise entstehender Privatwald wird oft sofort kahlgeschlagen und versilbert – zur Begleichung von Schulden, die auf den Höfen lasten, oder um die laue liberale Brise auszunützen, bevor die Geschichte allenfalls wiederum einen steifen Wind wehen lässt.[31] (Kasthofers Nachfolger sind aufgrund ihrer Erfahrungen zum Schluss gekommen, dass sich gemeinschaftlicher Besitz für den Wald besser eignet als privater, weil diese Ressource Planen und Handeln über Menschengenerationen verlangt und zudem für die rationale Bewirtschaftung eine minimale Fläche nötig ist.)

Noch schwerwiegender auf Holzbestand und Waldqualität wirkt sich aus, dass nicht jede Familie Nutzungsrechte erhält – obwohl doch die Kantonsverfassung allen Menschen gleiche Rechte garantiert. Vielmehr gelingt es der ländlichen Oberschicht, ihre ererbten Privilegien durchzusetzen. Fatalerweise werden zudem die Gewohnheitsrechte der Besitzlosen, die jenen ohnehin nur aus «Liebe und Güte»[32] gewährt worden seien, aufgehoben. Kasthofer hat stets davor gewarnt, die alte Ordnung lediglich durch «eine Art Aristokratie der grossen Land- und Geldbesitzer»[33] zu ersetzen, gar die Unterprivilegierten mit ihren unverbrieften Rechten aus dem Wald auszugrenzen und damit traditionelle soziale Nischen aufzuheben.

Die alten und neuen Privilegierten ihrerseits beziehen nun Holz für den Eigenbedarf im Überfluss, bereichern sich darüber hinaus auch durch dessen Verkauf und «ruinieren die Waldungen auf entfernte Zeit hinaus», wie eine Organisation von Besitzlosen 1835 festhält.[34] Dass Holz um 1830 überhaupt einen Geldwert erhält und sich verkaufen lässt, hängt mit dem allgemeinen Wirtschaftsaufschwung zusammen, der nun überall in Europa stattfindet, denn wachsende Volkswirtschaften brauchen Holz. Die verweigerte soziale Gerechtigkeit andererseits macht die Ausgegrenzten zu Dieben. Holzfrevel wird nun zum Massendelikt und nimmt parallel zu den steigenden Holzpreisen zu.[35]

Gestern waren die Alpen, was heute die Tropen sind

Im Oberland beginnen nun «die Trabanten der Holzhändler in geschlossener Linie mit ihren mörderischen Äxten» vorzudringen.[36] Starke Sogwirkung geht von den Seemächten Frankreich und Holland aus, die den Rohstoff für Schiffe und Häfen brauchen, und Rhein und Rhone werden zu gefrässigen Wasserstrassen.

Riesige Kahlschläge für den Export finden beispielsweise im Wallis in den Zentralalpen statt. Hier treiben mächtige einheimische Familien ihr Unwesen[37], etwa die Stockalper, jahrhundertelang Herren über wichtige alpine Handelsströme und schon früh am Gewürzhandel mit Asien beteiligt. Weil die Behörden den Mut zu einer gerichtlichen Klage nicht aufgebracht hätten, so bilanziert später ein Politiker, sei der Staat zum Gespött jener geworden, die die Wälder unter sich aufgeteilt und in ihrer Gewinnsucht die Zukunft verschlungen hätten.[38]

Andernorts wird festgestellt, dass sich «das Strassennetz immer mehr auch unseren abgelegenen Gebirgen nähert» und «die Gewinnspäherei ihre Netze immer dahin auswirft, wo sich noch reichlicher Fang erwarten lässt, und ihr keine Strecke zu weit, kein Berg zu hoch, keine Schlucht zu tief ist, um noch das letzte Mark der Wälder auszusaugen»[39]. Um allfällige Vorschriften kümmern sich die auswärtigen Konzessionsnehmer keinen Deut. In einem Fall wurden über tausend speziell bezeichnete Samenbäume sowie 11 000 Nachwuchsstämme unterhalb der vereinbarten Dicke gefällt.[40]

Der Holzexport wird heftig diskutiert. Einzelne Kantonsregierungen versuchen, ihn kurzerhand zu unterbinden. Viele Forstleute beginnen ihre Aufgabe breiter zu interpretieren und sich für die Wahrung des gesamten Naturhaushalts – und nicht nur für die urbanen Holzbedürfnisse – zu engagieren. Karl Kasthofer hat stets zu bedenken gegeben, dass die Holzausfuhr früher verboten war und trotzdem viele Wälder zerstört worden seien, weil das Holz keinen Wert besessen habe und darum auch «keine Lehre der Forstwirtschaft das Volk erleuchtete».[41] Je mehr die Gemeinden und Private aus dem Verkauf lösen könnten, desto besser würden sie zu ihren Wäldern schauen[42] und sie schliesslich auch nachhaltig bewirtschaften.

Meiringen zumindest hat diese Behauptung bestätigt. 1853, etwa vier Jahrzehnte nach Kasthofers historischer Lärchensendung, setzen die Meiringer 20000 Sämlinge, darunter auch viele Lärchen. Und als entdeckt wird, dass ein Knabe einigen gepflanzten Lärchen mutwillig den Gipfeltrieb abgeschlagen hat, gibt es empörten Lärm im Dorf.[43]

Karl Kasthofer hat die Meiringer Aufforstung, die ihm wohl grosse Genugtuung bereitet hätte, nicht mehr gesehen, denn er ist im selben Jahr gestorben. Ob sich die nachhaltige Waldwirtschaft in der Solarenergiegesellschaft mit der Zeit überall durchgesetzt hätte, ist schwer zu sagen. Denn in jenen Jahren fährt mit der Eisenbahn eine technische Erfindung auch ins Alpenland ein, welche die wirtschaftlichen Rahmenbedingungen und das Kräftefeld um den Wald vollkommen verändern wird.

Holzfressende Eisenbahn

Bahnbau und -betrieb bringen für die Wälder vorerst einmal einen neuen Aderlass. Das Trassee verschlingt Unmengen von Schwellen, wodurch vor allem der Eichenbestand dezimiert wird. Die Lokomotiven allein verpuffen vier Prozent der landesweiten Holznutzung, und auf die neu erschlossenen Gebiete beginnt auch sofort der Sog der europäischen Zentren zu wirken, was eine neue Holzexportwelle auslöst. Auch 1860 wird das Holz in der Schweiz noch nicht nachhaltig und durch hochstehende «Forstkultur mit gartenmässiger Sorgfalt»[44] bereitgestellt, sondern allzuoft durch kulturlose Kahlschläge – mit zunehmend schlimmeren Folgen.

Auf den kahlen Flächen höherer Lagen beginnen sich Lawinen zu bilden. Wo Baumkronen zuvor Wasser verdunsteten, Wurzeln den Boden zusammenhielten und Waldboden wie ein Schwamm wirkte, fliessen Regen- und Schmelzwasser jetzt unverzögert ab, schwemmen Bodenmaterial mit. An den Hangfüssen nagen die Hochwasser, rafft das geflösste Holz. Die Böschungen rutschen nach und laden den Bach mit Schuttpfropfen auf. Wenn diese bersten, kommt es zu Überschwemmungen, die bis in die unteren Lagen des Landes wirken und Kulturland mit Steinen, Sand und Schlamm eindecken.

Überschwemmungen hat es zwar stets gegeben, vor allem wenn starke Regenfälle den Waldboden zu sättigen vermögen, das Wasser dann aus allen Poren herausläuft und unverzögert in die Bäche gelangt. Doch Mitte des letzten Jahrhunderts häufen sich solche Ereignisse. Stets eindringlicher wird gemahnt, den Wald als Hoffnung künftiger Generationen vor den Launen der gegenwärtigen zu schützen.[45] Aber selbst Katastrophen mit Dutzenden von Toten vermögen vorerst keine breit angelegten Massnahmen an der Wurzel des Übels auszulösen.

Kohle und Industrialisierung entlasten den Wald

Entscheidende Hilfe kommt erst über die Schiene. Haben sich die Bahnen in einer ersten Phase holzfressend ausgewirkt, werden sie mit der Zeit zu Adern, die dem kollabierenden Lebensraum Schweiz Kohleinfusionen zuführen. 1858 trifft der erste Zug in Bern ein, und zwei Jahre später ist Kohle auf dem Berner Energiemarkt erstmals billiger zu haben als Holz und beginnt dieses nun rasch zu ersetzen.[46] Ozeandampfer und ein stets weiter gewobenes Bahnnetz ermöglichen die Zufuhr von Rohstoffen, Getreide und Dünger aus Übersee. An den Knotenpunkten der Bahn entstehen neue Arbeitsplätze, und viele Leute aus der ländlichen Welt ziehen in die

Städte – vor allem auch Menschen aus den unteren sozialen Schichten.

Der fundamentale Wechsel vom Solarenergie- zum Kohlezeitalter, von der Nutzung des oberirdischen zur Ausbeutung des «unterirdischen Waldes», leitet eine Entwicklung ein, von der Kasthofer in seinen Interlakner Jahren nicht zu träumen gewagt hätte. Die traditionellen bäuerlichen Waldnutzungen spielen nur noch an den sozialen und räumlichen Rändern eine Rolle. Der uralte Konflikt zwischen der ländlichen Elite und den Landlosen um den Zugang zum Wald, der mit der Neuordnung des Waldeigentums vielerorts noch verschärft wurde, beginnt sich im Kohlezeitalter aufzulösen. Der Druck auf den Wald nimmt derart ab, dass die Forstleute ihre Vorstellungen endlich ungestört realisieren können.

Dieser gesamtgesellschaftliche Wandel ist es auch, der 1876 die Einführung und Durchsetzung des Schweizer Forstgesetzes ermöglichte – dass es das Gesetz allein war, das die Wälder gerettet hat, ist ein Mythos, der schon öfters den Blick auf die heutige Problematik in den Ländern des Südens verstellt hat. Es ist ein Rahmengesetz mit breit gesteckten Leitplanken. Das Eigentum am Wald bleibt zwar erhalten, doch im Interesse der Allgemeinheit – dazu gehören auch künftige Generationen – wird die Verfügungsgewalt der Eigentümer stark eingeschränkt. So darf die Waldfläche nicht verkleinert werden, Lücken im Baumbestand sind zu schliessen und alle Nutzungen, beabsichtigte wie ausgeführte, sind in einem Bewirtschaftungsplan festzuhalten. Zudem muss jeder zum Verkauf vorgesehene Baum vom Forstdienst angezeichnet werden.

Die Rückkehr der Bäume

Nun beginnt die Natur ein Wunder zu vollbringen: Der Wald kehrt allmählich zurück. Unter dem Eindruck von Holzmangel und Verheerungen versuchen die Forstleute vielerorts, diesen Prozess zu beschleunigen. Bereits um 1860 werden in den Pflanzgärten des Kantons Bern jährlich über eine Million Setzlinge bereitgestellt. Der junge Berufsstand will rasche Resultate vorweisen können. Sauber in Reih und Glied gesetzte Bäume erscheinen als Fortschrittssymbol und erhalten zudem eher Respekt und Schutz durch die Bevölkerung als unordentlich wirkender Wildwuchs. Doch bereits damals wird in Fachkreisen heftig darüber debattiert, ob die Waldverjüngung nicht einfach der Natur überlassen werden sollte. Unbestritten ist einzig die Auspflanzung erodierter Flächen und degradierter Weiden mit Pionierbaumarten, in diesen Fällen eine unerlässliche Massnahme, um die Wiederbewaldung in nützlicher Frist wieder in Gang zu bringen.

Rasch macht die Natur jedoch klar, dass sie nicht zu überlisten ist. Sturm, Schnee und Schädlinge decken forstliche Fehler wie falsch gewählte Baumarten oder grossflächige Kulturen einer einzigen Art umgehend und schonungslos auf. Solche Katastrophen lehren die Forstleute, dass Bäume ihre Zeit nur dann zu erreichen vermögen, wenn sie dem Standort angepasst sind. Zu Beginn des 20. Jahrhunderts wird der Grosskahlschlag mit anschliessendem Holzackerbau meistenorts zugunsten kleinflächiger Schläge mit natürlicher Verjüngung aufgegeben.

Zu Beginn seiner Tätigkeit war der Forstdienst oft wenig akzeptiert. An den Rändern, die vom wirtschaftlichen Wandel nur langsam erfasst wurden, zogen Forstleute noch öfter den Un-

Buchen- und Eichenkeimlinge. Im Schweizer Wald wird immer weniger gepflanzt, der Anteil der Naturverjüngung nimmt laufend zu.

Die Combe-Grède im Berner Jura wurde nach Mitte des letzten Jahrhunderts kahlgeschlagen, um Holzkohle für die industrielle Eisenverhüttung zu gewinnen (links). Um 1990 präsentiert sich die Fläche wieder eingewachsen und wenigstens stellenweise mit naturnahem Wald überzogen (rechts). Andernorts verheilen die alten Wunden langsamer. Wo einstige Kahlflächen aufgeforstet wurden wie in den Voralpen, stehen heute vor allem Fichtenforste. Diese sind als Pionierbestände anzusehen, die von den ursprünglichen Waldtypen mit Tannen sowie Buchen noch weit entfernt sind, und auf Sturm und Schnee sehr anfällig reagieren. Ihre Überführung in naturnahe Wälder mit optimaler Schutzwirkung wird nochmals eine bis zwei Baumgenerationen dauern.

mut der Bevölkerung auf sich, Gewehrschüsse sogar und in einem Fall ein Sprengstoffattentat. Im Laufe des 20. Jahrhunderts jedoch werden sie zunehmend als Berater akzeptiert. Der Stadt-Land-Graben hat sich verkleinert, und die Waldwirtschaft ist zu einem wichtigen Wirtschaftssektor geworden. Holz hat nach wie vor einen hohen Wert und erzielt einen gerechten Preis, der es erlaubt, dem Wald in Form guter Nachwuchspflege auch etwas zurückzugeben.

Was Karl Kasthofer immer wieder als Möglichkeit skizziert hat, ist wirklich eingetroffen: manche Gemeinde finanziert nicht nur die Lehrer aus dem Holzerlös, sondern den gesamten Gemeindehaushalt. So behält denn Holz bis in die fünfziger Jahre einen hohen Stellenwert als Rohstoff für tausend Dinge, und der Wald ist, nebst einigen extensiven Formen der Landwirtschaft, die einzige Ressource, die nachhaltig bewirtschaftet wird, wo die Energiebilanz positiv ist und das Naturkapital nicht degradiert.

Erdöl als Nährlösung für die Konsumgesellschaft

Doch dann wird in den fünfziger Jahren mit dem Erdölzeitalter ein neues Kapitel der Energiegeschichte aufgeschlagen. Erdöl ist billig und lässt die Energiepreise rasch zerfallen. Alle Wachstumskurven beginnen nun fiebrig anzusteigen. Der materielle Wohlstand klettert auf ein nie gekanntes Niveau, körperliche Arbeit und sozialer Druck schwinden, Freizeit und Musse nehmen zu. Andererseits geraten die Energie- und Stoffströme ausser Rand und Band. Energieintensive Produktionsformen sowie ein verschwenderischer Lebensstil bilden sich heraus, was inzwischen zu massiven Umweltschäden geführt hat.[47]

Der Energieverbrauch pro Kopf ist heute etwa fünfzehnmal so hoch wie zu Kasthofers Zeit. Menschen in der Schweiz produzieren im Schnitt 400 Kilogramm Abfall pro Jahr. Agglomerationen, Siedlungen im Grünen, Strassen und Autobahnen haben sich wuchernd ausgebreitet. Die Massenmotorisierung hat die Städte als Orte der Geborgenheit zerstört.

Aus Bauernhöfen sind landwirtschaftliche Betriebe geworden, aus vielfältigen, naturnahen Kulturlandschaften ausgeräumte, banalisierte Zivilisationsflächen. In die landwirtschaftliche Produktion muss heute durchschnittlich fünfmal soviel Energie hineingesteckt werden, wie schliesslich in Form von Nahrung geerntet werden kann.[48]

Veränderte Bedeutung des Waldes

Das Erdöl hat auch die klassische Bedeutung des Waldes als Kraftwerk und Rohstofflieferant verändert. Die Holznutzung im Gebirgsland muss in feiner, teurer Handarbeit erfolgen, umso mehr als die Schutzansprüche ständig steigen. Andererseits steht Holz in Konkurrenz zu Stahl, Beton und Kunststoffen sowie Holzwerkstoffen aus Ländern, wo hochmechanisierte, kostengünstige Kahlschläge und andere Formen der Holzausbeutung noch erlaubt sind. Konkurrenzfähig werden all diese Produkte durch die billige Industrie- und Transportenergie.[49]

Sinkender Erlös und steigende Erntekosten machen eine kostendeckende Holzernte stets schwieriger. Trotzdem ist eine minimale Pflege zur Erhaltung der Schutzwälder zwingend, insbesondere dort, wo der Boden einst kahl lag. Hier haben die Forstleute seinerzeit zwar auch Tannen und andere standortgemässe Baumarten mitgepflanzt, doch unter Freilandbedingungen haben sich in der Regel die konkurrenzkräftigeren Fichten[50] durchgesetzt. Diese bilden allerdings erst Pionierbestände, die auf Sturm und Schneedruck sehr empfindlich reagieren und von den ursprünglichen, stabileren Waldtypen noch weit entfernt sind. Vorsichtige Holzschläge sollen hier die natürliche Ansamung und Entwicklung der nächsten Baumgeneration fördern, die eventuell durch Pflanzung ursprünglich vorhandener Baumarten zu ergänzen ist. Auf diese Weise können die künstlichen Baumbestände langfristig in naturnahe, stabile Wälder überführt werden. Doch dieses Ziel wird durch zwei in den letzten Jahrzehnten aufgetauchte Problemkomplexe bedroht. Einerseits sind die Bestände von Reh, Hirsch und Gemse, die kaum mehr natürliche Feinde haben, in den letzten Jahrzehnten stark angestiegen. Die Ausräumung des Freilandes hat sie der Deckung beraubt, die Benutzung der Landschaft durch die rastlose Freizeitgesellschaft der Ruhe. So verbringen die Tiere heute ihr Leben vor allem im Wald, der ihnen in Form von Blätter und Zweigen auch Äsung bietet. Wo sich jedoch massierte Bestände aufhalten, leidet die Baumverjüngung – wie durch die Ziegenweide zu Zeiten Kasthofers.

Der andere Problemkreis betrifft die Luftverschmutzung. Durch den verschwenderischen Umgang mit Erdöl wird heute gefährdet, was die Kohle vor anderthalb Jahrhunderten wiederaufbauen half. Während die Waldböden seinerzeit durch die traditionellen bäuerlichen Nutzungen ausgemagert waren, sind sie heute infolge der Stickstoffdusche aus der Luft stark überdüngt.

Buchenwald mit Naturverjüngung. Die Schweizer Waldwirtschaft ist dem naturnahen Waldbau verpflichtet. Dessen Ziel ist eine auf den natürlichen Standort abgestimmte Lebensgemeinschaft, die auf Stürme oder andere Störungen von aussen träge reagiert oder sich nach solchen rasch wieder erholt, und damit weitgehend selbstregulierend ist und stabil bleibt. Die Behelligung durch den nutzenden Menschen soll so gering sein wie möglich und sich am Mass der Natur orientieren.

Vorwärts zu einer universellen Kultur der Nachhaltigkeit

Der Wald, so lässt sich folgern, ist weniger vom Willen und den Werkzeugen der Waldeigentümer und Forstleute abhängig als vom jeweiligen Energiesystem. Im Zeitalter der Kohle brannte das fossile Feuer noch auf relativ kleiner Flamme, was zusammen mit dem Holz und der Sonnenenergie, die zu Beginn des 20. Jahrhunderts auch in Form von Elekrizität aus Wasserkraftwerken zur Verfügung stand, einen recht umweltverträglichen Wandel bewirkte.

Die «Entwicklung» seit den fünfziger Jahren hingegen, so die ernüchternde Bilanz, hat zu einem energiezerstäubenden Lebensstil geführt, der vorab auf Erdöl beruht. Die real existierende technisierte Welt ist nichts anderes als ein gewaltiges Schwarzes Loch mit enormen Lecks in allen Stoffströmen. Deshalb ist sie nicht zukunftsfähig.

Die gleiche Frage wie zu Kasthofers Zeit steht wiederum im Raum: Wie kann kommenden Generationen eine lebenswerte Welt erhalten werden? Die einzige überzeugende Alternative besteht in der Ausdehnung des Nachhaltigkeitsprinzips auf sämtliche Wirtschafts- und Lebensprozesse, in der Entwicklung einer eigentlichen Kultur der universellen Nachhaltigkeit.

Dass das eidgenössische Forstgesetz vor 120 Jahren zum Durchbruch kam, war dem breiten Konsens über die katastrophale Umweltsituation zu verdanken und der Perspektive auf eine Technologie- und Wirtschaftsentwicklung, die das tägliche Leben von der Ressource Wald in gewissem Umfang zu lösen versprach. Entsprechend ist in unserer Zeit ein Lebensstil vorstellbar, der auf weniger Ressourcenverschleiss basiert und auf erneuerbaren Energien.

Die reichlichste und sofort anzapfbare Energiequelle heisst Sparen. Es geht darum, die mit der Erdölschwemme eingeleitete Verschwendung durch eine Effizienzrevolution aufzufangen, das heisst pro Energieeinheit zehn- bis zwanzigmal soviel Wohlstand herauszuholen wie heute.[51] Entscheidende Bedingung ist die Durchsetzung ökologisch wahrer Preise, welche die Belastung der Umwelt korrekt widerspiegeln. Diese werden auch dazu führen, dass sich erneuerbare Energien, Schlüssel für jede nachhaltig wirtschaftende Gesellschaft, mehr und mehr durchsetzen können. Zu ihrer Ernte stehen uns heute mit künstlichen Kollektoren für Sonnen-, Wind- und weitere unerschöpfliche Quellen ganz andere Möglichkeiten zur Verfügung als Kasthofers Solarenergiegesellschaft.

Zwar scheinen die fossilen Energiereserven den gegenwärtigen weltweiten Energieverbrauch für weitere hundert Jahre decken zu können.[52] Doch bis in 25 Jahren dürfte sich der Energiekonsum verdoppeln. Die Länder des Südens mit drei Vierteln der Erdbevölkerung und sehr vielen Menschen, die vom Wald leben wie die Unterprivilegierten zu Zeiten Kasthofers, haben einen enormen Nachholbedarf zur Deckung ihrer minimalen Bedürfnisse. Selbst wenn die Energieversorgung von Krisen verschont wird, bleibt also wenig Zeit, die Energiesysteme der Erde auf regenerierbare Quellen umzugestalten.

Auch der Wald ist eine solche Quelle. In der Schweiz hat sich in den letzten hundert Jahren ein Holzkapital herangebildet, dessen Zinsen heute den eigenen Bedarf am stets nachwachsenden Rohstoff weitgehend decken würden. Dazu ist es keineswegs nötig, dass sich – wie Karl Kasthofer 1818 spöttelte – unter dem Eichen-Zepter der Forstleute alles in Holz verwandelt. Ebenso liessen sich die vielfältigen Erwartungen an die Schutz- und Wohlfahrtswirkungen nachhaltig erfüllen. Und schliesslich könnten Teile des Waldes sehr wohl den Naturkräften überlassen bleiben, könnten sie kleinere und grössere Naturinseln in einem allgemein übernutzten Lebensraum bilden.

Indien

Konflikte lösen, um Shivas Locken zu pflegen

Der britische Kolonialstaat hat im letzten Jahrhundert Hand an bedeutende Waldflächen gelegt und diese durch seinen Forstdienst nutzen lassen. Der grösste Teil der Wälder gehörte ursprünglich zur Welt der Dörfer und wurde gemeinschaftlich nach lokalen Regeln bewirtschaftet. Mit dem Eindringen der Staatsmacht kam es zu Konflikten zwischen Landbevölkerung und Forstdienst und zum Zusammenbruch der dörflichen Nutzungssysteme. Das beschleunigte die Walddegradation stark. Die Chipko-Bewegung, die in den siebziger Jahren zum Schutz der Himalayawälder entstand, ist eine Antwort auf diese Entwicklung. Erste Voraussetzung zur Wiederbegrünung des Himalaya ist die Beilegung der alten Streitigkeiten, denn auch hier ist die Erhaltung und Erneuerung der Wälder in erster Linie ein soziales und erst in zweiter Linie ein biologisches Problem. Niemand belegt dies eindrücklicher als Visheshwar Dutt Saklani, der Mann, der 30 000 Bäume pflanzte.

Der Ganges quillt aus Vishnus grosser Zehe und floss ursprünglich im Himmel und nicht auf Erden. Doch als König Sagaras 60001 missratene Söhne den Weisen Kapila wieder einmal beim Meditieren störten, versengte der die ganze Brut mit einem einzigen erzürnten Blick. Damit die viele Asche geläutert werden konnte, betete der heilige Bhagiratha den Strom auf die Erde nieder. Die Flussgöttin Ganga jedoch, wütend ob ihrer Versetzung, stürzte sich durch die Himalayaschluchten in die Ebene hinunter, wo sie Überschwemmung und Verheerung säte. Um die Erde zu retten, fing Shiva, der Freigebigste unter den Göttern, den Fluss mit seiner Stirn auf und dämpfte die zerstörerische Energie Gangas in seinen weichen Locken ab.

Wie jeden Abend rezitiert Visheswar Dutt Saklani mit monotoner Stimme aus hinduistischen Texten wie den Puranas, Epen über Schöpfung, Zerstörung und Wiederentstehung des Universums, aus denen die Legende von der Niederkunft des Ganges stammt.[1] Wir sitzen auf dem *charpoy*, einem Holzrahmen auf vier Pfosten mit Strohschnurgeflecht; eine Petrollampe verstärkt das Abendlicht, das durch das kleine Fenster fällt. In der Küche essen Saklanis Frau und Töchter, was von unserem Mahl übrig geblieben ist, Reis und *dal,* würzigen Linsencurry. Draussen balanciert eine Frau das volle Wassergefäss auf dem Kopf vorbei, und wenn Saklani eine Pause macht, höre ich das mahlende Kauen des Wasserbüffels, der unter dem Fenster angebunden ist.

Visheswar Dutt Saklani ist Bauer und lebt im Song-Tal. Das Dorf Saklana ist in die Himalayahügel eingebettet, die sich aus den Schwemmebenen von Ganges und Indus erheben. Die Hügel sind den hohen Himalayagipfeln in einem breiten Band vorgelagert. Das Einzugsgebiet des Song, der weiter unten in den Ganges fliesst, gehört zu Garhwal und liegt zwischen Kumaon im Osten und dem Gliedstaat Himachal Pradesh im Westen. Garhwal und Kumaon bilden zusammen das Hügelgebiet des Gliedstaates Uttar Pradesh.

Über Visheswar Dutt Saklani habe ich 1984 erstmals von Sunderlal Bahuguna etwas gehört.

Der Exponent der Chipko-Bewegung, jener Volksbewegung, die in den siebziger Jahren zum Schutz der Wälder im indischen Himalaya entstanden war, weilte damals in Europa und erzählte mir vom «Mann, der 30 000 Bäume gepflanzt hat».

Im folgenden Jahr kann ich fünf Monate lang Hindukusch und den Himalaya bereisen, von Pakistan über Indien bis Nepal, und im indischen Hügelgebiet ist Saklana mein erstes Ziel. Visheswar Dutt Saklani zu finden ist nicht schwierig, viele hier kennen ihn, denn er hat tatsächlich Zehntausende von Bäumen zu einem ganzen Eichenwald aufgezogen, er ist der Mann, der Shivas Locken pflegt und erneuert. Denn die Haarpracht Shivas ist nichts anderes als eine poetische Umschreibung für den Wald.

Die Geschichte von Saklanis Wald beginnt am 11. Januar 1947 mit einem traurigen Ereignis: Im Befreiungskampf wird sein Bruder erschossen, und in seiner Trauer beschliesst Saklani, zur Erinnerung einen ganzen Wald zu begründen. Jedes Jahr am 11. Januar versammeln sich Verwandte und Bekannte bei Visheswar Dutt Saklani, um weitere Bäume zu pflanzen; mehr als die Fläche von 20 Fussballfeldern Eichenwald sind bisher entstanden.

Vorherige Seite: Nördlich von Shimla, der Hauptstadt des Gliedstaates Himachal Pradesh. Den verschneiten Himalayagipfeln ist das breite Hügelband vorgelagert. Die «Locken Shivas», die Wälder, den Wasserabfluss zur Monsunzeit dämpfen, sind zum grossen Teil nicht mehr vorhanden.

Visheswar Dutt Saklani, «der Mann, der 30 000 Bäume gepflanzt hat» vor einem Teil seines Waldes.

Schuften für den täglichen Reis

Noch vor dem Morgengrauen weckt mich Geschirrklappern in der Küche. Rauch vom neu entfachten Herdfeuer und die Fröhlichkeit von Saklanis Frau und seiner Schwägerin dringen durch die Ritzen der Lehmwand. Ich bewundere die Frauen, denn für sie hat wiederum ein Tagwerk begonnen, das selbst in diesem relativ wohlhabenden Haus mühselig ist und andernorts viele Frauen ständig über die Grenzen ihrer Kräfte belastet.

Am frühen Morgen geht es los mit Wasserschleppen und Getreidemahlen für die Brotfladen. Nachdem Männer und Kinder verpflegt sind und der Büffel gemolken ist, gehen die Frauen in den Wald, oft zusammen mit den Nachbarinnen und ausgerüstet mit Sichel und Tragband. Brennholz für den Herd ist zu schneiden oder Gras und Blattfutter für die Haustiere. Mit Bündeln, die ich kaum aufheben und schon gar nicht stundenweit schleppen könnte, kehren sie noch vor dem Mittag zurück, um das Essen zuzubereiten – zumindest in jenen Familien, die sich drei Mahlzeiten pro Tag leisten können. Dann das Jüngste stillen, aufräumen, den Lehmboden feucht aufwischen und zwischendurch einen offenen Kinderfuss mit blutstillendem Kraut umwickeln. In der Trockenzeit, wenn die Blätter der immergrünen Weissen Eiche[2] bis zu 80 Prozent der Viehnahrung ausmachen, ist auch der Nachmittag der Futtersuche gewidmet. Lange nach Einbruch der Dunkelheit sinken die Frauen erschöpft auf ihre Matte neben dem Herdfeuer.

Ganz anders der Tagesablauf der Männer, soweit sie zuhause leben und nicht auf der Suche nach Arbeit in die Ebene gezogen sind. Sie verrichten periodisch anfallende harte Arbeiten wie Roden oder die Verbesserung der Ackerterrassen. Zudem sind ihnen religiöse Pflichten und das Pflügen überbunden, eine Arbeit, die Hindu-Frauen nicht leisten dürfen. Daneben bleibt jedoch viel Zeit zum Politisieren vor dem Teeschuppen oder dem Schnapsladen. Kaum einer jedoch nutzt seine Zeit wie Visheswar Dutt Saklani, um mit dem Wald die wichtigste Grundlage dieses Landnutzungssystems wiederherzustellen.

Zerfransende Wälder, sinkende Fruchtbarkeit

Der Wald spielt in den Himalayahügeln noch heute die gleiche Rolle wie seinerzeit in der alpinen Solarenergiegesellschaft. Zwei Ernten pro Jahr – während des Monsuns wachsen Reis und Hirse, im Winter Weizen – zehren besonders stark am Nährstoffvorrat der Äcker. Zur Schliessung dieser Nährstofflücke werden Laubfutter und Laubstreu aus einer grösseren Waldfläche – sie kann bis zu dreissigmal der Ackerfläche entsprechen[3] – eingesammelt. Bei diesem Nährstofftransfer haben die Haustiere auch hier eine wichtige Funktion als Düngerproduzenten, während ihre Milchleistung noch oft zweitrangig ist – mit zwei bis drei Litern entspricht sie derjenigen der Alpenkühe zu Kasthofers Zeiten.

Doch obschon hier jedes Kind weiss, dass Bäume die Mütter fruchtbarer Äcker sind, ist Shivas Haupt im Song-Tal nur noch entlang der Kreten und an schwer zugänglichen Orten «behaart», eine Tatsache, die praktisch überall in den Himalayahügeln und den meisten anderen Landesteilen zu beobachten ist. Dadurch müssen die Frauen jedes Jahr mehr Arbeit ins Sammeln von Futterlaub stecken und beim Ästeschneiden oder dem Transport zunehmende Risiken auf sich nehmen. Unter Zeitdruck werden stets die nächstgelegenen Bäume genutzt, und dies oft vor der idealen Erholungszeit von zwei bis drei Jahren.[4] So sterben die Bäume rascher ab, die Waldränder fransen aus und werden stets weiter zurückgedrängt.[5]

Wenn die Distanz zwischen Dorf und Wald zu gross wird oder keine Bäume mehr vorhanden sind, gelingt es den Frauen nicht mehr, genügend organisches Material zum Ausgleich der Nährstoffbilanz heimzuschleppen. Anstatt Holz müssen dann getrocknete Mistfladen verbrannt werden, was das Düngerdefizit noch verstärkt. Unmittelbare Folgen sind geringere Ernten und sinkende Milchleistungen der Büffel. Zum Kauf der fehlenden Nahrungsmittel sehen sich die Frauen gezwungen, ihren Goldschmuck umzumünzen, der eigentlich als Mitgift für die Töchter bestimmt war.

Eine andere Strategie zum Überleben besteht in der Haltung von mehr Ziegen. Diese anspruchslosen Tiere sind noch am ehesten in der Lage, einem degradierenden Lebensraum genügend Nahrung abzuringen. In der Gegend von Saklana, wie in den meisten Himalayadörfern, steigt der Ziegenbestand laufend an. Landesweit hat er sich zwischen 1950 und 1980 verdoppelt.[6] Weil sich Ziegen bevorzugt von Jungbäumen und anderen Gehölzen ernähren und damit die Waldverjüngung unterbinden, wird die Spirale der Degradation noch weiter nach unten gedreht.

Das Empire legt die Hand auf die Himalayahügel

Insgesamt erinnert die heutige Situation im Himalaya fatal an die Lage der Alpen im letzten Jahrhundert. Der entscheidende Unterschied besteht allerdings darin, dass die Engländer in den Himalaya nicht als Gäste gekommen waren wie in die Alpen, sondern ursprünglich als Händler, um sich später zu Herren des *British Raj* zu machen.

Schon früh förderten die Briten Rodung und Aufbruch neuer Böden zum Anbau von Exportprodukten. Die Gegend von Gorakhpur beispielsweise, am Fusse der Himalayahügel in der Gangesebene gelegen, war bis zu Beginn des 19. Jahrhunderts dicht mit Sal-Bäumen[7] bewaldet. Bambus säumte die Flussläufe, die Gangas Wut bei Monsun schon damals anschwellen liess. Sümpfe voller Mücken, die jeden Malariaherd in Windeseile ausweiteten, hatten eine Besiedlung lange verhindert. Doch dann brach hier eine Landmanie aus, und bis 1830 liessen englische Zuckerbarone Zehntausende von Hektaren Wald roden.[8]

Etwas länger verschont blieben die Himalayahügel. Nirgends auf der Welt seien die Bauern so gut gekleidet und hätten derart hochwertige Häuser wie in Garhwal und Kumaon, rapportierte 1838 ein britischer Regierungskommissar. Die wilden Früchte und Gemüse in den nahen Wäldern blieben ungeerntet, denn die Getreideversorgung war noch um 1850 derart gut, dass die Hügelbewohner Korn nach Tibet und in die Ganges-Ebene exportieren konnten.[9] Noch 1855 wurden die Wälder in Garhwal und Kumaon von einem britischen Promotor der Eisenindustrie als grenzenlos und unerschöpflich empfunden: bei jeder Erzlagerstätte sei genügend Holz vorhanden, um selbst den grössten englischen Hochofen hundert Jahre lang befeuern zu können.[10]

Doch allmählich gerieten auch die Hügel unter kolonialen Einfluss. Auf den vorgelagerten Ketten entstanden die *hillstations* wie das unweit von Saklana entfernte Musoorie oder Shimla im heutigen Bundesstaat Himachal Pradesh. Shimla, 2100 m ü. M. und daher auch zur Vormonsunzeit nicht so heiss, wurde 1864 zur Sommerhauptstadt des *British Raj*. Wenn im April die Ebenen zu flimmern begannen und selbst die Bürodiener keine kühlenden Luftzüge mehr in die imperialen Kontore zu fächeln vermochten, setzte sich jeweils ein langer Treck von reitenden *sahibs*, Sänften mit den *memsahibs* und Pferdekarren voller Akten nach Shimla in Bewegung.

Und wie überall, wo die Briten als Kolonisatoren auftauchten, folgte die Waldzerstörung auf dem Fuss, und rasch wurden die *hillstations* zu «Schwarzen Löchern». Der Bau öffentlicher

Saklanis 40jährige Frau mit rotem Schultertuch und ihre Schwester.

Gebäude und Residenzen – architektonisch verwandt mit den Hotels in Interlaken, welche zur selben Zeit entstanden – verschlangen Unmengen von Holz für die Konstruktion und zum Brennen des Kalkmörtels. In der Umgebung neu aufgebrochene Böden lieferten die Beilagen zum Lachs aus Schottland und den Sardinen aus dem Mittelmeer, die in den feinen Häusern gereicht wurden.

Auch die Wirtschaftsentwicklung in den Ebenen, wo die Holzreserven allmählich zur Neige gingen, löste einen zunehmenden Sog auf die Himalayawälder aus. 1844 erwarb der englische Kontraktor Wilson beim Raja, dem Feudalherrn von Tehri-Garhwal, das Recht zur Nutzung von Himalayazedern[11], die in Höhenlagen über 1800 m ü.M. gedeihen und in monatelangen Reisen auf dem nach dem heiligen Baghirathi genannten Fluss in die Ebenen geflösst werden mussten. Für eine Jahresabgabe von 400 Rupien durfte Wilson zwanzig Jahre lang beliebig viele Zedern schlagen, doch bei Halbzeit der Konzessionsdauer hatte er die besten Bestände bereits geplündert.[12]

Die Eisenbahn bricht die Handelskreisläufe auf

1853 begannen die Briten, die wichtigen Häfen, grossen Städte und fruchtbaren Hinterländer mit einem Netz von Bahnlinien zu verbinden. Damit wurden riesige Gebiete, deren Wirtschaft bis dahin lokal oder regional ausgerichtet war, an die internationalen Rohstoffmärkte angeschlossen, und immer grössere Teile Indiens gerieten nun in den Strudel der weltweiten Handelskreisläufe des *British Empire*.

Mit Baumwolle aus dem Hinterland von Bombay wurden die Webmaschinen in der britischen Tuchmetropole Manchester gefüttert, Indigo aus der gerodeten Ganges-Ebene diente zum Färben jenes Tuches, das als «Denim» nach Nordamerika gelangte und zu Bluejeans für Cowboys und Goldschürfer verarbeitet wurde. Weizen aus dem Punjab nährte die Büroangestellten in London, dem Verwaltungszentrum des *Empire,* wo zur Bewältigung des Pendlerstroms bereits 1863 mit dem Bau der Untergrundbahn begonnen wurde.

Die Bahnen in Indien dienten jedoch nicht nur dem Export, sie erschlossen im Gegenzug auch einen riesigen Markt für englische Industrieprodukte wie maschinengewobene Baumwollstoffe, welche die einheimischen Güter rasch verdrängten und das hochentwickelte indische Handwerk zerstörten.

Die Schienenstränge verschlangen unvorstellbare Holzmengen, rund 1800 Schwellen pro Meile, und für die bis 1920 gelegten 37 000 Meilen wurden – allein für die erste Schienengeneration – gut 66 Millionen Schwellen benötigt.[13]

1859 war die Linie Kalkutta-Varanasi-Allahabad parallel zum Ganges fertiggestellt. Nun galt es, die fruchtbaren Ebenen von Uttar Pradesh und dem Punjab anzuschliessen. Dieser Abschnitt hatte Priorität, denn hier war es kurz zuvor zum Sepoy-Aufstand gekommen, dem letzten Versuch nordindischer *Rajas*, die Fremdherrschaft abzuschütteln. Rasche Truppentransporte auf der Schiene sollten ähnliche Ereignisse künftig verhindern.[14] Doch die Vorräte an Sal, dem besten Schwellenholz der Region und ursprünglich am Fuss der Himalaya-Hügel in Massen vorhanden, waren längst den Rodungsfeuern der Zuckerbarone zum Opfer gefallen.

Das Interesse der Bahnbauer richtete sich nun auf die Himalaya-Zedern, die letzte für die imperialen Ziele geeignete Baumart, die noch in grösseren Beständen zu finden war. Doch bereits zu Beginn der sechziger Jahre hatte eine vom britischen Militärchirurgen und Botaniker Hugh Cleghorn durchgeführte Prospektion gezeigt, dass die meisten der grossen Zedernbestände auf Boden indischer *Rajas* wuchsen und oft zu Schleuderpreisen an Konzessionäre wie Wilson vergeben worden waren. Die Waldverwüstung und Holzverschwendung, die Cleghorn überall auffielen, hatten wohl vor allem damit zu tun.

Diese Anzeichen eines drohenden Holzmangels führten 1864 zur Gründung des Forstdepartements. Ein Jahr später wurde der Deutsche Dietrich Brandis, der schon lange in den Teak-Wäldern Burmas für die Briten arbeitete, zum ersten Generalforstinspektor Indiens ernannt. Während der nächsten Jahrzehnte konzentrierte sich der imperiale Forstdienst vor allem auf den Himalaya, und allein bis 1878 wurden aus diesen Wäldern 1.3 Millionen Zedernschwellen geliefert.[15]

Wurzeln eines heute noch ungelösten Nutzungskonfliktes

In vorkolonialer Zeit lag das Waldeigentum im Himalaya bei den lokalen *Rajas* – vergleichbar mit den hoheitlichen Rechten, welche die Stadt Bern im Oberhasli beansprucht hatte. Die Rajas verwendeten den Wald als Landreserve für ihre Höflinge oder um Soldaten zu entgelten.[16] Ein direktes Interesse an Waldprodukten, mit Ausnahme der kriegswichtigen Elefanten, wurde erst mit Einsetzen der britischen Marktwirtschaft geweckt, als Holz Geldwert erhielt.

Die kleinen Nutzungen jedoch waren traditionell den Bauern überlassen, denn nur wenn diese über genügend Laubfutter für das Vieh und genügend düngenden Kompost für die Felder verfügten, konnten die *Rajas* Steuern für ihre eigene Hofhaltung abzweigen. In gleicher Weise pflegten ursprünglich auch die Kolonialbehörden Wälder als Eigentum der Dorfgemeinschaften anzuerkennen[17] – bis infolge der Knappheit an Schwellenholz selbst abgelegene Bestände Bedeutung für die imperialen Ziele bekamen.

Für die Bauern war der Wald jedoch keineswegs rechtsfreier Raum, im Gegenteil. Oft wurden die dorfnahen Bestände als gemeinschaftliches Eigentum nach genauen Verhaltensnormen bewirtschaftet. Mancherorts waren sie mit Steinwällen vor dem Vieh geschützt, und der Dorfrat oder die Dorfältesten pflegten Art und Zeitpunkt der gemeinsamen Nutzung festzulegen.[18] Auch in entfernteren Waldungen dürften sich mit der Zeit geregelte Nutzungsrechte herausgebildet haben, und selbst abgelegene Wälder, in denen Aussenstehende keinen Zusammenhang mit der Dorfökonomie zu erkennen vermochten, gehörten zu den lokalen Welten, waren Sitz von Göttern und Geistern, die zu stören Einheimische niemals gewagt hätten.

Wie in den Alpen kam es nun auch hier zu tiefen Nutzungs- und Interessenkonflikten zwischen der lokalen Bevölkerung und dem Forstdienst. Zwar hatte Cleghorn bereits 1861 vorgeschlagen, das Recht der Holznutzung zusammen mit der Pflicht der Waldverjüngung der lokalen Bevölkerung zu übertragen, denn diese

---

Die traditionelle Düngung für die Äcker in den Himalayahügeln besteht nach wie vor aus dem Dung der Haustiere und Blattstreu aus dem Wald, um diesen zu binden. Künstdünger wird in den Hügeln wenig eingesetzt.

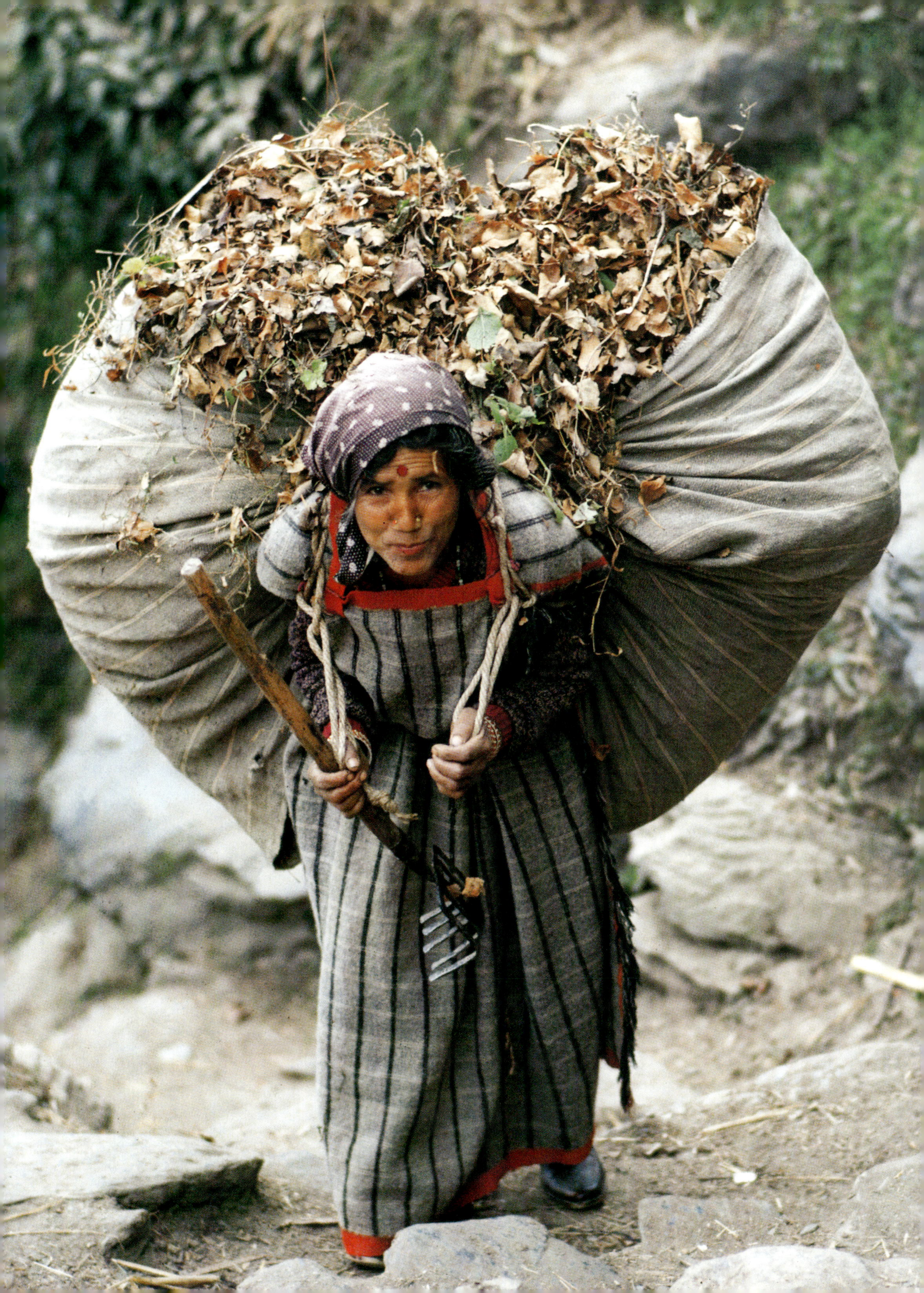

Heilige Bäume, heilende Pflanzen. Die Probleme mit dem Wald sind keineswegs auf eine schlechte Waldgesinnung der Landbevölkerung zurückzuführen. Viele Baumarten sind im Hinduismus Sitz der Götter und guten Geister. Unter dem Banyan (links) ist Vishnu geboren worden. Niemand darf diesen Baum mit Eisen berühren, und wer seine Äste abschneidet, hat die Auslöschung seiner Familie zu gewärtigen.

habe das grösste Interesse, die Wälder zu erhalten und nachhaltig zu bewirtschaften.[19] Auch Brandis schwebte eine Kontrolle der Waldressourcen durch lokale Gemeinschaften vor, doch das *Revenue Department,* die für die Staatseinkünfte zuständige Verwaltungsstelle, fürchtete den Verlust von Pfründen und Einfluss und stellte sich der rechtlichen Anerkennung der traditionellen Dorfforstwirtschaft entgegen.[20]

Die meisten Mitglieder des indischen Forstdienstes waren detachierte Polizei- oder Armeeoffiziere mit einer Einstellung zur Dorfbevölkerung, die etwa dem Verhältnis des viktorianischen Ehemannes zu seiner Gemahlin entsprach: Die Bevölkerung sei nicht in der Lage zur Bewirtschaftung der Wälder und müsse vor der eigenen Unbedachtsamkeit geschützt werden, die leicht zu Waldzerstörung und Erosionsproblemen führen könne, so argumentierten sie mit paternalistischer Schutzgebärde.[21]

Doch auch hier verraten die Worte die wirklichen Ziele: mit *minor forest products* – «minor» hat den Beigeschmack von «minderwertig» – meinten die Kolonialförster dasselbe wie ihre Kollegen in Europa mit «Nebennutzungen». Diese konkurrieren mit der «Hauptnutzung», dem Stammholz, das für den «Fortschritt der Zivilisation»[22] und übergeordnete «nationale Interessen» zentral sei. 1875, an einer Konferenz des Forstdienstes, trat die Arroganz der Macht klar zutage: «Das Recht der Eroberung ist das stärkste Recht.»[23] Das war die unverhohlenste Begründung für die Ausscheidung von sogenannten «Forstreservaten», die das koloniale Forstgesetz von 1878 ermöglichte.

Solche Forstreservate waren überall vorgesehen, wo profitabel Holz zu produzieren war oder besondere Schutzwirkung des Waldes bestand. Die Reservate wurden Eigentum der Kolonialregierung, sobald die vorhandenen Berechtigungen – beispielsweise Laubnutzung oder Ziegenweide – abgelöst und als Information für die Bevölkerung in Wandzeitungen angeschlagen waren. In einer Gesellschaft, wo nur Mitgleider hoher Kasten wie die Brahmanen lesen konnten, war allein schon dieser Schritt problematisch.

Die Reservate umfassten oft die halbe Dorfwaldfläche.[24] Doch die bäuerliche Bevölkerung war nicht bereit, sich in ihren traditionellen Rechten beschneiden zu lassen, die nun plötzlich Unrecht sein sollten. Sie setzte den faktischen Enteignungen heftigen Widerstand entgegen. Forstwirtschaft war von nun an, wie 1893 ein Forstoffizier in Garhwal festhielt, vorab ein ständiger Kampf mit der Dorfbevölkerung.[25]

Feuer als Signal des Widerstands

In Kumaon erreichte das Verhältnis zwischen Forstdienst und Bevölkerung zu Beginn unseres Jahrhunderts einen ersten Tiefpunkt. Der Weltkrieg brachte ein plötzliches Interesse an *Chir,* einer Kiefernart[26] – dem einzigen bedeutenden Harz- und Terpentinlieferanten im ganzen Empire. Um 1920 waren allein in Kumaon weit über zwei Millionen Kiefern angezapft.[27] Umgehend versuchte der Forstdienst, diese Ressource in neuen Forstreservaten unter Kontrolle zu bringen, was eine weitere Erosion lokaler Rechte bedeutete und zusammen mit dem wachsenden Unwillen über *Begar* eine brenzlige Situation heraufbeschwor. *Begar* war die von den *Rajas* eingeführte und von den Kolonialherren übernommene Fronarbeit und beinhaltete vor allem Trägerdienste für Reisende der Verwaltung.[28]

Wie Heilkräuter Verwendung finden, wurde vor 3000 Jahren im Ayur-Veda niedergeschrieben, dem «heiligen Buch des Lebens». Die ayurvedische Medizin berücksichtigt über tausend, oft in den Wäldern wachsende Pflanzen.

1920 startete Mohandas Gandhi, der Indien als Mahatma («Grosse Seele») Gandhi 1947 in die Unabhängigkeit führen sollte, die erste landesweite Kampagne des zivilen Ungehorsams gegen ungerechte Gesetze. *Begar* erschien als feudale Ausbeutung, und die neu ausgeschiedenen Forstreservate brandmarkte Gandhi als Symbol der Unterdrückung. Im folgenden Jahr legte die Bevölkerung, wie stets vor dem Monsun, Feuer in die Chir-Wälder, um mit dem Einsetzen des Regens aschegedüngtes, kräftiges Weidegras zu erhalten. Doch diesmal flammten mehr und heftigere Feuer auf als sonst, denen Hunderttausende von Kiefern zum Opfer fielen. Als Folge dieses ersten regionalen Protestes der Hügelbevölkerung sah sich die Regierung gezwungen, die neu errichteten Forstreservate zu widerrufen.[29]

Zerrüttung zwischen Volk und Förster

Ab 1920 begann die indische Bevölkerung stetig zuzunehmen, vor allem in den Ebenen. Ein guter Teil des Energie- und Nutzholzes, das sie benötigte, stammte aus den Himalayahügeln und floss in einem wachsenden Strom in die Ebene. Da der Forstdienst die wenigsten Schläge selbst ausführen konnte, wurde das Holz oft auf dem Stock versteigert. Die solventen Kontraktoren aus höheren Kasten stammten aus der Ebene, und als Holzfäller rekrutierten sie bevorzugt Fremde, die billiger und williger waren als die Einheimischen.[30] Nach den Schlägen blieben mit Restholz und Ästen übersäte Schlachtfelder zurück statt zur Verjüngung vorbereitete Waldflächen.

Während die Forstbeamten bei solch liederlicher Arbeit oder bei Bäumen, welche die Kontraktoren unerlaubterweise auch noch fällen liessen, beide Augen zudrückten, verwandelten sie sich vor der einheimischen Bevölkerung in strenge Polizisten. Sie zerbrachen den Frauen die Laubsicheln oder bestraften selbst geringfügige Vergehen hart. Nicht verwunderlich, dass der Forstdienst – straff hierarchisch organisiert und bis zum einfachen Wächter hinunter uniformiert – von der Bevölkerung als hochmütiger, repressiver Apparat empfunden wurde. Auch die zunehmende Zahl indischer Offiziere, die nach 1920 in den Forstdienst eingegliedert wurden, bedeutete lediglich einen Wechsel von britischem Klassendenken zu indischem Kastenbewusstsein.

Die Repression gegenüber der lokalen Bevölkerung bewirkte jedoch mitnichten die Rettung der Wälder; im Gegenteil, sie löste eine schleichende Tragödie aus, die bis in unsere Tage anhält.

Als fataler Nebeneffekt hat das Eindringen der Staatsmacht nämlich auch die labilen Machtverhältnisse in den Dörfern aus dem Gleichgewicht gebracht und die lokalen Bräuche zersetzt. Vermutlich hätten die Bedürfnisse der Dorfbewohner auch aus der geschrumpften Waldfläche noch gedeckt werden können, wenn eine gerechte Neuregelung der Nutzungen gelungen wäre. Aus dieser heiklen Aufgabe hat sich der Forstdienst jedoch meist herausgehalten. An die Stelle der traditionellen Regelungen und Einschränkungen trat nun tiefe Rechtsunsicherheit. In diesem Vakuum sind es die Dorfmächtigen, die ihre Interessen am raschesten durchzusetzen und auszudehnen verstehen. Die durch Ausscheidung von Reservaten verlorengegangenen Laubrechte etwa kompensieren sie an frem-

Die Himalayahügel stehen nach wie vor unter starkem Weidedruck. Es sind nicht nur die Haustiere, welche die Baumverjüngung unterbinden, sondern auch Wanderherden (links), zum Beispiel von Gaddhi-Hirten (oben). Täler, durch welche grosse Herden von Kaschmirziegen und Schafen auf die Sommerweiden im Hochhimalaya getrieben werden, sind oft stark entwaldet. Den Winter verbringen diese Tiere traditionell auf den fruchtbaren Äckern am Fuss der Himalayahügel, wo die Hirten bei der Ernte, etwa von Zuckerrohr, mithelfen. Die Tiere ernähren sich von den Ernteresten, und mit ihrem Dung gelangen wichtige Nährstoffe in den Boden zurück. Zunehmende Mechanisierung und steigende Verwendung von Kunstdünger machen diese alte Zusammenarbeit zu gegenseitigem Nutzen überflüssig, so dass auch die Wintereinstände für die Tiere schrumpfen. Gegenwärtig werden viele der grossen Herden aufgegeben, was vielerorts auch zur Abnahme des Weidedrucks auf die Bäume führen dürfte.

den Bäumen und, angeregt vom Sog der neuen Märkte, vergreifen sie sich an Holz, das ihnen traditionell nie zustand.

Aus schonender Bewirtschaftung wird Ausbeutung. Einen Baum, der meiner Familie traditionell zur Laubnutzung zugewiesen ist, begreife ich als mitlebendes Wesen, dem ich stets die zur Erholung nötigen Triebe lasse. Doch wo plötzlich alle Bäume allen gehören, besteht keine Garantie mehr, dass sich meine Sorgfalt auszahlen wird, weil sich schon am Nachmittag eine andere Person am selben Baum vergreifen und diesen zu Brennholz zerhacken kann. Ebenso unsicher bin ich, ob ich oder meine Nachfahren den Baum, den ich heute pflanze, in zehn Jahren auch wirklich nutzen kann.

Verheerend wirkte sich die Entfremdung der Bevölkerung von ihren traditionellen Ressourcen auch auf die Forstreservate aus. Der indische Forstdienst hat zwar stets versucht, diese nach forstlichen Regeln («scientific forestry») zu bewirtschaften. Doch der Versuch, im forstlichen Elfenbeinturm zu arbeiten und die lokale Bevölkerung von dieser Welt auszuschliessen, gelingt ebensowenig wie seinerzeit in Europa. Denn kein Gesetz und kein Forstbeamter ist in der Lage, die Sicheln der Einheimischen zu kontrollieren oder von ihnen zur Regeneration der Weidegräser gelegte Feuer zu verhindern. Und die Zäune und Mauern, die der Forstdienst nach dem Holzschlag zur Abwehr der Ziegen erstellt, werden von den Hirten immer wieder eingerissen.

Das Problem liegt nicht an der Holznutzung an und für sich, denn auch im Himalaya wäre die natürliche Regenerationskraft der Bäume gross genug. Ohne Zweifel haben zur Entwaldung auch die wachsende Bevölkerung, die Ausweitung der Äcker und Weiden sowie die nicht immer optimale Weise der dörflichen Waldbewirtschaftung beigetragen. Doch allein damit lässt sich der grossflächige Niedergang der Himalayawälder nicht erklären. Für die Tragödie des gemeinschaftlichen Gutes Wald[31] ist vielmehr die Auflösung der traditionellen Rechts- und Sozialstrukturen verantwortlich. Ein Beleg dafür ist die Tatsache, dass in schwer zugänglichen Gegenden, wo die ursprüngliche lokale Organisation erhalten blieb, oft auch bedeutende Waldflächen zu überleben vermochten.[32]

Unabhängigkeit und der Konflikt mit China

Als Indien 1947 seine Unabhängigkeit erlangte, stand das Land mit ausgelaugten Böden, verkrüppelter Wirtschaft, aus dem Gleichgewicht geratenen Eigentumsstrukturen und einer stark angewachsenen Bevölkerung da. Während die Bahn nach Europa mehr von allem brachte, hat sie aus Indien mehr von allem abgeführt. In Europa war sie Vehikel einer gesamtgesellschaftlichen Entwicklung, die den Stadt-Land-Graben verengte und sich letztlich waldschonend auswirkte. Im kolonialen Indien jedoch sind die Interessen von Stadt und Land weit auseinandergedriftet.

Während die städtische Welt immer mehr Schwellen und Zellulose braucht, benötigt die ländliche nach wie vor Blätter und Wurzeln, und beide Welten verbrennen Mengen von Energieholz. Für die Wälder des unabhängigen Indien gibt es daher keine Erholungspause. Die städtische ebenso wie die ländliche Welt versuchen ihre Bedürfnisse daraus zu befriedigen, die alten Konflikte setzen sich auch in den Wäldern des neuen Indien fort, und die meisten Forstleute stehen nach wie vor auf Seite der urbanen Welt.

Einen Tag vor seinem gewaltsamen Tod Ende Januar 1948 hatte Mahatma Gandhi seine Mitstreiter zur Rückkehr in die Dörfer aufgefordert. Als Sarvodaya-Arbeiter (sarvodaya: «für das Wohlergehen aller»[33]) sollten sie die Dorfbevölkerung bei der Realisierung des *Ramraj*, des «Königreichs Gottes», unterstützen. Ramraj ist Gandhis' Vision eines gerechten Indien. Nach seinen Vorstellungen versorgen sich demokratische Dorf-Republiken weitgehend selbst. Die Ausbeutung von Boden, Tieren und Menschen hat ein Ende. Bei einem einfachen Leben ohne «amerikanischen Wohlstand», so Gandhis Überzeugung, könne die Erde genug hergeben für alle[34]. Doch der Vorschlag zur Wiederherstellung der Dorfautonomie und zur Verkleinerung der Handelskreisläufe wird von anderen Parolen übertönt. Indien müsse entweder industrialisiert werden und die nötigen Konsumgüter selber produzieren oder untergehen, ist die Sichtweise, die sich schliesslich durchsetzt. Staatlich verbilligte Energie und Rohstoffe sollten der kolonial deformierten Industrie auf die Beine helfen. Auch das Forstgesetz von 1952 ist auf die Versorgung der Industrie mit günstigem Holz und anderen Waldprodukten ausgerichtet.[35]

Die Nachfrage nach Himalayaholz blieb bestehen und nahm nach dem indisch-chinesischen Konflikt von 1962 sogar noch zu. Dieser hatte zum Bau von Strassen tief ins Gebirge geführt, was nicht nur neue Wälder erschloss, sondern den Flüssen auch enorme Gesteinsmassen zuführte, denn das Trassee wurde hastig durch Moränen und Schutthänge geschnitten, der Schutt über die talseitigen Flanken hinuntergestossen. Um die Infrastruktur offenzuhalten, müssen pro Kilometer und Jahr durchschnittlich 500 Kubikmeter nachrutschendes Gestein entfernt und in die Flüsse gekippt werden.[36]

Tennisrackets oder Pfluggeschirr?

Ein halbes Jahrhundert nach den grossen Waldbränden in Kumaon bricht der Kleinkrieg zwischen Volk und Förster ebendort spontan wieder auf. 1972 stellt der *Dasholi Gram Swarajya Sangh* ein Gesuch für Eschenholz zur Fertigung von Zugjochen, wie jedes Jahr. Doch diesmal wird es vom Forstdepartement abgelehnt. Der *Sangh*, ein selbstverwalteter Verein mit Sitz in Gopeshwar, ist 1964 mit dem Ziel gegründet worden, Holz, Harz und Kräuter lokal zu verarbeiten. Initiator war Chandi Prasad Bhatt. Der Ticketverkäufer bei einem Busunternehmen, der Jahre zuvor durch Sunderlal Bahuguna zu Sarvodaya-Arbeit inspiriert worden war[37], musste täglich den Exodus der jungen Männer mitanschauen, die in den Bergen kein Auskommen mehr fanden. Doch Arbeitsplätze zu schaffen ist nicht einfach, und schon öfters hat der *Sangh* erfahren müssen, wie schwierig es ist, in der staatlichen Zuteilungsbürokratie lokale Rohstoffe auf legale Weise zu erwerben.

Kurz nachdem das Gesuch zurückgewiesen worden ist, vernehmen Mitglieder des *Sangh,* dass die *Simon Company,* die im 600 km entfernten Allahabad Sportgeräte herstellt, unweit von Gopeshwar eine Konzession zum Schlagen von Eschen erhalten habe. Tennisrackets für Stadtbewohner oder Pfluggeschirr für Bergbauern? Der *Sangh* beschliesst sich zu wehren, und an einer Versammlung im März 1973 blitzt die Idee auf, die einer ganzen Volksbewegung den Namen geben wird: «Wir umarmen die Bäume, damit sie nicht gefällt werden können!» Das Hindi-Wort für umarmen heisst «chipko», die Chipko-Bewegung ist geboren.

Als die Forstverwaltung begreift, dass die Vereinsmitglieder die Bäume notfalls mit dem eigenen Körper vor der Axt schützen wollen, wird dem *Sangh* eine Esche offeriert, falls er nachgebe. Dann steigt das Angebot kontinuierlich an, und schliesslich stellt der Forstminister von Uttar Pradesh persönlich zehn Eschen in Aussicht, doppelt so viele wie ursprünglich beantragt.

Doch die Mitglieder des *Sangh,* mit gestärktem Selbstvertrauen, wollen jetzt Grundsätzlicheres. Nicht allein um die einmalige Deckung des eigenen Bedarfs soll es gehen, sondern um die Wiederherstellung traditioneller Rechte für die ganze Hügelbevölkerung. Vier Forderungen werden gestellt: ein Mitspracherecht der einheimischen Bevölkerung bei der Waldbewirtschaf-

Neben den ländlichen Bedürfnissen musste der Wald stets auch urbane Ansprüche befriedigen. Auch in Indien haben Städte wie Shimla (rechts) auf den Wald stets als «Schwarze Löcher» gewirkt, die Unmengen von Energie- und Nutzholz verschlingen. Beispielsweise wurden noch Mitte der achtziger Jahre in Himachal Pradesh jedes Jahr drei Millionen Kubikmeter Holz für Kisten gefällt, um Aepfel, ein Hauptprodukt dieses Staates, in die Städte der Ebenen zu transportieren (links).

Indien

tung, Priorität des lokalen Gewerbes bei der Zuteilung lokaler Ressourcen, die Abschaffung der zerstörerischen Holzerei durch Kontraktoren und ein Ende des destruktiven Harzzapfens durch breite, tiefe Löcher.

Sunderlal Bahuguna, damals Leiter der Sarvodaya-Bewegung in Garhwal und Kumaon, unterstützt die gewaltfreie Aktion, die ganz im Sinne Mahatma Gandhis geplant ist, vorbehaltlos. Allerdings kennt Bahuguna die verschiedenen Seiten der Waldproblematik aus früheren Erfahrungen und betont denn auch, dass die Hügelwälder nicht nur vor den Konzessionären, sondern auch vor der lieblosen Verschwendung durch die lokale Bevölkerung geschützt werden müssten.[38] Dann macht er sich zu einem zweimonatigen Fussmarsch auf, um die Chipko-Forderungen in den Dörfern um Gopeshwar zu verbreiten.

In den Diskussionen der Chipko-Aktivisten tauchen nebst den lokalökonomischen erstmals auch ökologische Argumente auf. 1970 haben ausserordentliche Monsungüsse Erdrutsche ausgelöst, die die Nebenflüsse des Alaknanda blockierten. Als die Schuttdämme unter der Last des angestauten Wassers barsten, stieg das Wasser im Hauptal blitzschnell an. Dutzende von Menschen und Hunderte von Haustieren kamen um; Brücken und Straßen wurden davongeschwemmt. Das mitgeschleppte Erosionsmaterial verstopfte den Oberen Gangeskanal noch 300 km von der Flutquelle entfernt.[39]

Die Entwaldung des Alaknanda-Einzugsgebietes hatte in den sechziger Jahren im grossen Maßstab begonnen. Als Folge davon, so berichten die Leute immer wieder, pflegen Quellen, die früher ganzjährig flossen, schon bald nach Beginn der Trockenzeit zu versiegen. Andererseits ist die Bevölkerung überzeugt, dass Murgänge und Überflutungen seither häufiger auftreten. Gangas wachsende Wut als Folge von Shivas Haarverlust wird zu einem wichtigen Argument der Chipko-Aktivisten.

Chipko!

1974 werden auch die Frauen aktiv. Oberhalb des Dorfes Reni, nahe der Grenze zu Tibet über dem Alaknanda gelegen, erteilt das Forstdepartement eine Konzession zum Fällen von 2500 Bäumen. Darauf teilt Chandi Prashad Bhatt dem Kontraktor mit, dass die Chipko-Aktivisten den Schlag verhindern würden. Doch am Tag, als die Holzfäller auftauchen, werden Bhatt

Während im Europa des letzten Jahrhunderts Eisenbahnbau, Kohle und Industrialisierung den Nutzungsdruck auf den Wald vermindert haben, bestehen in Indien die alten Konflikte um die Bäume nach wie vor. Das Verhältnis zwischen Landbevölkerung und den Forstleuten – immer noch häufig Vertreter urbaner Interessen – ist heute derart zerrüttet, dass Bäume hinter Stacheldraht und in Ölfässern gepflanzt werden müssen (links). Vielerorts jedoch würde die Natur auch in Indien mit vollen Händen säen, wie diese Himalayazedern im Parbati-Tal belegen (rechts).

und seine Mitstreiter in Gopeshwar durch den Besuch hoher Forstbeamter festgehalten, und die Männer von Reni sind im Distrikthauptort Chamoli, wo die Armee endlich Kompensationen für Land auszahlt, das sie seit dem Konflikt mit China besetzt hält.

Ein abgekartetes Spiel? Dann ist die Rechnung ohne Gaura Devi und 27 andere Frauen und Mädchen gemacht worden, die den Holzern folgen und sich vor die zum Schlag freigegebenen Bäume stellen. «Brüder», sagt Gaura Devi, »dieser Wald versorgt uns mit Laub und Kräutern, und wenn ihr ihn zerstört, fällt der Berg auf unser Dorf.» Sie schiebt sich vor den Lauf des Gewehres, mit dem der eine umherfuchtelt: «Nur wenn du mich erschiesst, kannst du die Axt an diesen Wald legen, der uns nährt wie eine Mutter.» Die Holzer sind Bergbauern aus Himachal Pradesh. Sie verstehen nur zu gut, was die Frau meint, und ziehen sich schliesslich unverrichteter Dinge zurück.[40]

In den folgenden Jahren finden immer wieder Chipko-Aktionen statt. Frauen binden geweihte Seidenfäden um Bäume, die zum Fällen angezeichnet sind. In einem Wald bei Advani empfangen sie einen Forstoffizier am hellichten Tag mit Kerosenlampen, damit er die Erosionsschäden, die durch unsorgfältiges Holzen entstanden sind, auch wirklich zu sehen vermöge. Am selben Ort versammeln sich 1978 auch 500 Menschen, um gegen einen Holzschlag zu protestieren. Jeder Baum, an den sich die Holzfäller heranmachen, wird sofort von einer Gruppe umarmt. Nach tagelangem gewaltlosem Widerstand muss der Kontraktor seine Leute zurückrufen.

Neue Triebe des Protests

Sunderlal Bahuguna ist längst zum Boten der Chipko-Bewegung geworden. Zwischen 1973 und 1975 marschiert er mit anderen Aktivisten, Musikern und Sängern Tausende von Kilometern durch die Hügel. Dabei begegnet er Menschen wie Visheswar Dutt Saklani und entdeckt, dass sich die Bergbevölkerung über die Bedeutung des Waldes sehr wohl im klaren ist. «Einer, der zu Fuss kommt, kommt wirklich zu uns», meint Kul Bhushan Upmanyu, den ich im Distrikt Chamba in Himachal Pradesh besuche. Der studierte Politologe hat sich der Bewegung angeschlossen, und er legte selbst 6000 km durch die Dörfer von Himachal Pradesh zurück.

Dabei decken die Chipko-Aktivisten 1981 einen Skandal um 72 000 Schwellen aus illegal gefällten Zedern auf. In die Affäre ist selbst der Chefminister des Staates verwickelt, der darauf abdanken muss. Protestiert wird nun auch gegen die Pflanzpolitik des Forstdepartements, die zu Beginn der achtziger Jahre fast ausschliesslich Kiefern und Eucalyptus berücksichtigt. 1982 reissen Aktivisten um Kul Bhushan Upmanyu Tausende von Kiefern aus, die das Forstdepartement in einen kahlgeschlagenen Naturwald pflanzen liess. Sie ersetzen diese durch Futterbaumarten, die der lokalen Bevölkerung dienen.

Probleme wie im Himalaya bestehen in ganz Indien. Überall wurde die Forstpolitik seit der Unabhängigkeit zunehmend auf die urbanen Bedürfnisse ausgerichtet (vgl. Kasten «Eine gespaltene Gesellschaft»). Um die Selbstversorgungsbauern aus den staatlichen Waldungen auszugrenzen, verhängt der Forstdienst immer strengere Strafen, versucht Aufforstungen mit

Eine gespaltene Gesellschaft

Seit den achtziger Jahre befindet sich Indien in einem starken Wandel. Eine bemerkenswerte Zunahme des Mittelstandes ist feststellbar. Selbst das Hindi-Land, wo die Überlegenheit des Geistig-Religiösen über das Materielle gern betont wird und die Menschen sich von Asketen wie Mahatma Gandhi stets tief berühren liessen, orientiert sich zunehmend an den Konsummustern des Nordens. Gegen 200 Millionen Menschen führen Mitte der neunziger Jahre ein Leben in relativem Wohlstand. Es ist das Indien des Mittelklassewagens Maruti, der sich zur allgegenwärtigen Morris-Replika «Ambassador» aus den fünfziger Jahren gesellt, das Indien mit dem Know-How und geeigneten Trägerraketen für Atomwaffen, das Indien der Motorroller, Kühlschränke und Klimaanlagen. Es ist auch das Indien der grünen Revolution, der es durch Bewässerung, Agrochemikalien und Hochleistungssorten vorderhand gelungen ist, genügend Nahrungsmittel für die Landesversorgung zu produzieren.

Der städtische Wohlstand hat den Druck auf die Bäume noch gesteigert, denn die hohe Kaufkraft des industrialisierten Indien löst laufend neue Nachfragewellen aus. Baustoffe sind aus Holz, mehr und modernere Möbel sind gefragt. Der Papierbedarf nimmt rasch zu, während die Haushaltsenergie der randständigen Stadtbewohner nach wie vor auf Holz beruht. Der Preis für Energieholz ist zwischen 1975 und 1985 denn auch doppelt so stark angestiegen wie derjenige für Nahrungsmittel.[52]

Im anderen, dem unterprivilegierten Indien, leben 700 Millionen Menschen, zum Teil in städtischen Slums, zum grössten Teil aber auf dem Land. Fahrräder, Taschen- und Kerosenlampen, Radios und einige Fernseher, welche die urbanen Verheissungen bis an die äussersten Ränder tragen, gehören in den 600 000 indischen Dörfern zu den wenigen Gegenständen aus der industrialisierten Welt. Nach wie vor sind aber die Menschen des randständigen Indien in hohem Masse von traditionellen Waldprodukten abhängig. Kunstdünger für ihre Felder können sie sich kaum leisten, und allzuoft muss Brennholz durch getrocknete Dungfladen ersetzt werden.

Die Beziehung des urbanen zum ländlichen Indien ähnelt dem Verhältnis der industrialisierten zur Dritten Welt und ist von durchaus kolonialem Charakter. So decken die Preise für ländliche Produkte wie Lebensmittel, Holz oder Papierfasern die Produktionskosten oft in keiner Weise. Die Tauschbeziehungen zwischen Stadt und Land sind daher von ähnlicher Ungerechtigkeit geprägt wie jene zwischen Industrie- und Entwicklungsländern, besonders da, wo der Markt bürokratisch-staatlich verzerrt ist. Auch in anderen Bereichen wie Energie, Trinkwasser oder Bildung, die in der Stadt offen oder versteckt subventioniert werden, ist die Landbevölkerung benachteiligt.

Das soziale Gefälle wirkt jedoch in vielfältiger Form schädigend auf die städtische Welt zurück. Der urbane Sog beschleunigt die Auszehrung der ländlichen Ressourcen, was zusammen mit den materiellen Versprechen der Städte verantwortlich ist für Landflucht und rapide Zunahme der städtischen Slums. Allein zwischen 1981 und 1991 mussten Indiens Städte zusätzliche 60 Millionen Menschen aufnehmen[53], mit entsprechend steigender Seuchengefahr. Auf dem Land erodieren die Böden, vor allem die übernutzten, so dass Staudämme rascher hinterfüllt und die Lebenserwartung von Staubecken und Elektrizitätswerken drastisch verkürzt werden. Ohne gerechtere Beziehungen zwischen den beiden Welten wird die Degradation der natürlichen Ressourcen fortschreiten.[54]

Chipko-Aktivisten wie Sunderlal Bahuguna, der hier vor Schülern in Shimla über die geistige und volkswirtschaftliche Bedeutung der Wälder spricht, haben viel dazu beigetragen, die alten Konflikte wieder sichtbar zu machen.

Stacheldrahtgeflechten zu schützen, lässt Bäume in militärischem Stil bewachen oder greift in seiner Verzweiflung zu noch absurderen Mitteln: mit der Kastration der Bullen soll die Zahl der herumstreunenden Tiere gesenkt und damit der Beweidungsdruck vermindert werden.[41] Alles vergebens.

Vielmehr entstehen überall Volksbewegungen, die sich für eine Bewirtschaftung der natürlichen Ressourcen zum Wohle der Landbevölkerung wehren. In Bihar und in Gujarat geht es um die Umwandlung von Naturwäldern zu Teakplantagen, was den Adivasi – den im Wald lebenden Ureinwohnern – die Lebensgrundlage entzieht.[42] Im südindischen Karnataka entsteht die Appiko-Bewegung, nachdem Kontraktoren anstatt der erlaubten zwei Bäume pro Hektar deren fünfunddreissig gefällt haben, ohne dass das Forstdepartement gegen den Frevel eingeschritten wäre.[43]

Viele lokale Erfolge

In Uttar Pradesh hat die Regierung auf den wachsenden Druck der Volksbewegung – Wirkung zeigen vor allem verschiedene Fastenaktionen von Sunderlal Bahuguna – schon in den siebziger Jahren reagiert. Bäumefällen wird in einzelnen Regionen temporär verboten, das Kontraktorsystem eingestellt und die Organisation der Holzschläge einer neu gegründeten staatlichen Forstkorporation übertragen.

Im Jahr nach der Verhinderungsaktion in Reni startet der *Sangh* eine Aufforstungskampagne. Forstleute beraten die Vereinsmitglieder bei der Anlage der Pflanzschule. Die Zusammenarbeit vertieft sich rasch, denn der *Sangh* vermag die nach wie vor tiefe Kluft zwischen Bevölkerung und Forstdienst zu überbrücken. Von ihm organisierte Anpflanzungen haben – im Gegensatz zu den staatlichen Projekten – regelmässig hohen Anwuchserfolg. Heute betreibt der *Sangh* das grösste freiwillige Aufforstungsprogramm Indiens.

Auch andere Erfolge, die auf die Chipko-Bewegung zurückgehen, werden erst heute sichtbar. Im Waldrat von Bacheer beispielsweise, einem Dorf hoch über dem Alaknanda, sitzen zu Beginn der neunziger Jahre nur noch Chipko-Aktivistinnen. Die Frauen haben in der Nähe ihrer Häuser Futterwälder gepflanzt. Steinmauern und eine von den Frauen entlöhnte

Waldaufseherin schützen sie. Durch internationale nichtgouvernementale Organisationen wie die *Ford Foundation,* welche die Projekte des *Dasholi Gram Swarajya Sangh* unterstützen, sind leistungsfähige Milchkühe mit eingekreuztem Jersey-Blut auch in den Besitz einiger Frauen von Bachheer gekommen. Um einen guten Milchertrag zu erzielen, werden die Kühe bei den Häusern gehalten und gut gefüttert.[44]

Mit solchen Massnahmen gelingt es, die Ausnutzung der Sonnenenergie und die Nährstoffflüsse zu optimieren. Die Futterbäume, die «Wiesen in der Luft», wie Karl Kasthofer zu sagen pflegte, helfen, die Kluft beim Futter und Energieholz zu überbrücken. Die Stallhaltung lässt den Mist konzentriert anfallen, so dass er sich gezielt einsetzen lässt, was wiederum die Fruchtbarkeit der Äcker erhöht. Durch den Milchverkauf verfügen die Frauen zudem über eigenes Einkommen. Konzentriert sich das ganze Dorf mit der Zeit auf die Stallhaltung von wenigen leistungsfähigen Tieren, wird der Weidedruck auf den Wald sinken, und es können dort Selbstheilungsprozesse durch natürliche Verjüngung in Gang kommen.

Die Frauen von Bachheer haben durch ihre Chipko-Erlebnisse den Mut erworben, aus überkommenen sozialen Beziehungen auszubrechen und sich neu zu organisieren. Indem sie die Bäume zu den Häusern holen, können sie diese besser kontrollieren und haben damit gleichzeitig den Grundstein für ein neues Abkommen zur Nutzung der gemeinschaftlichen Ressourcen gelegt. Die Initiative ist von «unten», von den Frauen ausgegangen und nicht von «oben», vom Forstdienst dekretiert worden. Es sind die Frauen, die die Artenwahl – Futterbäume – getroffen haben, und nicht der Forstdienst. Ganz lokal ist ihnen damit auch die Überwindung des klassischen Konfliktes zwischen Volk und Förster gelungen.

Mehr Macht und mehr Einkommen für das Landvolk

Das Beispiel Bachheer zeigt im kleinen, was landesweit notwendig ist, damit sich das riesige Wuchspotential der indischen Waldflächen wiederum entfalten kann. Der historische Konflikt zwischen Stadt und Land ist endlich beizulegen, das Verhältnis zwischen Volk und Förster grundlegend zu erneuern. Jene, für die der Wald und seine Produkte überlebenswichtig sind, sollen bei seiner Bewirtschaftung mitreden können.[45]

Ein Versuch in dieser Richtung ist in den siebziger Jahren im westbengalischen Dorf Arabari gestartet worden. Dort wurde ein einheimisches Waldkomitee gegründet, das sich zum Schutz des Waldes verpflichtete und dafür einen Viertel des Holzertrags ausbezahlt erhielt. Zudem durften die Komiteemitglieder die traditionellen Waldprodukte wie Futterlaub weiterhin nutzen, allerdings nur an den im Bewirtschaftungsplan festgelegten Orten. Dieses Modell hat sich bewährt und wird heute in mehreren Gliedstaaten praktiziert, zu Beginn der neunziger Jahre allerdings erst auf 1.5 Prozent der rund 75

Um eine erste Verbesserung der Situation der Bäume zu erreichen, ist eine «Entwicklung» wie in Europa keineswegs nötig. Vordringlich sind Massnahmen im sozialen Bereich, vor allem eine Ermächtigung der lokalen Bevölkerung bei der Waldbewirtschaftung und ihre Beteiligung am Ertrag. Für die Walderhaltung sind auch Entwicklungen im Umfeld wichtig, die mit den Bäumen scheinbar nichts zu tun haben, beispielsweise Schulung und Ausbildung der Mädchen (unten). Technische Massnahmen wie energiesparende Herde (links) oder Aufforstungen greifen und gelingen erst, wenn ein Minimum an sozialer Stabilität vorhanden ist.

Millionen Hektar, die sich zu gemeinsamer Bewirtschaftung eignen würden.[46]

Bei der Tiefe des Stadt-Land-Grabens erscheint eine Einkommensbeteiligung der lokalen Gemeinschaften von einem Viertel allerdings reichlich bescheiden. Würde der Landbevölkerung nicht der ganze Ertrag zustehen? Damit könnten die drängendsten Bedürfnisse abgedeckt werden, etwa die längst anstehende Erneuerung der Schule, die Vollendung der Trinkwasserleitung (die wegen veruntreuter Gelder nie fertig wurde), der Bau dringend nötiger Latrinen. Und würde die Gemeinschaft den Wald nicht produktiver bewirtschaften und besser schützen, wenn sie ihn als gemeinschaftliches Eigentum besässe?

Volkswirtschaftlich noch interessanter würde der Wald bei lokaler Verarbeitung seiner nachwachsenden Rohstoffe, wie dies seinerzeit der *Dasholi Gram Swarajya Sangh* versuchte. Ländliche Unternehmen würden zu den Ressourcen aus ihrem eigenen Lebensraum mehr Sorge tragen als der anonyme, durch staatliche Massnahmen verzerrte Markt. Ein einziger Arbeitsplatz mit sicherem Verdienst in jeder Familie würde den dringend nötigen gesellschaftlichen Wandel unterstützen.[47] Dies würde wohl wiederum, so zeigt zumindest die europäische Geschichte, zur Lösung der ländlichen Konflikte beitragen und die Rückkehr der Bäume wesentlich erleichtern.

Unterstützung der Frauen ist Hilfe für den Wald

Ein zentrales Problem beim Übergang zu gemeinschaftlicher Bewirtschaftung ist die Bildung lokaler Gemeinschaften von Nutzerinnen und Nutzern, denn in der Kastengesellschaft wurzelt ein grosses Konfliktpotential. Die Verfassung billigt zwar allen Inderinnen und Indern gleiche Rechte zu, doch gerade im ländlichen Alltag ist die Kastenzugehörigkeit immer noch lebensbestimmend. Die Dörfer sind soziale Gebilde mit kompliziert abgestufter Hierarchie, und die grossen inneren Spannungen erschweren gemeinschaftliche Aktionen und Projekte enorm.[48] Das anschliessende Kapitel über Nepal beleuchtet die Probleme bei der Bildung von Nutzergemeinschaften und die Aufgaben des Forstdienstes dabei.

Von zentraler Wichtigkeit bei der Bildung von Gemeinschaften ist der Einbezug der Frauen. Sie sind für zusätzliche Arbeit – beispielsweise das Pflanzen von Bäumen – nur zu motivieren, wenn dadurch ihre Belastung in absehbarer Zeit abnimmt. Im Himalaya, wie noch meistenorts in Indien, kommen die Mädchen stets nach den Knaben, beim Essen ebenso wie bei der medizinischen Versorgung, der Kleidung, der Schulbildung. Doch gebildete Mädchen und Frauen kennen ihre Rechte, können besser über sich selbst bestimmen und pflegen ihre Kinder kompetenter. Damit sinkt die Säuglings- und Kindersterblichkeit, nimmt die Lebenssicherheit zu, braucht es nicht länger zwei Geburten für einen erwachsenen Sohn, der den Eltern das Alter sichert. Erst dann erhält Geburtenbeschränkung einen Sinn, beginnt der Bevölkerungszuwachs allmählich zu sinken[49] und mit ihm der Druck auf den Wald.

Die Erhaltung oder Erneuerung der Wälder ist auch in Indien zuerst ein soziales und erst dann ein biologisches Problem. Visheswar Dutt Saklanis Aufforstung mit standortgerechten Eichen belegt dies eindrücklich. Es ist das grosse Verdienst der Chipko-Aktivisten, darauf hingewiesen und den alten Konflikt zwischen Volk und Förster wieder sichtbar gemacht zu haben. Die Chipko-Bewegung existiert heute nicht mehr in ihrer ursprünglichen, machtvollen Form. Zunehmend scheint sie sich in einen der vielen Mythen des Himalayas zu verwandeln.[50] Ein Symbol für gewaltlose Aktionen im Wald wird sie jedoch bleiben[51], und als solche hat sie beispielsweise im brasilianischen Amazonasgebiet, wie wir in diesem Buch noch sehen werden, eine ihrer Inkarnationen erlebt.

Nepal

Die Gemeinschaft ist der bessere Förster

In den siebziger Jahren begann sich das internationale Interesse besorgt auf Nepal zu richten, wo die Himalayahügel unter zunehmendem Bevölkerungsdruck rasch zu erodieren schienen. Ein gross angelegtes und international finanziertes Aufforstungsprojekt sollte diesen Trend stoppen. Gut gelungen ist dies im Dorf Panchamool, während andernorts die Anstrengungen dieses Projekts zur Wiederbewaldung weniger erfolgreich waren. Die landesweiten Bemühungen jedoch haben den Blick für jene Kräfte geschärft, die letztlich über die Bäume bestimmen: nur die Hügelbewohnerinnen und -bewohner selber vermögen den Wald zu erhalten. Dazu sind sie jedoch nur willens und in der Lage, wenn ihnen klare, unbestrittene Rechte zugestanden werden. Diese in zäher Kleinarbeit auszuscheiden und gegeneinander abzugrenzen, wird auf Jahrzehnte hinaus die Hauptaufgabe der Forstleute sein.

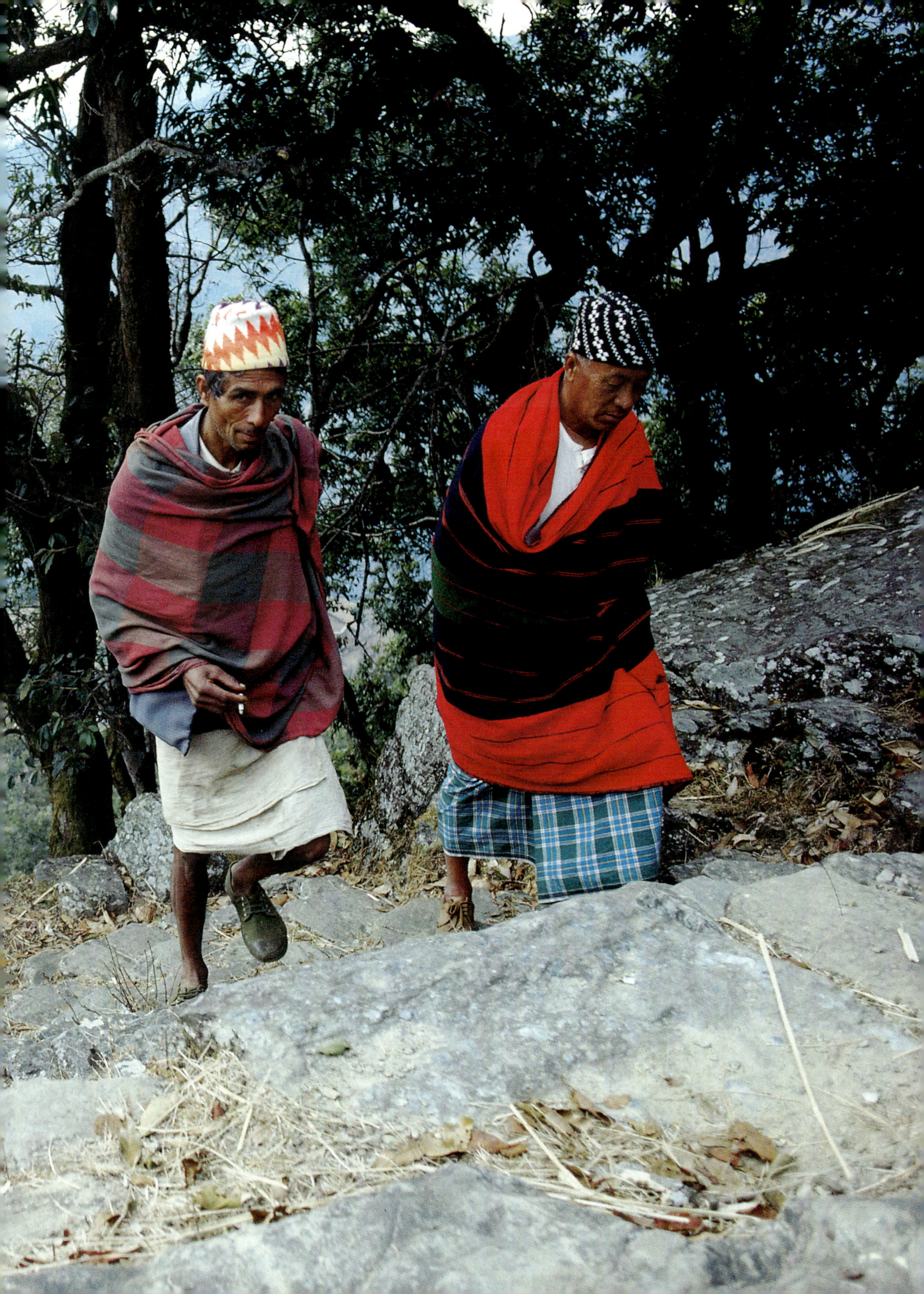

«Vor dem Auslösen ein letzter Check: rechts im Sucher der Gemeindevorstand, links die Bannwarte, im Vordergrund der junge Baum. – Diese Aufnahme, so wünsche ich mir jetzt schon, möchte ich in fünf Jahren wiederholen, wenn der halbmetrige Baum weit über Kopfhöhe gewachsen sein wird, wenn aus den degradierten Weiden oberhalb von Panchamool wieder Wald geworden ist.» So begann ein Zeitungsartikel, den ich nach meiner ersten Reise nach Panchamool im Januar 1986 geschrieben habe.[1] Es hat dann nicht fünf, sondern sieben Jahre gedauert bis zum zweiten Besuch, doch im Mai 1993 bin ich tatsächlich wieder unterwegs zu «meinem» Dorf in Nepal.

Panchamool befindet sich südwestlich der Stadt Pokhara, ziemlich genau im Zentrum Nepals. Es liegt in derselben geologischen Formation wie Saklana, im Hügelgebiet der Himalayavorberge auf rund 2000 m ü. M. Das Hügelband ist hier etwa 80 km breit, nördlich davon türmen sich die Achttausender, südlich breitet sich das Terai aus, das nepalische Territorium in der Ganges-Ebene, dessen tiefster Punkt auf lediglich 80 m ü. M. liegt.

Beim letzten Besuch brauchten wir vom geteerten «Siddhartha-Highway» aus sieben Stunden zu Fuss bis Panchamool. Diesmal holpern wir mit dem Toyota durchs Flussbett des Arun Khola bis nach Chaupari. Vor sieben Jahren gab es hier lediglich einige Dutzend Häuser, zwei Teeschuppen und eine Bank samt uniformiertem Wächter, nun ist der Flecken zu einem langen Häuserschlauch herangewuchert, und vor den beiden Schulen haben sich grosse Kinderscharen versammelt.

Hinter Chaupari geht es dann zu Fuss weiter, mit Girish Kumar Mishra, dem jungen *Forest Ranger*, als Führer. Der Weg folgt zuerst dem Fluss durch einen schluchtartigen Abschnitt. Hie und da ist ein Baum auf Felswände oder Steinbrocken gemalt, das Wahlsymbol der nepalischen Kongress-Partei, die nach dem Volksaufstand im Frühling 1990 und den demokratischen Wahlen im Folgejahr vorerst die Führungsrolle in der Parteienlandschaft übernommen hat. Dann steigt der Pfad steil an, um später über Hunderte von sorgfältig gefügten Stufen zu führen.

Buddhisten und Waldgeister

Panchamool und besonders sein Weiler Sirubari sind mir als ausserordentlich schmucker Ort in Erinnerung. In Sirubari sind die meisten Häuser steingefügt und weiss getüncht. Die Wege sind mit grossen Granitplatten belegt, unter denen Regen- und Abwasser fliessen. Der Ort ist ein Paradies im Vergleich zur Hauptstadt Kathmandu mit ihrer modernen Abgasglocke und den stinkenden Schlammhaufen, die nach jedem Regen aus der altertümlichen Kanalisation geschaufelt werden müssen.

Ganz Panchamool liegt in einer kunstvoll erschaffenen Kulturlandschaft. Um die verschiedenen Weiler und Höfe werden die dicht gedrängten Terrassen von den fünf («pancha») Quellen («mool») bewässert. Das steinigere Gelände weiter unten, ebenfalls sorgfältig terrassiert, ist regenbewässert. Die Wirtschaftsweise entspricht derjenigen im indischen Saklana. Auch hier liefern die sogenannten «Nebennutzungen» die wichtigen Waldprodukte. Den Baumblättern – frisch oder als Laubstreu – kommt bei der Erhaltung der Bodenfruchtbarkeit die Schlüsselrolle zu, und in Form von Blättern wird dem Wald weit mehr Biomasse ent-

Vorherige Seite:
Der heilige Wald schützt den Weiler Sirubari.

Felder, Wiesen und Weiden oberhalb von Sirubari.

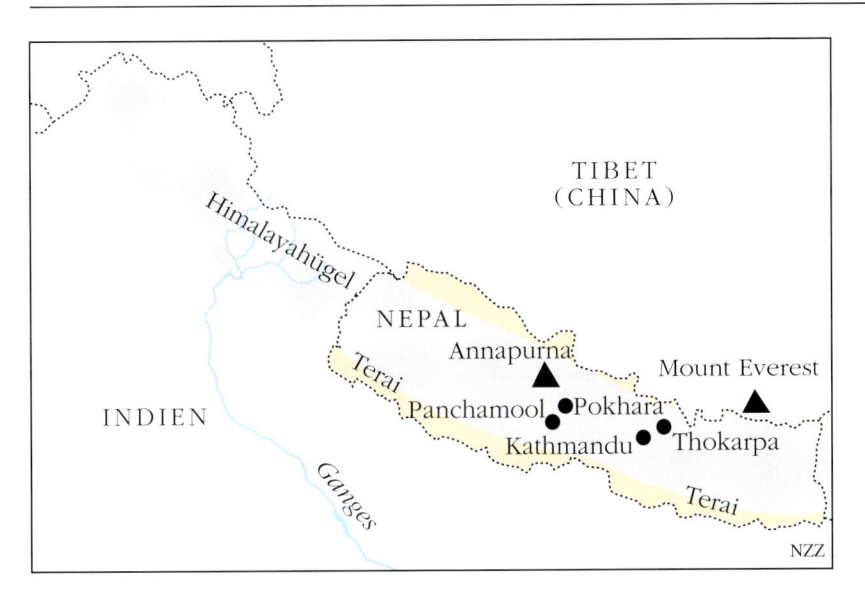

nommen als durch Brennholz.² Kunstdünger kommt nicht zum Einsatz, denn Panchamool ist nur zu Fuss erreichbar, Waren werden meist auf dem Rücken transportiert, und Träger sind teuer.

Besonderen Eindruck hat mir seinerzeit der steile Schutzwald oberhalb von Sirubari gemacht, der als heilig gilt. Er war einst abgeholzt worden, worauf ein heftiges Gewitter losbrach. Steine polterten in den Weiler, und Felsblöcke kamen erst Meter vor den obersten Häusern zum Stehen. Blitze und Felsen, so der Volksglaube, seien zornige Zeichen der gestörten Waldgeister gewesen. Diesen wurde darauf unter einem der heruntergestürzten Felsbrocken ein neuer Aufenthaltsort geweiht; der Wald wurde mit einer Mauer eingefriedet und gebannt.

Während im Verwaltungsgebiet von Panchamool auch Hindu verschiedener Kasten leben, ist Sirubari vorwiegend von Gurung bevölkert. Die Gurung sind Buddhisten und gehören zu jenen Gebirgsvölkern, aus denen die Briten bereits vor mehr als 150 Jahren ihre berühmten Gurkha-Regimenter rekrutierten. Die Gurkhas waren schon 1857 bei der Niederschlagung des Sepoy-Aufstandes, dem letzten Auflehnungsversuch indischer Rajas gegen die englischen Kolonialherren, entscheidend beteiligt. Sie kämpften im britisch-argentinischen Falklandkrieg und standen in Ex-Jugoslawien. 90 Prozent der Gurung-Männer aus Panchamool gehen nach wie vor jahrelang weg, um in Kathmandu, im indischen Dehra Dun oder in Singapur zu dienen.

Angst vor der Erosion des Himalaya

Der Monsun hat sich dieses Jahr mit frühen Regengüssen angemeldet, schon zur Mittagszeit ist es schwül. Der Halt beim ersten schattenspendenden *chautara*, einem ummauerten Erdsockel, der mit einem heiligen Banyan- und einem Pipal-Baum³ bepflanzt ist, kommt mir gelegen.

Der Grund für meinen ersten Besuch in Panchamool war das *Community Forestry Development Project*, das «Projekt zur Entwicklung gemeinschaftlicher Waldwirtschaft», im folgenden «Projekt» genannt. Dieses ist 1980 mit bedeutender internationaler Unterstützung lanciert worden, und Panchamool galt als einer seiner grossen Erfolge. Dort hat die Bevölkerung zwischen 1982 und 1986 in mehreren Pflanzaktionen die beachtliche Fläche von 125 Fussballfeldern aufgeforstet, mit Bäumen aus dem dorfeigenen Pflanzgarten, den das «Projekt» finanziert hatte.

Die Vorgeschichte des «Projekts» beginnt um 1970. Damals wendet sich die Welt mit zunehmender Sorge Nepals Hügelgebiet zu, alarmiert durch verschiedene Berichte, die sich zu einer eigentlichen Theorie von der Umweltdegradation der Himalayahügel⁴ verdichten. Die seit den fünfziger Jahren rasch zunehmende Bevölkerung – so diese Degradations-Theorie – benötige immer mehr Brennholz und dränge die Bäume zur Gewinnung von Landwirtschaftsland rasch zurück. Auch der steigende Viehbestand belaste die Wälder. Ein Bericht der Weltbank behauptete 1979, dass Nepal seit 1950 die Hälfte seiner Waldfläche verloren habe. Durch Extrapolation dieser Entwaldungsrate wagten die Autoren die Vorhersage, dass bis ins Jahr 2000 kaum noch zugängliche Wälder vorhanden sein würden.⁵

Entwaldung und landwirtschaftliche Nutzung wiederum, die raschen Wasserabfluss und hohe Erosionsraten zur Folge hätten, erschienen in der Degradations-Theorie als Hauptursache für die Flutkatastrophen bis hinunter ins Delta von Ganges und Brahmaputra. Die Bergbauern Nepals und die benachbarten Hügelbewohner – rund 33 Millionen[6] Menschen insgesamt – wurden kurzerhand zu Sündenböcken erklärt, die verantwortlich seien für die Fluten und Klimaveränderungen in den grossen Flussebenen. Die Hügelbewohner würden durch ihre zerstörerische Wirtschaftsweise – so die extremste Formulierung – Hunderte von Millionen Menschen in der Ebene sozusagen als Geiseln halten und stellten für deren Leben und Eigentum eine ständige Bedrohung dar.

Die Degradationstheorie führte nicht nur zu politischen Spannungen zwischen Indien und Bangladesh auf der einen und Nepal auf der anderen Seite[7], sie hat auch die Wahrnehmung in Nepal stark beeinflusst. Nepalische Forstleute ebenso wie ihre in Projekten der Entwicklungszusammenarbeit engagierten ausländischen Kollegen begannen eine intensive Debatte darüber zu führen. Die Degradationstheorie sollte zu einem der Stränge werden, aus denen später das «Projekt» geflochten wurde.

Vom Polizisten zum Berater

Andere Erkenntnisse, die später ins «Projekt» einflossen, sind in Thokarpa gewonnen worden, einem Dorf in den Hügeln nordöstlich von Kathmandu. In jener Region nimmt der nepalische Forstmann Tej Mahat 1973 die Arbeit als *District Forest Officer* auf.

Im Pendenzenstapel seines Vorgängers findet Mahat einen Brief aus Thokarpa. Weil der Forstdienst in keiner Weise zur Erhaltung des Waldes, sondern im Gegenteil zu dessen Zerstörung beigetragen habe, so das Schreiben, wünsche Thokarpa keine weitere Zusammenarbeit. Perplex nimmt Mahat den Weg nach Thokarpa unter die Füsse und erfährt vom Gemeindepräsidenten den Grund für den Brief: Der Forstdienst habe unterhalb des Dorfes, an der Flanke zum Sunkosi-Fluss, einen Holzschlag vergeben, das Holz sei von Fremden gefällt und dann nach Kathmandu transportiert worden. Dieser Wald jedoch hatte in der Dorfökonomie eine zentrale Aufgabe als Blattfutter- und Brennholzlieferant.

«Dadurch ist die Motivation der Bevölkerung zum Schutze des Waldes auf den Nullpunkt gesunken, denn niemand war sicher, ob nicht eines Tages wiederum der Staat auftaucht und das Ergebnis der lokalen Bemühungen für sich erntet», hat mir Tej Mahat 1986 in einem langen Gespräch erläutert. Der Vorfall erweckt Erinnerungen an vergleichbare Ereignisse in den Alpen und im indischen Himalaya: Es ist der klassische Konflikt zwischen städtischer und ländlicher Waldnutzung, mit dem Forstdienst als Vertreter urbaner Interessen.

Allerdings hat sich der urbane Sog zumindest auf die nepalischen Hügelwälder nie so stark ausgewirkt wie im indischen Himalaya. Hingegen ist aus dem nepalischen Terai sehr viel Holz nach Indien geflossen; der Exporterlös hat bis in die fünfziger Jahre beinahe die Hälfte des nationalen Einkommens ausgemacht.[8]

Tej Mahat ist ebenfalls als «Holzförster» urbaner Prägung ausgebildet worden, an der einstigen *Imperial Forest School* im indischen Dehra Dun, wo auch in nachkolonialer Zeit, so Mahats Erinnerung, Forstwirtschaft im Elfenbeinturm gelehrt wurde, viel von Offiziersbenehmen die Rede war und die Studenten zu Tisch mit Krawatte und Dinnerjackets zu erscheinen hatten – die Trennlinie zwischen Volk und Förster ist bereits den jungen Forstleuten eingeimpft worden.

Zu Beginn seiner Karriere in den sechziger Jahren arbeitete Tej Mahat als Forstoffizier im Terai, wo die reichen Sal-Wälder viel länger überlebt haben als am Fuss des indischen Himalaya. Dort versuchte er die gelernte *«Scientific Forestry»* umzusetzen. Doch wo er Holz schlagen liess, wurden die Schlagflächen immer wieder als Landwirtschaftsland besetzt, von Hügelbewohnern, die im Terai eine neue Existenz suchten. Um diese Menschen zu vertreiben, hatte Mahat nicht nur Polizei- und Armeeoffiziere zur Seite, er besass gleichzeitig richterliche Macht und hat Hunderte von Landsuchenden einkerkern lassen.

Mit seiner Versetzung ins Hügelgebiet ist er in eine vollkommen andere Welt geraten. Machtmittel wie im Terai stehen ihm hier nicht zur Verfügung. Sein Verwaltungsbezirk wird le-

Die Wasser des Arun auf dem langen Weg zum Ganges. Auf den bewässerbaren Terrassen breitet sich das leuchtende Grün des frisch gesetzten Reises aus. Die regenbewässerten Terrassen entlang des Pfads nach Panchamool sind mit Futterbäumen durchsetzt und mit Mais bepflanzt.

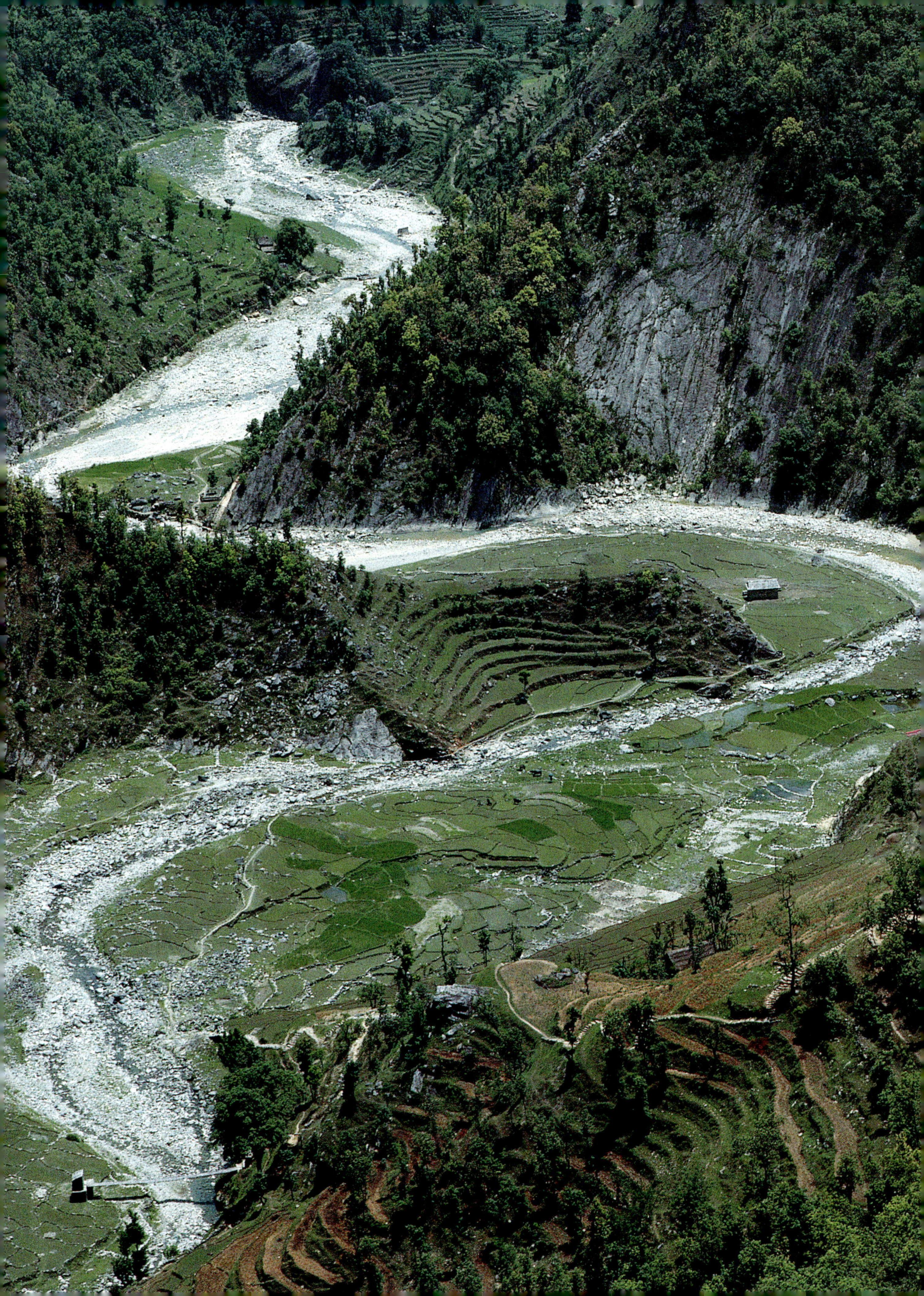

diglich von der Strasse zwischen Kathmandu und Lhasa gestreift, und vom einen Ende zum anderen braucht er zehn Tagesmärsche. Schnell ist ihm klar, dass sein Gebiet viel zu gross ist, um irgendwelche von der Bevölkerung nicht akzeptierten Vorschriften durchzusetzen. «Wald kann nur in enger Zusammenarbeit mit der Bevölkerung und nicht gegen ihren Willen erhalten werden», meint er, eine Aussage, die anderthalb Jahrhunderte zuvor auch sein Kollege Karl Kasthofer für die Alpen formuliert hatte. Zudem beginnt er die Probleme der Hügelbevölkerung zu begreifen und möchte ihr helfen.

Als erstes ruft der Gemeindepräsident von Thokarpa ein breit abgestütztes Forstkomitee ins Leben, das sich zum Schutz des Waldes verpflichtet. Auf der anderen Seite garantiert Mahat, keine Holzereibewilligung ohne Zustimmung des Komitees zu erteilen. Dieses ist fortan für den Wald und dessen Bewirtschaftung verantwortlich, der Förster waltet lediglich noch als dessen Berater.

Der Bann wird allgemein eingehalten, und die geschonten Bäume und Sträucher erholen sich rasch. 1974 errichten die Einwohner von Thokarpa einen Pflanzgarten und beginnen mit der Aufforstung übernutzter Weideflächen. Der hohe Motivationsgrad der Bevölkerung erlaubt erstmals, bei einer Aufforstung in Nepal auf einen Schutzzaun zu verzichten. In Thokarpa wird der bewusste und schonende Umgang mit dem Wald, so Tej Mahat, in jener Zeit zu einem Teil des lokalen Lebensstils.

Verschiedene internationale Organisationen beginnen sich für den neuen Ansatz zu interessieren, und nach dem Muster Thokarpa arbeiten beispielsweise auch Projekte der australischen und der Schweizer Entwicklungszusammenarbeit.

Eine erste forstpolitische Revolution

1975 soll eine Konferenz in Kathmandu Klarheit über die künftige Forstpolitik Nepals schaffen. Anstatt der vorgesehenen drei dauert der Anlass dann 23 Tage. Einer Gruppe jüngerer, praxiserprobter Kollegen um Tej Mahat gelingt es dabei, das Kernproblem der damaligen Forstwirtschaft in Nepals Hügeln herauszuschälen: Diese diene vorab der Äufnung der Staatskasse, und dabei würden die Interessen der lokalen Bevölkerung grob vernachlässigt.

Die Konferenz beeinflusst das neue nepalische Forstgesetz von 1978 entscheidend. Danach gesteht der Staat jedem *panchayat* – das ist eine administrative Einheit, die meist mehrere Dörfer umfasst – das Recht auf 625 Hektar eigene Waldfläche zu. Allerdings müsste das *panchayat* den Staat an einem allfälligen Holzerlös beteiligen.[9] Ein Jahr später kommt Thokarpa als erstes *panchayat* in den Genuss dieses Gesetzes.

Der forstpolitische Wandel wird von internationalen Entwicklungs-Fachleuten als ausserordentlich fortschrittlich beurteilt, denn die Kontrolle des Waldes durch lokale Gemeinschaften ist in jenen Jahren als Voraussetzung für den sorgfältigen Umgang mit dieser Ressource erkannt worden. Das benachbarte Indien beispielsweise, wo zu jener Zeit die tiefen Nutzungskonflikte zwischen Stadt und Land sowie die Zerrüttung zwischen Volk und Förster durch die Chipko-Bewegung von neuem aufgezeigt werden, ist damals von ähnlich radikalen Schritten noch Jahre entfernt.

Um die Umsetzung des neuen nepalischen Forstgesetzes voranzutreiben, haben Regierung und internationale Gebergemeinschaft dann eben das «Projekt zur Entwicklung gemeinschaftlicher Waldwirtschaft» erschaffen. Das «Projekt» war zwar nicht das einzige in die gleiche Richtung zielende Vorhaben, aber mit einer Projektsumme von 25 Millionen Dollar für die erste Fünfjahresphase bei weitem das grösste. Allein die Weltbank übernahm davon 18 Millionen. Ziel war die rasche Wiederbewaldung der nackten Hügel, was strategisch durch eine enge Zusammenarbeit zwischen Forstdienst und Bevölkerung erreicht werden sollte.

Bei meinem ersten Besuch 1986 arbeitete das «Projekt» bereits fünf Jahre. Die Erfolge wurden von den Experten mehrheitlich positiv beurteilt, wobei der Zeitpunkt für eine endgültige Bilanz noch zu früh war.[10] Auf unserer gestrigen Fahrt von Kathmandu nach Pokhara

Im nepalischen Hügelgebiet gehören Futterlaub (rechts) sowie Brennholz nach wie vor zu den Hauptprodukten von Baum und Wald. Im Himalayagebiet sind immergrüne Eichen als Futterbäume ebenso populär, wie seinerzeit die Esche in den Alpen. Brennholz wird in Panchamool meist von den Frauen gesammelt und in 40 kg schweren Lasten nach Hause getragen (oben). Die Aufforstungen, die näher bei den Häusern liegen, werden den Frauen eine Entlastung bringen.

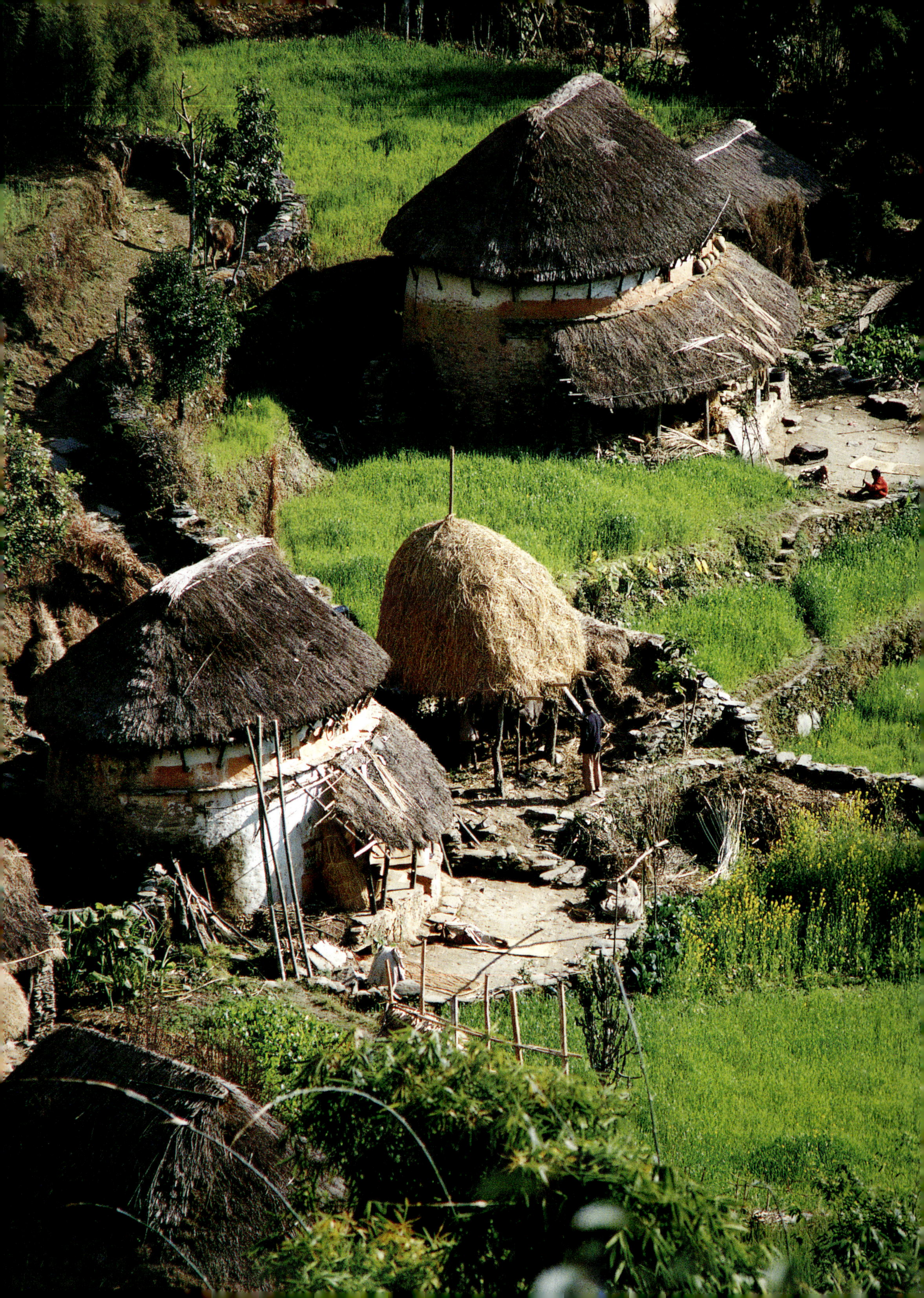

Das typische Gurung-Haus hat Lehmwände und ein Reisstrohdach. Im wohlhabenden Sirubari sind diese bis auf wenige Ausnahmen durch repräsentativere und pflegeleichte Steinhäuser ersetzt worden.

sind mir allerdings erstaunlich wenige der regelmässigen Aufforstungsmuster aufgefallen, die eigentlich überall zu sehen sein sollten, wenn das «Projekt» in den mittlerweile 12 Jahren seines Bestehens wirklich zu einem durchschlagenden Erfolg geworden wäre.

Neue Häuser, veränderte politische Situation

Als wir den Schatten des *chautara* verlassen, steigt meine Spannung. Sind die Bäume in Panchamool tatsächlich angewachsen, machen sie gar bereits den Eindruck von Wald, oder sind sie etwa dem Vieh zum Opfer gefallen? Der Naturwald gegenüber dem *chautara* jedenfalls, der zu Panchamool gehört, ist dicht mit hohen Sal-Bäumen bestockt, wie vor sieben Jahren. Auch der weitere Aufstieg bietet ein vertrautes Bild, wobei die vielen jungen Futterbäume entlang der Terrassenränder auffallen.

Sirubari erscheint auf den ersten Blick unverändert, doch dann entdecke ich den neuen Turm des Tempels, von dem nun Buddhas rätselhaft-sinnende Augen blicken, dieselben wie von den grossen Stupas im Kathmandutal. Neue Steinbauten haben weitere der ursprünglichen, ovalen Gurung-Häuser mit Lehmwänden und Strohdach ersetzt. Auch die landesweiten politischen Veränderungen von 1990 sind nicht ohne Folgen geblieben: mit dem unpopulären Panchayat-System wurden auch dessen Träger abgelöst. Präsident des neu gegründeten Dorf-Entwicklungs-Komitees ist der demokratisch gewählte Hark Bahadur Gurung. Er empfängt und bewirtet uns im komfortablen Wohnzimmer seines Steinhauses, während draussen heftige Regengüsse einsetzen.

300 Fussballfelder neuer Wald

Am andern Morgen ist die Luft klargewaschen. Wer nichts Dringendes zu tun hat, versammelt sich vor Hark Bahadurs Haus, und wie beim letzten Besuch macht sich eine beachtliche Delegation auf den Weg. Der führt wiederum über sorgfältig gelegten Granit, erst durch das Reich der Waldgeister, einen geheimnisvollen Hain mit mächtigen Bäumen, Bambusbüschen und den Felssturzbrocken, und anschliessend entlang der unteren Grenze des heiligen Schutzwaldes. Auf dieser Seite jedenfalls wird der Bann nach wie vor respektiert: Ein abgebrochener Baumteil, der sich gut als Brennholz eignen würde und mir schon beim letzten Besuch aufgefallen war, liegt unberührt da.

Weniger gesichert scheint der Schutzwald auf der anderen Seite zu sein. Dort leben mehrere Dutzend Kami-Familien, Angehörige der niederen Kaste der Schmiede. Eben durchquert eine Gruppe Kami-Frauen das Tälchen zwischen dem heiligen Wald und ihren Häusern mit Körben voller Blattstreu, die sie trotz des Banns dort gesammelt haben. Achselzuckend erklären meine Begleiter, dass die Kami weniger und nur mässig fruchtbare Böden besitzen würden, was sie durch grössere Kompostgaben wettmachen müssten.

Nach einer Weile tauchen als erste Spuren der Pflanztätigkeit verschiedene Exemplare von *patle salla* auf, einer exotischen Kiefernart[11] aus Mexiko. Auch innerhalb der Mauer zum heiligen Schutzwald wurde sie gepflanzt, ein eigenartiger Kontrast zum hier erhaltenen natürlichen Waldbild mit *Chilaune*, einer baumförmigen Verwandten des Teestrauches, mit *Katus*[12], einer Kastanienart, und mit den baumförmigen Rhododendren, die ihre Blütezeit eben abschliessen.

Und dann erscheinen die ersten Zipfel der Aufforstungen, von denen mit jeder Granitstufe mehr sichtbar wird. Tatsächlich, sie sind gelungen! Die ursprüngliche Fläche ist inzwischen sogar mehr als verdoppelt worden und beträgt heute 300 Hektar. Die Pflanzung macht zwar noch einen schütteren Eindruck, und bis die Baumkronen zusammenwachsen und den Boden vollständig überschirmen, werden noch einige Jahre verstreichen. Doch die Flächen sind regelmässig bestockt und Lücken infolge abgestorbener Setzlinge kaum auszumachen.

Zu viel Geld und zu wenig Zeit

Hier in Panchamool sind die Ziele des «Projekts» zweifellos erreicht worden. Erstaunlicherweise jedoch ist Panchamool eher eine Ausnahme. Die hohen Erwartungen an das «Projekt», das in Nepal jahrelang den grössten Teil der forstlichen Finanzen und Arbeit absorbiert hat, konnten bis zu Beginn der neunziger Jahre nur zum Teil erfüllt werden. Von den 1.8 Mio ha – das ist rund die Hälfte der Staatswaldfläche, die gemäss Forstgesetz den *panchayat* zusteht – sind bis 1992 lediglich vier Prozent offiziell übergeben worden.[13] Und bis 1990 konnten lediglich 35 000 Hektar aufgeforstet werden – allein Panchamool's Anteil daran beträgt ein Prozent.

Warum der mässige Erfolg des «Projekts»? Gemäss Forstgesetz von 1979, bei dessen Formulierung auch die Degradationstheorie Pate stand, sind den *panchayat* nicht vollbestockte Wälder angeboten worden, sondern weitgehend baumlose oder degradierte Waldflächen, die gemäss den Vorstellungen des «Projekts» an möglichst vielen Orten mit möglichst vielen Bäumen bepflanzt werden sollten.

Doch solche Flächen, die in klassischer forstlicher Wahrnehmung degradiert erscheinen, sind für die Landbevölkerung nicht zwangsläufig unproduktiv. Für sie entscheidend ist vielmehr, dass an den Bäumen möglichst viele Blätter wachsen; ob die Stämme kurz und krumm sind, spielt keine Rolle. Die Aufforstung oder Anreicherung solcher Flächen andererseits würde viel Arbeit und jahrelanges Warten bis zur Ernte bedeuten. Wo die Ressourcen noch nicht zu sehr erschöpft sind, wird eine solche Investition daher nur unter besonderen Umständen vorgenommen.

Die Anstrengungen des «Projekts» sind jedoch auch vielenorts gescheitert, wo Bäume selbst aus Sicht der Bevölkerung willkommen wären. Ein wahrscheinlicher Grund dafür liegt im politisch-administrativen Bereich: Dem «Projekt» gelang es nur selten, trotz erklärter Absicht, die Bevölkerungsbasis einzubeziehen. Mitentscheidend dafür dürften ein Überfluss an Geld und ein Mangel an Zeit gewesen sein.

Zeit brauchen nicht nur die Bäume, Zeit ist auch nötig, um eine vertrauensvolle Zusammenarbeit zwischen der Bevölkerungsbasis und dem Forstdienst aufzubauen. Allein der Gesichtswechsel der Forstleute, die früher stets als Polzisten und nun plötzlich als Entwicklungshelfer mit beiden Armen voller Setzlinge auftauchten, muss von den Dorfbewohnern erst einmal verdaut werden. In akuter Zeitnot wähnte sich auf der anderen Seite die internationale Gebergemeinschaft, denn sie hatte das Bild der zerkrümelnden Himalayahügel im Kopf, strebte rasche Resultate an und setzte viel Geld ein. Dafür erwartete sie entsprechende Leistungen in Form aufgeforsteter Hektaren.

Der so entstandene Druck wurde innerhalb der Forstdiensthierarchie nach unten weitergegeben. Um die ministeriell vorgegebenen Ziele zu erreichen, konnte sich kaum ein *District Forest Officer* die Zeit zum Aufbau einer tragfähigen Beziehung mit der Bevölkerung nehmen. Die Verhandlungen blieben auf der Ebene der Panchayat-Räte stecken, die zur einfachen Bevölkerung keinen guten Kontakt hatten, schon gar nicht zu den Frauen, die auch in Nepal meist die wirklichen Waldnutzer sind.

Hier beginnt auch das Verhängnis von zu viel Geld am falschen Ort. Während in vielen bilateralen Projekten, beispielsweise zwischen Nepal und der Schweiz, die Aufforstung einer Hektar mit 1500 Rupien veranschlagt wurde[14], waren im «Projekt» für die gleiche Leistung 3500 Rupien eingesetzt – das entspricht dem Monatslohn eines *Forest Officers*, der jedoch weder für ein standesgemässes Leben noch für die Ausbildung der Kinder ausreicht. Bei dieser Konstellation kann es nicht erstaunen, dass das Forstdepartement in einigen Fällen wegen Veruntreuung von Projektmitteln gegen Forstbeamte vorgehen musste, die sich mit Panchayat-Funktionären zusammengetan und einen Teil des Geldstroms in die eigenen Taschen umgelenkt hatten.

Die breite Bevölkerung andererseits, Herr über Ziegen und Sicheln und damit auch über das Schicksal jedes Baumschösslings, blieb – im Gegensatz etwa zu Thokarpa oder Panchamool

Panchamool ist vor allem buddhistisch. Dem hinduistischen Teil der Bevölkerung kommen oft bestimmte Aufgaben und Funktionen zu, so den Kami das Schmiedehandwerk.

Der Club der Frauen von Panchamool. Die Frauen führen in oft jahrzehntelanger Abwesenheit der Männer nicht nur Haushalt und Landwirtschaft, sie errichten in gemeinsamer Arbeit auch Wege oder Steindämme, welche die Infrastruktur schützen.

Shiva gegen Kali

Katastrophale Erosionsereignisse sind im geologisch jungen Himalayavorgebirge von Natur aus häufig. Das Gebirge ist ein tektonischer Krümelhaufen und wird nach wie vor einen Zentimeter pro Jahr angehoben. Dadurch fressen sich die Flüsse immer tiefer ein, die Flanken rutschen nach. Solche Rutsche, die den Flüssen einen guten Teil ihres Geschiebes zuführen[29], werden durch einsickerndes Monsunwasser oder Erdbeben ausgelöst.

Verantwortlich für derartige Katastrophen ist in hinduistischer Auffassung die schwarze Kali, die zerstörerische Gefährtin von Shiva, deren Kräften Nepals Bauern und Bäuerinnen machtlos gegenüberstehen. Experten sind sie jedoch, was die Erosionskontrolle in der menschengeschaffenen Kulturlandschaft betrifft. Die bäuerliche Erfahrung spiegelt sich in einer breiten Palette von Ausdrücken zur Beschreibung und Voraussage bodendynamischer Ereignisse, beispielsweise bestimmter Risse, die Rutschaktivitäten ankündigen.[30] Gut unterhaltene Terrassen, vor allem bewässerte, haben minimale Erosionsraten. Kleinere Zusammenbrüche reparieren die Bauern rasch, und die meisten grösseren Schäden in der Kulturlandschaft werden innerhalb einer Menschengeneration wieder hergestellt.[31]

Die Degradationstheorie kann auch in jenem Punkt relativiert werden, welcher der Hügelbevölkerung die Hauptverantwortung für die Katastrophen in der Ebene zuschanzt. Überschwemmungen hat es bereits zur Zeit der altindischen Puranas gegeben, als Shivas Haupt noch voll belockt war und trotzdem nicht ausreichte, um die Wut Gangas zu dämpfen (vgl. das vorangehende Kapitel über Indien).

Weil es Shiva nie gelungen ist, Ganga und Kali ganz zu besänftigen, lernte er, deren Desaster immer wieder schöpferisch umzuwandeln: Der verheerende Erdrutsch hat auch einen Rutschkegel, auf dem die Landwirtschaft neu beginnen kann, die Ueberschwemmung mit Bodenteilchen aus den Hügeln führt zur fruchtbaren Aufsiltung in den Ebenen, zu «goldenem Boden», so die Bedeutung des Ländernamens «Bangladesh». Katastrophal sind die Hochwasser erst mit dem Eindringen der Menschen in den Überschwemmungsbereich geworden. Das begann mit den kolonialen Plantagen, und mit wachsender Bevölkerung sind immer mehr Menschen in die Gefahrenzone geraten.

Gegen die schwarze Kali, die Göttin der Zerstörung (rechts), sind die Nepali machtlos, wenn diese sich als Erdbeben oder heftiger Monsunschauer äussert und die Kulturlandschaft zerstört. Im Aufräumen und Reparieren von Kalis Schlamasseln jedoch sind Nepals Bauern und Bäuerinnen, beispielsweise Chandra Kumari aus Panchamool, unerreicht (links).

– vielfach unbeteiligt. Die Pflanzungen deckten sich nicht mit ihren eigenen Zielen, blieben von oben verordnet. Die meisten der Millionen von Bäumen, die mit mehr oder weniger grossem Aufwand auf Panchayat-Land gepflanzt wurden, haben daher nicht überlebt.

Bildung und starke Frauen

Warum also der Erfolg in Panchamool? Hier besteht seit 1929 eine Schule, in der die meisten Knaben und – im Gegensatz zu hinduistisch dominierten ländlichen Regionen – bereits seit Jahrzehnten auch viele Mädchen eine Grundausbildung erhalten. Durch die Söldner war das Hügeldorf stets an die Welt und deren grosse Themen – etwa die zunehmenden Umweltprobleme – angeschlossen. Wer nach jahrzehntelangem Dienst zurückkehrt, ist vergleichsweise wohlhabend und erst noch pensionsberechtigt. Viele Gurungfamilien können sich daher nicht nur ein Steinhaus leisten, sie haben es auch nicht nötig, den letzten Halm und das letzte Blatt aus dem Wald zu klauben, um ihre Tiere zu füttern oder ihre Felder zu düngen. Was fehlt, können sie hinzukaufen.

Grossen Einfluss auf das Leben in Panchamool und letztlich auch auf die Aufforstung haben Religion und politische Geschichte, in denen sich tibeto-burmesische Volksgruppen wie die Gurung stark von den hinduistischen unterscheiden. Gurung-Gemeinschaften beispielsweise geniessen seit Jahrhunderten grosse lokale Autonomie.[15] Das buddhistische Individuum ist innerlich recht frei, kann zwischen verschiedenen Möglichkeiten wählen, darf seine Situation durch eigene Initiative zu verändern versuchen. Der Auftrag des Hinduismus an den Einzelnen hingegen besteht darin, sein Leben entsprechend der Kastenzugehörigkeit abzuverdienen und die eigene Existenz auszuhalten, was Hierarchisierung, Fatalismus und Lethargie fördert.[16] Soziale Unterschiede bestehen zwar auch innerhalb der buddhistischen Gemeinschaft Panchamools und zwischen Buddhisten und Hindu, aber sie scheinen doch weit geringer zu sein als in einem vergleichbaren Hindu-Dorf.

Auch die Frauen in Panchamool sind autonomer und initiativer als ihre hinduistischen Schwestern. Ein meterhoher Damm zum Schutz des Kremationsplatzes, ein eindrückliches Unterfangen, ist vor drei Jahren durch den Klub der Frauen von Panchamool aufs sorgfältigste errichtet worden. Gemeinschaft und Gemeinschaftsarbeit haben hier auch sonst einen hohen Stellenwert. Das belegen nicht nur die sorgfältig angelegte Infrastruktur, sondern auch der Baumpark und die Teebude, die mir meine Begleiter beim Pflanzgarten oben zeigen. Von dort können die pensionierten Soldaten an klaren Tagen wie heute ihren Blick hinüber zum Anapurna-Massiv und über ihre Aufforstungsflächen schweifen lassen.

Besser einen Baum schonen als zehn neue pflanzen

Nach einem Glas heisser Büffelmilch machen wir uns auf die Suche nach jenem Baum, bei dem vor sieben Jahren das Gruppenbild in der frischen Aufforstung entstanden ist. Es ist ein Sandelholzbaum[17], aus dessen Blätter die rote Paste besteht, die sich Hindugläubige auf die Stirn tupfen. Der aromatisch riechende Baum spielt auch bei buddhistischen Festen eine Rolle und ist daher von Söldnern aus dessen Heimat in Südindien in den Himalaya mitgebracht worden.

Tatsächlich finden wir «meinen» Baum wieder. Er ist nicht speziell freudig gewachsen, was an seiner Versetzung in das kühlere Bergklima liegen mag. Aber auch andere Laubbaumarten haben sich, verglichen mit der mexikanischen Kiefer, nur wenig spektakulär zu entwickeln vermocht. «Die Kiefern sind fürs Auge, die Laubbäume für den Magen», meint Hark Bahadur.

Wer pflanzt – das war in Europa nicht anders – möchte «fürs Auge» rasch Resultate vorweisen können – dafür sind die Kiefern ideal. Zudem ist die direkte Wiederaufforstung von Weideböden mit «Bäumen für den Magen», besonders auf degradierten Böden wie hier, fast unmöglich. Mit der Rodung haben nämlich nicht nur Blatt- und Holzproduktion aufgehört, auch der spiegelbildlich zur Krone durchwurzelte Bodenraum ist in sich zusammengesackt, durch Hufe verdichtet, von der Sonne gebacken. Die Rückeroberung des verhärteten Bodenkörpers durch Baumwurzeln dauert lange und kann durch Pioniere wie Kiefern oder Erlen wesentlich beschleunigt werden. Darunter stellen sich die ursprünglichen Baumarten, wie sie im heiligen Schutzwald noch zu finden sind, leichter ein. Ein solcher Wiederbewaldungsprozess benötigt selbst im subtropischen Klima Jahrzehnte.

Darum bedeutet jeder Baum, der heute in Nepals Hügeln abstirbt und nicht umgehend durch Natur oder Mensch ersetzt wird, einen wesentlich grösseren Verlust als gemeinhin angenommen. Andererseits bedeutet nicht jeder Schnitt am Stammfuss zwingend den Baumtod. Bei den meisten Laubbaumarten schlagen Bündel neuer Ruten aus dem Stock aus, die wiederum zu neuen Bäumen heranwachsen können.

Wo noch ursprüngliche Baumarten vorhanden sind, auch wenn es nur noch Krüppel sind, reicht es für die Erholung des Waldes oft aus, diese zu schonen. Mit Naturwald und den ursprünglich vorhandenen Baumarten zu arbeiten, ist auch in Nepal wesentlich risikoärmer als mit Aufforstungen und Exoten. Einheimische Arten mögen zwar weniger rasch wachsen, dafür sind sie gegen Schädlinge besser gewappnet. Die mexikanischen Kiefern etwa, die durch ihr rasches Jugendwachstum beeindruckt haben, werden inzwischen mancherorts in Nepal durch Pilze befallen, welche die Gipfeltriebe zum Absterben bringen.

Relativierung der Degradationstheorie

Trotz der mässigen Erfolge des «Projekts» wäre es nicht richtig, den Zeitraum von 1980 bis 1990 lediglich als Jahrzehnt eines grossen und teuren forstlichen Irrtums abzutun. Vielmehr haben all diese Bemühungen auch tiefe Einblicke in das Wesen gemeinschaftlicher Ressourcennutzung ermöglicht und zudem Erkenntnisse gebracht, die eine Relativierung der Degradationstheorie nahelegen, die nach wie vor wie ein Damoklesschwert über dem Himalaya hängt.[18]

Eine erste Relativierung betrifft die Entwicklung der Waldfläche. In den letzten Jahren sind viele Belege zusammengekommen, dass sich das Verteilungsmuster von Kulturland und Wald in den Hügeln seit Ende der fünfziger Jahre nicht wesentlich verändert hat. Drastisch abgenommen hat der Wald einzig im Terai, wohin allein in den siebziger Jahren rund 700 000 Personen aus den Hügeln abgewandert sind.[19]

Während der Flächenrückgang der Hügelwälder weniger dramatisch als befürchtet ist, hat ihre Qualität stark gelitten, war doch Mitte der

Der Erdrutsch bei Bonch im Distrikt Dolakha, entlang einer Strasse gelegen und daher von vielen ausländischen Experten mühelos zu besichtigen, mag wesentlich zur Entstehung der Degradationstheorie beigetragen haben. Das Bild links wurde im Januar 1986 aufgenommen, jenes rechts im Oktober 1995. Die überschütteten Terrassen sind wiederhergestellt, an den erodierenden Flanken haben sich stabilisierende Büsche und Bäume angesiedelt.

achtziger Jahre rund die Hälfte nur noch zu 10 bis 40 Prozent mit Baumkronen bedeckt.[20] Allerdings ist auch dieser Trend nicht durchgehend und dürfte den Tiefpunkt nun mancherorts durchschritten haben.

In vielen Dörfern hat der drohende Mangel an Baumprodukten auch Gegenkräfte mobilisiert. Aus dem Einzugsgebiet des Jhiku-Khola-Flusses sowie seiner weiteren Umgebung östlich von Kathmandu haben Tej Mahat und seine australischen Kollegen bereits Anfangs der achtziger Jahre berichtet, dass manche Dörfer sich organisiert haben und ihre Wälder nach ganz bestimmten Regeln gemeinsam nutzen.[21]

Solche Regeln sind zum Teil schon vor langer Zeit von den Dorfversammlungen festgelegt worden. *Chowkidars*, lokale Bannwarte, wachen über deren Einhaltung und werden dafür von jedem nutzungsberechtigten Haushalt mit Getreide entlöhnt. Die Übertretung gemeinschaftlicher Abmachungen kann strenge Strafen nach sich ziehen – bei gefreveltem Feuerholz etwa die Beschlagnahmung der Kochutensilien. Die Bestrafung mag in durchaus lockerer Athmosphäre vollzogen werden und ein Grund für ein Dorffest sein, und trotzdem wiegt der Bruch lokaler Abmachungen wesentlich schwerer als die Übertretung von in Kathmandu gesetztem Recht, droht doch im Wiederholungsfall Ausgrenzung aus der Gemeinschaft.[22]

Als Eigeninitiative der Bevölkerung sind auch neue Muster der Baumverteilung in der Kulturlandschaft zu lesen. So zeigt beispielsweise ein Vergleich von Luftaufnahmen von 1972 und 1989 im Einzugsgebiet des Jhiku-Khola-Flusses eine Zunahme der Kronenbedeckung auf privatem ebenso wie auf gemeinschaftlich genutztem Landwirtschaftsland.[23]

Die einfache Formel jedenfalls, wonach Bevölkerungswachstum unmittelbar mit Waldvernichtung gekoppelt ist, lässt sich nicht allgemein bestätigen. Ebenfalls in einem neuen Licht muss heute die Verantwortung der Hügelbewohner bezüglich Wasserhaushalt und Erosion betrachtet werden (vgl. Kasten «Shiva gegen Kali»).

Rezept für die Zukunft: Stärkung lokaler Gemeinschaften

Mit der Relativierung der Degradationstheorie soll nicht gesagt sein, dass es in den Himalayahügeln keine Probleme gibt, doch sie nimmt den Vorgängen ihre bittere Unausweichlichkeit, mag jenen Menschen aus dem Norden, die in bleierner Ohnmacht Richtung Himalaya schauen, etwas Zuversicht vermitteln. Es entstehen zudem Raum für neue Lösungsansätze und mehr Zeit zu ihrer Umsetzung. Die positiven Erkenntnisse der letzten Jahre rehabilitieren die

Hügelbevölkerung und zeigen vor allem auch, dass sie in ihrem Lebensraum durchaus zum Rechten zu schauen vermag, sofern sie nicht an ihrer Selbstorganisation gehindert wird.

Die sozialen und politischen Voraussetzungen dazu sind lange nicht optimal, häufig gar hinderlich gewesen. Erst der Volksaufstand von 1990 leitete eine Oeffnung des politischen Prozesses ein. Die neue Verfassung vom selben Jahr bekennt sich zu Demokratie und Dezentralisation der politischen Macht. Sie will die wirtschaftliche Ausbeutung von Einzelnen oder ganzen Klassen verhindern und verspricht eine sozial gerechte Verteilung der Erträge aus den Ressourcen des Landes. Der Fünfjahresplan für 1992 bis 1997 betont nochmals, dass das Volk selbst Entscheidungen treffen und diese auch umsetzen soll.[24]

Dezentralisation steht auch im neuen Forstgesetz von 1993 im Zentrum, das weltweit zu den innovativsten und mutigsten gehört. Es sieht vor, die Hügelwälder – und nicht nur kaum bestockte Flächen wie zuvor – an die Bevölkerung zu übergeben, sofern sich diese in Nutzungsgemeinschaften organisiert. Diesen sollen auch die Erträge aus der Waldnutzung zu hundert Prozent zugute kommen.

Mit Nutzungsgemeinschaften sind nicht mehr Dörfer oder gar ganze *panchayat* gemeint, sondern jene kleinen Gruppen, die seit jeher örtlich mehr oder weniger genau abgegrenzte Waldstücke bewirtschaften. Das Eigentum bleibt zwar nach wie vor beim Staat, doch im Bewirtschaftungsplan, den der Forstdienst zusammen mit jeder Nutzergruppe zu erstellen hat, werden langfristige Nutzungsrechte garantiert.

Entscheide sollen von allen Nutzungsberechtigten – insbesondere auch den Frauen – gemeinsam gefällt, die Erträge gleichmässig verteilt werden. Technisch stellt das neue Forstgesetz nicht mehr die Aufforstung in den Brennpunkt, sondern die Bewirtschaftung der verbliebenen Naturwälder. Einzig auf degradierten oder erodierenden Böden werden Baumpflanzungen ihre Bedeutung behalten – sowie überall dort, wo Bäume fehlen oder erwünschte Arten nicht mehr vorkommen.

Die grundlegenden Ideen des Forstgesetzes von 1993 stehen der althergebrachten Rollenverteilung zwischen Mann und Frau, der hierarchischen Gesellschaftsstruktur Nepals und der stark zentralisierten Administration diametral entgegen. Es darf daher nicht verwundern, wenn deren Umsetzung mindestens soviel Beharrlichkeit und Zeit verlangen wird, wie der vergleichbare Prozess seinerzeit in den Alpen, nämlich Jahrzehnte.

Gefragt ist ein neuer Förstertyp

Zentrale Voraussetzung ist, dass die Mitglieder des Forstdienstes die Reformbestrebungen mittragen. Die Erfahrungen bis Mitte der neunziger Jahre sind eher zwiespältig. Einzelne Forstleute kommen mit ihrer neuen Rolle als engagierte und kreative Partner der Bevölkerung besser zurecht. Andere empfinden die Uebergabe von Wäldern als Verlust eigener Macht und Bedeutung, vielleicht gar als Bedrohung ihrer Berufsexistenz, und behindern die Bildung von Nutzergemeinschaften eher, als sie voranzutreiben. Doch für den nepalischen Forstdienst – das lässt sich auch aus den Erfahrungen in den Alpen ableiten – bleibt auf sehr lange Zeit hinaus mehr als genug zu tun.

Allein der erste Schritt, die Lösung der Nutzungskonflikte innerhalb der Landbevölkerung, wird Jahrzehnte benötigen. In den unvermessenen Hügelwäldern überlappen sich nämlich die Ansprüche verschiedener Nutzungsgemeinschaften, deren Entflechtung wohl nur in mehreren Schritten möglich sein wird. Während dieses Prozesses werden die Forstleute mehr mit Menschen als mit Bäumen zu tun haben, müssen sie als Sozialarbeiter mithelfen, im schwierigen Terrain einer Kastengesellschaft zu vermitteln und Lösungswege aufzuzeigen.

In Panchamool beispielsweise wird Girish Kumar Mishra das Problem der unterkastigen Kami im Auge behalten müssen, die mehr düngenden Kompost aus dem Wald benötigen und als Schmiede auch viel Brennholz brauchen. Wenn ihre Bedürfnisse ungenügend berücksichtigt bleiben, wie dies gegenwärtig der Fall zu sein

Derselbe Sandelholzbaum in der Aufforstung oberhalb von Sirubari, kurz nach der Pflanzung 1986 (oben) und sieben Jahre später (Mitte). Die Aufforstung, wie sie sich 1993 präsentierte (unten).

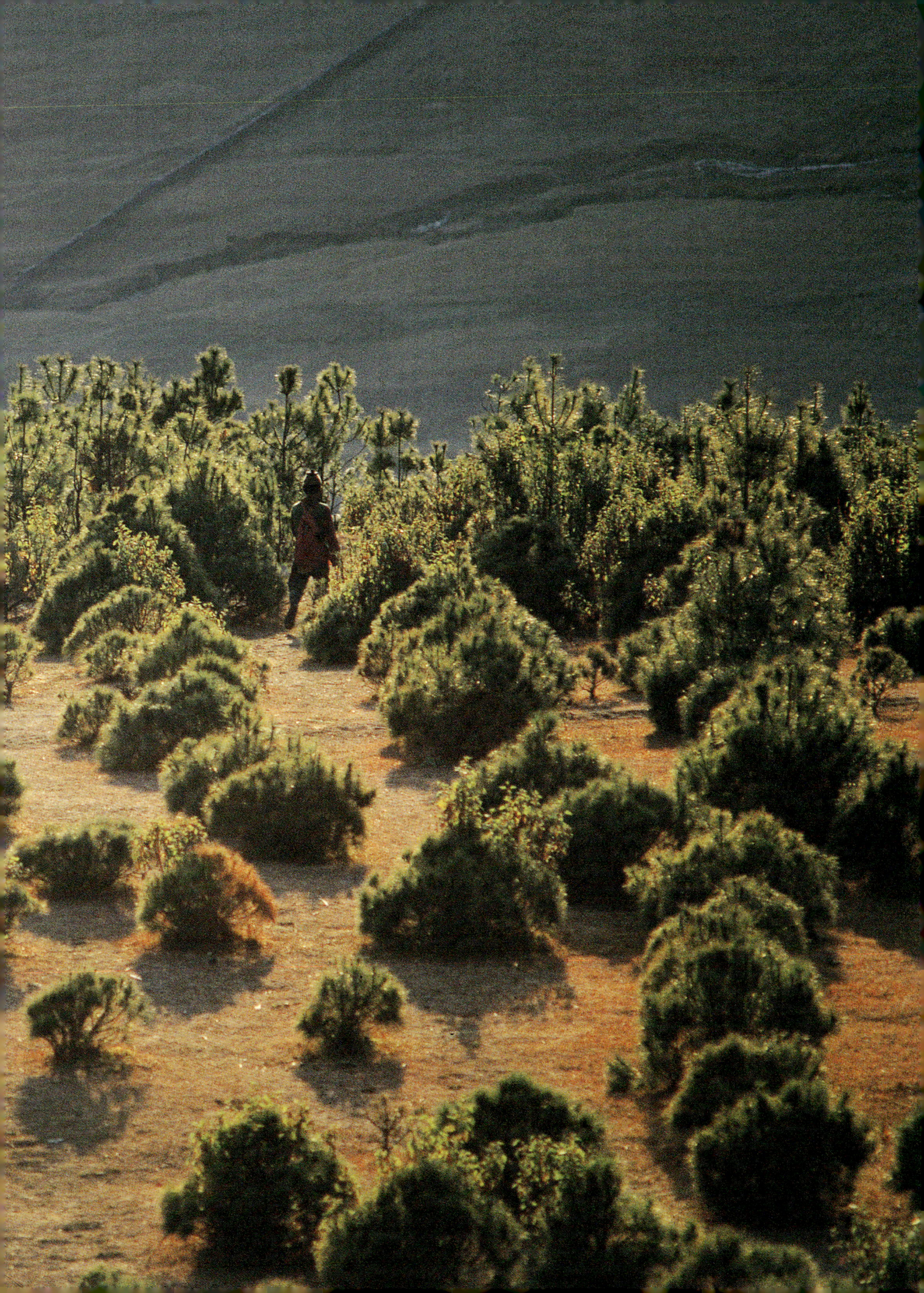

scheint, werden sie zum Freveln gezwungen. Daraus könnte eine Bedrohung erst für den heiligen Schutzwald, dann für die Aufforstungsflächen und damit für den sozialen Frieden entstehen.

Erst wenn die verschiedenen Rechte gegenseitig klar abgegrenzt sind, können auch forsttechnische Verbesserungen voll zum Tragen kommen, und da bestehen zweifellos grosse Möglichkeiten. Denn heute wird der Wald – selbst wo stets gemeinschaftliche Regeln galten – selten optimal bewirtschaftet. Die Nutzung konzentriert sich zu stark auf den Waldrand, die Bäume sind oft zu alt und haben ihr Leistungsvermögen überschritten. Andererseits ist infolge der Beweidung zu wenig Verjüngung vorhanden.

Zur Optimierung von Nutzung und Pflege könnten Bewirtschaftungspläne Wunder wirken, falls sie in einem demokratischen Prozess von allen Mitgliedern einer Nutzungsgemeinschaft erarbeitet und daher allgemein akzeptiert werden. Hier nützen keine Rezeptbücher, hier braucht es forstliche Kunst: geduldig und genau zuhören, um nicht voreilige und falsche Schlüsse zu ziehen, um die einheimische Bevölkerung dabei zu unterstützen, es auf ihre eigene Weise besser zu machen.

Kiefern wachsen auf degradierten Böden rasch an (links). Doch wo noch ursprüngliche Bäume vorhanden sind, ist die natürliche Verjüngung solchen Pflanzungen vorzuziehen (rechts). Selbst degradierter Wald vermag sich zu erholen, wenn die Beweidung eingestellt wird (und damit auch wieder Baumkeimlinge aufkommen können) und wenn alle anderen Nutzungen nachhaltig, das heisst nicht über das Regenerationsvermögen hinaus, erfolgen.

Gesellschaft in raschem Wandel

Den Abschied von Panchamool werde ich nie vergessen. Viele Frauen und Männer sind gekommen, um uns frisch geflochtene Blumengirlanden umzulegen. Nachwehen von Fest und Tanz der letzten Nacht begleiten uns auf den langen Abstieg. Selbst Girish Kumar Mishra ist müde, denn er war schon die ganze Woche unterwegs. «Forstwirtschaft in Nepal kann nicht mit dem Helikopter betrieben werden. Wenn ich nicht zwei Tage marschieren mag, wenn ich den Geruch der Leute nicht ertrage, dann werde ich kein erfolgreicher Förster sein», hat Tej Mahat gesagt.

Mishras Werkzeuge sind seine Beine, ein Rucksack und ein Schlafsack. Auf andere Requisiten, mit denen hier oder in Indien begehrte Posten gekennzeichnet sind – ein Auto, das Pult mit der Klingel, deren Schrillen den Bediensteten umgehend Gewürztee bringen lässt – muss er verzichten. Auch der bescheidene Monatslohn von 2000 Rupien, mit dem sich eine Familie mehr schlecht als recht ernähren lässt, verleiht dem Försterstatus wenig soziale Anerkennung. Würde ein gut entlöhnter Forstdienst nicht motivierter arbeiten, gerade in dieser heiklen Phase der Übergabe von Verfügungsmacht?

Allerdings können auch engagierte Forstleute die Hügelwälder nicht mit Bäumen überziehen, wenn die gesamtwirtschaftliche Situation dem entgegensteht. Legt man den Entwicklungsgang in den Alpen zum Vergleich an, zeigt die aktuelle Situation Nepals durchaus Ähnlichkeiten mit dem europäischen Eisenbahnzeitalter: Das nepalische Strassennetz hat die lokalen Handelskreisläufe aufgebrochen, neue Wertvorstellungen verbreitet und die Menschen mobiler gemacht.

Es ist gegenwärtig frappant, wie unmittelbar neben der traditionellen Lebensweise neue Trends sichtbar werden. Der Präsident des Jugendclubs von Panchamool trägt Jeans und wird wohl eher studieren als den traditionellen Solddienst aufnehmen. Die alte Chandra Kumari, deren Tochter in Singapur verheiratet ist, hüllt sich in einen Sari der Singapore Airlines. Während die Kami noch jedes Blatt zur Kompostherstellung benötigen, hat an unserem Abschiedsfest ein Junge zu Tonbandmusik Rap getanzt.

Auch andere Parallelen zur Entwicklung in den Alpen lassen sich finden: Mittlerweile wird Nepal jedes Jahr von über 300 000 Touristen besucht, und in den Teppichmanufakturen, in den sechziger Jahren von der schweizerischen Entwicklungszusammenarbeit in tibetischen Flüchtlingscamps initiiert, finden heute 250 000 Personen Beschäftigung.

Zudem hat sich in der Landwirtschaft in den letzten Jahrzehnten viel verändert: Die Kartoffel, die hier zehnmal mehr Ertrag abwerfen kann als Gerste oder Buchweizen, ist im Vormarsch.[25] Immer mehr Tiere, vor allem Wasserbüffel, werden in einem Unterstand beim Haus gehalten, was die bessere Nutzung des Kots erlaubt, wobei der stark stickstoffhaltige Urin jedoch nach wie vor versickert.

Im Alpenraum hatte an dieser Stelle die industrielle Entwicklung eingesetzt, die vielen Landlosen eine neue Existenz brachte und damit zur Verringerung des Drucks auf den Wald beitrug. Ansätze zu vergleichbaren Entwicklungen gibt es gegenwärtig im Terai und im Kathmandutal.[26] Wie rasch sich der Wandel in dieser Richtung vollziehen wird und in welchem Ausmass, ist schwer zu sagen.

Verglichen mit dem seinerzeitigen Wandel in den Alpen, erfolgt in Nepal nun alles in hoher zeitlicher Verdichtung. Zu den auffälligsten Phänomenen der neunziger Jahre gehören das rasche Wachstum der urbanen Zentren und die Zunahme der Lohnarbeit. Viele Landbewohner sind aufgebrochen, um dem entgegenzugehen, was ihnen als besseres Leben erscheint, und arbeiten zumindest saisonweise im Kathmandutal oder emigrieren nach Indien. Speziell Männer aus unterprivilegierten ländlichen Haushalten versuchen Lohnarbeit zu finden, denn die Pro-

Ähnlich wie einst in den Alpen könnten Änderungen im Umfeld heute auch in Nepal Entlastung für den Wald bringen. Das wachsende Strassennetz macht die Menschen mobiler und trägt zur raschen Verbreitung neuer Wertvorstellungen bei (oben). Cheetendra Gurung, Präsident des Jugendclubs von Panchamool (rechts, in der Mitte) und seine beiden Freunde zieht es eher an eine Universität als in fremde Dienste.

duktivität ihrer kleinen Güter lässt sich auch durch noch so viel Einsatz von Arbeit und Kompost nicht entscheidend steigern.[27]

Solche Migrationsbewegungen wirken sich umgehend auf die Landnutzung aus. Mancherorts fallen nun marginale Landwirtschaftsböden brach, weil zur Saat- und Erntezeit zu wenig helfende Hände zuhause sind. Dafür ermöglicht es jetzt der Lohn eines arbeitenden Familienmitglieds, Nahrungsmittel zum Teil einzukaufen, wie im wohlhabenden Panchamool. Auch die Nutzungsweise der Bäume verändert sich. Jahrhundertelang standen Blätter und Brennholz als Waldprodukte im Vordergrund, doch mit der beschleunigten Urbanisierung steigt die Nachfrage nach Nutzholz immer rascher an.

In der Geschichte der Alpen war dies eine ausserordentlich heikle Phase. Damals haben die ländlichen Eliten althergebrachte Rechte reklamiert und versucht, die Unterprivilegierten aus dem Wald zu drängen, was die ländlichen Nutzungskonflikte noch verschärft hat. Mit steigendem Holzpreis besteht diese Gefahr auch in Nepal. Politische und wirtschaftliche Leader innerhalb der Nutzungsgemeinschaften könnten versucht sein, die Bewirtschaftung ganz auf «Bäume fürs Portemonnaie» auszurichten. Das würde den Interessen jener Menschen zuwiderlaufen, die nach wie vor ein traditionelles Leben führen und in deren Oekonomie die «Bäume für den Magen» immer noch eine wichtige Rolle spielen – den Interessen der meisten Frauen sowie der niederkastigen und älteren Menschen.

Allerdings kann die Nachfrage nach Holz in gut organisierten Nutzergemeinschaften, wo sich alle Frauen und alle Männer ihrer Rechte, Pflichten und Möglichkeiten bewusst sind, auch eine Chance sein. Das Ziel dieser Gemeinschaften besteht nämlich nicht nur in der optimalen Bewirtschaftung des zugewiesenen Waldes, sondern auch in der Verbesserung der wirtschaftlichen Situation ihrer Mitglieder. Der Verkauf von Nutzholz könnte die gemeinschaftliche Kasse äufnen, seine lokale Verarbeitung Arbeitsplätze auf dem Land schaffen und so zur Dämpfung der Landflucht beitragen.

Schon einmal, mit der Degradationstheorie, ist die Landbevölkerung unterschätzt worden. Wie gross ihre Fähigkeit ist, Veränderungen zu verstehen und wie dynamisch sie schon früher auf neue Situationen zu reagieren vermochte, zeigt sich in den Distrikten Sindhupalchowk und Kavrepalanchock. Dort haben die Landleute zwischen 1965 und 1989 etwa 30 Millionen Bäume wachsen lassen oder gepflanzt, vor allem auf unbewässertem oder brach liegendem Land. Diese einzeln oder in kleinen Gruppen stehenden Bäume entsprechen einer Aufforstungsfläche von 17 000 ha.[28] Die Bäume sind wohl weniger für die Selbstversorgung als für den Verkauf ins angrenzende Kathmandutal mit seinem grossen Holzbedarf vorgesehen. Wer sicher sein kann, von seinen Bäumen auch etwas zu haben, wird schon für ihren Nachwuchs sorgen.

Tanzania

In Gottes Garten

Die fruchtbaren Hänge des Kilimanjaro sind seit langem vom Volk der Chagga besiedelt. Die Einschränkung ihres Lebensraums – durch die Kolonisierung zuerst und später als Folge der rasch wachsenden Bevölkerung – hat die Chagga dazu gezwungen, dem Boden immer mehr abzufordern. Dies geschah vor allem durch eine bessere Ausnutzung von Wurzel- und Luftraum mit einer Vielzahl neuer Pflanzenarten. Dadurch sind vielschichtige Baumgärten entstanden, die zu den vollkommensten ihrer Art gehören und als Vorbild für agroforstliche Nutzungssysteme gelten. Ihr Artenreichtum sichert nicht nur die ökologische, sondern ebenso die wirtschaftliche Nachhaltigkeit, selbst in krisenhaften Momenten, wie sie Tanzania in den letzten Jahrzehnten durchleben musste.

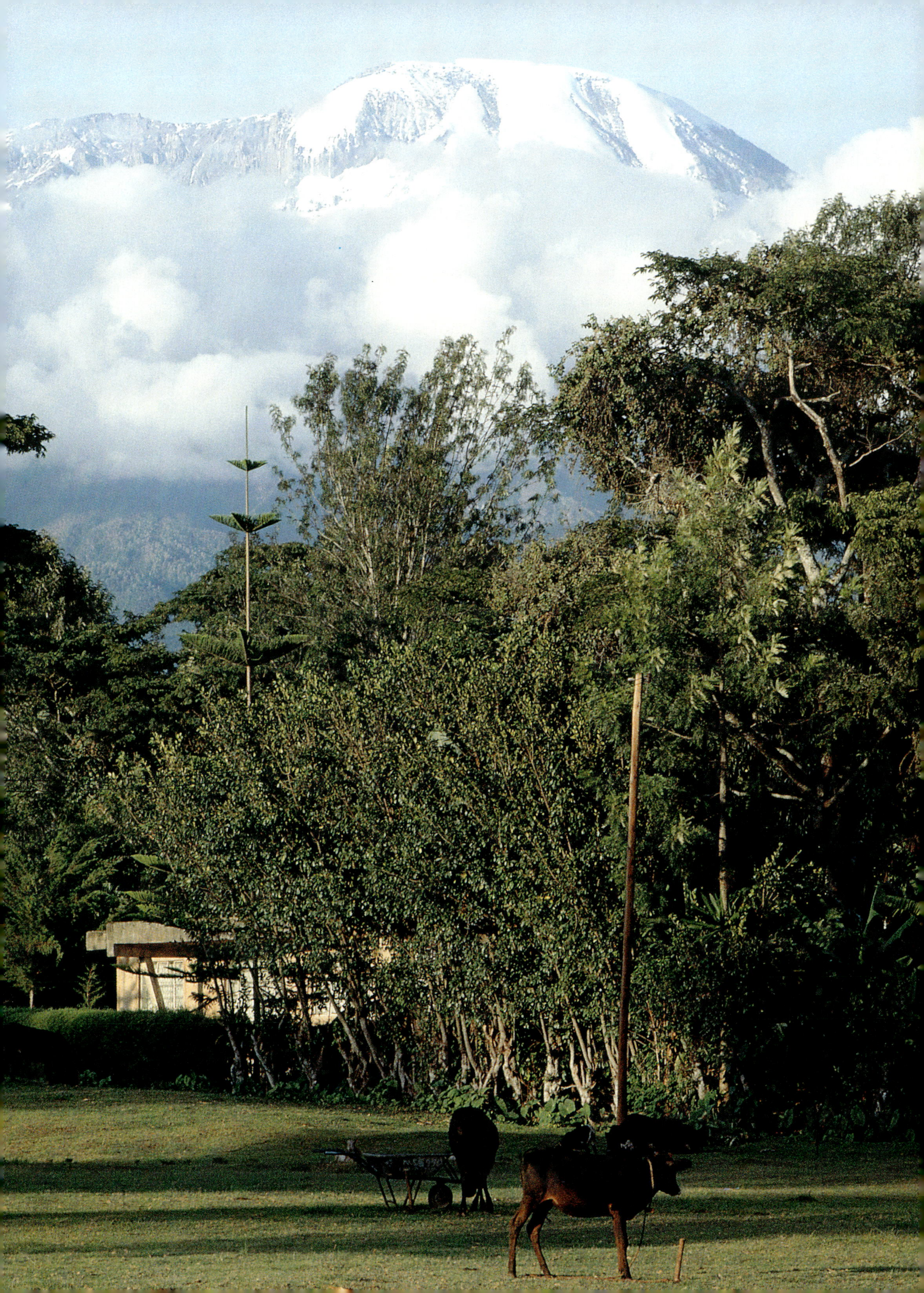

So muss es im Garten Eden ausgesehen haben. Bäume, Sträucher, Lianen, Kräuter und Gräser scheinen zufällig und in himmlischem Durcheinander zu wuchern. Kaffee, Kardamom und die ganze Palette an tropischen Gewürzen, Gemüsen und Früchten gedeiht hier. Zwischen den dichten Bananenstauden ist ein friedliches Muhen zu hören, eine Kuh trottet auf die kleine Wiese und legt sich in die Abendsonne. Jetzt geben die Wolken für einen Moment den Kibo frei, den einen der Kilimanjarogipfel, rund 6000 Meter hoch und mit einer Kappe aus ewigem Eis: ein Paradies tief in Afrika.

Offenes Land gibt es hier in Machame, an der Südflanke des Kegels, kaum noch. Selbst die Häuser sind ins Grün eingebettet; nur da und dort schimmert ein Blechdach durch die Vegetation, ragt eine Fernsehantenne neben einer dekorativen Araukarie hoch, führt eine Stromleitung durch die Wipfel. Obwohl wir uns in einer der dichtest besiedelten ländlichen Gegenden Afrikas befinden, sind nur Kinder zu sehen; die meisten Erwachsenen befinden sich in der Kirche, deren Glocken hinter einem Hain von Silbereichen eben ausklingen.

Völker- und Pflanzenvielfalt, Ideenreichtum

Die Menschen, die hier leben, erhielten im letzten Jahrhundert den Namen Chagga. Die Chagga haben sich aus verschiedenen Volksgruppen gebildet, die sich im Laufe der Zeit am Kilimanjaro niederliessen. Aus der Umgebung des Vulkans kamen Pare, Taveta und Akamba, aus den Usambarabergen Shambala, aus den Grasländern Mitglieder des Hirtenvolkes der Masai. Immer wieder fanden geflohene Kriegsgefangene oder Sklaven ein Asyl. Auch Swahili-Händler, afrikanisch-arabische Mischlinge von der Küste, sind manchmal am grossen Berg geblieben, dem Tagesmärsche weit sichtbaren Wegweiser ihrer Karawanen, dessen blendenden Gipfel sie für pures Silber hielten.[1]

Der Kilimanjaro hat am Fuss einen Radius von etwa 50 km. Mit zunehmender Höhe werden die Hänge steiler, und als ob die Finger einer Riesenhand den Kegel hinuntergezogen worden wären, wechseln nun tiefe Erosionsfurchen mit Graten ab. Die ersten Siedlungkerne befanden sich auf den Graten, bevorzugt in der montanen Zone zwischen 900 und 1400 m ü. M. Auf jedem Grat entwickelte sich ein *Clan.* Durch Eroberung oder Absprache entstanden später aus mehreren Clans Dutzende von *Chiefdoms.*

Die Gräber der Clanbegründer waren mit Steinblöcken oder besonderen Pflanzen markiert und lagen oft auf Lichtungen oder Weideflächen. Die Ahnenbeziehungen wurden mündlich genau tradiert, denn jedem Mann und seiner Familie stand das Nutzungsrecht auf jenem Land zu, wo die Vorfahren ruhten. Eigentum an Boden im europäischen Sinn gab es nicht.

Mündlich überliefert ist auch die Herkunft der Kulturpflanzen und Tiere, die jede Volksgruppe mitbrachte, die Basis des ausserordentlichen Artenreichtums, der heute am Kilimanjaro zu finden ist. Hervorgetan haben sich vor allem

Vorherige Seite: Chagga-Siedlung oberhalb Machame, im Hintergrund der Kibo, der eine Gipfel des Kilimanjaro.

Chief Mareale aus Marangu, Photo aus den zwanziger Jahren (links), Gabriel Kawa und Isaac Mongi, Chagga-Ältere aus Kilema, 1989 (rechts).

die Swahili, die Mais, Cassava, Süsskartoffel und andere südamerikanische Kulturpflanzen einführten, an die sie bereits im 16. Jahrhundert über die Portugiesen gelangt waren. Aus dem indischen Raum stammte der Mangobaum mit seinen himmlischen Früchten, und schliesslich brachten die Swahili auch Anbautechniken mit, die sie von den Arabern und Indern übernommen hatten.

Beobachtungen aus den Usambarabergen lassen den Schluss zu, dass die Chagga zuerst im Wald gelebt und sich vom Jagen und Sammeln wilder Yamsknollen ernährt haben. Erst später, mit zunehmender Bevölkerung, ist Wechselfeldbau betrieben worden. Dabei wurden Waldflächen in Siedlungsnähe gerodet und eine Zeitlang bebaut. Anschliessend überliess man solche *shamba* der natürlichen Wiederbewaldung, um sie nach Jahren von neuem zu roden. Zum Teil hielt man sie auch als Weide offen. Auf den *shamba* bauten die Frauen Feldfrüchte an wie *mbege*, Fingerhirse für Brei und Bier.[2]

Während die entfernteren Wälder mehr oder weniger unberührt blieben, entstanden in Siedlungsnähe die bemerkenswerten *vihamba*, artenreiche Baumgärten. Die nützlichen Wildarten wurden stehen gelassen, während andere Elemente des Naturwaldes allmählich durch Nutzpflanzen aus dem reichen Pflanzenreservoir der Chagga ersetzt wurden. Solch stufig aufgebaute *vihamba* können beispielsweise so aufgebaut sein: In 30 m Höhe breiten Albizia-Bäume ihre schirmförmigen Kronen aus, unter denen kleinere Bäume wachsen. Dann folgt ein Teppich aus Bananenstauden, und zuunterst breiten sich diverse nützliche Kräuter, Knollenpflanzen und Gräser aus.

Ein weiteres spezielles Element der Kulturlandschaft der Chagga ist die künstliche Bewässerung. Schon lange vor der Kolonisierung haben die Chagga das Wasser weit hinten in den steilen Gräben gefasst und durch Erdkanäle und ausgehölte Stämme an die Siedlungsplätze auf den Kreten geleitet. Empfindliche Kulturen konnten auf diese Weise auch während den Trockenzeiten bewässert werden, das Trinkwasser bei den Häusern ersparte den Frauen den beschwerlichen und gefährlichen Weg zu den Bächen hinunter.[3]

Die ausgeklügelte Wasserversorgung war Voraussetzung für ein weiteres wichtiges Kennzeichen der Chaggakultur: die Stallhaltung. Das

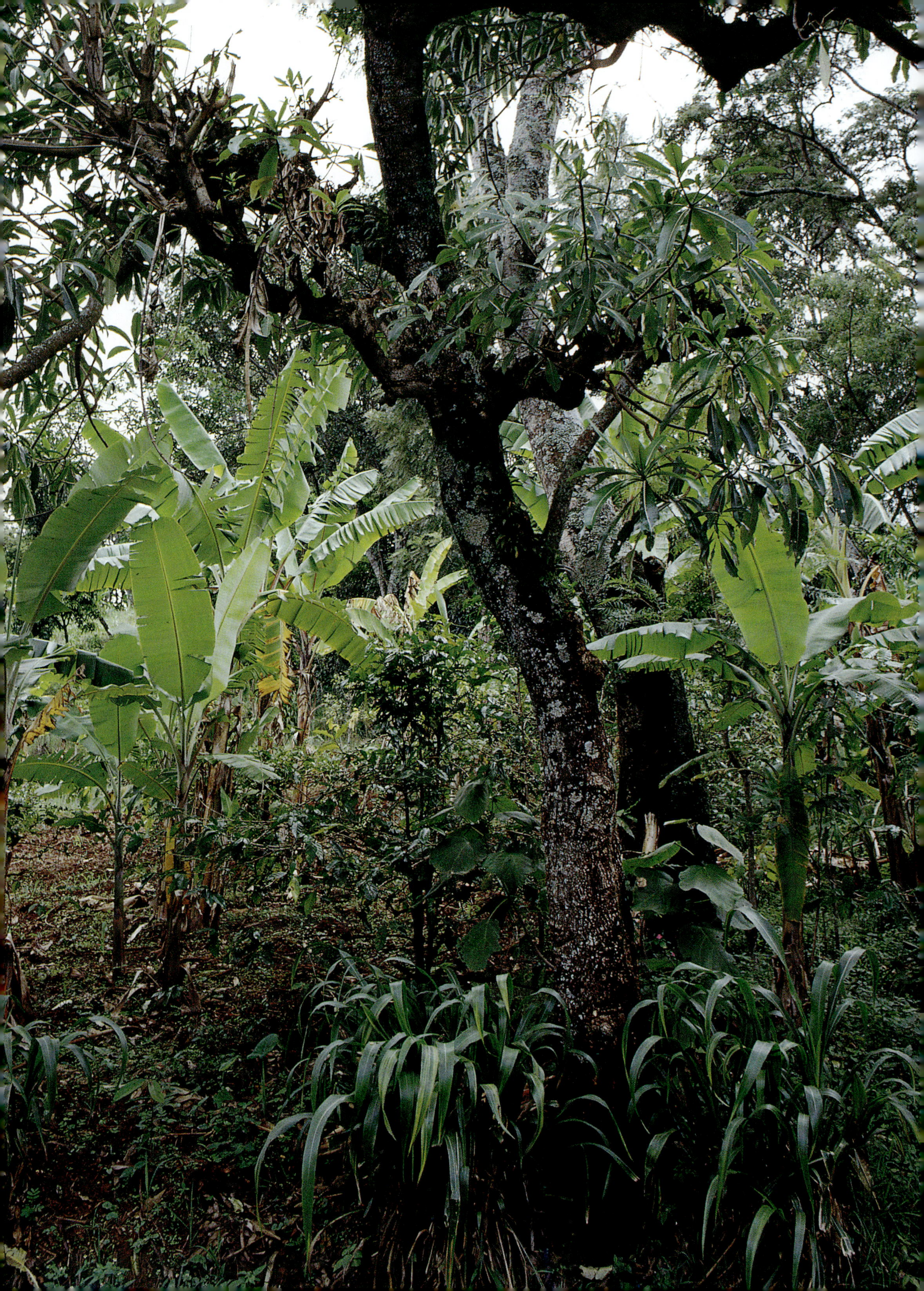

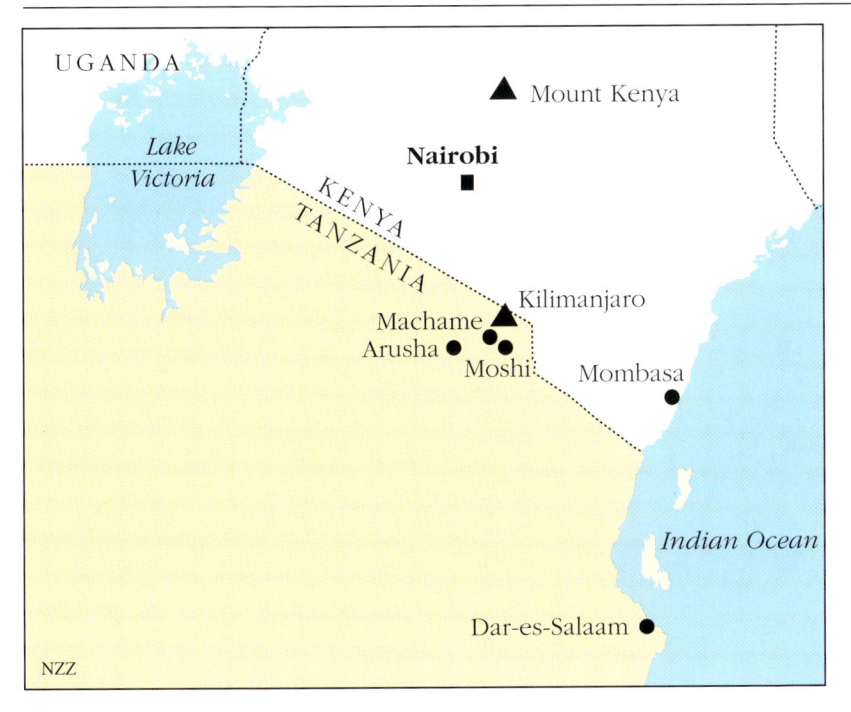

Baumgarten mit einem Msesewe-Baum, dessen Rinde das Bier zum Gären bringt, mit Bananenstauden, Kaffeesträuchern und Büscheln von Futtergras (links).

Voraussetzung für die Bewirtschaftung ihrer vielschichtigen Baumgärten ist das Verständnis der Chagga für die ökologischen Bedürfnisse jeder einzelnen der vielen Nutzpflanzenarten. Die junge, feinverzweigte Silbereiche wird rechtzeitig genügend Licht und Raum erhalten und in 15 Jahren zu einem hohen Baum heranwachsen, dessen Holz sich zu einem guten Preis verkaufen lässt.

Vieh konnte bei den Wohnstätten getränkt werden, und die Entlastung vom Wasserholen wiederum erlaubte es den Frauen, weiter unten am Berg Grasfutter zu schneiden und in schweren Lasten hinaufzubalancieren. Damit fiel nicht nur der Dung konzentriert an und liess sich gezielt einsetzen, das Vieh war auch vor dem Hirtenvolk der Masai geschützt. Dessen junge Krieger pflegten sich durch Raubzüge auf fremde Herden den Brautpreis zu ergattern und bildeten eine stete Gefahr für ihre Nachbarn.

Kolonisierung und Kaffee

Als der Deutsche Geistliche Johannes Rebmann 1848 zu Fuss von Mombasa zum Kilimanjaro marschierte und als erster Europäer mit den Chagga in Kontakt kam, hatten die Chagga den montanen Gürtel im Segment zwischen Südwesten und Osten bereits dicht besiedelt. Hier sorgen zwei Regenzeiten für eine optimale Wasserversorgung. Aus Lava und Eruptivgestein haben sich fruchtbare Böden gebildet, das Klima ist angenehm, die Tsetsefliege, Ueberträgerin der gefürchteten Schlafkrankheit beim Menschen und der Nagana-Krankheit bei den Haustieren, kommt in dieser Höhe nicht vor.

Solche Bedingungen hatten auch auf die Europäer unwiderstehliche Anziehungskraft. Johannes Rebmann war, als er den Kilimanjaro erstmals zu Gesicht bekam, auf die Knie gesunken und hatte einen Psalm gebetet. Wesentlich weltlicher reagierte 13 Jahre später sein Landsmann Baron von Decken, der beim Anblick des Berges Champagnerkorken knallen liess.[4]

Die europäische Begehrlichkeit auf die fruchtbaren Böden um den Kilimanjaro stieg damals mit jedem Jahr. Harry Johnston, der britische Naturalist und *empire builder* pries 1884 in einem Brief die Vorzüge der Landschaft ebenso wie die friedlichen Bauern und warnte davor, dass die Gegend noch vor den Briten durch Frankreich oder Deutschland kolonisiert werden könnte. Er aber sei an Ort und Stelle und mit entsprechender Genehmigung sowie 5000 Pfund sofort in der Lage, «den Kilimanjaro ebenso Englisch zu machen wie Ceylon».[5]

Johnstons Angst vor der Konkurrenz war durchaus berechtigt. Nach 1850 schritt die Industrialisierung auch auf dem europäischen Festland mit Riesenschritten voran und liess den Vorsprung der Briten rasch schmelzen. Zur Rechtfertigung der Kolonisierung Afrikas wurden zwar oft zivilisatorische Missionen wie der Kampf gegen den Sklavenhandel vorgeschoben. Doch die treibenden Kräfte waren Industrielle, Grosshändler und Bankiers, die ihre Regierungen zur Erschliessung neuer Rohstoffquellen und Absatzmärkte drängten.[6] Eine Kolonie war,

Das Wichtigste ist das Wasser

Das wichtigste Produkt des Kilimanjaro ist nicht der Kaffee, sondern sein Wasser, das einem guten Teil Nordtanzanias zukommt. Für die Wasserernte spielen nicht nur Regen und Schnee eine Rolle, sondern mit zunehmender Höhe auch die «horizontalen Niederschläge», die Feuchtigkeit, die von den Pflanzen aus den Wolken ausgekämmt wird.[42] Besonders effizient sind dabei Moose und Flechten, deren reichste Vorkommen in einer Zone zwischen 2200 und 4000 m ü.M. exakt über dem fruchtbaren Chaggaland liegen.[43]

In den letzten Jahren führen verschiedene Flüsse vor allem während der Trockenzeit von Juli bis Oktober weniger Wasser als früher. Dafür gibt es verschiedene wahrscheinliche Gründe:

– Kahlschläge mit anschliessender Pflanzung von exotischen Zypressen und Kiefern an der Westflanke des Berges haben zu einschichtigen Monokulturen geführt. Diese sind schlechtere Wassererntor als der vielschichtige Naturwald. Zudem können sich Moose und Flechten an den Exoten nur spärlich ansiedeln – einer von vielen Gründen, vermehrt mit einheimischen Baumarten zu wirtschaften.

– Die Ausdehnung des Kulturlandes bis in die steilen Flanken und die Entwaldung entlang der Bäche bedeuten eine Verminderung des Speicherraums. Dadurch fliessen die Niederschläge rascher ab, was auch zu zunehmender Erosion der Bachrinnen und Einhänge führt.

– Bevölkerungszunahme und Ausdehnung des Kulturlandes haben Wassernutzung durch die Chagga ständig ansteigen lassen. Allein der legale Wasserbezug hat sich in den letzten vierzig Jahren vervierfacht.[44]

so der deutsche Abenteurer Carl Peters ganz unverblümt, ein «Apparat, um gewinnbringende Unternehmungen des Mutterlandes durchzuführen».[7]

Die koloniale Aufteilung Afrikas zwischen den europäischen Mächten, den USA und dem osmanischen Reich nahm 1885 in Berlin ihren Anfang. Im folgenden Jahr grenzten Deutsche und Briten ihre Interessen in Ostafrika ab. Das heutige Tanzania – ohne die Insel Zanzibar – wurde zu «Deutsch-Ostafrika», das nördlich anschliessende Kenya zum britischen Protektorat.[8]

1895 erklärten die Kolonialherren sämtlichen Boden von Deutsch-Ostafrika zu Staatsgut und teilten diesen in individuell besitzbare Parzellen auf. Auch am Kilimanjaro wurde extensiv bebautes Clanland im unteren Auslauf der Kreten an Kolonialfirmen, Missionsgesellschaften und weisse Siedler vergeben.[9] Zwei Jahre später erfolgte die Einführung der Hüttensteuer, die jeder einheimische Mann entsprechend der Anzahl seiner Behausungen zu entrichten hatte. Dies sollte die «faulen Schwarzen» dazu zwingen, ihr beschauliches Leben als Selbstversorger aufzugeben und geldbringende Handelsprodukte anzubauen oder sich als Lohnarbeiter auf den Farmen der Kolonialherren zu verdingen.

Am Kilimanjaro hatte der «Befriedungsprozess» jahrelang gedauert, doch schliesslich muss-

Die Wasser des Kilimanjaro, Ressource von nationaler Bedeutung. Einen Teil leiten die Chagga schon seit langer Zeit zu ihren Siedlungen, was ihnen unter anderem die Stallhaltung des Viehs ermöglicht.

Markt in Machame mit Zwiebeln, Koch- und Bierbananen.

te sich selbst der berühmte Chagga-Chief Sina einem deutschen Maschinengewehr beugen, dem weder seine Krieger noch seine befestigte Behausung in Kibosho standzuhalten vermochten.[10] Er und andere Chagga-Chiefs versuchten nun, sich mit der europäischen Geldwirtschaft, der kommerziellen Landwirtschaft und den neuen politischen Strukturen so gut wie möglich zu arrangieren. Als Schlüssel dazu erschienen ihnen die Schulen, die ab 1896 von Lutheraner Missionaren eingerichtet wurden.

Die jungen Chagga lernten leicht, und obwohl sie zum Kummer ihrer Lehrer dazu neigten, sich aus den Missionen wegzuschleichen und dem Bananenbier zuzusprechen, pflegten sie nach einem halben Jahr Lesen und Schreiben zu beherrschen.[11] Zusammen mit dem Alphabet haben die Missions-Schüler auch Fleiss, Sparsamkeit und andere christliche Lebensprinzipien eingeimpft bekommen.

Die traditionelle Kultur der Chagga begann sich nun rasch zu ändern. Prägend war einerseits die Vermittlung von europäischen Techniken wie Maurer-, Schmiede- oder Druckhandwerk. Ebenso tiefgreifend wirkte sich die Einführung einer neuen Pflanze aus. Bereits 1885 hatte die Mission in Kilema ein Paket mit Kaffeesamen von der Insel Réunion erhalten. Der Strauch, der schattenertragend ist, eignete sich sehr gut für die *vihamba*, und Kaffee entwickelte sich im Land der Chagga rasch zu einer Erfolgssaat.[12] Kaffee wurde damals in Europa, nach Jahrhunderten der Neigung zu benebelndem Alkohol, zum leistungssteigernden Volksgetränk.

Nach dem 1. Weltkrieg wurde Deutsch-Ostafrika Mandatsgebiet des Völkerbundes, und die Briten verwalteten es unter der Bezeichnung Tanganyika. Damals hatten die Chagga über den Kaffee bereits festen Anschluss an den Weltmarkt gefunden. Bis 1925 pflanzten sie weit über eine Million Kaffeesträucher. Die Gärten der Missionsschulen dienten der Nachzucht von Qualitätssetzlingen. Die Schulen waren Zentren der Weiterbildung und auch bei der Gründung der Kooperativen in den dreissiger Jahren wichtig. Diese sorgten für die gemeinsame Vermark-

In höheren Lagen liefern die Blätter von Cussonia holstii gutes Viehfutter. Dieser Baum ist verwandt mit dem europäischen Efeu, das als Viehfutter ebenfalls sehr populär war. Stallhaltung bedingt, dass genügend Wasser vorhanden ist und ein wesentlicher Teil des Futters angeschleppt wird. Dafür fällt der Kuhdung konzentriert an und kann dort ausgebracht werden, wo Düngung nötig ist oder sich lohnt.

tung des Kaffees und stärkten die Position der Produzenten, vorwiegend Kleinbauern, wesentlich. 1946 zählte die *Kilimanjaro Native Cooperative Union* nahezu 30 000 Mitglieder.[13]

Einengung führt zum Aufbruch marginaler Böden...

Viele Chagga waren im Handel und Transport der eigenen Produkte engagiert. Als Schreibkundige fanden sie zudem schon früh Arbeit in der Kolonialverwaltung, und noch heute stammen Führungskräfte in Staat und Wirtschaft oft vom Kilimanjaro. Im Gegensatz zu den Masai, die sich noch heute gegen alles stemmen, was ihre traditionelle Hirtenkultur gefährden könnte, reagierten die Chagga stets viel angepasster. Dies hat ihnen auch geholfen, mit verschiedenen Krisen fertig zu werden, die mit Ankunft der Deutschen ganz neue Dimensionen angenommen hatten.

So war es mit der Enteignung von Clanland und dem Transfer an die Kolonisten zu einer ersten Begrenzung des Lebensraumes gekommen. Später schränkte auch die britische Verwaltung die Ressourcenbasis ein, indem sie 1921 die Wälder oberhalb der Siedlungen zum Forstreservat erklärte, wo das Sammeln von Waldprodukten nurmehr mit Lizenz möglich war. Damals haben viele Chagga damit begonnen, ihre *vihamba* stärker mit Bäumen anzureichern, um Futterversorgung und Brennholzbedarf zu sichern.[14]

Starker Druck auf das Siedlungsgebiet entstand aber vor allem durch die Zunahme der Bevölkerung. Sie ist zwischen 1940 und 1980 konstant um etwa drei Prozent pro Jahr gewachsen und hat sich damit alle 20 Jahre verdoppelt. Der steigende Bevölkerungsdruck hat zu einem tiefgreifenden Wandel des Landnutzungssystems geführt, dank dem die erneuerungsfreudigen Chagga Bevölkerung und Bodennutzung lange im Gleichgewicht zu halten vermochten.[15]

Eine ganze Reihe von Massnahmen war dafür verantwortlich. Im montanen Gürtel wurden zuerst die *shamba* sowie die Weiden und offen gebliebenen Grabstätten mit Bananen und Kaffee bepflanzt und später allmählich in artenreichere Baumgärten überführt. Dann brach man die marginalen Standorte auf, terrassierte die Steilhänge und kultivierte selbst die schmalen Talböden beidseits der Bäche.

In den sechziger Jahren nahmen die Chagga zunehmend tiefergelegene, trockenere Zonen unter die Hacke. Diese ersetzten zuerst die weiter oben verwandelten *shamba*, so dass die Versorgung mit Grundnahrungsmitteln gesichert war. Später begannen sich hier Menschen anzusiedeln, die im optimal beregneten Gürtel keinen Boden mehr fanden.[16]

... und zur optimalen Ausnutzung von Luft- und Wurzelraum

Entscheidend zum Balanceakt beigetragen hat die Steigerung der Produktivität in den *vihamba*. Sie führt über eine möglichst optimale Ausnutzung des Kronen- und des Wurzelraums durch die Kombination verschiedenster Pflanzen, ein Vorgang, der in ständigem Fluss ist. Heute bewirtschaften viele Chagga auf der Fläche eines Fussballfeldes bis zu 60 Arten und oft ganz verschiedene Sorten. Bananen beispielsweise gibt es in mindestens 15 Varietäten. Die einen eignen sich zum Kochen, andere zum Bierbrauen, dritte als Viehfutter.[17]

Beim Kombinieren von Pflanzenarten, die verschiedene Lichtbedürfnisse und Wurzeltiefen aufweisen, haben es die Chagga zur Meisterschaft gebracht. *Yams*, eine Liane mit stärkehaltigen Knollen, erträgt nicht nur den Schatten des benachbarten Baumes, sondern benötigt auch dessen Stamm als Kletterstütze. Ist der Baum ein Tiefwurzler, kommt das Knollengewächs selbst in Stammnähe zu genügend Nährstoffen.[18] Das Kürbisgewächs *Queme* hingegen erträgt keinen Schatten, und auf der Suche nach Licht windet es sich in die höchsten Baumkronen. In 40 m Höhe bilden sich die länglichen Kürbisse mit den muschelförmigen Samen, deren Oel die Chagga zum Kochen verwenden.[19]

Viele Arten werden als Mehrzweckpflanzen genutzt. *Msesewe*, ein mittelhoher Baum, liefert Nutz- und Brennholz, seine Rinde bringt das

Self-reliance und ujamaa

Tanzania ist 1964 aus der Vereinigung Tanganyikas mit der Insel Zanzibar entstanden. In der Arusha-Deklaration hatte Staatspräsident Julius Nyerere 1967 die Grundzüge eines afrikanischen Sozialismus skizziert, der auf *self-reliance*, auf die eigenen Kräfte vertraute. Wirtschaft und Politik sollten durch Bauern und Arbeiter kontrolliert, Ausbeutung des Menschen durch den Menschen abgeschafft, der Lebensstandard durch disziplinierte Gemeinschaftsarbeit gehoben werden. Als Vorbild für diese Vision mag vieles von dem gedient haben, was die Chagga erreicht haben.

Mitte der sechziger Jahre lebten noch 85 Prozent von Tanzanias Bevölkerung weit verstreut in kleinen Weilern, die sich überall gebildet hatten, wo guter Boden und Wasser vorhanden sind. Aber diese dezentrale Siedlungsstruktur erschwerte die angestrebten Verbesserungen bei Wasserversorgung, Schulbildung oder medizinischer Fürsorge. Die Menschen sollten sich daher zusammentun und Dörfer mit Hunderten von Familien als Zentren der sozialen und wirtschaftlichen Entwicklung aufbauen. Dort sollten die traditionellen, vorkolonialen Regeln des Zusammenlebens in der Grossfamilie gelten, die der Begriff *ujamaa* umschreibt: gegenseitige Achtung, gemeinsames Eigentum, Verpflichtung zur Gemeinschaftsarbeit.

Die ersten Ujamaa-Dörfer entstanden aus lokaler Eigeninitiative, was der Staat mit Trinkwasserbrunnen, Gesundheitsposten oder unentgeltlichem Traktoreinsatz belohnte. Doch Freiwilligkeit ist bei der Umsetzung grosser politischer Vorhaben ein zu langsamer Motor. Zur Beschleunigung wurde *ujamaa* zum Regierungsprogramm erhoben, was Verwaltung und Parteiführer unter Erfolgszwang setzte.[39]

Organisation und Gemeinschaftsgeist, bei den Chagga über lange Zeit gewachsen, wurden jetzt dekretiert und von oben durchgesetzt, ohne Mitsprache der Bauern. Im Zuge der «villagization», der nun anlaufenden Zwangskampagne zur Dorfbildung, mussten sich zwischen 1970 und 1976 Millionen von Menschen umsiedeln lassen. Um die Rückkehr auf das Land ihrer Vorfahren zu verhindern, wurden oft Äcker und Heimstätten zerstört.

Mit der «villagization» war die Bürokratie jedoch vollkommen überfordert. Hast und schlechte Planung führten zur Auswahl ungeeigneter Dorfstandorte, es fehlte an Wasser, oder die Böden waren weniger fruchtbar als in den traditionellen Weilern. Die Konzentration der Bevölkerung brachte die Baumbestände um die Dörfer rasch zur Erschöpfung.

Die Aufbauarbeit erlaubte der Bevölkerung nur noch, die dorfnahen Felder zu bestellen, was zu Übernutzungen führte. Zunehmend mischte sich der aufgeblähte Staatsapparat in die Wirtschaft ein, schrieb sogar den Kleinbauern den Anbau von Exportprodukten vor und bestimmte deren Abnahmepreis. Die Bauern reagierten mit Widerwillen wie zur Kolonialzeit und begannen ihre Waren auf dem Schwarzmarkt zu verkaufen. Mitte der siebziger Jahre genügten einige schlechte Ernten, um Tanzania an den Rand einer Hungerkatastrophe zu führen.[40]

So war das wirtschaftliche Fundament bereits stark zersetzt, als das Land durch eine Serie von äusseren Rückschlägen zusätzlich getroffen wurde. Der Krieg mit Idi Amins Uganda, der zweite Ölpreisschock und fallende Erlöse für seine Rohstoffe auf dem Weltmarkt liessen Tanzania nun rasch in den Bankrott abgleiten. Die nationalen Devisenreserven waren Mitte der achtziger Jahre derart schmal, dass die Tanker in Dar es Salaam ihr Erdöl nur noch gegen Barzahlung zu löschen pflegten – in einem Fall brauchte es eine staatliche Zusicherung, die Fracht in Form von Kaffee aus der bevorstehenden Ernte abzugelten.[41] 1985 musste Tanzania den Internationalen Währungsfonds um Beistand angehen und sich im Gegenzug ökonomischen und sozialen Reformen unterziehen.

Bambus, bei den Chaggas selten zu finden (oben), Bananenblüte (unten).

Bier zum Gären, und in die Aeste werden die Maiskolben zum Lagern gehängt.[20] Drachenwurz dient als Zaun, Grenzzeichen oder zur Markierung von Gräbern. Traditionell ist sie auch die Pflanze des Friedens und der Nachsicht: sie von einem Widersacher zu erhalten, ist eine Aufforderung, Frieden zu schliessen.[21]

Die Artenmischung der Baumgärten wird den Standortbedingungen subtil angepasst. Die Bananensorte *mkojosi* zum Beispiel toleriert auch trockenere Böden.[22] In kühleren Lagen oberhalb von 1400 m ü. M. dominieren Knollengewächse wie Yams oder *Taro*[23] als Stärkelieferanten, denn Mais benötigt hier zum Reifen doppelt so viel Zeit wie in tiefen Lagen. Dafür erbringen Birnen, Pflaumen, Pfirsiche und andere Fruchtbäume aus den gemässigten Breiten gute Erträge. Auch die Bienenzucht ist hier produktiv und viel weiter verbreitet als weiter unten.[24]

Die Baumgärten werden immer noch vorwiegend organisch gedüngt, mit einer Mischung aus Pflanzenresten und Viehdung. Das Viehfutter stammt heute zu einem guten Teil aus den Baumgärten. Es besteht aus Baumblättern, Bananenstauden oder Guatemala- und Elefantengras, von denen überall Büschel wachsen, wo noch etwas Licht und Platz geblieben ist. Oft sind die Futtergräser parallel zu den Höhenlinien gepflanzt, so dass sie die Abschwemmung von Boden verhindern oder Erosionsmaterial zurückhalten.

Mit ihren *vihamba* haben die Chagga ein komplexes agroforstliches Nutzungssystem geschaffen, das seinesgleichen sucht. Für viele Fachleute ist es ein Ausgangspunkt zur besseren Nutzung empfindlicher tropischer Ökosysteme – beispielsweise im Regenwaldgebiet Costa Ricas, Indonesiens oder Brasiliens.

Hoher Ertrag, grosse Sicherheit

Während bei den Chagga Frauen und Kinder eher für die Selbstversorgung, also für Nahrungsmittel, Futter und Brennholz verantwortlich sind, obliegen den Männern die Bereiche Alkohol und Geld, das heisst die Pflege der Bierbananen und der Kaffeekultur. Das Einkommen aus dem Kaffee wird in erster Linie für Schulgelder und Investitionen in Haus und Hof verwendet.

Die Erträge aus den Baumgärten sind sehr beachtlich. Das Pro-Kopf-Einkommen im Chaggaland, das vor allem auf dem Kaffeeertrag beruht, liegt deutlich über dem nationalen Durchschnitt. Kaffee war in den letzten Jahren Tanzanias wichtigstes Exportprodukt. Rund ein Drittel wird am Kilimanjaro produziert, vorwiegend milde Arabica-Sorten von hoher Qualität.[25]

Schwieriger zu beziffern, aber mit Sicherheit von hohem Wert sind die vielfältigen Erzeugnisse der Baumgärten für die Selbstversorgung und die lokalen Märkte. Dazu ist auch die Kochenergie in Form von Brennholz zu zählen. Im *vihamba* können die weitständig gepflanzten Bäume volle Kronen bilden und sich rasch entwickeln. Ein Hektar genügt in der Regel zur Deckung des Brenn- und Nutzholzbedarfs einer grösseren Familie.[26] Am Kilimanjaro wenden die Frauen für die Brennholzbeschaffung nur etwas mehr als zwei Stunden pro Woche auf, bedeutend weniger als im übrigen Tanzania.[27]

Einer der interessantesten Aspekte der Baumgärten ist die Verteilung des Risikos auf Pflanzen für den Magen und Pflanzen fürs Portemonnaie. Die schwankenden Kaffeepreise auf dem Weltmarkt haben die Chagga bereits früh gelehrt, sich nicht ausschliesslich auf den geldbringenden Strauch zu verlassen. Darum sind die Bananen und die anderen Selbstversorgungsprodukte auch während Preishaussen auf dem Kaffeemarkt stets Teil der Baumgärten geblieben – trotz gegenteiliger Empfehlungen, welche die staatliche Kaffee-Versuchsstation in Lyamangu phasenweise herausgegeben hat.

Sobald der Kaffeepreis unter eine bestimmte Marke sinkt, werden die Sträucher nicht mehr gedüngt, die Rostpilze nicht mehr mit teuren Fungiziden bekämpft. Die Aufmerksamkeit der Chagga gilt nun den Produkten für den Magen. Yams und Taro, die im Boden belassen lange haltbar sind, werden jetzt aus der «Vorratskammer» gegraben. Das Nutzungssystem ist also nicht nur ökologisch, sondern auch ökonomisch abgefedert.

Die im allgemeinen breite Risikoverteilung der Chaggawirtschaft hat sich auch in den siebziger und achtziger Jahren bewährt, als Tanzania als Folge der «villagization», der Zwangskampagne zur Bildung von Dörfern, in seine grösste Krise geriet. Diese war derart tiefgreifend, dass nicht nur Kerosen für die Lampen, Zündhölzer und Seife fehlten, sondern auch Mais, Reis und Salz. Ersatzteile konnten nicht mehr beschafft werden, immer mehr Transport- und Landwirtschaftsfahrzeuge fielen aus. 1985 blieb Tanzania kein anderer Ausweg, als mit dem Internationalen Währungsfonds ein erstes Beistandsabkommen für zinsgünstige Kredite zu schliessen – gegen die Garantie, ökonomische und soziale Reformen durchzuführen.

Deren Auswirkungen werden zwar durch das Recht für alle auf Boden und damit der Möglichkeit zur Selbstversorgung etwas gedämpft.[28] Doch die Schuldenlast ist mittlerweile zu einem Mühlstein am Hals Tanzanias geworden: der Staat muss pro Kopf und Jahr fünf Dollar abstottern, doppelt soviel, wie er für das Gesundheitswesen aufzuwenden vermag.[29] Für Wasserversorgung, Strassen und Bildung vorgesehene Mittel müssen zum grossen Teil für den Schuldendienst eingesetzt werden. Es ist tragisch, dass hundert Jahre, nachdem die Chagga mit den Schulen den Grundstein ihrer Erfolgsgeschichte legten, die Einschulungsquote landesweit abnimmt und die Zahl der Schulabbrecher steigt (vgl. Kasten «Self-reliance und ujamaa»).

Afrikanisches Paradies, afrikanische Hölle

Die grosse Krise hat auch das Leben der Chagga berührt, doch die harte Zeit ist nicht zuletzt durch die Produktevielfalt ihrer *vihamba* abgefedert worden. Der Kaffee wurde zum Teil über die nahe Grenze nach Kenya geschmuggelt, wo der Preis weit über dem staatlich verordneten Ansatz in Tanzania zu liegen pflegte.[30] Kein Chagga hatte den Boden seiner Vorfahren zu verlassen, wie dies der grösste Teil der Landbevölkerung tun musste, im Gegenteil: während der «villagization», als Bewohner in den vulkannahen Ebenen zur Umsiedlung gezwungen wurden, konnten Chagga den frei werdenden Raum auffüllen und sich auch den Zugang zu diesem Land sichern.[31]

Diese erneute Ausweitung ihres Lebensraums drängt sich aus Sicht der Chagga auf, denn heute stossen sie wiederum an eine Grenze ihres Lebens- und Wirtschaftsraums. Im montanen Gürtel leben Ende der achtziger Jahre durchschnittlich 260 Menschen auf einem Quadratkilometer, stellenweise sind es bis zu 1000.[32] Die *vihamba* sind durch Erbteilung laufend kleiner geworden und liegen mit 0.2 bis 1.2 Hektar deutlich unter den 2 bis 3 Hektar, die als Wirtschaftsbasis für eine Familie notwendig wären.[33] Zehntausende von jungen Männern besitzen im fruchtbaren Gürtel kein Land mehr wie noch ihre Väter.[34]

Die Anzeichen für eine Uebernutzung der fruchtbaren Landschaft mehren sich (vgl. Kasten «Das Wichtigste ist das Wasser»). Der Waldrand zum Forstreservat erscheint auf dem Luftbild zwar noch weitgehend intakt.[35] Im Wald, beispielsweise westlich von Marangu, stösst man jedoch immer wieder auf Stöcke gefrevelter Bäume. Zudem wird im Bereich des Waldrands die Baumverjüngung unterbunden, weil Kinder die Krautvegetation als Viehfutter absicheln und dabei auch die Baumkeimlinge zerstören.

Die stete Ausdehnung der Ackerflächen gegen unten hat Elefanten, Leoparden, Impala-Gazellen und Paviane, die Mitte der siebziger Jahre auch den südlichen Vulkananlauf noch besiedelten, vertrieben.[36] Zunehmend nähert sich die Front, wo neuer Boden aufgebrochen wird, der Zone der Baobab-Bäume und Euphorbia-Kakteen, die wesentlich trockenere Bedingungen anzeigen, als im Stammgebiet der Chagga herrschen. Seitliches Ausweichen ist nicht möglich, denn wo einst die Europäer ihre Kolonialfarmen hatten, wirtschaften heute grosse Staatsbetriebe.

Wie seit Jahrhunderten suchen die Chagga auch heute wieder nach neuen Wegen, die Leistungsfähigkeit ihres Lebens- und Wirtschaftsraums zu erhöhen, ohne diesen zu zerstören. Obwohl die Nutzung der *vihamba* bereits sehr

85   Tanzania

In den letzten Jahren mehren sich die Anzeichen einer Ueberlastung des Lebensraums der Chagga. Am Rand des Waldreservats oberhalb des Siedlungsraums sind Kinder und Jugendliche auf der Suche nach Viehfutter (rechts). Am Fuss des Vulkans nähert sich die Front, wo neuer Boden aufgebrochen wird, immer mehr der ariden Zone mit den Baobab-Bäumen (links unten).

subtil und ausgewogen ist, bestehen auch hier noch bislang ungenutzte Möglichkeiten. In den achtziger Jahren beispielsweise hatte das Gewürz Kardamom einen guten Markt. Kardamom erträgt Schatten und eignet sich daher für Baumgärten.

In den *vihamba* scheint zudem eine Produktionssteigerung durch bessere Schliessung des Stickstoffkreislaufs möglich. In den meisten Ställen sickert der Urin der Kühe – und damit die Hälfte des ausgeschiedenen Stickstoffs – nutzlos in den Untergrund. Die Viehhaltung ist allerdings im Umbruch. Weil die Futterbeschaffung für Kühe, Ziegen und Schafe laufend schwieriger wird, nehmen ihre Bestände tendenziell ab. Rindfleisch wird zunehmend von den Masai gekauft. Wachsende Tendenz hingegen weist der Schweinebestand auf, denn Schweine können die Rückstände verwerten, die beim Bierbrauen entstehen.

Andererseits scheint just Milch eines jener Produkte zu sein, das den Ertrag verbessern, das Angebot verbreitern und damit die Sicherheit der Existenz erhöhen könnte. In den nahen Städten Moshi und Arusha besteht eine lebhafte Nachfrage. Durch Einkreuzen europäischer Rassen werden die einheimischen Zebu zu leistungsfähigen Milchkühen, sofern sie vollwertiges Futter erhalten. Trotz des Milchgelds, das ihnen zukommt, fürchten jedoch viele Frauen die zusätzliche Arbeit für die Futterbeschaffung.[37]

Wem am Kilimanjaro weder *shamba* noch *vihamba* bleiben, hat nur zwei Möglichkeiten. Er kann in eine Stadt ziehen wie Dar es Salaam oder Moshi, wo die Bevölkerung seit 1960 jährlich um durchschnittlich sechs Prozent wächst und sich etwa alle acht Jahre verdoppelt.[38] Hat er eine gute Ausbildung – bei den Chagga stehen die Chancen dazu relativ gut –, findet er vielleicht Arbeit.

Die andere Möglichkeit: Er kann versuchen, Eden am Kilimanjaro anderswo zu realisieren. Aehnlich fruchtbares Land allerdings wird überall schon längst bewirtschaftet. Die Front, wo heute noch neuer Boden aufgebrochen werden kann, liegt ausserhalb der paradiesischen Zone. Dort wird die Hölle der Trockenheit nur durch kurze Regen gemildert: Klimabedingungen, wie sie auch für Krui gelten, den im folgenden Beitrag geschilderten Ort in Kenya.

Kenya

Die Frauengruppe unter dem Akazienbaum

Im kenyanischen Kitui herrscht ein guter Teil des Jahres Trockenheit und damit jene harte afrikanische Realität, die für die Hälfte dieses Kontinents gilt. Dürre und Ernteausfälle zwingen die Menschen, ihr Leben vielschichtig abzusichern. Der Beitrag der Frauen dazu ist eindrücklich und ohne den grossen Zusammenhalt untereinander nicht denkbar. In der «Gruppe unter dem Akazienbaum» haben sich Frauen zusammengetan, um Baumschulen zu betreiben, in denen lokale Arten nachgezogen werden. Bäume gehören zusammen mit dem Trinkwasser zum Wichtigsten in diesem Klima, nicht nur wegen ihrer klassischen Produkte, sondern auch zur Erhaltung der Bodenfruchtbarkeit. Allerdings stehen agroforstliche Anbausysteme, wie sie in den fruchtbaren Hochlagen der Tropen längst etabliert sind, hier erst am Anfang ihrer Entwicklung.

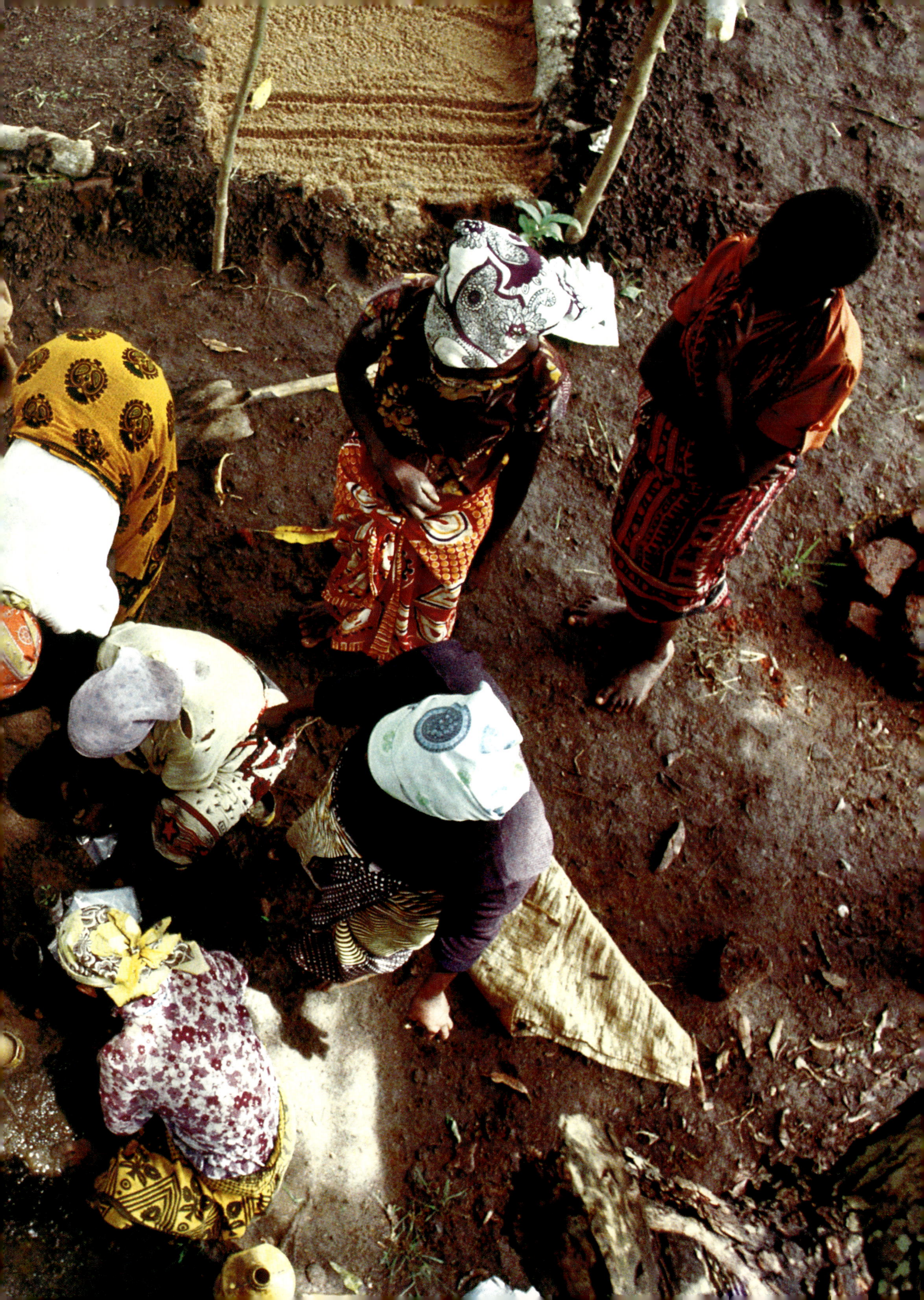

Demonstrativ legt Esther Mutavi ihre Hand um eines der Stämmchen und lacht laut über die jüngeren Kolleginnen, weil diese noch immer keine Bäume um ihre Häuser gepflanzt haben. Esther hat schon vor drei Jahren Stecklinge bekommen, halbmeterlange Aststücke, die sie bis zur Hälfte eingraben musste und die nun bereits zu einem kleinen Wäldchen nutzbarer Bäume herangewachsen sind. Heute muss Esther nur noch wenige Schritte tun, um Brennstoff für ihr Herdfeuer zu schneiden.

Sie hat die Stecklinge seinerzeit von Kimani Muhia erhalten, einem der beiden Forstleute, die mich hierher geführt haben. Schmunzelnd hört er ihr nun zu, denn für Muhia, der die Frauen in dieser Gegend beim Bäumepflanzen unterstützen möchte, bedeutet ihre Rede kräftigen Rückenwind.

Esthers Spott ist allerdings nur gut gemeint, denn alle anwesenden Frauen leben in ihrer Nachbarschaft, und einige gehören über die Ehemänner ihrem eigenen Clan an. Zudem sind Beziehungen zwischen Frauen in Kitui wie in ganz Kenya sehr eng, und selbst nicht verwandte reden sich mit «Schwester» an. Die Frauen pflegen schon in der Morgendämmerung zusammen aufs Feld zu ziehen und sich beim Hacken, Säen und Ernten zu unterstützen. Sie holen gemeinsam Wasser, springen ein, wenn eine Kollegin krank ist oder von einer Schlange gebissen wurde. Frauen schwatzen und lachen zusammen, leihen ihrer Freundin das schöne Kleid für den Markttag aus und helfen sich gegenseitig, wenn der Regen wieder einmal ausbleibt und der Hunger Einzug hält.

Auch Esthers Kolleginnen werden bald in den Genuss von hausnaher Energie kommen. Heute morgen haben sie eine kleine Baumschule eingerichtet, im Schatten eines grossen Mangobaumes. Fred Kabare, mein anderer Begleiter, hat sie dabei beraten und selbst Hand angelegt. Als erstes hatte er die Schuhe ausgezogen, denn barfuss, so Kabare, sei er wie die Frauen, würden sie ihn und seine Botschaften von den Bäumen viel besser akzeptieren.

Rasch hatten flinke Hände ein Saatbeet hergerichtet, Plastiksäckchen mit Erde gefüllt, Samen hineingegeben und angegossen. Der Mango und ein zusätzliches Grasdach schützen nun die Keimlinge, die in einigen Wochen zum Auspflanzen bereit sein werden. Nach einer Stunde sind die meisten Frauen wieder Unkraut hacken gegangen, denn jetzt, zu Beginn der Regenzeit, brauchen die Maispflanzen die ganze Bodenfeuchte für sich, um rechtzeitig zur Reife zu kommen.

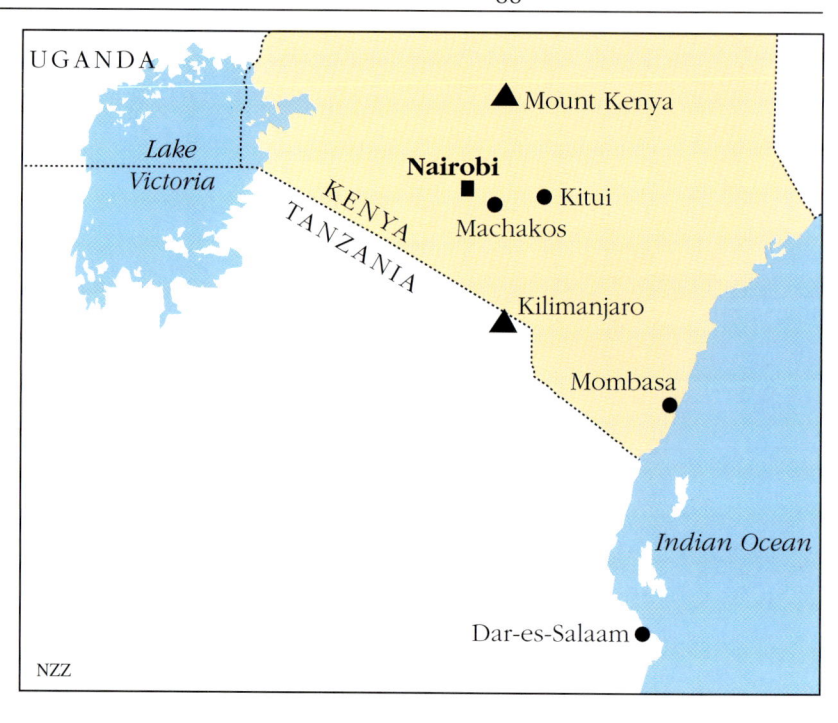

Auch unter dem Mangobaum ist die Stimmung fröhlich und aufgeräumt gewesen, obwohl die bunten Wickeltücher der meisten Frauen stark verbleicht sind. Der Distrikt Kitui gehört zu den ärmeren in Kenya. Kindersterblichkeit und Geburtenrate sind hoch, Schreib- und Lesekenntnisse der Erwachsenen tief, und das Einkommen liegt unter dem landesweiten Durchschnitt.[1]

Die materielle Armut verstärkt die Notwendigkeit zu solidarischem Zusammenhalt noch, und so haben sich Esther Mutavi und die anderen Frauen zur *Gruppe unter dem Akazienbaum* zusammengetan, einer Selbsthilfegruppe mit etwa zwei Dutzend Mitgliedern. In Kenya ist ein Viertel bis ein Drittel der Frauen in derartigen Gruppen, in Sparzirkeln oder Kreditgenossenschaften organisiert. Solche Einrichtungen ver-

Vorherige Seite:
Die «Frauengruppe unter dem Akazienbaum» beim Einrichten ihrer Baumschule.

Kenya

Esther Mutavi erklärt Kimani Muhia, wie sie ihre Bäume nutzt.

mögen die Lebenslage ihrer Mitglieder merklich zu verbessern. Zudem sind sie zentral für den Austausch von Informationen, denn auch auf dem Land ändern sich die Lebensbedingungen heute rasch.

Schliesslich sind die Frauengruppen auch ideale Anknüpfungspunkte für Organisationen, die der Landbevölkerung bei der Bewältigung dieses Wandels zur Seite stehen wollen. Eine solche ist beispielsweise *Kengo,* für die Kimani Muhia und Fred Kabare arbeiten. Kengo ist eine Dachorganisation, der die meisten kenyanischen nichtgouvernementalen Organsiationen (NGO) mit Engagement in Energie und Umweltfragen angeschlossen sind.

Lange Trockenzeiten, vielschichtige Lebensabsicherung

Die Akazienbaum-Frauen leben etwas ausserhalb der Stadt Kitui. Der Ort liegt auf 900 m ü. M., etwa 230 km nördlich des Kilimanjaro und rund 100 km östlich von Nairobi, am Rand des kenyanischen Hochlandes. Hier herrscht relativ trockenes Klima und damit jene harte afrikanische Realität, die für die Hälfte dieses Kontinents gilt.[2] Zwar können zwei Regenzeiten von je etwa zwei Monaten für Niederschläge von oft brutaler Heftigkeit und enormer Erosionskraft sorgen, doch sobald die Wolken weg sind, trocknen Flüsse und Böden rasch wieder aus. Durchschnittlich jedes sechste Jahr ist jedoch so trocken, dass es zu massiven Ernteausfällen kommt.

Natürliche Vegetation in diesem semiariden Klima sind Gras- oder Buschsavannen mit locker verteilten Akazien und anderen schirmförmigen Bäumen. Östlich von Kitui fällt das Hochland in die unendliche Küstenebene ab, die noch trockener ist und von monotoner Dornbuschsavanne dominiert wird.

Die Gegend von Kitui ist schon lange vom Volk der Akamba besiedelt, die heute noch den grössten Teil der Bevölkerung ausmachen. Ihre Ahnen lebten der Überlieferung nach weiter südlich. Während einer Hungersnot machten sich dann einige Familien auf die Suche nach den Früchten des Baobab-Baumes. Schliesslich liessen sie sich in den heutigen Distrikten von Machakos und Kitui nieder. Bevorzugt wurden höhere Lagen, wo mehr Regen fällt und das Vieh vor den Raubzügen der Masai besser geschützt war.[3]

Vor der Kolonisierung Ende des 19. Jahrhunderts bauten die Akambafrauen verschiedene Hirse-, Sorghum- und Bohnenarten an, auf feuchteren Standorten Schwarzes Zuckerrohr, Pfeilwurz und Kürbisse. Die Frauen hatten ihre eigenen Äcker, eigene Vorratskammern und ihr eigenes *musonge,* das Rundhaus mit dem konischen Grasdach. Sie kümmerten sich ums Wasser und Brennholz, sie handelten mit Nachbarvölkern wie den Kikuyu, Masai oder Embu, denn die Frauen selbst verfeindeter Stämme konnten fast immer miteinander verkehren.

Die Männer jagten mit Bogen und Pfeilen, die mit einem muskellähmenden Gift[4] beschmiert waren, züchteten Bienen – der Honig diente zum Bierbrauen – und hielten kleinere Herden. Milch gehörte zur täglichen Nahrung der Kinder und Alten, und Blut, das den Rindern bei Dürre abgezapft wurde, war entscheidend für das Überleben.

Eine wichtige Männerarbeit war das Roden der Äcker, die im Wechselfeldbau genutzt wurden. Ohne Düngung waren die *shamba* nach einigen Jahren erschöpft, so dass man sie einer Busch- und Baumbrache überliess und daneben ein neues Feld anlegte. Nach Jahrzehnten, wenn sich der Boden wieder erholt hatte, kehrte man auf diese Fläche zurück.

Die Akamba kannten sich in den menschenfeindlichen Trockengebieten aus und beherrschten lange den Handel zwischen dem Landesinnern und der Küste. Aus den Vogelzügen lasen sie, wann der Monsun die arabischen *dhow* an die Küste wehen würde. Dann beluden sie ihre Tiere mit Elfenbein, Löwen- und Leopardenhäuten sowie mit Kamelfett, das die Araber zur Abdichtung der Schiffe benötigten. Die arabischen Händler ihrerseits brachten Salz und Stoff sowie Kupferdraht, Glasperlen und Kaurimuscheln.[5]

Es war der Akamba-Chief Kivoi aus Kitui, Herr über 200 Mann starke Karavanen, der

Fred Kabare geht überall hin, wo seine Kenntnisse über die Bäume gefragt sind, besonders gerne in Schulen, von wo seine Botschaften am weitesten ausstrahlen.

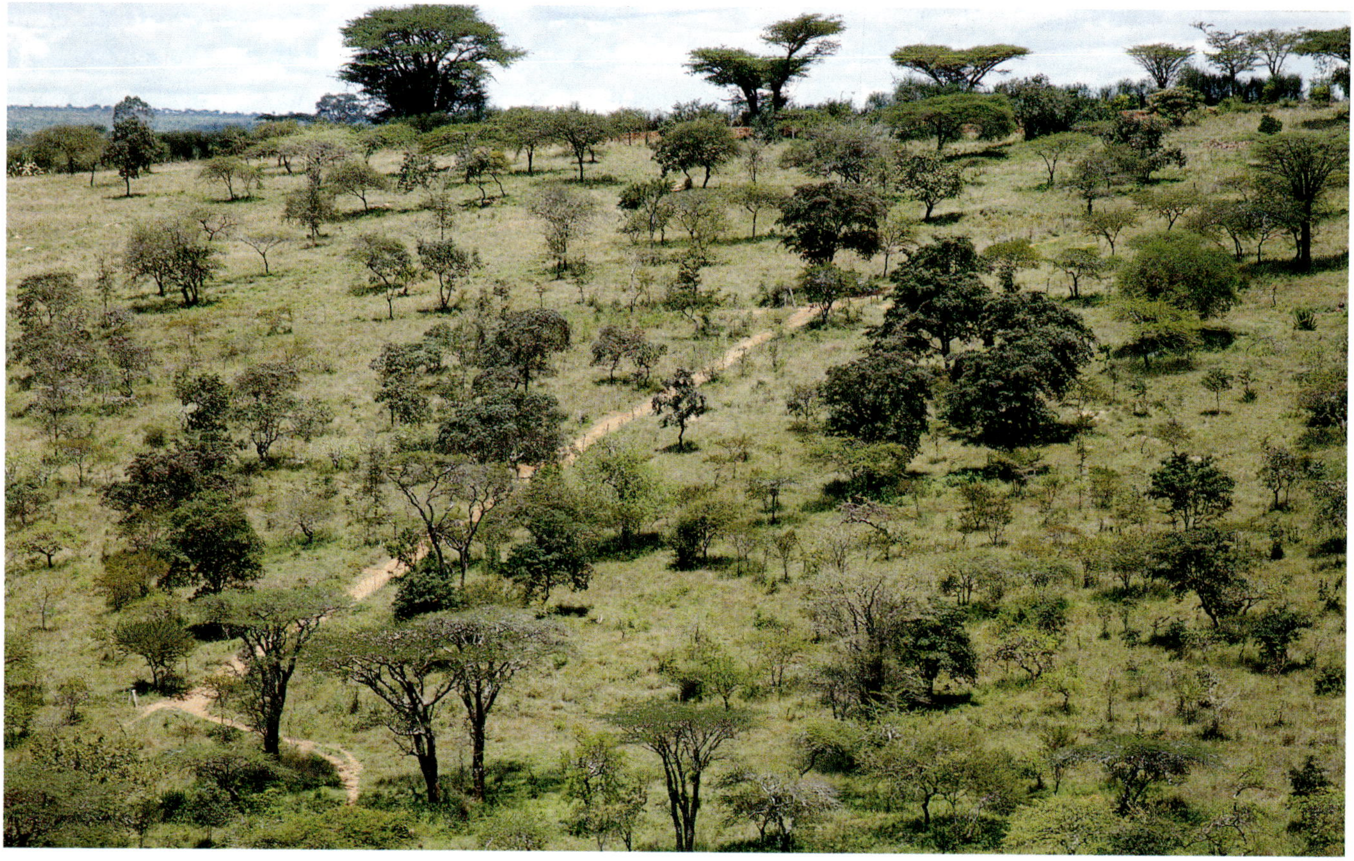

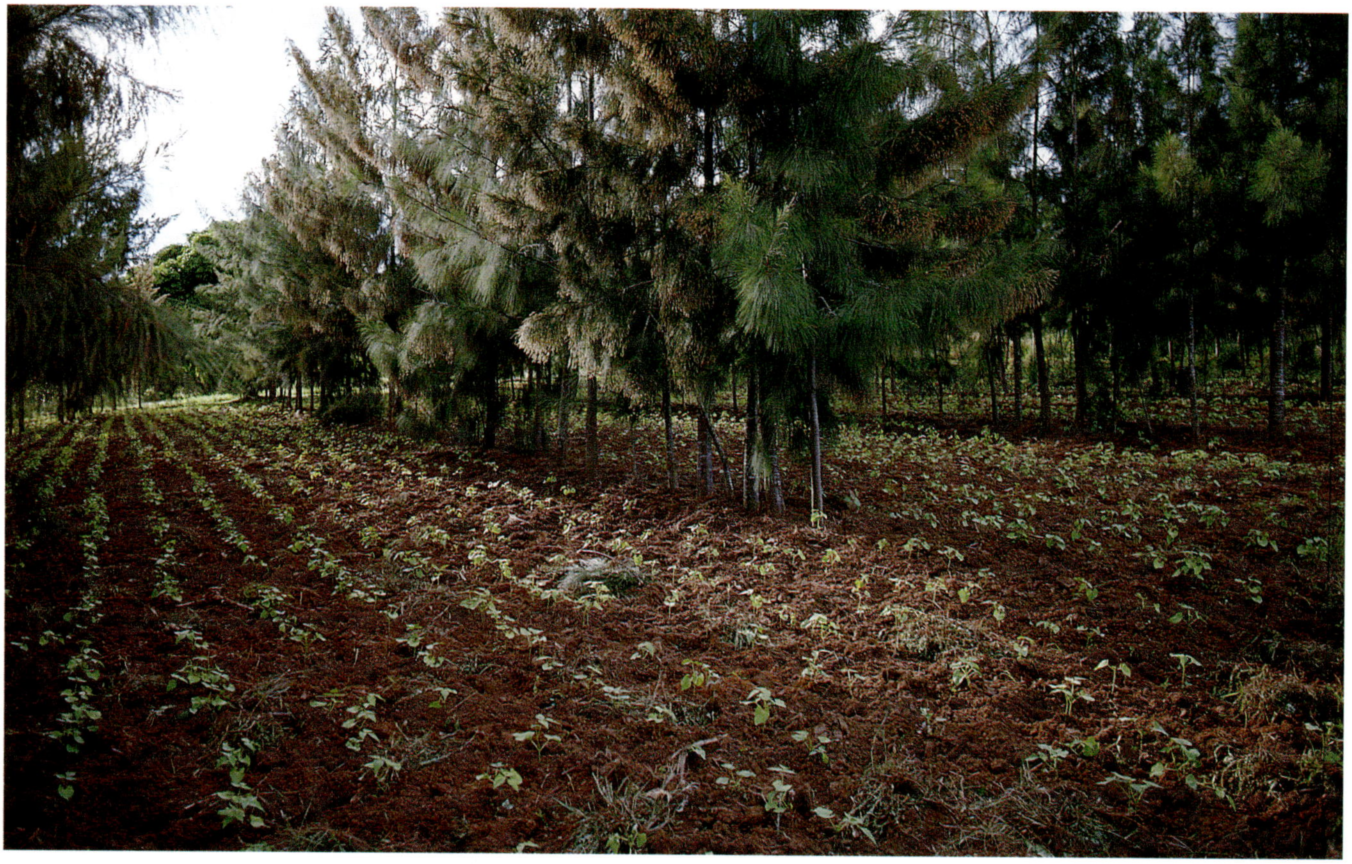

Kulturlandschaft im Wandel: Beim traditionellen Wechselfeldbau wurden die shamba immer wieder einer Busch- und Baumbrache überlassen. Die tief wurzelnden Holzpflanzen pumpen Nährstoffe nach oben, die in Form von abfallendem Laub auf die Bodenoberfläche gelangen (links oben). Immer häufiger jedoch müssen die Äcker dauernd unter der Hacke gehalten werden. Um trotzdem in den Genuss der guten Dienste der Bäume zu gelangen, wird intensiv nach Kombinationen von Bäumen, Sträuchern und Landwirtschaftspflanzen gesucht, die gleichzeitig nebeneinander – und nicht nacheinander, wie beim traditionellen Wechselfeldbau – gezogen werden können. Eine getestete Baumart ist Casuarina, die über stickstoffixierende Wurzelbakterien verfügt (links unten).

Kulturpflanzen im Wandel: Die traditionellen Nahrungspflanzen Hirse und Sorghum (unten rechts) mit ihren für Vögel leicht zugänglichen Rispen werden zunehmend durch Mais ersetzt, dessen Fruchtstand besser geschützt ist (unten). Ein wichtiger Grund dafür: die zunehmende Einschulungsrate bringt es mit sich, dass die Kinder ihrer traditionellen Aufgabe als Hüter der shamba nicht mehr nachgehen können.

1849 den Deutschen Missionar Ludwig Krapf zum *Kiima Kinyaa* führte. Der Ausdruck bedeutet «Berg mit dem Vogel Strauss zuoberst», denn so erschien den Akamba jener Vulkan mit dem schneebedeckten Gipfel, den Krapf dann *Kenya* nannte und der später der Nation den Namen gab.[6]

Tanzen anstatt Latrinen graben

Das heutige Kenya wurde 1895 zum britischen Protektorat und 1920 zur Kronkolonie erklärt. Typisch für seine Kolonisierung war die Annexion ausgedehnter Landflächen durch die britische Krone, die zum Stammesgebiet einheimischer Völker gehörten. Diese *White Highlands* wurden zum ausschliesslichen Siedlungsgebiet der Weissen, wo afrikanische Arbeitskräfte sich nur mit Pass aufhalten durften. Die *White Highlands* dehnten sich Ende der Kolonialzeit über 3 Mio. Hektar aus, was der produktiven Landfläche der Schweiz entspricht. Es entstand Grossgrundbesitz mit bis zu 5000 Hektar grossen Farmen, welche die häufig abwesenden *gentlemen-farmers* durch Verwalter bewirtschaften liessen.[7]

Verglichen mit den Masai oder Kikuyu mussten die Akamba wenig Boden hergeben. Nur bei Machakos griffen die *White Highlands* auf Akamba-Land über. Allerdings war das anfänglich gute Verhältnis der Akamba zu den Fremden schon kurz nach deren Ankunft getrübt worden. In Machakos, wo die Briten 1889 ein Fort errichteten, hatten sie zum Missfallen der Akamba einen grossen *muumo* als Fahnenstange gefällt, einen der immergrünen Feigenbäume, die einen heiligen Ort bezeichnen. Definitiv gestört waren die Beziehungen, nachdem die Kolonisatoren Hütten- und Kopfsteuern eingeführt hatten, die – gleich wie in Deutsch-Ostafrika – die Einheimischen zum Anbau von Handelsprodukten und zur Lohnarbeit auf den Farmen der Europäer oder in den rasch wachsenden Städten zwingen sollten.

Die Kitui-Akamba weigerten sich lange, auszuwandern und für die Europäer Latrinen zu graben oder als deren Köche typische Frauenarbeit zu verrichten. Statt dessen weiteten sie die Viehzucht aus und bezahlten die Steuern mit dem Fleisch, das sie nach Nairobi verkauften. Die jungen Männer zogen es vor, beim Vieh und ihren rituellen Tänzen zu bleiben. Erst in den trockenen dreissiger Jahren änderte sich dies. Um Nahrung kaufen und die Steuern bezahlen zu können, mussten erst grosse Teile der Herden abgestossen werden. Dann begannen auch die Männer aus Kitui nach Nairobi oder Mombasa zu gehen, um Lohnarbeit zu finden.[8]

Mit Geld gegen die Dürre

Verglichen mit dem Kitui ihrer Grossmütter leben Esther Mutavi und ihre Schwestern von der Akazien-Gruppe zu Beginn der neunziger Jahre in einer stark veränderten Welt. Auch in der weiteren Umgebung der Stadt hat die Bevölkerung stark zugenommen, was die Hofflächen zusammenschrumpfen liess. Eine Familie hat nun mit durchschnittlich nurmehr etwa zwei Hektar auszukommen. Das rar gewordene Land ist nicht mehr Clan-Besitz, sondern nach der Unabhängigkeit den Männern als Privateigentum überschrieben worden. Gemeinschaftlicher Boden ist nur noch in trockenen Zonen weitab der Stadt vorhanden.

Die Felder müssen nun dauernd, ohne Busch- und Baumbrache, bewirtschaftet werden. Das zehrt an Nährstoffen und organischem Material, was sinkende Erträge mit sich bringt und die Erosionsanfälligkeit erhöht. Nach den ersten Regen bilden sich in der Gegend von Kitui immer mehr rote Rutschflächen, die aus dem saftigen Grün herausleuchten.

Bäume waren früher für alle frei zugänglich, und nur wenn ein Bienenkorb darin hing, durfte kein Holz geschnitten werden.[9] Viele der Holzpflanzen, die einst die Savannen-Landschaft prägten, sind jedoch als Folge der intensiveren Bewirtschaftung verschwunden. Was verbleibt, ist Privatgut des jeweiligen Landeigentümers. Darum müssen Frauen, die keine eigenen Bäume haben, zur Beschaffung der Kochenergie nun oft lange Wege zurücklegen.

Stark gewandelt hat sich auch die Viehhaltung. Grosse Herden, mehrere Frauen und viele Kinder waren einst der Stolz der Akamba. Die Knaben wurden zum Viehhüten gebraucht, die Mädchen mehrten den Familienbesitz durch den Brautpreis, der für sie zu entrichten war und mehrere Rinder und Dutzende von Ziegen umfasste. Heute ist es wichtiger, den Kindern eine gute Ausbildung zu bieten. Dadurch fehlen nicht nur die Hüter auf den Weiden, sondern auch auf den Feldern, denn eine wichtige Aufgabe der Kinder war es, die Vögel von den leicht zugänglichen Rispen von Hirse und Sorghum zu verscheuchen. Dies ist einer der Gründe, warum Mais mit seinem besser geschützten Fruchtstand die traditionellen Getreide auch in Kitui weitgehend abgelöst hat.

Die traditionelle Absicherungsfunktion der Viehhaltung wird zunehmend von der Lohnarbeit übernommen. Ein in der Stadt angestelltes Familienmitglied vermittelt auf dem Land ein Gefühl von Sicherheit, denn die nächste Dürre kommt bestimmt. Wer als Busfahrer arbeiten kann, verdient zwar, umgerechnet auf die Kaufkraft, 27mal weniger als sein Kollege in Frankfurt und immer noch sechsmal weniger als ein Chauffeur in New Delhi.[10] In Kenya ist dies jedoch ein vergleichsweise guter Lohn, der es zu Hause in Kitui ermöglicht, einen Laden oder Bierschopf einzurichten.

Wer in Mombasa oder Nairobi als Nachtwächter oder Hoteldiener arbeiten kann, vermag in der Regel immerhin das Schulgeld nach Hause zu schicken. Wer jedoch nur gelegentlich Arbeit findet, ist bei Dürre oft gezwungen, erst die Tiere und später Teile seines Landes an die Wohlhabenderen zu verkaufen. Auf diese Weise nehmen die sozialen Unterschiede laufend zu, eine Entwicklung, die in dieser Schärfe nicht möglich war, solange der Boden noch im Eigentum der Clans war.

Verarmen die Männer, ziehen sie es oft vor, in der Stadt arm zu sein, und überlassen es den Frauen, die Kinder auf dem geschrumpften Besitz durchzubringen.

Die Erde und sich selber pflegen

In Kitui ist heute über die Hälfte der Frauen weitgehend auf sich selbst gestellt, schätzt Janet Mumo, eine der Akazienbaum-Frauen. Auch bei ihr hat die Belastung ständig zugenommen. Ihr Mann verbringt zwar jedes Jahr einige Wochen zu Hause, allerdings bevorzugt dann, wenn wenig Arbeit anfällt und die Freunde und Verwandten auch Zeit für den Besucher aus der Stadt haben.

Kimani Muhia sammelt Samen einer einheimischen Baumart (oben). Im Pflanzgarten der Akazienbaum-Frauen werden sie erlesen und in erdgefüllten Plastikbeuteln zum Keimen gebracht (unten).

Deshalb lastet praktisch alles auf Janets Schultern, nebst dem Haushalt die Erziehung der vier Kinder, die Bearbeitung des Bodens, und zwar nicht nur der *shamba* für die Selbstversorgung, sondern auch der Äcker mit den Handelsprodukten für die internationalen Märkte wie Rhizinus-Samen, Sisalfasern oder Baumwolle. Diese werden allerdings nicht in Mischung mit Nahrungsmitteln angebaut wie der Kaffee bei den Chagga. Fällt die Ernte aus oder ist der Preis schlecht, geht alles verloren, statt zur Risikominderung des kleinbäuerlichen Haushalts beizutragen.

Wie können Janet Mumo und ihre Schwestern ihre Situation, die typisch ist für Kenya und für grosse Teile Afrikas, verbessern? Die *Gruppe unter dem Akazienbaum* setzt in erster Linie auf ihre eigenen Ressourcen. «Entwicklung», Wandel in der guten Richtung, bedeutet hier, sich besser gegen die Trockenheit zu wappnen, die Nahrungsproduktion abzusichern, sie durch neue, wenig arbeitsintensive Produkte breiter abzustützen.

Wichtig erscheint den Akazienbaum-Frauen aber auch, sich selber etwas zu entlasten. Für die ärmeren ist dies am schwierigsten, doch die Solidarität kommt auch ihnen zugute. Zuerst hat die Gruppe dafür gesorgt, dass jede Frau über die nötigen Haushaltsgeräte verfügt und sich in ihrem Haus wohlfühlt, eine wichtige Voraussetzung, um sich auch gemeinsamen Unternehmen widmen zu können.

Dazu gehören beispielsweise Kurse über Gesundheit und organische Landwirtschaft, die von nichtgouvernamentalen Organisationen angeboten werden. Der Bau von gemauerten Tanks beim Haus, um Trinkwasser für die Trockenzeit zu speichern, wurde von *World Neighbours*, einer internationalen NGO, unterstützt. Um die Verbreitung holzsparender Kochherde und die Einrichtung von Baumschulen kümmert sich Kengo.

Für Kleinbäuerinnen ist es praktisch unmöglich, von Geschäftsbanken Landwirtschaftskredite zu erhalten, denn diese ziehen die Zusammenarbeit mit exportorientierten Agrounternehmen oder der Industrie vor.[11] Daher haben die Akazienbaum-Frauen auch einen Sparzirkel gegründet. Jede Frau zahlt monatlich einen kleineren Betrag ein. Die ganze Summe wird dann im Turnus an jeweils eine Person ausgeschüttet, was ihr die Möglichkeit zu einer grösseren Investition gibt. Mit den Zinsen wird ein Solidaritätsfond geäufnet. Janet Mumo investierte ihre Ausschüttung in eine Nähmaschine, und mit dem Verdienst aus der Näherei wiederum konnte sie ein eigenes Stück Land kaufen. Winzige Sparbeträge bekommen auf diese Weise ungeahnte Hebelwirkung.

All die gemeinschaftlichen Aktivitäten haben die Akazienbaum-Frauen zu selbstbewussten, gewieften Planerinnen und Unternehmerinnen werden lassen. Doch mit ihrem Erfolg fordern sie oft ihre Männer heraus, deren Interessen nicht immer mit jenen der Frauen übereinstimmen. So misstrauen Männer Entwicklungen, welche traditionelle Nutzungsmuster und damit ihre soziale Position als Eigentümer des Bodens zu gefährden scheinen. Das kann zum Beispiel dazu führen, dass von Frauen gepflanzte Baumsetzlinge vom Vieh der eigenen Männer zerstört werden.

Im Verhältnis zu ihrem Mann scheint auch bei Janet Mumo der Grund dafür zu liegen, dass sie bisher keine eigenen Brennholzbäume gepflanzt hat. Statt dessen musste sie, wenn keine Zeit für die beschwerliche Sammlerei blieb, zu ihrem Bedauern dem alten Mango beim Haus immer wieder Äste abhacken. Auf ihrem eigenen Land jedoch kann Janet jetzt jene Bäume pflanzen, die für sie besonders nützlich sind, ohne zuvor die Bewilligung ihres abwesenden Gatten einholen zu müssen – in Kenya ein verbreitetes Hindernis für die Pflanzung von Bäumen im Hofbereich.[12]

Alle guten Dienste der Holzpflanzen nutzen

Als Kengo anfangs der achtziger Jahre in Kitui zu arbeiten begann und Lösungen für die Probleme suchte, die sich durch den beschleunigten Wandel ergeben haben, waren die Bäume von Beginn weg zentral. Vorerst ging es um die klassischen Produkte wie Energieholz, Futterlaub für das Vieh, Zaunpfähle, Bauholz oder Früchte.

Aber bald haben die Mitarbeiter von Kengo die Holzpflanzen auch unter anderen Aspekten zu betrachten begonnen. Bäume und Sträucher sind Schlüsselelemente bei der Erhaltung der Bodenfruchtbarkeit (vgl. Kasten «Mit Bäumen die Fruchtbarkeit der *shamba* bewahren»). Zudem fördern sie die Landwirtschaftspflanzen durch die verzögerte Verdunstung des Bodenwassers in ihrem Windschatten und durch die Verringerung der Winderosion, wenn die Felder von August bis September staubig-dürr daliegen.

Agroforstwirtschaft, der kombinierte Anbau von Landwirtschafts- und Holzpflanzen, heisst das Zauberwort auch hier. Traditionelle agroforstliche Systeme wie dasjenige der Chagga am Kilimanjaro sind zwar bereits vor langer Zeit entstanden – oft dort, wo fruchtbare Standorte eine hohe Bevölkerungsdichte zuliessen, was wiederum zu einer ständigen Intensivierung der Landnutzung zwang. Das entwicklungspolitische Potential der Agroforstwirtschaft jedoch, von vielen als «Grüne Revolution der Armen» gesehen, ist erst vor kurzem entdeckt worden.

1977 wurde der *Internationale Rat für agroforstliche Forschung* (ICRAF) gegründet, der sein Hauptquartier in Nairobi aufgeschlagen hat. Der ICRAF richtet seine Arbeit vorab auf die Bedürfnisse der Kleinbäuerinnen und Kleinbauern aus und versucht unter anderem, Systeme für die schwierigen semiariden Bedingungen zu entwickeln. Dazu ist in Machakos eine Forschungsstation eingerichtet worden.

Kengo hat sich an die Arbeit des ICRAF angelehnt und in seinem agroforstlichen Zentrum in Kitui sowie bei experimentierfreudigen Bäuerinnen und Bauern Versuche mit verschiedenen agroforstlichen Systemen angelegt. Dazu gehören Baumgärten in Hausnähe, lebende Zäune aus schnell wachsenden Baumarten für Futter und Brennholz sowie Baum- und Buschreihen, die zur Erosionskontrolle parallel zu den Höhenlinien angelegt werden.

Standortgerechte und populäre Bäume

Während der ersten Jahre, erinnert sich Kimani Muhia, hat er im Pflanzgarten des Kengo-Zentrums in Kitui ausschliesslich exotische Baumarten angezogen, die sich in Gegenden mit höheren und regelmässig verteilten Niederschlägen bewährt haben, das heisst durch rasches Wachstum aufgefallen sind. Er hat Tausende solcher Setzlinge verteilt, mit seinem Toyota Landcruiser, der von den Einheimischen bald «Cassia» genannt wurde, nach jener Baumart, von der er am meisten unter die Leute brachte.

Cassia siamea, obschon aus feuchteren Gegenden Sri Lankas und Indonesiens stammend, hat sich in Kitui bisher biologisch bewährt, auch in Esther Mutavis Brennholzwäldchen.[13] Die Silbereiche aus Australien hingegen, am Kilimanjaro und in anderen feuchten Hochlagen Ostafrikas ein Erfolg, ist in Kitui ein Ausfall. Sie ist zwar auch hier gut angewachsen und hat sich rasch entwickelt, doch schon bald haben ihr Dürre und Termiten zugesetzt.[14]

Die gute biologische Abstimmung ist allerdings nicht allein entscheidend für das Gedeihen der Setzlinge. Vielmehr spielen auch in Kitui Kultur und Emotionen eine wichtige Rolle. Die Leute würden sich in bestimmte Baumarten verlieben, meint Kimani Muhia, und diese allen anderen vorziehen. *Cassia* beispielsweise ist vor allem wegen der schönen gelben Blüten gepflanzt worden und wegen des dichten, tiefgrünen Blattwerks, obwohl dieses für Schweine giftig ist. Andere Arten, zu denen weder Zuneigung aufkam noch ein kultureller Bezug bestand, blieben unbewässert und ohne Schutz und mussten daher verderben.

Janet Mumo (oben), Keimlinge einer Akazienart (unten).

Mit Bäumen die Fruchtbarkeit der shamba bewahren

Die Bodenfruchtbarkeit wird in dauernd bestellten Feldern üblicherweise durch Hofmist oder Kunstdünger erhalten. Kunstdünger jedoch können sich in Kitui die wenigsten leisten. Mist steht nur wenig zur Verfügung, weil in den letzten Jahren der grösste Teil des Bodens zum Anbau von Nahrungsmitteln aufgebrochen wurde. Entsprechend haben die Weideflächen abgenommen, und der Viehbestand musste vielerorts reduziert werden.[22]

In dieser Situation hat man sich an die Busch- und Baumbrache erinnert, die zu Zeiten des Wechselfeldbaus zur Erholung der Böden diente. Die tief wurzelnden Holzpflanzen pumpen Nährstoffe nach oben, die als abgefallenes Laub schliesslich wieder an die Bodenoberfläche gelangen. Blätter und anderes organisches Material wie der Wurzelstock sorgen für eine krümelige Struktur des Bodens, so dass der Regen leichter einsickern kann und die Erosionsanfälligkeit der obersten Erdschicht vermindert wird.

Gesucht sind nun Kombinationen von Bäumen, Sträuchern und Landwirtschaftspflanzen, die gleichzeitig nebeneinander – und nicht nacheinander wie beim Wechselfeldbau – gezogen werden können. All diese Überlegungen haben zum *alley-cropping* geführt, zum landwirtschaftlichen Anbau zwischen Holzgewächsen. Dabei wird beispielsweise Mais zwischen mehrere Meter voneinander entfernte Reihen von Bäumen gesetzt, etwa *Leucaena*. Diese Baumart reichert den Boden mit Stickstoff an und schlägt leicht zum Stock aus.

Die *Leucaena*-Triebe werden zweimal pro Jahr nahe der Bodenoberfläche geschnitten und als Mulch zwischen die Maisstauden gelegt, die abgefallenen Blätter später eingehackt, nachdem die verholzten Teile als Feuerholz eingesammelt sind. Auf diese Weise erhält der Boden Nährstoffe und organisches Material zurück.

Alley-cropping mit *Leucaena* hat sich im feuchteren Tropenklima bewährt.[23] In Kitui wie in anderen semiariden Gebieten jedoch sind Schwierigkeiten aufgetreten. Der regelmässige Schnitt scheint *Leucaena* zu provozieren, ihr Wurzelwerk in die Breite zu treiben. Durch die Konkurrenz um das knappe Bodenwasser wird der Schaden für den Mais grösser als der Nutzen durch den Mulch.[24]

Um *alley-cropping* auch unter semiariden Bedingungen zu einem Erfolg zu machen, konzentriert sich die Forschung heute auf tief wurzelnde und während der Regenzeit nur leicht schattende Baumarten, welche die Feldfrüchte möglichst wenig konkurrenzieren. Vorbildlich in dieser Hinsicht ist *Faidherbia albida*, im semiariden Afrika weit verbreitet.

Um den akazienähnlichen Baum bilden sich eigentliche Inseln der Fruchtbarkeit.[25] Er verfügt über stickstoffixierende Wurzelbakterien, und in seinem Schatten pflegen sich Vieh, Wild und Vögel, die mit ihrem Kot den Boden anreichern, bevorzugt aufzuhalten.

Auch der Belaubungsrhythmus macht *Faidherbia* zum idealen agroforstlichen Element. Im semiariden Westafrika trägt der Baum während der Trockenzeit Blätter, so dass im kritischsten Moment Viehfutter zur Verfügung steht. Das Laub fällt zu Beginn der Regenzeit, was den Feldfrüchten volle Besonnung beschert. In Westafrika bewirkt dies, dass Hirse und Sorghum im Kronenbereich von *Faidherbia* mehr als doppelt so hohe Ernten erbringen können wie auf freiem Feld.[26]

Ein Nachteil von *Faidherbia* besteht darin, dass der Baum nicht rasch aufschiesst, sondern wie viele semiaride Arten erst die Wurzeln in die Tiefe treibt, um sich gegen die Trockenheit zu wappnen. Auch der Düngereffekt zeigt sich nicht vor dem zehnten Lebensjahr. Es ist diese Langsamkeit, die den einheimischen Baum gegenüber den Exoten bisher weniger wünschbar erscheinen liess. In Kenya scheint *Faidherbia* zudem die Blätter nicht wie in Westafrika zu Beginn der Regenzeit zu verlieren.[27]

Zudem standen auch Angebot und Nachfrage in einem Missverhältnis, denn nicht nur Kengo, sondern auch andere NGO sowie staatliche Organisationen haben sich phasenweise für die Bekämpfung der ländlichen Energiekrise engagiert, so dass es lokal zu wenig produktiver Konkurrenz zwischen den Helfern gekommen ist.[15] Vor allem Leute an leicht zugänglichen Orten wurden mit unentgeltlichen Setzlingen überschwemmt. Aber was so leicht zu haben ist, wird nicht unbedingt mit grösster Sorgfalt gehegt.

Auch ein anderes Ungleichgewicht trat immer deutlicher zu Tage. Während der Anteil der Exoten tendenziell zunimmt, verschwinden immer mehr einheimische Bäume, durch Rodung für neue *shambas,* für die Kochstellen auf dem Land und – in Form von Holzkohle – für die Herdfeuer in den Städten.[16] Einzelne Arten wie *muvingo* sind aus kommerziellen Gründen stark gefährdet.[17] Dieses Holz ist extrem gesucht, denn es verbindet die Savanne mit den Konzertsälen der industrialisierten Welt: aus *muvingo* werden vorzügliche Klarinetten und Oboen gedrechselt. Aus minderen Qualitäten entstehen Schnitzereien für die Touristenmärkte.

Diskreter Auftritt, lokale Baumarten

All diese Erfahrungen, wie sie ähnlich auch in anderen Landesteilen gemacht wurden, haben die Leute von Kengo dazu gebracht, ihre Ziele und Wege zu überdenken. Bereits zu Beginn der achtziger Jahre, ein Jahrzehnt vor der Umweltkonferenz in Rio de Janeiro, hat Kengo damit begonnen, sich verstärkt mit einheimischen Arten und Fragen der Biodiversität zu beschäftigen. Bäume hatten in Kitui und im übrigen Kenya noch bis vor kurzem als gottgegeben gegolten, und selbst Forstleute besassen von vielen einheimischen Arten kaum Kenntnisse über deren Ansprüche an den Standort und die Technik zu ihrer Verjüngung. Kimani Muhia und Fred Kabare konnten in Kitui inzwischen einige Erfahrungen sammeln.

Mit der Betonung der lokalen Arten hat sich auch Kengos Arbeitsweise verändert. Während Kimani Muhia noch mit dem Auto voller Setzlinge aufgetreten ist, besucht der «Barfussförster» Fred Kabare Frauengruppen oder Schulklassen heute zu Fuss. Was er mitbringt, sind die Plastiksäckchen zum Anziehen der Keimlinge, sein Wissen und einige Samen, die er unterwegs gesammelt hat. Er drängt sich nicht auf, kommt nur, wenn er gerufen wird, wie heute morgen von den Akazienbaum-Frauen.

Kabares diskreter Auftritt ist nicht mehr jener der Experten zu Beginn der achtziger Jahre, die in bester Absicht Pflanzen und Methoden mitbrachten, die sich in Kitui aber letztlich nicht bewähren konnten. Die Betonung der einheimischen Arten wird es den Akamba mit der Zeit erlauben, eigenständige, lokal angepasste Antworten auf die Krise zu finden. Kabares zentrale Aufgabe ist zu zeigen, wie Menschen das tun können, was früher nur die Götter taten. Was sich bewährt, wird von den Akazienbaum-Frauen und anderen Gruppen, die er betreut, rasch akzeptiert und verbreitet werden.

Bäume allein können die Welt nicht retten

Nebst dem günstigen Einfluss auf ihre Umwelt haben Bäume im kleinbäuerlichen Haushalt auch Einkommensfunktion, sei dies über vermarktbare Früchte oder Holz.[18] In den Hochländern des Südwestens haben die Kikuyu bereits in den zwanziger Jahren erfasst, dass ihre Bäume auch dann Holz zulegen, «wenn sie selber im Schlaf liegen». In grossem Stil haben die Kikuyu die Australische Akazie gepflanzt, die bereits im letzten Jahrhundert durch einen Geistlichen eingeführt worden ist.[19] Früher war vor allem deren gerbstoffreiche Rinde gesucht, heute erzielt das Holz einen guten Preis.

Wirtschaftlich interessante Bäume gibt es auch im semiariden Gebiet, das Klangholz *muvingo* beispielsweise. Zwar ist sein Jugendwachstum sehr bedächtig, und der Baum braucht etwa 70 Jahre, um in wertvolle Dimensionen zu wachsen. Aber dann ist sein Holz in bester Qualität pro Kubikmeter Tausende von Dollar wert. Für Frauen wie Janet Mumo, die für ihre Kinder alles tun, wäre die Anlage eines kleinen Hains in Hausnähe sicher sinnvoll.

Die Gruppe unter dem Akazienbaum mit einer ersten Serie erfolgreich gekeimter Bäume. Der Mann mit der Brille ist Fred Kabare.

Bäume sind auch in Kenya Symbole der Hoffnung, und es gibt keinen Zweifel, dass sie in den letzten Jahren trotz einer der weltweit höchsten Wachstumsraten der Bevölkerung Terrain gut gemacht haben. Allerdings gilt dies – ähnlich wie in Nepal – vor allem für den Baumbestand in der bestehenden Kulturlandschaft, während die geschlossenen Waldflächen infolge der Umwandlung in Kulturland stark abgenommen haben.[20]

Mit Bäumen allein jedoch lassen sich nicht alle Probleme lösen, auch in Kitui nicht. Die Frauen leben an der Grenze ihrer Möglichkeiten, und die gegenseitige Solidarität allein wird auf die Dauer nicht ausreichen, um die anstehenden Probleme zu lösen: Noch längst nicht alle Frauen verfügen über die wichtigen Wassertanks; Esther Mutavis Maisvorrat ist in einem primitiven Verschlag untergebracht, wo Mäuse und Pilze hohe Lagerverluste bewirken. Aber auch das wirtschaftliche Umfeld ist in einem desolaten Zustand: die Strasse zwischen Nairobi und der Hafenstadt Mombasa, auch für Kitui lebenswichtig, ist wegen des vernachlässigten Unterhalts zur Regenzeit praktisch unbefahrbar.[21] Der Erlös für die hart erarbeiteten Weltmarktprodukte ist nach wie vor völlig unangemessen.

Andererseits spriesst das Gras auf den «grünen Weiden» der Entwicklungshilfe heute spärlicher – vorbei sind die Zeiten, da Janet Mumo glaubte, dass alle Weissen Säcke voll Geld herumschleppten und jeder im eigenen Flugzeug käme. Doch stets von aussen abhängig zu sein, streben die Frauen von Kitui ohnehin nicht an. Was sie fordern, ist eine gerechte Wirtschaftsordnung, wie sie im Zusammenhang mit dem neuen Gatt-Abkommen versprochen worden ist. Ob diese Zusicherung zuverlässiger ist als der Regen in Kitui?

Costa Rica

Sekundärwald bewirtschaften, um Urwald zu erhalten

Costa Rica hat in den den letzten Jahrzehnten bedeutende Flächen an tropischem Primärwald («Urwald») verloren, vor allem durch Rodungen für eine spekulative Viehzucht und andere landwirtschaftliche Exportprodukte. Doch viele Standorte sind für solche Nutzungen ungeeignet. Aufgegebene Weideflächen werden von Bäumen zurückerobert. Solche Sekundärwälder werden künftig nicht nur für die Versorgung mit Holz und Sammelprodukten eine wichtige Rolle spielen, sondern ebenso für die Erhaltung der Artenvielfalt. Bei zunehmender Holzknappheit und steigenden Preisen bieten Sekundärwälder schliesslich auch die Chance, landlosen Kleinbauern ein Einkommen zu verschaffen. Dies ist eine Voraussetzung, damit der Druck auf die verbliebenen Primärwaldreservate und Nationalparks abnimmt.

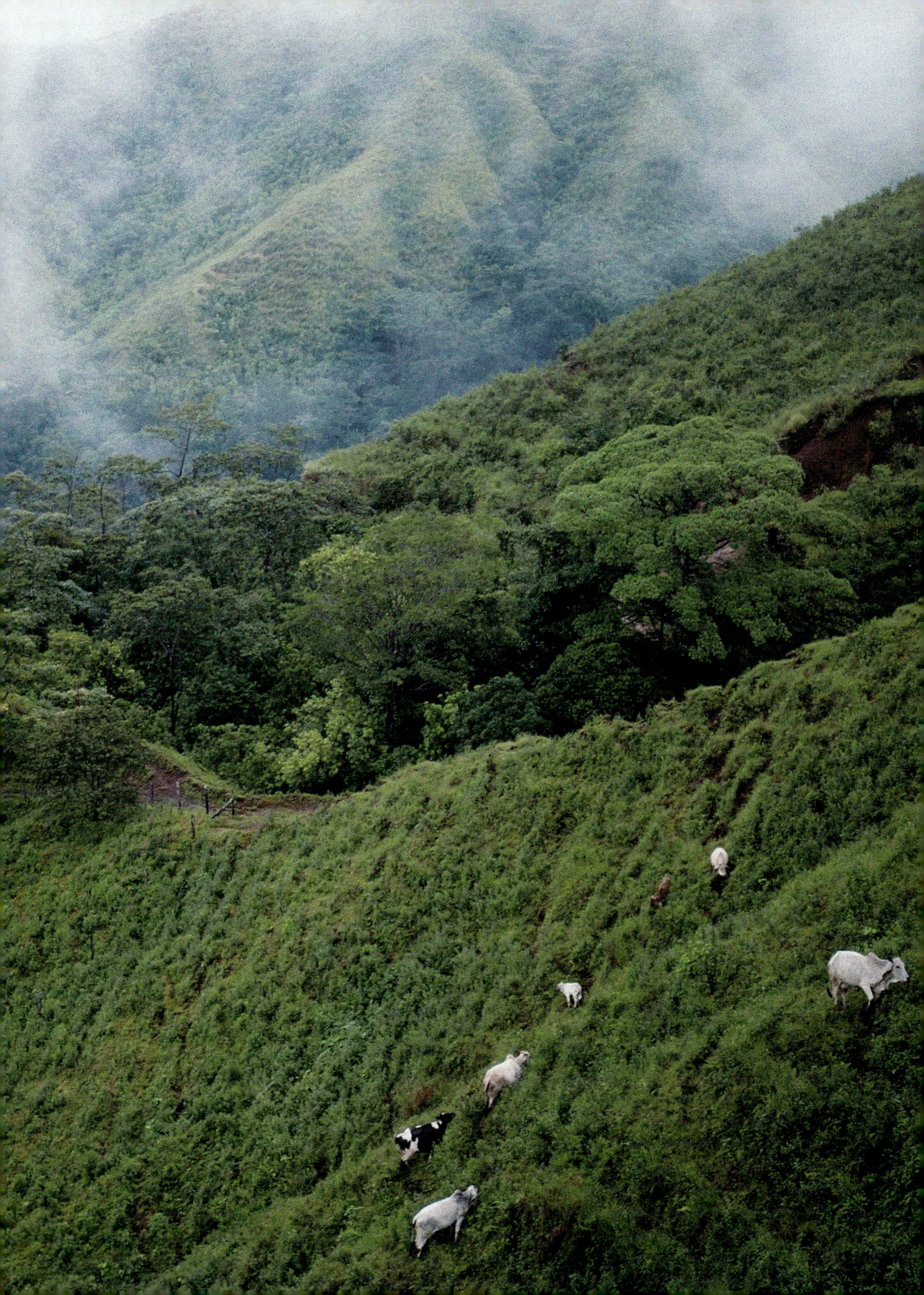

«Mira, este lindo Laurelito!» Entzückt deutet Rafael Gamboa mit der Spitze seiner Machete auf das schlanke Bäumchen und befreit es mit zwei präzisen Streichen vom bedrängenden Kraut. *Laurelito* ist ein Kosename für Laurel, eine bemerkenswerte Baumart mit weiter Verbreitung im tropischen Amerika. Die erwachsene Pflanze kann Hunderttausende von Samen bilden, die der Wind weiterum verbreitet, und wo das Kronendach des Regenwaldes aufgerissen wird, pflegen bald einmal Laurelsamen zu keimen.[1]

Wie sein *Laurelito* ist der 1927 geborene Don Rafael hoch aufgeschossen, sein Gesicht verwittert vom Leben als *campesino*, die Hand zur Pranke geworden am Griff des Buschmessers. Sein Haus steht sieben Kilometer vor Siquirres, wo die Cordillera Central in die atlantische Küstenebene abtaucht und mehr als 4000 mm gleichmässig übers Jahr verteilte Niederschläge für stete tropische Feuchte sorgen. Don Rafael baut auf seiner 13 Hektar grossen *finca* Mais, Maniok, Früchte und Gemüse für den Eigenbedarf an. Zum Verkauf bestimmt sind Bananen, Kaffee, Kakao, Rinder – aber auch Holz aus seinem Wald, der gleich hinter dem Haus beginnt.

Dieser Wald ist vor dreissig Jahren von selbst entstanden, nachdem die Viehweide aufgegeben wurde. Es handelt sich also um Sekundärwald, dessen Artenspektrum und Aufbau sich vom ursprünglichen Primärwald, den Don Rafaels Vater hier einst gerodet hatte, stark unterscheidet. Etwa 25 verschiedene Arten sind natürlich angeflogen; am besten haben sich *Laurel*, das Lindengewächs *Guácimo blanco* und *Anonillo* entwickelt.[2] Alle drei eignen sich für Möbel oder Sperrholz, und ihr Holz erzielt jetzt einen guten Preis.

Don Rafael hat die Bäume zeit seines Lebens beobachtet, er kennt die verschiedenen Arten und ihre Wuchseigenschaften sehr gut. Sein *Laurelito* zum Beispiel ist in wenigen Monaten auf Hüfthöhe herangewachsen, und ein Artgenosse dahinter, mit einem Stamm wie eine 15jährige Buche in Europa, ist lediglich dreijährig. Rafael Gamboas Kenntnisse haben auch zu einer speziellen Beziehung zu den Holzpflanzen geführt. Er hat seine Bäume gern, spricht geradezu zärtlich von ihnen. Aber er kennt auch ihren wirtschaftlichen Wert und weiss, dass mit dem «Kapital» Baum und dem «Zins» Holzzuwachs mehr zu verdienen ist als mit etwas Geld auf der Bank, besonders heute, wo Holz auch in Costa Rica zusehends seltener wird.

Villa Mills, wo sich ohne Holz nicht leben lässt

Holz spielt auch im Leben von Donato Abarca eine wichtige Rolle. Er lebt in Villa Mills, einer Gemeinde in der Cordillera de Talamanca, etwa 60 km in südwestlicher Richtung von Rafael Gamboa entfernt. Die Talamancaberge türmen sich wie ein gigantischer Saurierkamm zwischen der atlantischen und der pazifischen Küstenebene auf. Villa Mills liegt auf 2700 m ü. M., ein

Vorherige Seite: Der Viehboom, in den sechziger Jahren durch die «Hamburger Connection» ausgelöst, ist der wichtigste Grund für die enormen Entwaldungsraten in Costa Rica während der letzten Jahrzehnte. Die Weiden werden in immer steileres, stärker beregnetes und erosionsgefährdetes Gelände getrieben.

Rafael Gamboa und seine Frau (links oben), Donato Abarco, der carbonero (links unten).

nasser und oft kühler Ort. Vom Atlantik her schieben die Passatwinde ständig feuchte Luft gegen den Bergkamm, die dort kondensiert. Ab Mittag kann alles in dichte Wolken gehüllt sein, und oft regnet es.

Die natürliche Vegetation hier oben sind Bergregenwälder. Weil Eichen dominieren, werden sie «Eichenwolkenwälder» genannt, wegen ihres märchenhaften Aussehens auch «Feenwälder».[3] Tatsächlich ist jeder Baum – die Eichen können über 50 m hoch werden und ausladende Kronen bilden – eine Welt für sich, dicht bepackt mit Orchideen, Bromelien, Farnen, Moosen und anderen Baumbewohnern.

Die Gegend ist erst seit den vierziger Jahren besiedelt, als die *Interamericana*, die Strassenverbindung von Alaska nach Feuerland, gebaut wurde. Damals ist auch Donato Abarcas Vater als Strassenarbeiter hierher gekommen, doch das hat er bald aufgegeben, denn mit Holzkohle war mehr zu verdienen. Donato hat schon als achtjähriger beim Aufschichten der Meiler mitgeholfen. Jetzt ist er 50jährig und noch immer *carbonero*, müde vom langen Wachsein und frühen Aufstehen, um die Luftzufuhr stets so zu regulieren, dass der Meiler sich nicht selbst verzehrt.

Verglichen mit Rafael Gamboa ist Don Donato in einer wenig komfortablen Lage. Von der Holzkohle lässt sich nur mehr schlecht leben, denn viele Städter kochen heute elektrisch oder mit Gas. Nur die Wohlhabenden brauchen noch Grillkohle für ihr *churrasco*, oder dann, am anderen Ende des sozialen Spektrums, die Minderbemittelten für den täglichen *gallo pinto*, den Reis mit schwarzen Bohnen.

Auch rechtlich ist die Köhlerei problematisch geworden. Villa Mills liegt im grössten in Costa Rica verbliebenen Massiv von primärem Bergregenwald. Um es zu schützen, ist Mitte der siebziger Jahre das Forstreservat Rio Macho gegründet worden, das auch Waldflächen umfasst, die traditionell von den Dorfbewohnern beansprucht werden. Mit dem Reservatsbeschluss ist der Holzschlag verboten worden, und die *carboneros* dürften eigentlich nur noch abgestorbene Bäume verkohlen oder Baumleichen, die sie in den umliegenden Viehweiden ausgraben.

Schliesslich hat Don Donato auch Pech mit seiner *finca*: den Boden um sein Haus hat er zwar längst ersessen, aber weil ihn die drei Säcke Kohle für die Fahrkarte zum Grundbuchamt gereut haben, ist er nicht rechtzeitig zu einem Eigentumstitel gelangt. So kam sein Land grösstenteils ins Reservat zu liegen, und er kann es nun nicht mehr verkaufen. Eine *finca* in einer klimatisch günstigeren Lage, «wo alles wächst», wird wohl ein Traum des rheumageplagten Don Donato bleiben.

In der gleichen ökonomischen Falle wie Donato Abarca sitzen allein in Villa Mills Dutzende von *carboneros*, denn die Möglichkeiten, den Lebensunterhalt zu verdienen, sind hier beschränkt. Für Ackerbau und Viehzucht ist es zu nass. Man kann für die Viehzüchter weiter unten neue Weiden roden oder bestehende vom Gebüsch reinigen; man kann Brombeeren sammeln und verkaufen oder Moos und Bärlapp, das die Städter unter die Weihnachtskrippe zu legen pflegen. Doch ohne Holz zu nutzen, ist das Leben hier oben schwierig, auch für die Jungen. Sie haben ihren Vätern oft schon von Kindsbeinen an beim Spalten der Eichenklötze geholfen, und bei ihrer schlechten Ausbildung sind sie nicht für die Stadt geschaffen. So haben die Bewohner von Villa Mills kaum eine andere Möglichkeit, als die Eichen eben zu freveln, wenn diese legal nicht zugänglich sind.

Vom Kaffee zum Hamburgerfleisch

Obwohl Costa Rica ein demokratisch regiertes Schwellenland mit dem besten Bildungssystem und dem höchsten Volkseinkommen weit und breit ist, befinden sich gegenwärtig viele Menschen in oft noch prekärerer Lage als die *carboneros* von Villa Mills. Dass sie an den Rand geraten sind und ein waldzerstörendes Leben führen, ist die Kehrseite des costaricanischen Wirtschaftsmodells, das auf dem Export von Landwirtschaftprodukten basiert.

«Costa Rica» soll auf Kolumbus zurückgehen, der 1502 bei Limón als erster Europäer zentralamerikanischen Boden betrat und von der indianischen Urbevölkerung Goldgeschenke bekam.[4] Doch die «Reiche Küste» hielt lange nicht, was man sich versprochen hatte: Das Land erwies sich als arm an Bodenschätzen, und auch die fruchtbaren Vulkanböden waren vorerst nicht auszubeuten, weil die Urbevölkerung zum grössten Teil den Konquistadoren und deren Seuchen zum Opfer gefallen war. Deshalb konnte sich auch kein feudaler Grossgrundbesitz wie etwa in Mexiko oder Guatemala etablieren, der auf der Unterjochung der Urbevölkerung zur Zwangsarbeit basierte. Vielmehr bildete sich eine ausgeglichene Eigentumsstruktur heraus, und sogar die Gouverneure waren gezwungen, Mais und Bohnen mit eigenen Händen anzubauen.

Frühe Versuche, Kakao und Tabak zu exportieren, scheiterten an den englischen Piraten, die die Karibik verunsicherten. Doch Mitte des 19. Jahrhunderts begann mit dem Kaffee der Umbruch von der Selbstversorgung zum exportorientierten Agrarmodell. Der Kaffeestrauch fand auf den humusreichen Vulkanböden im Valle Central um San José ideale Bedingungen, und jahrzehntelang brachte die Bohne allgemeine Prosperität.

Kaffee sollte nicht die einzige Erfolgssaat bleiben, denn die prosperierenden Länder Europas und die USA verlangten in der Folge nach weiteren «Kolonialwaren». Zu Beginn des 20. Jahrhunderts waren dies Bananen, mit deren Anbau nicht weit von Rafael Gamboas *finca* begonnen wurde. Erstmals entstand nun Grossgrundbesitz: Die Vorgängerfirma der amerikanischen *United Fruit Company* beispielsweise erhielt von der Regierung riesige Flächen im Tausch gegen die Fertigstellung der «Dschungelbahn», die bis 1989 San José mit Limón verband.[5]

Nach dem Zweiten Weltkrieg ist Costa Rica immer noch zu drei Vierteln bewaldet[6], doch immer rascher lodern neue Rodungsfeuer auf. Nach der kubanischen Revolution von 1959 suchen die USA andere Lieferanten von Zuckerrohr, und in den sechziger Jahren setzt mit der «Hamburger-Connection» die fatalste Entwicklung ein. Der rasche Aufstieg des *fast-food* in den USA bewirkt dort eine Verknappung von Billigfleisch. In Zentralamerika jedoch ist mageres Fleisch günstig zu haben. Mit der steigenden Nachfrage geraten auch in Costa Rica grosse Waldflächen unter die Rinderhufe. Der Export, 1960 bei 8 000 Tonnen, nimmt bis 1977 fünfeinhalbmal zu.[7]

«Eichenwolkenwald» bei Villa Mills (rechts), Waldboden (oben).

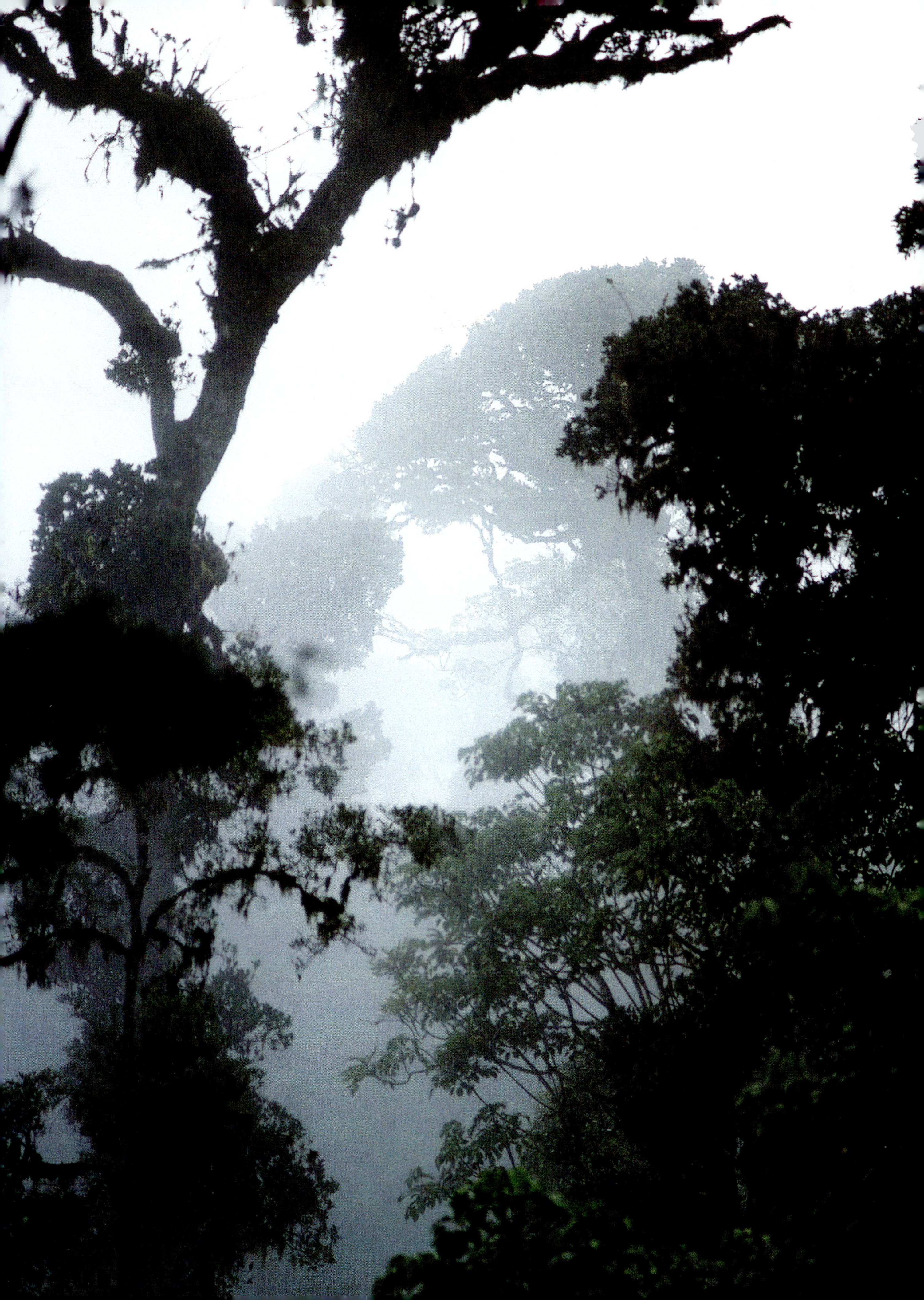

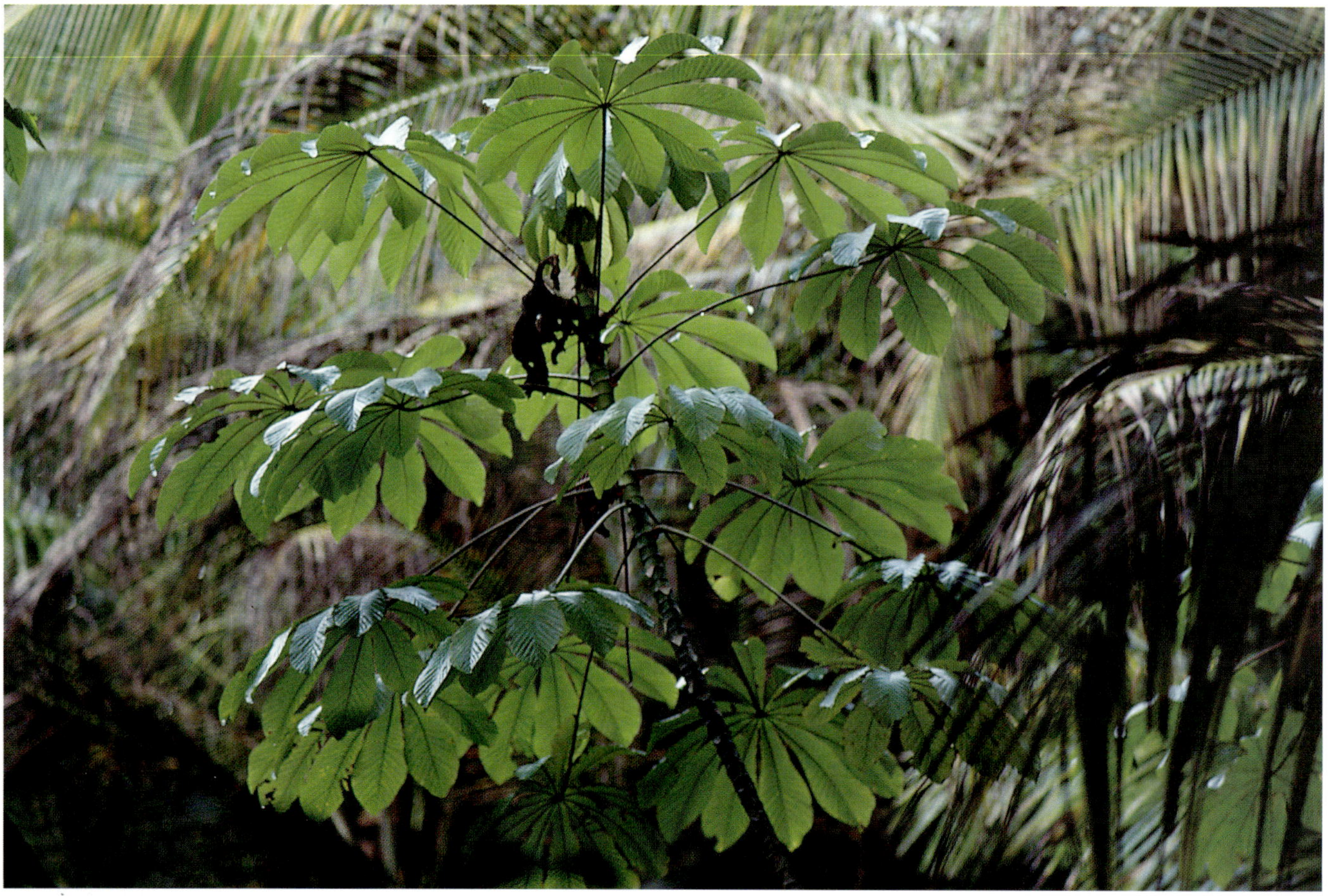

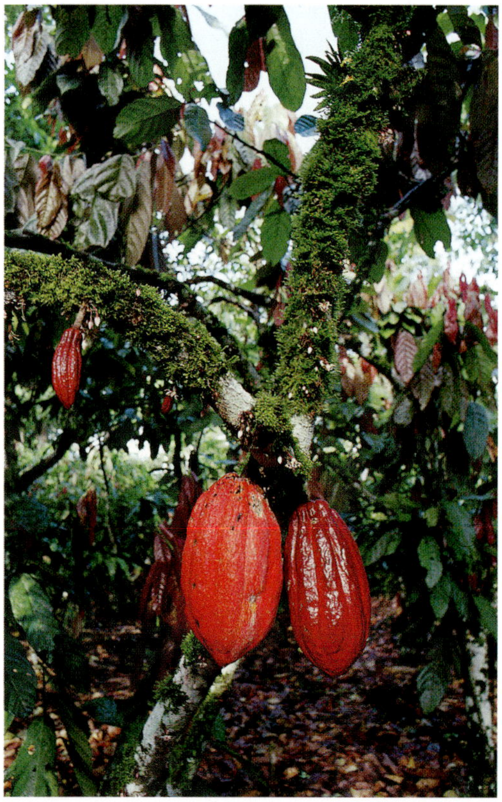

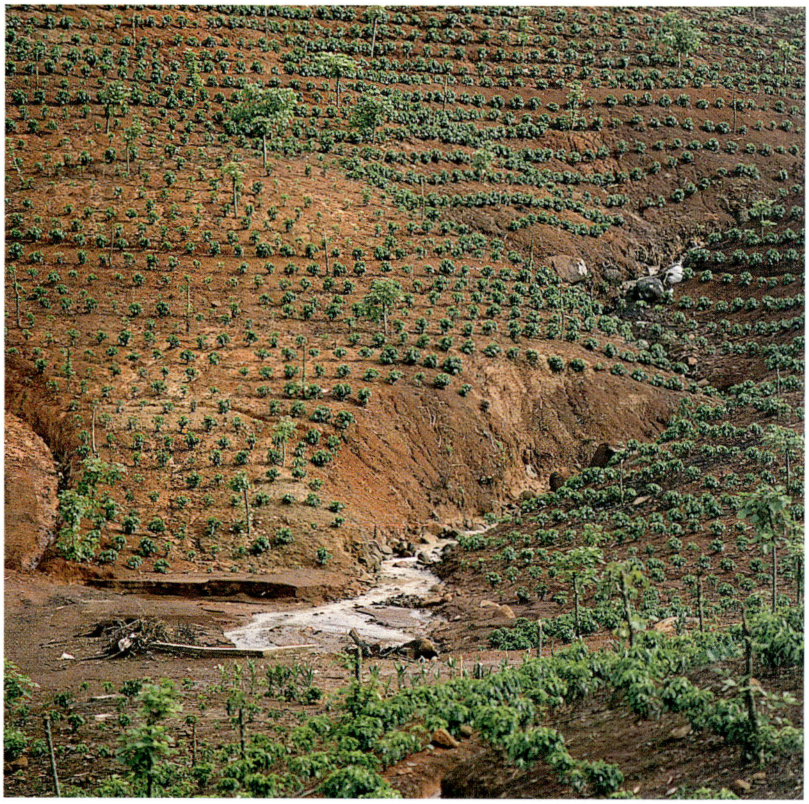

Die Erfahrungen der letzten Jahrzehnte haben gezeigt, dass nachhaltiges Wirtschaften in regenreichen Gebieten Costa Ricas auf der freien Fläche nur beschränkt möglich ist. Drei Alternativen zu Viehzucht und damit verbundener Entwaldung: Sekundärwald, wo nebst Holz auch Sammelprodukte wie Medizinalpflanzen, natürliche Pestizide oder Zierpflanzen geerntet werden können (oben, mit dem grossblättrigen Pionierbaum Guarumo). Agroforstliche Systeme mit Kakao (unten links) oder Kaffee (unten rechts). In der ersten Zeit sind solche Baumgärten stark erosionsgefährdet, besonders wenn sie in steilem Terrain und dazu noch grossflächig angelegt werden.

Rodungsfronten

Durch den Export wenig verarbeiteter Nahrungsmittel ist Costa Rica den Launen des Weltmarkts schonungslos ausgeliefert. Fallen die Preise, trifft es immer zuerst den unteren Rand des Eigentümerspektrums: es sind die nach der letzten Krise verbliebenen kleinsten Produzenten, die oft bereits so stark verschuldet sind, dass nur der Verkauf der *finca* übrigbleibt. Dieser soziale Umschichtungsprozess, in dessen Verlauf immer weniger Leute in den Besitz von immer mehr der besten Böden kommen, begann bereits in den dreissiger Jahren und dauert auch heute noch an.

Traditioneller Puffer für Härtefälle ist der Wald. Wer durch den Verlust von Land in eine prekäre Situation gerät und so zum *precarista* wird, rodet ein Stück Wald, um wenigstens seinen Hunger zu stillen. Seit den fünfziger Jahren entstehen überall, wo neue Strassen gebaut werden, eigentliche Rodungsfronten – wobei nicht nur der Prozess der Bodenkonzentration, sondern auch das damals einsetzende hohe Bevölkerungswachstum eine Rolle spielt. In den siebziger und achtziger Jahren ziehen viele Randständige auch in die Vorstädte. Trotzdem bleiben die Rodungsfronten aktiv, denn die Bürgerkriege in Nicaragua und El Salvador treiben Hunderttausende von Flüchtlingen nach Costa Rica.

Während die Bäume in der Wirtschaftsweise der indianischen Urbevölkerung seit jeher eine zentrale Rolle spielen, ist Wald für die spanischstämmigen Costaricaner traditionell ein Hindernis. Menschen wie Rafael Gamboa, der sich in versunkener Beschaulichkeit unter seine Bäume zu setzen pflegt, bis die Nacht ihn überrascht, sind noch selten. Die normale Haltung ist die der *Conquista de la Selva*: Wald ist die Welt der Schlangen, Moskitos und Indianer, Bäume sind Unkraut, sie stehenzulassen zeugt von Faulheit. Wer Boden durch Roden «melioriert», hat Anrecht auf einen Eigentumstitel, und bewaldetes Land wird höher besteuert als gerodetes, so bestimmten die Gesetze bis vor kurzem.[8]

Kapital hat grösseren Appetit auf den Wald als der Hunger

Der Viehboom verändert die Dimensionen in Costa Rica. Seit den sechziger Jahren fallen die Rodungen grösser aus, die Entwaldung beschleunigt sich, und die sozialen Gegensätze vertiefen sich rasch. Jetzt wird nicht mehr nur aus Hunger gerodet; die grossen Flächen werden vielmehr auf Veranlassung der Vermögenden umgewandelt, die ihr Kapital möglichst gewinnbringend anzulegen versuchen.

Dabei wirken die *precaristas* als eigentliche Speerspitze. Ihre Existenz ist oft derart labil, dass sie ihr mühsam gerodetes Land sofort an einen Viehzüchter verkaufen, wenn dieser mit einem Bündel *colones* winkt. Andere roden im Auftrag von Rinderbaronen. Dafür dürfen sie zwei oder drei Jahre ihre Nahrungspflanzen anbauen, um anschliessend die Front noch tiefer in den Wald voranzutreiben, in immer steileres, stärker beregnetes und erosionsgefährdetes Gelände.

Bei den herrschenden wirtschaftlichen und gesetzlichen Rahmenbedingungen ist die Umwandlung von Wald zu Weide ein durchaus rationaler Akt. Vieh dient nicht nur der Fleischproduktion, sondern auch zum Abschöpfen günstiger Kredite und der Landspekulation. Die Tiere markieren als lebende Grenzsteine Eigentum.[9] Zudem erhöhen sie die Produktionssicherheit in einer risikoreichen Umwelt und verleihen kulturelle Identität sowie sozialen Status. Die Interamerikanische Entwicklungsbank und die Weltbank fördern diese Entwicklung durch Kredite für Schlachthäuser.[10] Wer hingegen kein Vieh besitzt und lediglich Nahrung für seine Familie und den lokalen Markt produziert, lebt ausserhalb der Kreditwürdigkeit.

Bis in die neunziger Jahre werden die Rinderweiden auf 35 bis 40 Prozent der Landesfläche ausgedehnt – mit verheerender volkswirtschaftlicher Bilanz. Jedes Rind braucht Weide von der Grösse eines Fussballfeldes, und für die Produktion eines einzigen Hamburgers geht eine halbe Tonne Waldbiomasse in Rauch und Asche auf.[11] Das lässt den Wald auf einen Drittel der Landesfläche schwinden, um 35 000 Hektar jedes Jahr zwischen 1970 und 1990. Als die Nachfrage Ende der achtziger Jahre zusammenbricht – weil in den USA eine grosse Hamburgerkette boykottiert wird und diese in der Folge auf Fleisch aus Costa Rica verzichtet – müssen die staatlichen Banken Kredite von über 100 Millionen Dollar abschreiben. Weit schlimmer noch fällt die Rechnung bei Berücksichtigung ökologischer Werte aus. So wird jedes Jahr fruchtbarer Oberboden im Wert von 50 Millionen Dollar in die Meere geschwemmt.[12] Opfer der Rodungsfeuer wurden auch viele Wildtiere und nichtverholzte Pflanzen. Costa Rica als Landbrücke zwischen Süd- und Nordamerika ist mit grosser Artenvielfalt gesegnet. Hier leben beispielsweise über 800 Vogel- und 12 000 Pflanzenarten, wovon etwa 1400 baumförmige[13] – in Mitteleuropa gibt es bescheidene 50 Baumarten. Durch die rasche Verkleinerung ihrer Lebensräume sind heute viele Arten gefährdet.

Mit dem Einbruch am Fleischmarkt ist das Tempo der Zerstörung zwar zurückgegangen, doch immer wieder decken die launischen Exportmärkte die ökonomische Labilität von Monokulturen auf. Als sich zu Beginn der neunziger Jahre hinter der gefallenen Berliner Mauer ein riesiger ungesättigter Markt für Südfrüchte auftut, fallen am Atlantik Tausende von Hektaren Wald für neue Plantagen. Viele Kleinbauern verkaufen ihren Boden den Bananengesellschaften und verdingen sich als Plantagenarbeiter. Costa Rica wird mit über 80 Millionen Kartons zum zweitwichtigsten Produzenten, die Bananenwirtschaft bietet 50 000 Arbeitsplätze und erzielt ein Viertel des Ausfuhrerlöses.[14]

Doch kaum sind die Früchte an den neuen Stauden reif, schränkt die EG 1993 trotz GATT-Abkommen den Import von «Dollar-Bananen» aus Lateinamerika ein. Stillegungen, Entlassungen, neue *precaristas* und von neuem rauchende Fronten sind die Folge. Solche Geschichten sind überall in die Landschaft geschrieben. Die Atlantikebene mit den schwarzen Baumstämmen auf den frischen und der wuchernden Vegetation auf den aufgegebenen Rodungsflächen ist ein Schlachtfeld von Versuch und Irrtum und voller enttäuschter Hoffnungen.

Falsche Diagnose, falsche Massnahmen

Während des Viehbooms spielte die Holzwirtschaft nur eine Nebenrolle bei der Entwaldung. Sie arbeitete eher im Kielwasser der Landnehmer, als dass sie die Entwaldung mit ihren Erschliessungen vorbereitete (vgl. hingegen das nächste Kapitel über Indonesien). Auf dem Höhepunkt der Rodungswelle ging die Holznutzung gar stark zurück. 90 Prozent des Holzes, jedes Jahr 10 bis 16 Millionen Kubikmeter zwischen 1963 und 1989, gingen in Flammen auf oder verrotteten, ein volkswirtschaftlicher Verlust von mehreren Milliarden Dollar.[15]

Lange schien Holz in Costa Rica unerschöpflich zu sein wie Erdöl in den Industrieländern. Der tiefe Erlös selbst für edle Hölzer reizte kaum einen Landeigentümer, Wald zu erhalten oder gar nachhaltig zu bewirtschaften. Rodungen galten nicht als Liquidation von Holzkapital, sondern als Investition. Dabei ist jedoch der Punkt übersehen worden, wo Überfluss in Knappheit umgeschlagen ist.

Dass die Knappheit nicht von steigenden Preisen signalisiert wurde, dürfte vor allem mit der Reglementierung der Holznutzung zu tun haben, die zu Unrecht lange als Hauptschuldiger an der Entwaldung angesehen wurde. Als Folge davon ist eine derartige Regeldichte entstanden, dass für das legale Fällen eines Baumes tagelange Behördenbesuche nötig wurden. Holz konnte faktisch auch nicht exportiert werden – und damit hatte es mangels Nachfrage auch keinen Preis.

In derselben Richtung wirkt auch die Weigerung der amerikanischen und europäischen Bananenimporteure, aus Tropenholz gefertigte Paletten zu akzeptieren, auf denen die Früchtekartons gestapelt und verschifft werden. Der Grund dafür ist die Angst vor einem Bananen-Boykott. Costa Rica ist daher gezwungen, jährlich für 12 Millionen Dollar Holzpaletten aus dem Norden einzuführen.[16] Darüber hinaus geht den Bauern ein grosser Anreiz verloren, Laurel oder andere geeignete Baumarten nachzuziehen.

Auch hier scheint zu gelten, was Karl Kasthofer im letzten Jahrhundert für die Alpenwäl-

Holzfrevel bei Nacht und Nebel ist für Menschen in prekärer wirtschaftlicher Situation oft die einzige Möglichkeit, um zu überleben.

der festhielt: Costa Ricas Tropenwälder sind so rasch zerstört worden, weil ihr Holz keinen Geldwert hatte und jede andere Nutzung ökonomisch mehr Sinn machte.

Rettungskonzepte

Mit der fortschreitenden Zerstörung der Wälder haben sich auch Kräfte zu ihrer Erhaltung formiert, und eine Reihe technischer Massnahmen wurde vorgeschlagen. Bereits in den fünfziger Jahren ist zur besseren Nutzung der empfindlichen Tropenböden die am Kilimandjaro praktizierte Idee von Baumgärten aufgetaucht.[17] Inzwischen haben sich in Costa Rica verschiedene agroforstliche Systeme durchgesetzt, zum Beispiel Kaffee zusammen mit Poro oder unter Laurel gezogener Kakao.[18] Heute ist die agroforstliche Forschung sehr aktiv und testet in Costa Rica Dutzende von verschiedenen Pflanzenkombinationen.[19]

In den sechziger und siebziger Jahren sind erste Naturschutzgebiete ausgeschieden worden, und Mitte der neunziger Jahre befindet sich nahezu ein Viertel der Landesfläche in irgend einer Form unter Schutz. Ziel ist es, alle Lebensraumtypen in genügender Grösse auszuscheiden, um die Artenvielfalt zu erhalten. Damit die Reservate nicht zu isolierten Inseln werden, sollen sie mit Korridoren von geschütztem Wald wie dem *paseo pantera*, der «Panterpromenade», vernetzt bleiben. Dies ist auch der Grundgedanke grenzübergreifender Reservate wie *La Amistad*, an dem Panama mitbeteiligt ist.

Die Nationalparks sind nicht nur ökologisch wichtig. Vier Fünftel der jährlich weit über eine halbe Million Touristen kommen vorab wegen dieser Naturschätze, und bis anfangs der neunziger Jahre ist der «Ökotourismus» nach den Bananen und noch vor dem Kaffee zur zweitwichtigsten Devisenquelle aufgerückt.[20]

Auch erste grossflächige Aufforstungen sind in den späten achtziger Jahren dank staatlicher Subventionen entstanden. Allerdings hat sich deren Qualität häufig als ungenügend erwiesen, weil die Baumarten nicht dem Standort entsprechen oder Samenqualität und Pflege mangelhaft sind. Oft haben grössere Investitionsfirmen zwar gepflanzt und die Subventionen abgeschöpft, die Flächen dann aber ihrem Schicksal überlassen. In anderen Fällen ist Naturwald gerodet worden, um exotische Baumarten zu pflanzen.[21]

Schliesslich wird in den letzten Jahren auch der umfassendste Ansatz zur Walderhaltung zu-

Auch in den Eichenwolkenwäldern stürzen Bäume um oder sterben ab. Solange eine Bewirtschaftung diese natürliche Dynamik simuliert und Bäume nur einzeln und nicht über das natürliche Zuwachsvermögen hinaus gefällt werden, ändern sich weder Waldaufbau noch Artenzusammensetzung wesentlich. Wichtige Kriterien forstlicher Nachhaltigkeit sind damit erfüllt.

nehmend diskutiert, die nachhaltige Bewirtschaftung von Naturwäldern. Dieser Ansatz hat in Costa Rica bereits eine längere Geschichte, denn schon 1953 hatte der weitsichtige amerikanische Tropenförster Leslie Holdridge die *Finca La Selva* in Sarapiquí erworben, um Formen der Holznutzung auszuprobieren, bei denen der Naturwald erhalten bleibt und sich wieder erholen kann.[22]

Rasch wachsen, jung sterben

In den Industrieländern herrscht die Vorstellung, dass Tropenwälder sich nach einer Holznutzung, auch wenn nur einzelne Stämme gefällt werden, nicht erneuern können, und Holzschlagen wird generell mit anschliessender starker Erosion verknüpft. Doch eine derartige Degradation tritt nur in extremen Fällen ein, etwa bei Verdichtung der Böden durch schwere Maschinen.[23] Zudem hat die Vegetation auch in den Tropen ausserordentliche Selbstheilungskraft (vgl. Kasten «Auch Tropenwälder wachsen nach»).

In den Regenwäldern der Tieflagen Zentral- und Südamerikas reagiert die Natur auf Störungen stets nach ähnlichem Muster. Wo das Kronendach durch Stürme oder Rodungen grossflächig aufgerissen wird, stellen sich oft zuerst Pioniere wie *Balsa* oder *Guarumo* mit ihren weichen, vergänglichen Hölzern ein.[24] Extrem rasch wachsend, decken sie den Boden mit riesigen Blättern schnell ab. Während ihres kurzen, intensiven Lebens von wenigen Jahrzehnten nehmen die Pioniere einen guten Teil der Nährstoffe, die durch Feuer oder Verrottung frei werden, wieder auf. Nachdem die Pioniere gestorben sind und zerfallen, geben sie die fixierten Nährsalze an ihre Nachfolger weiter.

Auf die Pioniere folgt jener Typus von Bäumen, die bei Rafael Gamboa wachsen. Ihre Samen sind zeitgleich mit den kurzlebigen Pionieren angeflogen und haben sich in deren Schatten zu entwickeln begonnen. Auch auf Lücken, wie sie durch einen fallenden Baum entstehen, sind sie spezialisiert, und werden entsprechend ihrem Lebensstil «Lückenspezialisten» genannt. Sie wachsen relativ rasch und haben Lebenser-

Auch Tropenwälder wachsen nach

Über die Sukzession und Zuwachsentwicklung von Bäumen in Tropenwäldern gibt es erst wenig Informationen. Zu den längsten Messreihen in den amerikanischen Tropen gehören jene, die der Schweizer Forstmann Jean-Pierre Veillon in den fünfziger Jahren in Venezuela anlegte. Während rund 30 Jahren hat er regelmässig die Bäume der gleichen Stichproben vermessen. In den östlichen Illanos, die zum Einzugsgebiet des Orinoco gehören, brachten seine Daten zusammen mit historischen Nachforschungen erstaunliche Einblicke in die Vegetationsdynamik tropischer Monsunwälder.

Bis 1810 gab es dort blühende Landwirtschaft. Befreiungs- und Bürgerkriege haben die Gegend dann entvölkert, der Wald hat Felder und Weiden zurückerobert und konnte seine Ausdehnung bis 1950 verdoppeln.[46] Diese Sekundärwälder waren reich an wertvollen Hölzern wie Mahagony oder Cedrela, die in 50 bis 100 Jahren zu beachtlichen Stämmen herangewachsen waren. Dieselbe Geschichte spielte sich im letzten Jahrhundert auch in Yucatán ab, wo verschiedene Kriege den Weg für die Natur wieder frei machten.[47]

wartungen um die hundert Jahre. Älterer Sekundärwald kann nur noch durch Spezialisten von Primärwald unterschieden werden.

Primärwald, «Urwald», als dritte Phase in der Pflanzensukzession, stellt sich erst mit dem Auftreten der typischen Schattenbaumarten ein. Deren Samen sind oft mit einer essbaren Hülle umgeben und werden von Vögeln, Fledermäusen oder anderen Säugetieren aus bestehenden Primärwäldern «importiert». Der eigrosse Same der Avocado beispielsweise bleibt auch nach der Passage durch einen Darmtrakt lebendig. Seine Keimung verläuft im Urwald ähnlich wie in der Küche: Der Trieb entwickelt sich rasch und die Blätter kommen auf einem halben Meter Höhe zur Entfaltung, so dass der junge Baum einen Vorsprung auf die Konkurrenten erhält. Danach vermag er jahrelang im Schatten zu überleben und beginnt erst zu wachsen, wenn einer der Lückenspezialisten abstirbt oder umfällt.

Solche Sukzessionsabläufe haben sich in den Tieflagen Costa Ricas stets intensiv abgespielt.[25] Als dynamische Kräfte wirkten dabei insbesondere auch seit langem die Menschen. In La Selva beispielsweise, das heute von der Organisation für Tropenstudien geführt wird und einer der weltweit besterforschten Regenwaldflecken ist, findet sich selbst unter scheinbar ungestörtem Primärwald verkohltes Holz. Dies deutet auf ehemalige Brandrodungsfelder von Indianern hin, ein Beleg dafür, dass sich Regenwald auf diesen Standorten nach menschlichen Eingriffen schon einmal soweit zu erholen vermochte, dass er wiederum als primär erscheint.[26]

Holz, Sammelprodukte und Biodiversität

Solche Brandrodungen waren allerdings nur Nadelstiche in den enormen Waldmassiven. Ein Strom von Tieren und Samen aus dem umliegenden Primärwald sorgte für die stete Ergänzung des Artenspektrums. Ganz anders ist die Situation heute auf den grossflächigen Weiden.[27] Baumarten des Sekundärwaldes kehren hier relativ schnell zurück. Ob und wie rasch sich auch Primärwaldarten wieder einstellen, hängt von verschiedenen Faktoren ab.

Je kleiner die Distanz zu den verbliebenen Flächen und Flecken des Primärwaldes ist, desto eher gelingt es dessen Tieren und Pflanzen, auch in den Sekundärwald einzuwandern.[28] Bei den vielfältigen ökologischen Bedingungen können sich die verschiedensten Pflanzenarten ansiedeln, und die meisten Wirbeltiere finden hier einen Lebensraum.[29] Dem Sekundärwald wird mit Bestimmtheit wichtige Bedeutung für die Erhaltung der Biodiversität zukommen.[30]

Mitte der achtziger Jahre gab es in Costa Rica rund eine halbe Million Hektar aufgegebenes Landwirtschaftsland.[31] Dieses ist heute zum grossen Teil mit *charral* bedeckt, mit «Gebüsch», wie junger Sekundärwald hier verächtlich genannt wird. Auf bedeutenden Flächen sind die Bäume älter und in den letzten 25 bis 30 Jahren zu beachtlichen Stämmen herangewachsen, die auf Brusthöhe 50 cm Durchmesser erreichen können.

Wie in den gemässigten Zonen schon längst, wird Sekundärwald künftig auch in Costa Rica eine zentrale Rolle bei der Holzversorgung spielen. Obwohl die weichen Hölzer der Lückenspezialisten in der Regel weder die Haltbarkeit noch die Schönheit der Primärwaldhölzer aufweisen, werden sie vom austrocknenden Markt zunehmend akzeptiert. Die Weichhölzer haben in der ersten Hälfte der neunziger Jahre eine reale Preissteigerung von rund 30 Prozent pro Jahr er-

Langjährige Messreihen zeigen die Höhe des Holzzuwachses.

fahren, die Harthölzer eine solche von etwa 20 Prozent.[32]

Diese astronomischen Preissteigerungen sind die Folge der Bevölkerungs- und Waldflächenentwicklung: Die Bevölkerung ist seit 1970 jährlich um 2.4 bis 3 Prozent gewachsen, die Waldfläche jährlich um 7 Prozent geschrumpft. Heute ist über die Hälfte der Bevölkerung unter 25 Jahre alt, so dass Holznachfrage und -preise eher noch zunehmen werden.[33]

Von der Bewirtschaftung der Sekundärwälder dürfte letztlich auch das Schicksal der Primärwälder abhängen. Was an mehr oder weniger ungestörtem Regenwald heute noch verbleibt, liegt zum grössten Teil in Parks oder Reservaten. Allerdings gehört die Hälfte Privaten, und selbst was sich in Staatsbesitz befindet und als Nationalpark oder biologisches Reservat ausgeschieden ist, kann nicht als ungefährdet gelten, weil Forst- wie Naturschutzbehörden unter chronischem Personalmangel leiden und die Reservatsgrenzen nicht zu sichern vermögen.[34] Wie Leoparden lauern sämtliche Akteure des Tropenwalddramas vor den Urwaldresten, von der verwöhnten Holzwirtschaft über die Naturschützer bis zu den *precaristas*. In allen Forst- und auch in einigen Wildreservaten leben heute bereits grössere Kolonien von *precaristas*, und immer mehr der schätzungsweise 200 000 Haushalte von Landlosen, die es zu Beginn der neunziger Jahre gibt, wenden sich den Reservaten zu.[35]

Wenn wenigstens Kerngebiete von Primärwäldern erhalten bleiben sollen, müssen diejenigen, die dem Wald an vorderster Front zusetzen, Motivation zu seiner Erhaltung finden. Die Voraussetzungen dazu sind heute, da Holz wertvoll zu werden beginnt, wesentlich günstiger als noch vor kurzem.

Schutz durch Nutzung

Donato Abarca und die *carboneros* von Villa Mills als *precaristas* zu bezeichnen, wäre noch vor wenigen Jahren unangebracht gewesen. Doch mit der Bildung des Forstreservates und der Einschränkung ihres Zutritts zum Wald hat die Gefahr paradoxerweise zugenommen, dass sie auf den Wald zu wirken beginnen wie *precaristas*.

Wie angetönt, haben viele *carboneros* gar keine andere Wahl, als weiterhin Bäume zu fällen und zu verkohlen, trotz des Verbots. Sie tun dies heimlich, tiefer im Wald als zuvor und ohne sich um die Regeneration der Bäume zu kümmern, denn der Wald wird ja jetzt vom Staat beansprucht und nicht mehr als eigener Besitz empfunden. Die steigenden Preise und der problemlose Abtransport über die *Interamericana* könnten gar dazu führen, dass der eine oder andere in den illegalen, aber zunehmend lukrativen Holzhandel einsteigt.

Eine ungeregelte Nutzung jedoch droht nicht nur den Wald zu zerstören, sondern gefährdet auch den Wasserhaushalt in den Talamancabergen und damit das landesweit wichtigste Einzugsgebiet von Trinkwasser und Wasserkraft.[36]

An diesem Punkt setzt ein Projekt des Versuchs- und Ausbildungszentrums für Tropenlandwirtschaft CATIE an. Seit längerer Zeit werden die Eichenwälder von Villa Mills wissenschaftlich untersucht, vom Boden bis hoch hinauf zu den baumbewohnenden Pflanzen.[37] Ende der achtziger Jahre ist vom Naturwald-Bewirtschaftungsprojekt des CATIE ein grosser Versuch angelegt worden, um Reaktionen des Waldes auf verschiedene waldbauliche Eingriffe zu testen. Wie weit, so die Kernfrage, darf die Kronendecke geöffnet werden, damit die Eichenverjüngung nicht durch *Gadua-Bambus* verzögert wird?[38]

Dies kann dann verhindert werden, so erste Erkenntnisse, wenn die Bäume nur einzeln und verteilt gefällt werden. Ein solches Ausleseverfahren simuliert weitgehend das natürliche Verjüngungsmuster mit einzeln absterbenden oder umfallenden Bäumen. Auch die Erosionsgefahr bleibt bei dieser Schlagweise klein.[39]

Messungen und Berechnungen zeigen, dass Holznutzung und Zuwachs tatsächlich im Gleichgewicht gehalten werden können.[40] Auch die Nährstoffverluste infolge der Holzernte dürften mit dem Regen wieder eingetragen und ausgeglichen werden. Die Erfüllung dieser

Ian Hutchinson (rechts), ein Kenner des Sekundärwaldes. Seine waldbaulichen Visionen, die Förderung qualitativ hochwertiger Baumindividuen, werden von Don Adriel (links) mit der Motorsäge geschickt umgesetzt.

beiden Kernbedingungen für die biologische Nachhaltigkeit bedeutet, dass der Wald hier als nachhaltige Ressource ständig genutzt werden könnte. Durch die Nutzung entsteht zwar Sekundärwald, aber weil sich weder Waldaufbau noch Artenzusammensetzung stark ändern, können auch Kriterien des Artenschutzes und der Biodiversität erfüllt werden.[41]

Auch der wirtschaftliche Erlös aus den Versuchen ist befriedigend und liegt weit über dem, was die *carboneros* herauswirtschaften. Weil diese die Bäume illegal fällen, müssen sie auch das wertvolle Stammholz verkohlen, sonst lässt sich nicht mehr behaupten, dass die Kohle aus Totholz gebrannt ist. Das CATIE hingegen konnte die besten Stammabschnitte als Sagholz verkaufen und die weniger guten als Zaunpfosten. Nur das Kronenholz wurde verkohlt. Der Gesamterlös reichte nicht nur zur Deckung der Erntekosten, sondern auch für den Bau einer dauerhaften Waldstrasse. Damit ist auch die wirtschaftliche Nachhaltigkeit nachgewiesen.

Die meisten Arbeiten sind von Donato Abarcas Sohn Alvaro und fünf seiner jungen Kollegen ausgeführt worden. Sie haben beim Bau der Waldstrasse mitgeholfen und die Maschinenwege zu den Versuchsflächen angelegt. Ein Ausbildungskurs hat sie zu Experten mit der Motorsäge gemacht, wie die wenigen Schäden belegen, die bei den Fällarbeiten entstanden sind.[42]

So hat der Versuch auf rund 20 Hektar einigen jüngeren Bewohnern von Villa Mills legale Arbeit und damit eine neue Lebensperspektive gebracht. Soziale Nachhaltigkeit jedoch, Voraussetzung für die nachhaltige Nutzung und langfristige Erhaltung des Eichenwaldes, kann nur unter Einbezug aller Familien erreicht werden, die von seinem Holz abhängig sind.

Dem Staat als Waldeigentümer stehen dazu zwei Möglichkeiten offen: er führt selbst einen Forstbetrieb – auf rund 1000 Hektar könnten die meisten Männer von Villa Mills dauerhaft Arbeit finden –, oder er überlässt den *carboneros* diese Fläche als gemeinschaftliches Eigentum. Zusammen mit dem Forstdienst würde die Gemeinde Villa Mills einen Bewirtschaftungsplan erstellen. Dessen Ausführung würde vom Forstdienst überwacht, ebenso wie das Waldwachstum. Verläuft dieses anders als angenommen, ist der Plan anzugleichen.

Eine derart motivierte Gemeinschaft würde nicht nur Übergriffe aus den eigenen Reihen kontrollieren, sondern auch auswärtige Frevler abhalten. Damit entstünde in einem exponierten Bereich entlang der Interamericana eine Pufferzone, die das Kerngebiet des Reservates sichern würde.

Ein Teil von Rafael Gamboas Sekundärwald mit 15-20jährigen Laurelbäumen (oben rechts).

Precaristas zu Waldschützern machen

Pufferzonen müssen auch um die verbliebenen Wälder der Tieflagen geschaffen werden, und vielleicht ist es auch hier nötig, einen Streifen Primärwald herzugeben, um das Kerngebiet zu schützen. Die Erfahrungen der letzten Jahre haben gezeigt, dass dauerhaftes Wirtschaften in den regenreichen Tieflagen auf der freien Fläche nur beschränkt möglich ist. Nachhaltig bewirtschaften lassen sich diese Böden nur in Kombination mit Bäumen, entweder in agroforstlichem Anbau oder als Wald. Doch zur Umsetzung dieser Erkenntnis an den Rodungsfronten ist noch viel Arbeit auf allen Ebenen nötig.

Dass nachhaltige Waldbewirtschaftung technisch möglich und heute schon rentabel ist, belegen nebst Rafael Gamboas Privatwald auch verschiedene Untersuchungen des CATIE.[43] Grosse wirtschaftliche Möglichkeiten bietet der Sekundärwald zudem für die Nutzung von Sammelprodukten wie Medizinalpflanzen, natürlichen Pestiziden, Fasern oder Zierpflanzen.[44] Auch die agroforstliche Forschung bemüht sich intensiv um Kleinbauern und *precaristas*, die ihrem Boden oft nur mit einer Hacke ausgerüstet eine Existenz abzuringen versuchen. Zudem ist das Bodenrecht angepasst worden: die Erhaltung von Wald gilt heute als Leistung, die zu einem Eigentumstitel berechtigt.[45]

Technische Lösungen allein genügen allerdings auch hier nicht. Der Slogan «Planta arboles, planta esperanza» kann nur bei sozialer und rechtlicher Besserstellung der Randständigen wahr werden. Darum kümmern sich verschiedene nichtgouvernementale Organisationen (NGO). Ihnen gelingt es eher als den Behörden, mit den Augen der lokalen Bevölkerung zu sehen und diese so lange zu begleiten, bis sie selber bestimmen kann, was «Entwicklung» für sie bedeutet. Im Verbund sind die NGO zudem in der Lage, sich den Interessen der traditionellen Eliten erfolgreich entgegenzustemmen und Druck auf die Politiker auszuüben.

Zentral für *precaristas* oder Kleinbauern ist rechtliche Sicherheit. Zur Überwindung der administrativen Mauer bei der Registrierung ihres Eigentums benötigen die meisten Unterstützung. Zudem braucht das Wirtschaften mit Bäumen umfassende Beratung, von der weitsichtigen Planung der Waldnutzung bis zur Unterstützung bei der Vermarktung. Wenn *precaristas* erst einmal die Erfahrung machen, dass Holz eine wichtige Säule des Familieneinkommens sein kann, können sie auch den Versuchungen der grossen Marktkräfte besser widerstehen, und viele werden ebensogut zu ihren Bäumen schauen wie Rafael Gamboa.

Indonesien

Eine stabile Kulturlandschaft dank Baumharz

In Krui an der Westküste Sumatras prägt ein einzelnes Naturprodukt eine ganze Kulturlandschaft: Baumharz, das zur Herstellung von Lack und Batikstoffen gewonnen wird. Die Harzbäume stehen an den steilen Hügelflanken, während in die Täler Reisfelder eingebettet sind. Diese Kulturlandschaft ist von bemerkenswerter Stabilität, ökonomisch ebenso wie ökologisch: Das Harz bietet ein regelmässiges Einkommen, und die Flüsse bleiben selbst nach Regengüssen klar. Das Landnutzungssystem von Krui ist ein Vorbild für andere Regenwald-Regionen, beispielsweise für die riesigen Waldflächen, die in den letzten Jahrzehnten in Sumatra und Borneo zerstört wurden und nun wieder aufzubauen sind.

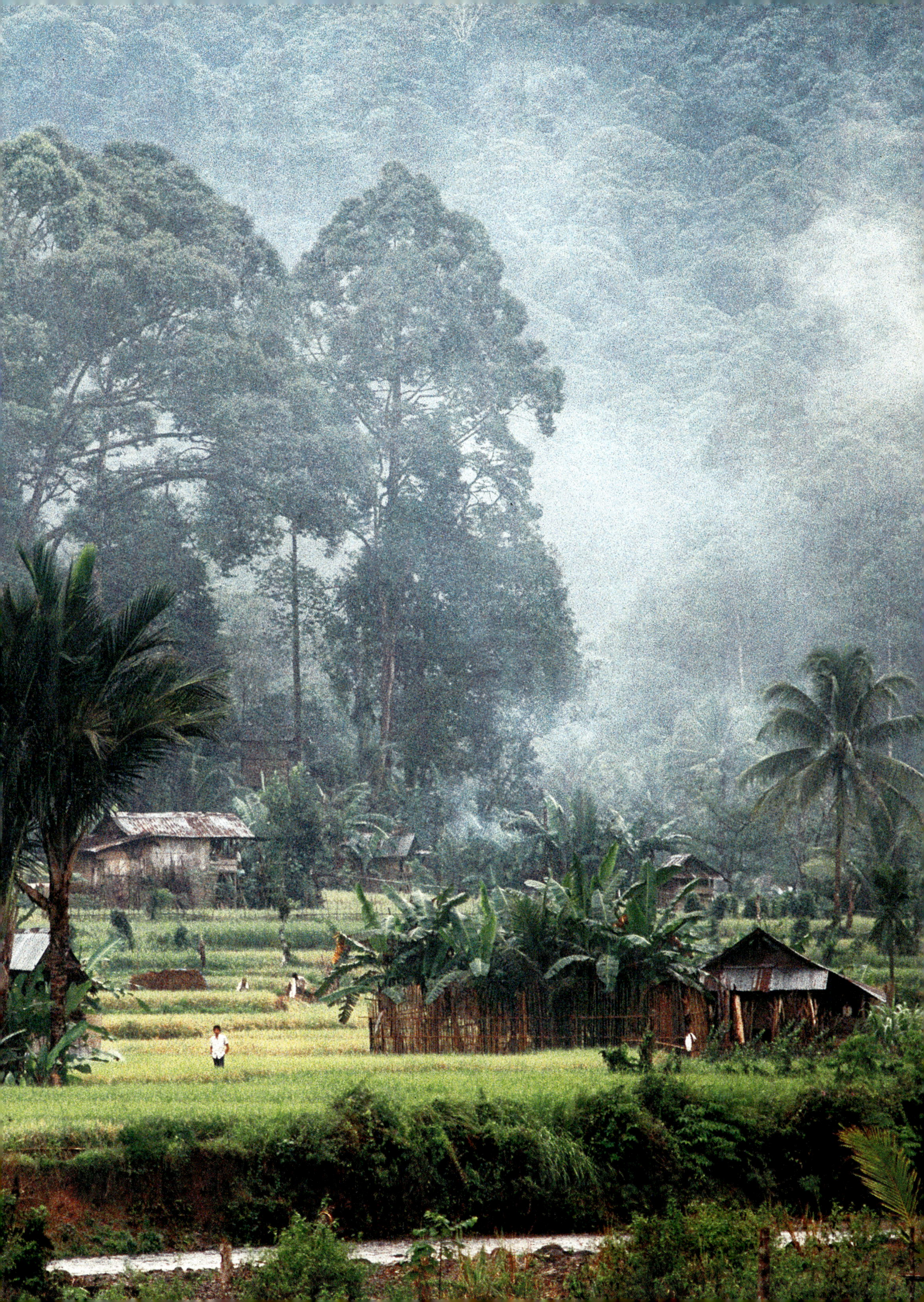

Naserun Sukaemi wirft den Gurt um den Stamm mit den eigenartigen, kokosnussgrossen Löchern, schlingt ihn um seine Taille und knotet die Enden zusammen. Elegant beginnt er, den Baum emporzusteigen. Die Löcher werden wie Leitersprossen genutzt, der geflochtene Gurt aus Rotan-Liane dient als Steighilfe und erlaubt bequemes Arbeiten. Wie ein Specht hängt Naserun nun am Baum, hämmert das Harz los, das sich am oberen Rand der Löcher angesammelt hat, und fängt die Klumpen und Tränen in einem Korb auf. Muhamed Sukaemi, Naseruns Vater, wird bei Gelegenheit ins nahe Krui fahren und die Ernte verkaufen.

Harz, *damar*, spielt an der Westküste Sumatras von Bengkulu bis zur Südspitze der Insel hinunter eine wichtige wirtschaftliche Rolle. Die Harzbildung ist eine Besonderheit der Dipterocarpaceen («Flügelfrüchtler»), einer Pflanzenfamilie mit Hunderten von Laubbaumarten, welche die Regenwälder Südostasiens prägen. Einige Arten scheiden schwarzes, andere milchig weisses Harz aus. *Shorea javanica*, so der botanische Name des Baumes, den Naserun beerntet, hat durchsichtig kristallisierendes Harz, das bernsteinartig funkelt und *damar mata kucing*, «Katzenaugenharz», genannt wird.[1]

Damar mata kucing wird auf Indonesiens Hauptinsel Java beim Färben von Batik-Tuch und als Bindemittel in wasserlöslichen Farben gebraucht. Es gilt als bestes Harz und stellt 85 Prozent des indonesischen Exports, der hauptsächlich nach Singapur geht.[2]

Eines der Zentren der Harzproduktion ist das Hinterland des Städtchens Krui. Dort liegt Suka Marga, wo die Familie Sukaemi lebt. Das Dorf ist Teil einer eindrücklichen Kulturlandschaft. *Sawah*, bewässerte Reisfelder, nehmen den ganzen Talgrund ein, und die Häuser sind in Baumgärten eingebettet.

Muhamed Sukaemi besitzt eine halbe Hektar *sawah*, eben genug, um den Reisbedarf der siebenköpfigen Familie in einem guten Jahr und bei zwei Ernten zu decken. Im Baumgarten wachsen Bananen, verschiedene Medizinalpflanzen und Fruchtbäume. Am Stamm eines Jackfruchtbaumes sind mehrere der schweren Früchte am Reifen; Säcke schützen sie vor den *kalong*, den fruchtfressenden Flughunden, die der süssfaulige Geruch jetzt jeden Abend hierher leitet.[3]

Die Hügel, die steil aus den *sawah* aufsteigen, sind dicht mit Damarbäumen überzogen. Die meisten wurden von Menschenhand gepflanzt, auf privatem Land, oder in Siedlungsnähe auch auf Boden der Dorfgemeinschaft. Der Baum gehört stets demjenigen, der ihn gesetzt hat, und verbleibt nach dessen Tod im Eigentum der Familie. Weil Bäume hier in individuellem Besitz sind, kennen alle den jeweiligen Eigentümer, und dieser weiss oft noch, wer das Baumleben begründet hat.

Der Damarbaum zum Beispiel, den Naserun Sukaemi beerntet, ist 1927 von seinem Urgrossonkel Abdul Rahman gesetzt worden. In einem der seltenen Samenjahre, wenn sämtliche Dipterocarpaceen über grosse Flächen gleichzeitig zu fruchten pflegen, hatte Abdul Rahman je einen der rasch verderblichen Samen in Töpflein aus Bambusrohr gelegt. Die Keimlinge setzte er später in den schattigen Baumgarten, und als die Bäumchen etwa meterhoch waren, pflanzte er eines davon hierhin. Den Nutzen sah er weniger für sich als für seine Nachkommen, denn ein Damarbaum kann erst nach 15 bis 20 Jahren angezapft werden.

Tatsächlich spielt das Harz in der Ökonomie der Kleinbauernfamilie Sukaemi eine zentrale Rolle. Dank der Voraussicht seiner Vorfahren besitzt Muhamed Sukaemi heute etwa hundert produktive Bäume. Von jedem lässt sich jede Woche rund ein Kilogramm Harz ernten. Der Erlös pro Kilo entspricht etwa dem Preis für ein Kilo Reis und wird für Schulgelder und Arztkosten oder andere wichtige Bedürfnisse des Haushalts eingesetzt.[4] Harz lässt sich ganzjährig sammeln und bei schlechtem Erlös lagern, bis der Preis wieder anzieht.

Harz ist jedoch nicht das einzige vermarktbare Produkt aus den Damargärten. Hier wachsen auch Gewürznelken und Muskatnüsse oder Durian-Bäume mit den grossen, pyramidenförmig gestachelten Früchten. Verbreitet ist auch der Duku-Baum, dessen Früchte zu den populärsten dieses Erdteils gehören.[5] Zur Reifezeit

Vorherige Seite:
Die Kulturlandschaft bei Suka Marga. Der Talboden ist mit Nassreisfeldern überzogen, die Hügel sind mit Damarbäumen bepflanzt.

Indonesien

Naserun Sukaemi bei der Harzernte am Baum, der 1927 von seinem Urgrossonkel Abdul Rahman gepflanzt wurde. «Katzenaugenharz», eine Grundlage für organische Farben, funkelt bernsteinartig.

fahren täglich mehrere Lastwagen von Krui in die umliegenden Städte. Durianfrüchte gar werden über das Sundameer bis nach Java, der indonesischen Hauptinsel, transportiert und in Jakarta verkauft.

Wälder aus Nutzbäumen als ökologisches Rückgrat

Mit zunehmender Distanz zu den Häusern oder Strassen gehen die Damargärten in agroforstlich genutzte Wälder über. Diese enthalten mehr spontan aufgewachsene, «wilde» Baumarten und sehen aus wie Naturwald. Obwohl Gärten wie Wälder stark vom Menschen beeinflusst sind, ist ihre Artenvielfalt bemerkenswert hoch. Sie dienen Hunderten von krautigen oder verholzten Waldpflanzen als Refugium. Dutzende von Vögeln und Säugetierarten, darunter viele geschützte, sind in diesem Lebensraum zu finden. Die Bodenfauna unterscheidet sich kaum von derjenigen eines Primärwaldes.[6] Und hoch oben in den Kronen regelmässig genutzter Harzbäume konnte ich Siamang-Affen beobachten, die als Bewohner von weitgehend ungestörtem Primärwald gelten.

Das vielschichtige Kronendach hat an den steilen Flanken auch andere günstige Wirkungen: Regengüsse träufeln von Blatt zu Blatt, und wenn sie dann den Boden erreichen, ist ihre Erosionskraft weitgehend vernichtet. Das Wasser wird im Humus zwischengespeichert und läuft verzögert ab; die *sawah* wirken zusätzlich als Ausgleichsbecken. Selbst nach stundenlangen Schauern habe ich bei den Flüssen hier keinen wesentlichen Niveauanstieg beobachtet, und das Wasser ist stets klar geblieben.

Kein Wunder, erscheinen mir Krui und seine ökonomisch wie ökologisch bemerkenswerte Kulturlandschaft als eigentliche Offenbarung, verglichen mit dem, was ich Jahre zuvor 1500 km nordöstlich von hier in Kalimantan, dem indonesischen Teil Borneos, gesehen habe.

Traditionelle Brandrodung: Störung, nicht aber Zerstörung

Ostkalimantan 1978, eine gute Erinnerung vorweg: Klar, als wäre es gestern gewesen, sehe ich den Hallenwald mit den Baumsäulen vor mir, die noch oberhalb der ausufernden Brettwurzeln anderthalb Meter dick und sicher 60 Meter hoch waren. Es roch nach dampfendem Kompost, winzige Mücken surrten beharrlich in meinen Ohrmuscheln, und in meinem ehrfürchtigen Staunen hatte ich sogar die Angst vor Schlangen vergessen.

Mein Begleiter schlug mit seinem Buschmesser immer wieder Rindenstücke weg, um später den Weg zurück zu finden. Wir konnten uns leicht bewegen, denn in der Dunkelheit hier unten hielten es nur noch einige palmenartige Pflanzen aus. Einziges Hindernis waren die Lianen, die sich wie dicke Phytons dem Boden entlang wanden, um dann in die Höhe zu steigen und weit oben in einem der blendenden Lichtflecke zu verschwinden. Dies war Primärwald, wirklicher Urwald, an den nie oder sicher seit Jahrhunderten kein Mensch mehr Hand gelegt hatte.

Kalimantan ist, anders als Sumatra, bis in die siebziger Jahre ein weisser Fleck auf der Landkarte geblieben, menschenleer jedoch war es keineswegs. Seit Jahrtausenden ist die Insel von den Dayak und anderen alteingesessenen Völkern besiedelt. Dayak ist ein Sammelname für verschiedene verwandte Volksgruppen. Sie haben eigene Sprachen, animistische Religionen, und bis vor kurzem lebten die meisten Gruppen in Langhäusern. Erst lange nach den Dayak sind malayisch sprechende Muslime, Chinesen oder Buginesen vom benachbarten Sulawesi eingewandert.[7]

Früher und zum Teil heute noch lebten und leben die Dayak wie die Indianer der zentral- und südamerikanischen Regenwälder vom Wechselfeldbau. Sobald die täglichen Regen etwas nachlassen, fällen sie ein Stück Wald, und bevor die Tage wieder nässer werden, legen sie das Holz in Brand. Auf diese Weise entstehen *ladang*, Brandrodungsfelder, in deren fruchtbarer

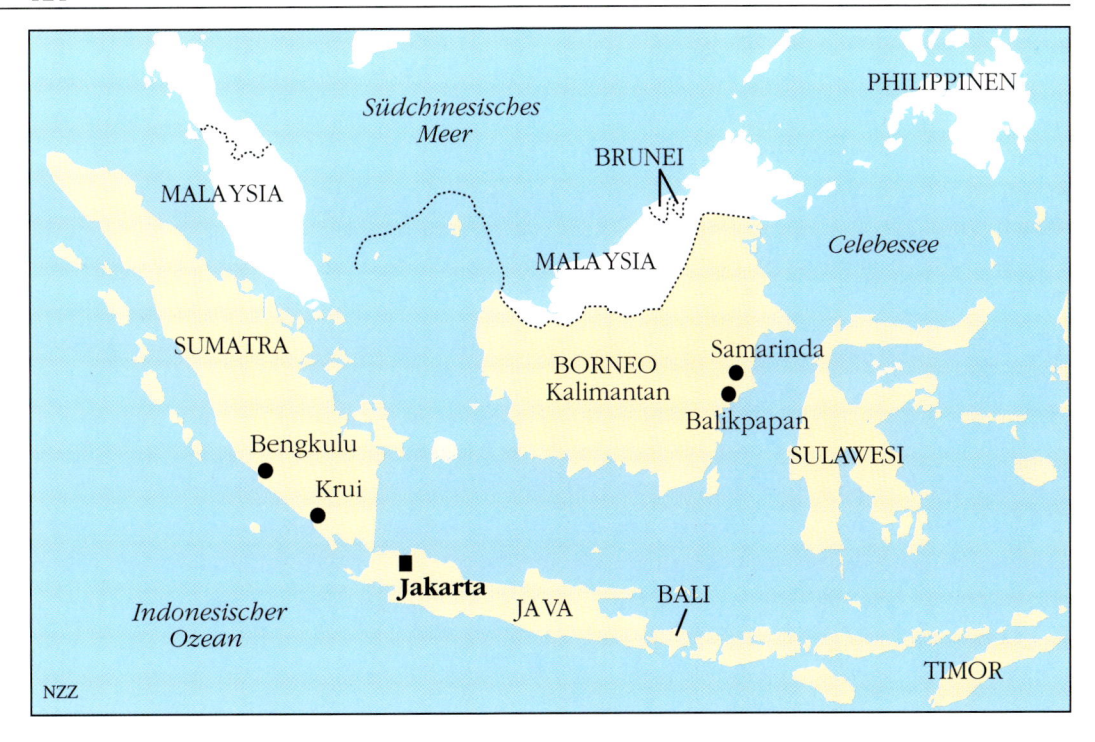

Asche Trockenreis und Gemüse gezogen werden. Traditionell brennen die Dayak nur soviel Wald ab, wie sie für eine Jahresversorgung benötigen. Die Rodungsfeuer kontrollieren sie durch Breschen und Wächter. Weil Bäumefällen in ihrer Sicht gefährlich ist und an der Lebensenergie zehrt, lassen sie die grossen meist stehen. Diese wirken dann später als Samenbäume.[8] In steilerem Gelände werden die Stämme oft quer zur Hangneigung gefällt, um ein Wegschwemmen der fruchtbaren Asche zu verhindern. Auch die rankenden, grossblättrigen Gemüsearten, mit denen die erste Phase der natürlichen Wiederbewaldung imitiert wird, wirken schützend.

Nach einer bis zwei Ernten wird die Bodenbearbeitung durch die Ausschläge der Wurzelstöcke und die mittlerweile angeflogenen Kräuter oder Bäume zu stark behindert; auch die Fruchtbarkeit hat abgenommen – Zeit zur Anlage eines neuen *ladang*. Die alte Fläche wird rasch von Sekundärwald überwachsen. Nach traditionellem Recht verbleibt sie jedoch im Eigentum jener Familie, die sie «geschaffen», die sie einst dem Primärwald abgerungen hat.[9] Nach einer Brachezeit von 8 bis 30 Jahren, je nach Qualität des Bodens, kann der Sekundärwald erneut abgebrannt und bebaut werden.

Ein wenig von allem

Aussenstehenden, die aus Kulturen mit Dauerfeldbau stammen, bleiben die langen Zyklen des Wechselfeldbaus verborgen, und schon die holländischen Kolonialherren im 19. Jahrhundert haben sich an den Brandrodungen gestört. Ihr Ideal waren das geordnete Grün der produktiven javanischen *sawah* sowie die von ihnen angelegten Kaffee- und Zuckerrohrplantagen. Während sich vom Ertrag der *sawah* und der Plantagen problemlos ein Teil als Steuer abschöpfen liess, erbrachten die *ladang* keine vermarktbaren Überschüsse und lagen schwer kontrollierbar im tiefen Wald verstreut. In der Sicht vieler Kolonialherren waren die Dayak faul und ihre Lebensweise nichts anderes als destruktive Raubwirtschaft.[10]

Folgerichtig hatten die Kolonialherren den Dayak die Entwaldung grosser Flächen in Südkalimantan in die Schuhe geschoben, auf denen nur noch *alang-alang* wuchs. Dieses Gras galt in Südostasien schon damals als Symbol degradierter Standorte. Aber die besagten Flächen waren bereits im 17. Jahrhundert als Folge des Pfefferexports nach Europa entstanden und hatten mit der Wirtschaftsweise der Dayak nichts zu tun.[11]

Das alte Vorurteil jedoch hat bis heute zäh überlebt. Immer wieder haben die Kolonialregierung und später der indonesische Staat versucht, den «fremdartigen und rückständigen Stämmen» javanische Kultur und Wirtschaftsweise beizubringen.[12] Um die Dayak zu kontrollieren, wurden mit der Verfassung von 1945 alle Waldflächen zu *tanah negara*, zu Boden des Staats erklärt, über den die Zentralregierung die Hoheit hat.[13]

Doch ökologische Verträglichkeit und Nachhaltigkeit der traditionellen Ladang-Wirtschaft sind lange unterschätzt worden. Kalimantan hat zum Grossteil ausgewaschene, saure und nährstoffarme Böden, die sich für *sawah* nicht eignen, wie die reichen Vulkanböden Javas. Durch die Brandrodung werden Nährstoffe mobilisiert und die Bödensäure neutralisiert. Solange die Nutzungsphase kurz ist und die Rodungszyklen genügend lang bleiben, können sich die Wälder immer wieder erholen.

Die Baumbrache ist von den Dayak stets in ihrem Sinn verbessert worden, sehr ähnlich wie in Krui.[14] Vor dem Verlassen der *ladang* pflanzen die Dayak Frucht- und Honigbäume, Zucker- und Rotanpalmen.[15] Sie begünstigen auch bestimmte Shorea-Arten[16], nicht als Harzbäume wie in Krui, sondern der Früchte wegen, die als Illipe-Nüsse verkauft werden. Die reifenden Früchte ziehen zudem Schweine und anderes Wild an, und weil dies in Samenjahren just dann der Fall ist, wenn die Reisvorräte zur Neige gehen, können sich die Dayak ihre Mägen bis zur neuen Ernte mit Nüssen und bequem erlegbarem Wild füllen.[17]

Die Selbstversorgung wird traditionell durch Handel ergänzt. Klassische Exportprodukte sind die Illipe-Nüsse, Harze, Hörner, Vogelnester, Zimt, Kampferöl oder Adlerholz, dessen Duftwirkung im arabischen Raum noch heute geschätzt ist.[18] Zu Beginn des 20. Jahrhunderts ist auch Kautschuk von *Hevea brasiliensis*, einem Baum aus dem Amazonasgebiet, hinzugekommen.

Importiert wurden früher Salz, Klingen für die Buschmesser und Luxusobjekte. Antike chinesische Keramikgefässe in Dayak-Langhäusern[19] oder die Keramik aus der Ming-Dynastie, die mir noch 1978 angeboten worden ist, belegen Ausdehnung wie Alter dieser Handelsverbindungen.

Geldmässig war der Export von Sammelprodukten bis vor wenigen Jahrzehnten bedeutender als der von Holz. Einzig das dauerhafte Eisenholz[20] wurde für Treppen und Dachschindeln der Kolonialgebäude nach Java ausgeführt. Die Dipterocarpaceen hingegen, heute als *Meranti*, *Lauan* oder unter anderen Namen auf dem Markt, blieben lange unberührt. Noch 1928 schwärmte ein holländischer Forstmann von derart immensen Holzvorräten, «dass wohl nie genügend Leute gefunden werden können, um allein den jährlichen Zuwachs zu nutzen».[21]

Wenig später interessierten sich erstmals japanische Unternehmen für die langen Stammzylinder mit dem leicht zu bearbeitenden Holz. Im Weltkrieg kam der Handel zum Erliegen, und danach wandten sich die Japaner vorerst den reichen und nähergelegenen Regenwäldern der Philippinen und später Malaysias zu. Doch als die letzten Holländer Indonesien verliessen, sah einer ihrer Forstexperten den kommenden Boom klar voraus: «Werden die ersten Schlagflächen bis 1970 ausgesteckt sein? Und wird bis 1990 noch etwas übrig bleiben?» waren zu Beginn der fünfziger Jahre seine weitsichtigen Fragen.[22]

Von wenigem alles

Die Holzschläge im grossen Stil beginnen tatsächlich Ende der sechziger Jahre, nachdem Präsident Suhartos «Neue Ordnung» den Weg für in- und ausländische Investitionen frei gemacht hat. Das Forstgesetz von 1967 betont nochmals das rechtliche Monopol des Staates über die Wälder.[23] Diese erstrecken sich damals noch über 70 Prozent der Landesfläche und stellen mit insgesamt 170 Millionen Hektar nach Amazonien den grössten Block an tropischem Regenwald dar. In Kalimantan und in Südsumatra werden zur Holzproduktion vorgesehene Wälder in Holzerei-Konzessionen aufgeteilt. Diese überschneiden sich oft mit Flächen, die

Nicht die Tatsache, dass die Dipterocarpaceen-Wälder bewirtschaftet werden ist das Problem, sondern wie und in welchem sozialen Kontext dies geschieht. Die Holzerei erfolgt in der Regel unsorgfältig. Weil nur einwandfreie Stücke abtransportiert werden, bleiben Astholz und beschädigte Stämme in grossen Mengen liegen, was die Feueranfälligkeit erhöht. Zudem ermöglichen die Transportwege den Neusiedlern, immer tiefer in die Waldmassive einzudringen.

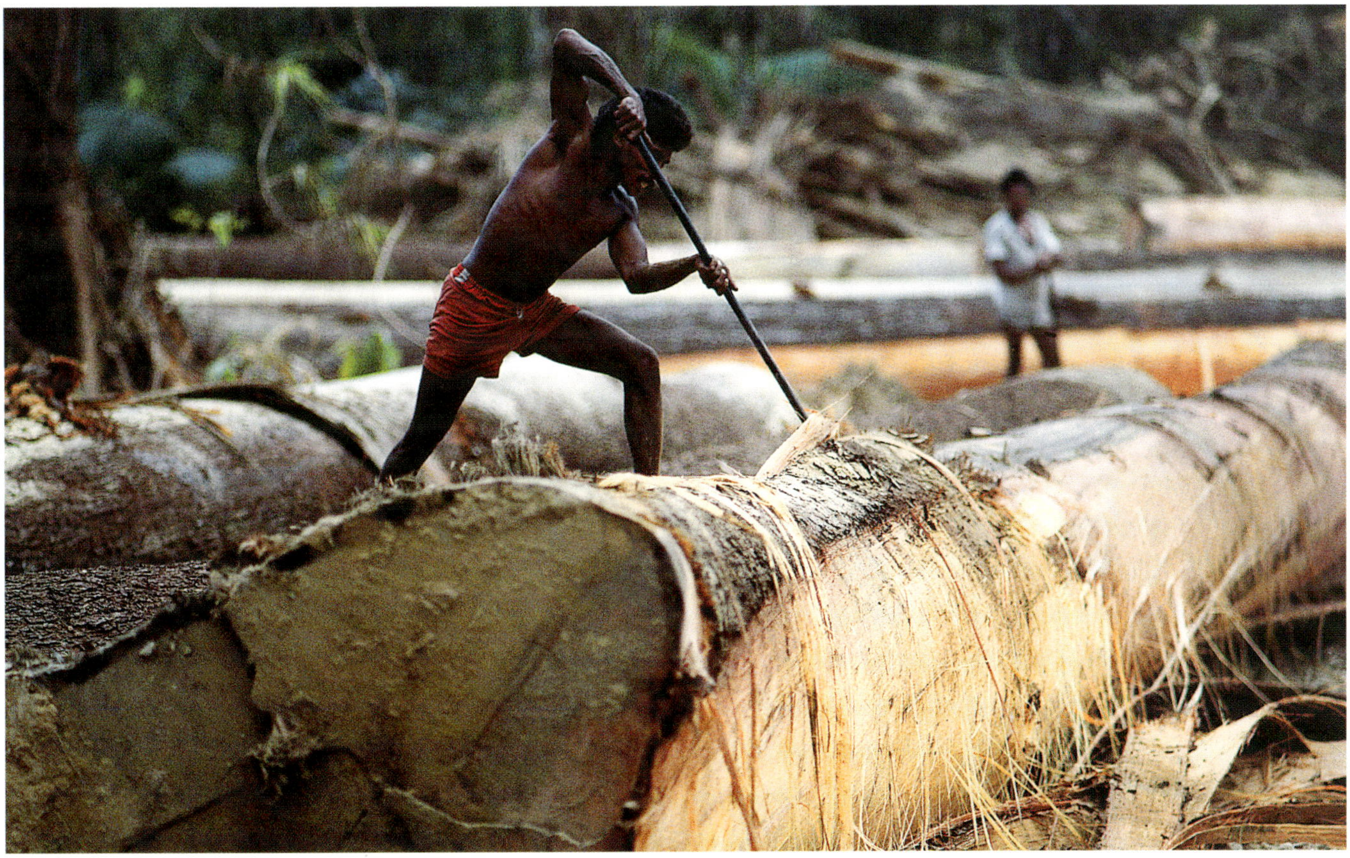

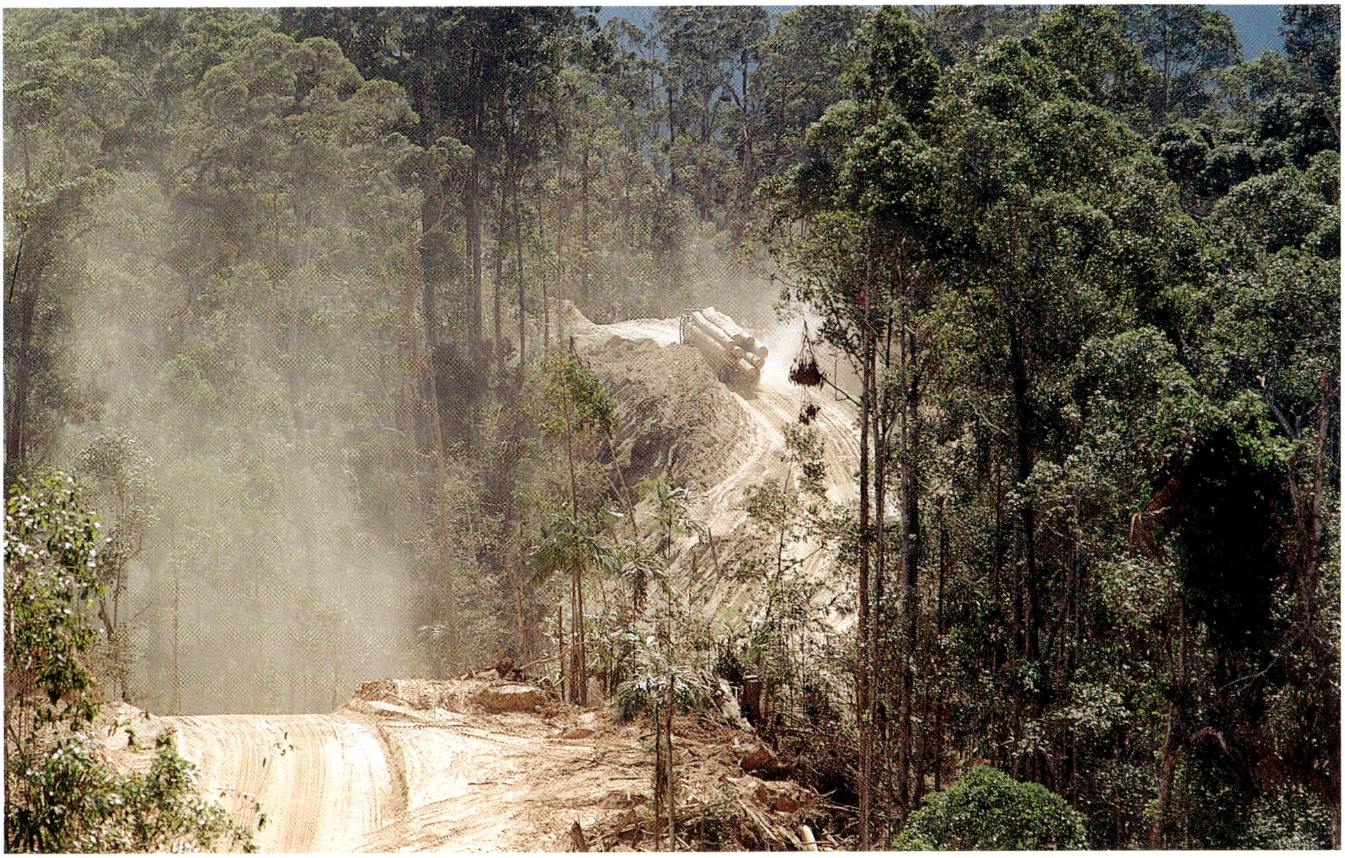

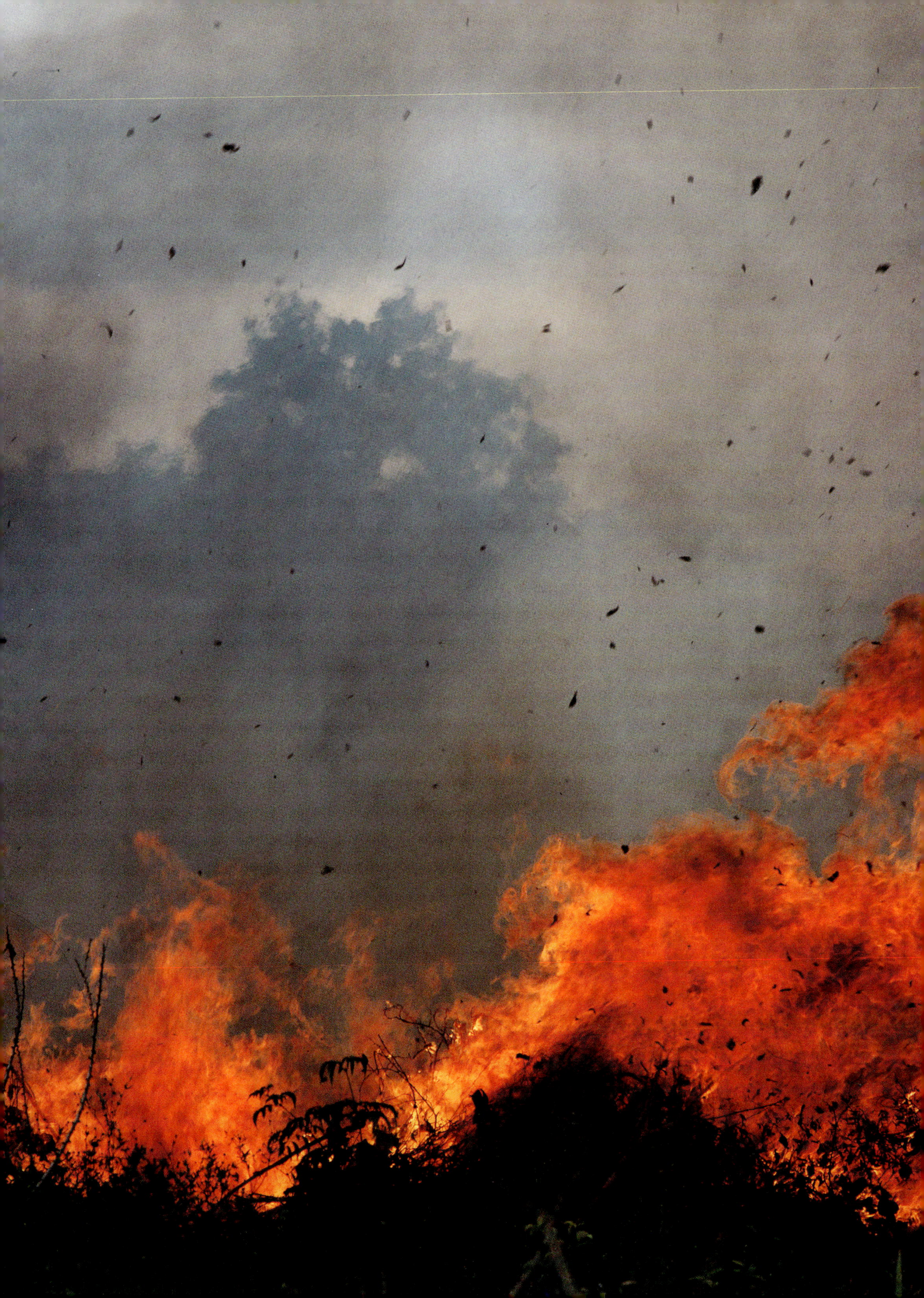

Neusiedler brennen nicht mehr kleine Flecken ab, wie die einheimischen Völker dies traditionell tun. Vielmehr entstehen jetzt zusammenhängende Rodungsfronten. Für die grossflächigen Feuer sind oft Profitmotive verantwortlich. Indem der Staat seine Hand auf den Wald gelegt hat, setzte er die traditionelle Ressourcenkontrolle durch die einheimischen Völker ausser Kraft, doch er selbst vermag die riesigen Flächen nicht zu kontrollieren. So ist faktisch Niemandsland entstanden, das für spekulative landwirtschaftliche Nutzungen, beispielsweise Pfefferanbau, missbraucht wird.

auch von alteingesessenen Volksgruppen wie den Dayak beansprucht werden.

Die meisten Konzessionen – in einigen Fällen mehr als 500 000 Hektar und damit grösser als die Insel Bali – werden an private Firmen aus dem In- und Ausland vergeben. Aus Japan kommen grosse Handelshäuser wie Marubeni, Mitsubishi, Mitsui oder Sumitomo, hinter dem Firmennamen P.T. Sangkulirang steckt die holländisch-englische Unilever. Aus Nordamerika beteiligen sich McMillan Bloedel, der grösste kanadische Papierhersteller, sowie die US Forstgiganten Georgia Pacific und Weyerhaeuser.[24]

Im Gegensatz zu den Regenwäldern Afrikas und Südamerikas, wo die Edelhölzer weit verstreut wachsen, stehen die vermarktbaren Arten in Indonesien nahe beisammen. Zudem sind die Konzessionsgebühren und Exporttaxen auf dem geschlagenen Holz hier viel tiefer als etwa in Malaysia. In den ersten zehn, zwölf Jahren sind die Unternehmensgewinne entsprechend und können in einem einzigen Jahr bis zur Hälfte des investierten Kapitals ausmachen.[25] Ende der siebziger Jahre befindet sich der Holzboom auf dem Höhepunkt. Innerhalb von nur zehn Jahren ist Indonesiens Anteil am Welthandel von tropischem Rundholz von null auf über 40 Prozent gestiegen und beträgt mehr als die Ausfuhr von ganz Afrika und Lateinamerika zusammen.[26]

Der grösste Teil des Exports geht vorerst unverarbeitet nach Japan, wohin zwischen 1970 und 1985 die Hälfte des globalen Rohholzstroms fliesst – nicht nur tropische Harthölzer aus dem südostasiatischen Raum, sondern auch viel nordamerikanisches Nadelholz.[27] Ein volkswirtschaftlich bedeutender Industriezweig verarbeitet den Rohstoff zu Papier, Sperrholz und anderen Produkten, die zum Teil wieder exportiert werden.

Japan ist aber auch die Nation mit dem höchsten Holzverbrauch pro Person. Ein guter Teil des Naturstoffs wird für wenig Beständiges wie Betonverschalungen benötigt oder für die wegwerfbaren *waribashi*, die verlängerten Finger in Form hölzerner Stäbchen, zu deren Nachschub täglich Hunderte von Tonnen Holz verbraucht werden.[28]

Geschichte einer Plünderung

Die indonesische Forstpolitik hatte stets zum Ziel, das Rundholz möglichst im eigenen Land zu verarbeiten. Daher verlangten die Verträge von den Holzereikompanien, in den ersten fünf

Jahren Sägereien einzurichten und später Sperrholzwerke. Diesen Verpflichtungen sind jedoch die wenigsten nachgekommen, oft mit der Begründung, dass eine Vertragsdauer von 20 Jahren zu kurz für derartige Investitionen sei.

Doch die meisten Konzessionäre waren ohnehin als Goldgräber gekommen, auch die indonesischen Firmen, deren Namen die Absicht gar nicht erst zu verdecken trachten: sie heissen *Kayu Mas*, «Goldholz» oder *Sumber Mas*, «Goldquelle». Sie versuchten, ihre Flächen möglichst rasch nach den besten Stämmen «abzusahnen». Notorische Übernutzung war die Regel.[29] Bis zur Hälfte der verbleibenden Bäume wurde verletzt, durch unsorgfältiges Fällen oder von den Stahlbändern der Raupenfahrzeuge. Das viele Licht begünstigte Kletterpflanzen, die an den geschwächten Bäumen Lianentürme bildeten und diese nachträglich zum Absterben brachten.[30]

Für eine wirksame Kontrolle war der Forstdienst vollkommen unterdotiert, und selbst wenn sich einzelne Forstleute gegen die minenartige Ausbeutung gewehrt hätten, wären sie von ihren Vorgesetzten kaum gestützt worden. Die Holzgebühren waren nämlich die Haupteinnahmequelle der Provinzen, und mancher Beamte wusste von den Geldströmen zu profitieren.[31] 1983 musste das Forstministerium in Jakarta feststellen, dass die Provinzen anderthalb Millionen Hektar mehr an Konzessionen vergeben oder versprochen hatten, als an Produktionswaldfläche überhaupt ausgeschieden war.[32]

Der Holzboom ist erst zu Beginn der achtziger Jahre eingebrochen, nachdem die Zentralregierung die Exporttaxen verdoppelt hat. Die Holzschläge gingen vorübergehend stark zurück. Da der Export von verarbeitetem Holz steuerfrei blieb, kam es nun zu einem forcierten Aufbau von Sägereien und Sperrholzwerken. Die Japaner fügten sich ins Unvermeidliche und beteiligten sich mit indonesischen Partnern am Aufbau der Holzindustrie. Die Europäer und Amerikaner hingegen hatten Indonesien bis Mitte der achtziger Jahre allesamt verlassen.

Neusiedler auf Holzwegen transformieren die Landschaft

Der Abzug dieser Firmen macht den Blick auf andere Kräfte frei, die inzwischen an den Wäldern Kalimantans und Sumatras zu nagen begonnen haben. Im Kielwasser der Holzerei findet nämlich ein tiefgreifender Transformationsprozess statt, dessen treibende Kräfte auf den dicht besiedelten inneren Inseln zu finden sind. Auf Java zum Beispiel hat sich die Bevölkerung zwischen 1950 und 1980 auf rund 100 Millionen Menschen verdoppelt. Zwei Drittel davon sind landlos. Die Hoffnung auf eigenen Boden oder Arbeit hat viele spontan auswandern lassen, zunächst ins nahe Sumatra mit seinen relativ guten Böden, später nach Kalimantan mit seiner boomenden Wirtschaft.

Andererseits ist eine geplante Umsiedlung auf die dünn besiedelten äusseren Inseln schon seit Beginn des 20. Jahrhunderts offizielle Regierungspolitik. In den siebziger Jahren sind etwa eine Million Menschen umgesiedelt, «transmigriert» worden. Dies entspricht nur gerade einem Zwanzigstel des javanischen Bevölkerungswachstums im selben Zeitraum. In den achtziger Jahren war die Umsiedlung von einer Million Familien vorgesehen. Bei Kosten von 10 000 Dollar pro Haushalt war für das *projek transmigrasi* Mitte der achtziger Jahre mehr budgetiert als für Gesundheit und Familienplanung.[33]

Die Transmigrationspolitik ist nicht nur wegen ihres unbedeutenden Entlastungseffekts und der hohen Kosten kritisiert worden. Immer wieder kommt es zu Landkonflikten zwischen Transmigranten und Einheimischen, vor allem um die längst besetzten guten Böden.[34] Andererseits sind viele neue Siedlungen schlecht geplant und auf Standorte mit armen Böden sowie problematischer Wasserversorgung gelegt worden, auf denen es auch javanischen Reisbauern nicht gelingt, *sawah* anzulegen.

Den meisten Neuankömmlingen auf den äusseren Inseln bleibt zum Überleben keine andere Wahl, als ihr Leben wie die Dayak durch Brandrodung zu bestreiten. Doch die Javaner haben keine Erfahrung mit dem Feuer, sie brennen viel zu grosse Flächen nieder, und nach kurzer Zeit sind sie gezwungen, aus den zugeteilten zwei bis vier Hektar auszubrechen.

Nun erhalten die Holzwege der Konzessionäre eine ganz neue Bedeutung: sie ermöglichen den Neusiedlern, immer tiefer in den Wald einzufallen. Nicht mehr das Fleckenmuster der Dayak wird in den Wald gebrannt, vielmehr entstehen jetzt zusammenhängende Rodungsfronten.[35] Ab 1985 werden allein in Kalimantan jährlich 500 000 Hektar Wald, mehr als die Fläche der Insel Bali, umgewandelt.[36]

Allerdings werden die Flammen auch hier nicht immer aus Hunger gelegt, vielmehr sind es wie in Costa Rica häufig Profitmotive, die sie entfachen. Der Staat hat zwar seine Hand auf die Wälder gelegt, vermag diese jedoch nicht zu schützen. Die traditionelle Ressourcenkontrolle durch die einheimischen Völker ist zusammengebrochen. So ist faktisch Niemandsland entstanden, auf dem zum Beispiel in der Stadt wohnende «Lastwagen-Bauern» Taglöhner einsetzen, um «abgesahnten» Wald grossflächig zu roden und Handelsprodukte anzubauen.[37] Auch Buginesen, ein seefahrendes Volk, das schon im kolonialen Gewürzhandel eine wichtige Rolle spielte, machen sich die Situation zunutze und legen ausgedehnte Pfefferplantagen an.[38]

Solch spekulative Nutzungen werden von marginalen Böden jedoch nicht ertragen. Ohne Erholung unter einem Baumschirm werden sie ausgelaugt, ideale Bedingungen für die Invasion von *alang-alang*. Allein in Ost-Kalimantan hat sich das Grasland bis 1980 auf 400 000 ha ausgebreitet.[39] Dieser Prozess ist auf lange Zeit hinaus irreversibel, denn der Grasteppich verhindert das Aufkommen von Sekundärwald, besonders wenn das Gras immer wieder Feuer fängt.

Fortschritt und Entwicklung?

Auch die Dayak werden zunehmend in die Geldwirtschaft eingebunden. Viele Gruppen haben in den letzten Jahrzehnten ihren Lebensraum flussabwärts verlegt. Motive sind Schulen für die Kinder und medizinische Versorgung, aber auch Konsumgüter und neue Werkzeuge.

Verheerende Feuer als neuer Standortsfaktor

1982 und 1983 hatte es monatelang nicht geregnet. In Ost-Kalimantan sengte die Sonne durch die aufgerissene Kronendecke, und selbst die Böden trockneten aus. Da gerieten im Unterlauf des Mahakam Rodungsfeuer ausser Kontrolle. Die Flammen finden in den Holzereiabfällen reiche Nahrung, breiten sich über diese rasch aus, klettern die Lianentürme empor und fackeln viele der verbliebenen Baumkronen ab. Durch explodierende Harztaschen werden selbst dicke Stämme in Stücke gerissen.

Die Feuerwalze ist erst nach mehreren Monaten zum Stillstand gekommen, am Fuss der Berge, wo auch die Grenzen der Konzessionen liegen. Dreieinhalb Millionen Hektar sind zum Teil vollkommen zerstört worden – weltweit die grösste je registrierte Waldbrandfläche. Die Rauchfahne reichte bis nach Java und störte die Flugnavigation noch im 1500 km entfernten Singapur.[69] Trockenheit und kleinere Brände sind im Regenwald immer wieder aufgetreten, aber nie in dieser Ausdehnung, Heftigkeit und Häufung: 1987 und dann 1991 hat es in Kalimantan wieder gebrannt, und 1994 waren in Sumatra und Kalimantan erneut fünf Millionen Hektar betroffen.[70]

Feuer jedoch, die in kurzem Abstand aufeinanderfolgen, sind tödlich für den Regenwald. Das erste Feuer zerstört die Mutterbäume, das zweite die Verjüngung, das dritte oder vierte findet bereits nur mehr Grasland vor.

Die Motorsäge ersetzt die Axt, der Aussenbordmotor das Paddel. Die Distanzen werden kürzer, die Sogwirkung von lokalen Märkten reicht tiefer in den Wald hinein.

Die Auswirkungen auf die traditionellen Nutzungsweisen sind verschieden. Volksgruppen, die traditionell Rotan verarbeiten und die Produkte verkaufen, schränken den Sekundärwald nicht unnötig ein, denn die lianenartig kletternden Palmen brauchen die Bäume als Stütze.[40] Bei anderen Gruppen im Einzugsgebiet von Märkten fallen die Rodungsflächen grösser aus. Mit der Motorsäge lässt sich jetzt auch der dicke Eisenholzbaum leicht fällen und zu Schindeln für den Markt aufspalten.[41] Illipe-Bäume, für die Nachkommen gepflanzt wie die Damar in Krui – werden nun ihres Holzes wegen verkauft, auch wenn damit die Erinnerungen an den weitsichtigen Begründer erlöschen.[42]

«Fortschritt» und «Entwicklung» waren die offiziellen Motive für die überhastete Öffnung der Wälder der äusseren Inseln. Doch die 30 bis 40 Millionen waldbewohnender Menschen[43], deren traditionelle Rechte durch den Staatsapparat behändigt und an wenige private Firmen weitergereicht wurden, gehören zu den grossen Verlierern, auch wenn sie nun an den modernen Errungenschaften schnuppern können.

Von der raschen Ummünzung der Bäume profitierten vor allem jene, die der Regierungsmacht nahe stehen[44] – vorab die Unternehmen jener rund 25 «Holzkönige», welche Ausbeutung und -verarbeitung dominieren, sowie die «Büro-Kapitalisten» in der Regierung, die mit den Privatfirmen zu gegenseitigem Nutzen zusammenarbeiten.[45] Der indonesischen Volkswirtschaft sind allein durch die tiefen Gebühren und Abgaben, die in den neunziger Jahren immer noch weit unter jenen des benachbarten Malaysias lagen, Milliarden von Dollar entgangen. Zudem schlagen nicht abschätzbare ökologische Folgeschäden zu Buche. So drohen zum Beispiel die Waldbrände, die neuerdings in nie gekannter Ausdehnung und Frequenz auftreten, den Lebensraum Regenwald vollkommen zu verändern (vgl. Kasten «Verheerende Feuer als neuer Standortfaktor»).

Zu viele Schlupflöcher für die Raubwirtschaft

Mittlerweile hat der Druck auf die Wälder – nach der Atempause zu Beginn der achtziger Jahre – auch von Seiten der Holzwirtschaft wieder zugenommen. Bis 1989 sind allein in Kalimantan 65 Sperrholzfabriken entstanden, die jährlich fünf Millionen Kubikmeter Holz verarbeiten. Indonesiens Anteil am Weltmarkt für tropische Sperrhölzer ist auf über 70 Prozent angestiegen.[46]

Zu Beginn der neunziger Jahre sind über 60 Millionen Hektar an rund 580 Konzessionäre vergeben, die damit nahezu einen Drittel der Landesfläche beanspruchen.[47] Aber noch immer hält sich nur jede fünfundzwanzigste Holzkompanie an die Vertragsvorschriften.[48] Viele Wälder sind inzwischen bereits zum zweiten oder dritten Mal «abgesahnt» worden, lange vor der gesetzlichen Erholungszeit von 35 Jahren. Auf dem stets dichteren Strassennetz lassen sich nun auch «sinker» transportieren, schwere, nicht flössbare Holzarten, die beim ersten Durchgang stehen geblieben waren. Mit modernen Seilkrananlagen ist es möglich geworden, selbst in die steileren Erosionsschutzgebiete vorzudringen. Das Forstministerium hat seit 1989 zwar nahezu die Hälfte der Konzessionen mit Bussen bestraft, doch bei den hohen Gewinnen lassen sich diese problemlos als laufende Kosten abbuchen.[49]

Fabriken ohne eigene Holzereikonzessionen versorgen sich bei fliegenden Händlern, die links und rechts zusammenkaufen, was Einheimische und Transmigrierte fällen – oft illegal in Konzessions- oder Schutzgebieten.[50] Zunehmend muss Holz aus der indonesischen Provinz Irian Jaya oder dem malaysischen Teil Borneos eingeführt werden.[51] Das japanische Holz-Tagblatt notierte schon 1988: «Die Erschöpfung der Tropenholzquellen in Südostasien ist heute Realität geworden, zur Sicherung der Versorgung werden wir uns Brasilien zuwenden müssen.»[52]

All diese Schlupflöcher haben den Übergang von der Raub- zu einer nachhaltigen Waldwirtschaft, die bei den hohen Investitionen in die Holzindustrie immer dringender wird und aus

Regenwaldböden ertragen keine spekulativen Nutzungen. Ohne Erholung unter einem Baumschirm sind sie rasch ausgelaugt, ideale Bedingungen für die Invasion von Alang-alang-Gras (oben).

Auf grossen Flächen sind banalisierte Kautschukplantagen (unten) oder Ölpalmenpflanzungen anstelle der Regenwälder gepflanzt worden. Ein anderer Trend geht dahin, artenreichen Naturwald durch gleichförmige Monokulturen aus Exoten zu ersetzen, beispielsweise durch australische Acacia- oder Eucalyptusarten zur Produktion von Industrieholz für Zellulose und Holzschnitzel.

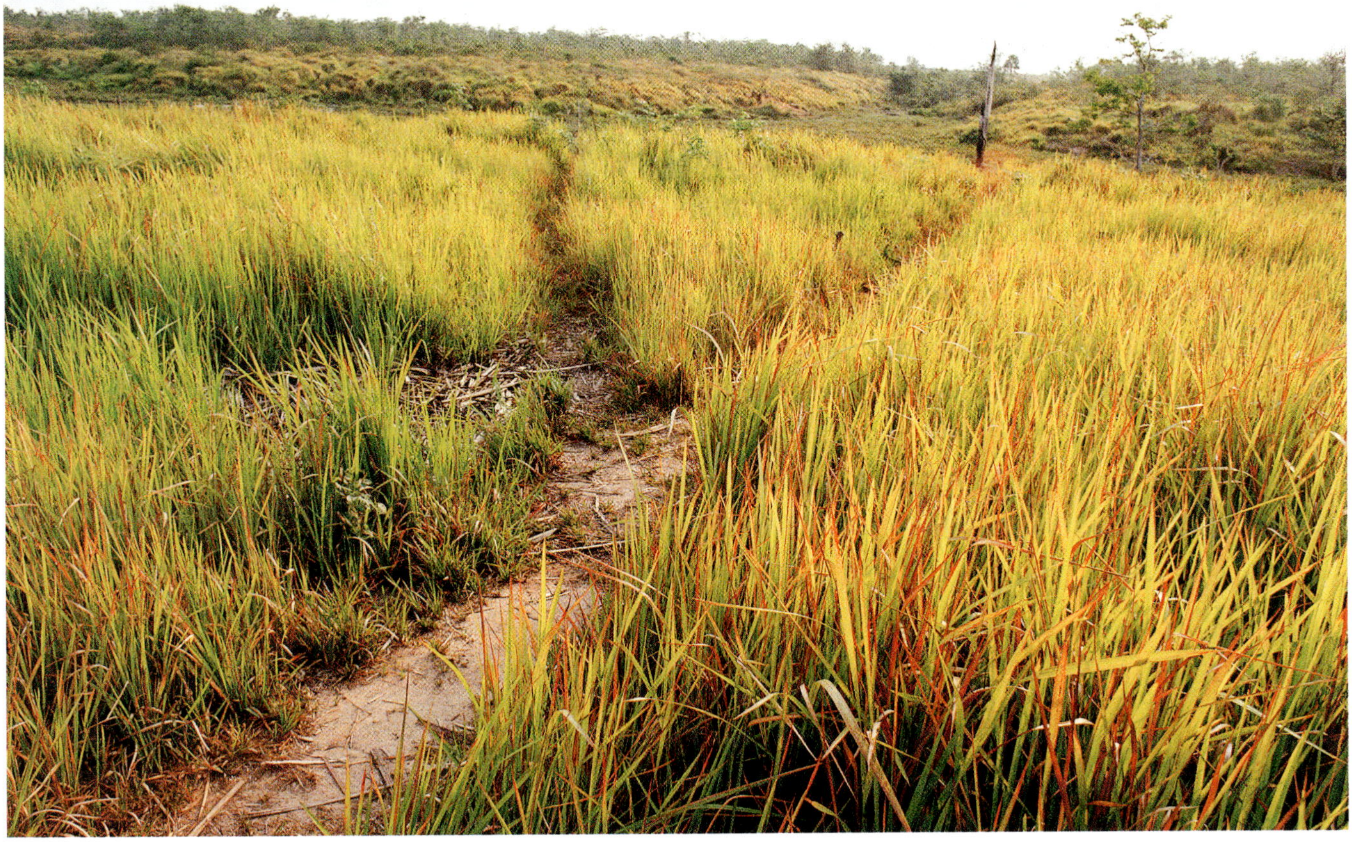

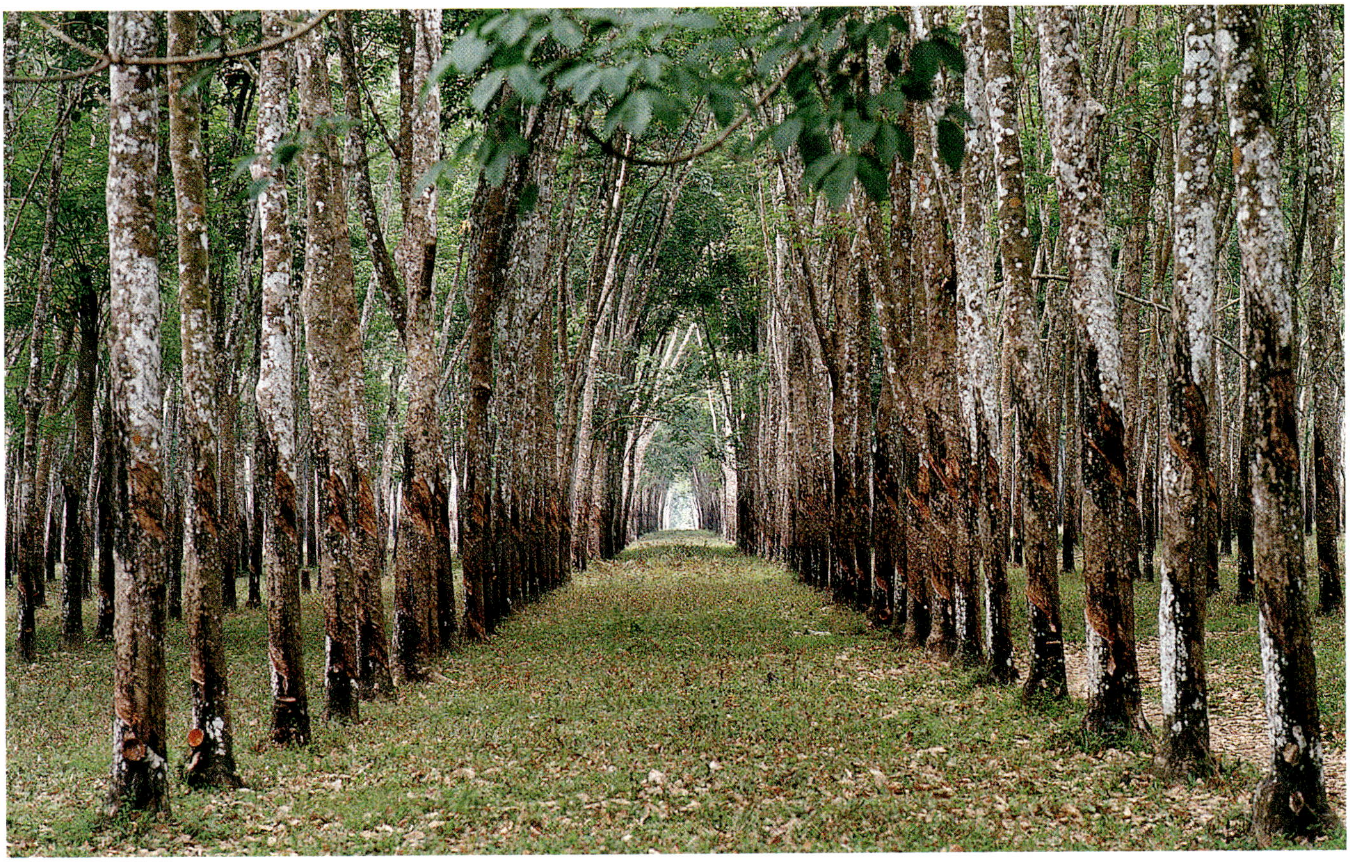

Naturnahe versus Plantagen-Forstwirtschaft

Für die Überführung in naturnahe, nachhaltig bewirtschaftbare Sekundärwälder eignen sich Dipterocarpaceen-Wälder wie kein anderer Regenwaldtypus.[71] Die Verjüngung braucht wegen der unregelmässigen Blüte Zeit und Geduld, doch nach Samenjahren keimen selbst kommerziell wichtige Flügelfrüchtler-Arten reichhaltig.

Viele Flügelfrüchtler sind Lückenspezialisten, die nach den ersten Lebensjahren relativ viel Licht brauchen – ökologische Bedingungen, wie sie auch in Schlaglücken herrschen. In vielen Wäldern Kalimantans, die von den Holzern durchkämmt worden sind, hat sich bis Ende der achtziger Jahre reiche Dipterocarpaceenverjüngung eingestellt. Um den Jungbäumen optimale Wuchsbedingungen zu schaffen, sollten sie rasch nach der Keimung ein erstes Mal von Lianen und anderer Konkurrenz befreit werden.[72]

Die Pflanzung von Flügelfrüchtlern war bis vor wenigen Jahren problematisch, weil die Samen sehr rasch verderben. Das holländische Projekt Tropenbos hat inzwischen ein Verfahren zur Bewurzelung von Aststücken entwickelt. Mit den Steckhölzern lassen sich Bestände anreichern, wo keine Samenbäume mehr vorhanden sind oder die natürliche Verjüngung ungenügend scheint. In Kalimantan sind bis 1990 auf diese Weise 30 Millionen Bäume gesteckt worden.[73]

Sekundärwälder können sehr naturnah gestaltet werden und müssen nicht ausschliesslich aus Flügelfrüchtlern bestehen. Es gibt hier viele Baumarten, die sich sowohl aus Samen als auch durch Stockausschläge erneuern können, wie etwa Eisenholz.[74] Gute Forstwirtschaft kann auch für die Waldtiere viel tun: Das Stehenlassen von Feigenbäumen beispielsweise, für viele Tiere von der Wespe bis zum Orang Utan zentrale Futterquellen, kostet nichts und schmälert den Holzertrag kaum.[75]

Auch in Südostasien brauchen Naturwälder nach grossflächigen Kahlschlägen Jahrzehnte bis Jahrhunderte, um sich zu erholen. Weil die schweren Früchte der Dipterocarpaceen nie weit vom Stamm fallen und Tiere zu ihrer Verbreitung nur beschränkt beitragen[76], benötigen Dipterocarpaceen lange Zeit für ihre Rückkehr, je nach Entfernung der verbliebenen Samenbäume. Zudem besteht das ständige Risiko einer Vergrasung mit *alang-alang*. Aufforstungen sind teuer und ein grosses Risiko. Wie in Costa Rica ist auch hier jeder überlebende Primärwaldbaum wichtig als Samenträger und zur Beschattung des Bodens.

waldbaulicher Sicht auch möglich ist, bisher verzögert (vgl. Kasten «Naturnahe versus Plantagen-Forstwirtschaft»). Indonesien kann seine Wälder nach Ansicht der Weltbank nur nachhaltig bewirtschaften, wenn die Schlagmenge halbiert wird. Die entstehende Versorgungslücke könnte durch eine bessere Ausnutzung des Rohstoffs ausgeglichen werden: Noch immer werden enorme Holzmengen mit leichten Fällschäden oder Faulstellen der Verrottung überlassen, landesweit rund acht Millionen Kubikmeter jährlich. Und die Ausbeute der makellosen Stämme, die in die Sperrholzwerke gelangen, liegt bei höchstens zwei Dritteln.[53]

Spekulationslandschaften bedrohen Kulturlandschaften

Mit den Wäldern geraten auch deren Einwohner immer mehr unter Druck. Die staatliche Wirtschaftspolitik und die Marktkräfte fördern auch hier eine laufende Konzentration der besseren Böden in den Händen grosser Unternehmen. In der Folge werden Naturwälder oder vielfältige Kulturlandschaften durch banalisierte Monokulturen wie Kautschuk- oder Ölpalmenplantagen ersetzt.[54]

Ein neuer Typ einer solchen Spekulationslandschaft sind Holzplantagen mit Exoten wie *Acacia* oder *Eucalyptus*, auf welche die indonesi-

Regelmässig bewirtschafteter Damarwald im Hinterland von Krui. Diese Bäume erreichen gerade ihre Nutzungsreife. Der Stammrest unten rechts stammt von einem Harzbaum der letzten Generation, die Palme links davon ist ein Grenzzeichen. In den Tieflagen Sumatras sind bis Mitte der neunziger Jahre lediglich einige Hunderttausend Hektar Primärwald übriggeblieben. Heute sind es hier die 3.5 Millionen Hektar agroforstlich genutzten Baumbestände, die als Rückzugsraum für das natürliche Waldleben die entscheidende Rolle spielen.

sche Forstpolitik zur Produktion von Industrieholz für Zellulose und Holzschnitzel setzt. Seit 1990 vergibt das Forstministerium dazu Konzessionen an private und an Staatsfirmen. Bis 1992 lagen Anträge für über 12 Millionen Hektar vor.[55] Zur Aufforstung frei sind nicht nur Grasflächen, sondern auch Naturwälder, die nur noch wenig vermarktbare Hölzer enthalten. Grosse Flächen durchholzter Sekundärwälder, in denen die natürlichen Regenerationsprozesse nun allmählich einzusetzen beginnen, sind deshalb gefährdet.[56]

Allerdings werden der rasche Niedergang der natürlichen Ressourcen und die zunehmenden sozialen Ungleichheiten und Konflikte von vielen Leuten in Regierung und Privatsektor schon seit längerem sorgenvoll verfolgt. Auch die offizielle Eigentumspolitik zeigt erste Anzeichen von Veränderung. Ein Gesetz von 1992 spricht nicht mehr von «rückständigen Stämmen», sondern von «verletzlichen Völkern». Es anerkennt deren traditionelle Territorien und garantiert, diese Lebensräume vor «Neuankömmlingen» zu schützen.[57]

Krui als eines von vielen Vorbildern

Dazu wäre es höchste Zeit, denn es sind diese «verletzlichen Völker», die über einen Erfahrungsschatz verfügen, der wesentlich zur Schaffung reifer und moderner, nachhaltig nutzbarer Kulturlandschaften beitragen könnte. Die Wirtschaftsweisen der Dayak oder der Bewohner um Krui sind nur zwei von vielen Beispielen, die im indonesischen Archipel entwickelt wurden.[58] Zentral sind vor allem deren agroforstliche Elemente und Phasen, die interessante Wege zur Intensivierung der Bodennutzung bei gleichzeitiger Diversifizierung der Produktepalette aufzeigen.

Die meisten dieser agroforstlichen Systeme sind aus *ladang* entstanden. Auch bei Muhamed Sukaemis Baum, wo man sich heute in tiefem Regenwald wähnt, hat es einst ausgesehen wie gegenwärtig in den Neusiedlungsgebieten Kalimantans und Sumatras.

Neuerdings werden auch in Krui wieder *ladang* angelegt, nachdem Landreserven durch die Einrichtung eines Nationalparks weggefallen sind.[59] Geeignet dafür sind ermattete Damarbestände, die auf diese Weise zur Verjüngung kommen. In die neuen *ladang* werden mit der letzten Reissaat Kaffeesträucher, Pfefferranken und Gewürznelkenbäume gepflanzt. In deren Schatten setzen die Kleinbauern später die Damar- und Fruchtbäume. Um die ertraglose Zeit möglichst kurz zu halten und das Angebot zu verbreitern, versuchen sie laufend, neue Kulturpflanzen wie Zimtbaum, Rotan oder *malinjo* einzubauen.[60] *Malinjo* ist ein «Mehrzweckbaum» mit stärkereichen Nüssen, mit Blättern, die als Gemüse gekocht, und mit Rindenfasern, die zu Seilen geflochten werden können.[61]

Aus biologischer Sicht lässt sich das flexible Landnutzungselement «Damargarten» mit einigen Anpassungen auch in andere Regionen übertragen. Fragezeichen jedoch bestehen vom Ökonomischen her. Der Damar-Markt ist heute relativ labil, und wenn er mit Harz aus neuen Beständen überschwemmt wird, könnte der Preis zusammenbrechen. Ein elastischeres Preisgefüge könnte jedoch dann entstehen, wenn sich die Nachfrage zum Beispiel infolge des weltweiten Trends zu umweltgerechten Farben erhöhen würde.

Ein solcher Nachfrageschub ist beim Rotan aufgetreten, nachdem Rohrmöbel auch in den Ländern des Nordens populär wurden. Der Preis für die Liane hat sich zwischen 1970 und 1990 versiebenfacht. Selbst wenn es zu einem Preissturz von 35 Prozent kommen sollte, wäre der Anbau noch rentabel.[62] Damit ist Rotan allerdings auch in die sozialen und ökonomischen Kraftfelder geraten, die überall entstehen, wo rasche und hohe Profite erwartet werden.[63] Umgehend sind denn auch verschiedene Rotan-Arten derart übernutzt worden, dass sie als wirtschaftlich erloschen gelten.

Unterschätzte ökonomische und ökologische Bedeutung

Die volkswirtschaftliche Leistung der agroforstlichen Systeme ist schon heute erstaunlich, wird offiziell jedoch chronisch unterschätzt und ausgeblendet. Je 80 Prozent der nationalen Kautschuk- und Harzproduktion stammen aus kleinbäuerlichen Pflanzungen, dazu 95 Prozent des vielfältigen Fruchtangebots. Auch Gewürz- und Medizinalpflanzen sowie Bau- und Feuerholz für Millionen von Haushalten werden hier produziert.[64] Von besonderem Wert sind auch Bambus und Rotan als Rohstoffe für handwerkliche Produkte. Allein durch den Export von Rotanprodukten erzielte Indonesien 1989 Erlöse von 150 Millionen Dollar.[65]

Je vielfältiger die Agroforstwirtschaft, desto besser sind die Risiken verteilt, die ökonomi-

Typische Produkte der Baumgärten: Muskatnüsse im roten Samenmantel (oben), stachlige Durianfrüchte (oben rechts). Die volkswirtschaftliche Leistung der Baumgärten wird in Indonesien chronisch unterschätzt.

schen ebenso wie die ökologischen. Je rentabler baumgebundene Produkte sind und je stärker sie zum bäuerlichen Einkommen beitragen, desto unwichtiger werden die *ladang*. Reis als Grundnahrungsmittel kann dann aus Gebieten eingekauft werden, die sich für dessen Anbau optimal eignen. Jeder Hektar Baumgarten kann jährlich fünf bis zehn Hektar Regenwald vor der Brandrodung bewahren.[66]

In der Vielfalt der Arten wie des Aufbaus liegt auch die grosse Bedeutung der Baumgärten und agroforstlich genutzten Wälder für die Erhaltung der Biodiversität. In den Tieflagen Sumatras beispielsweise sind bis Mitte der neunziger Jahre lediglich einige hunderttausend Hektar Primärwald übriggeblieben. Wo geholzt wurde, ist der Wald häufig in Plantagen umgewandelt worden. In den Tieflagen Sumatras sind es heute die rund 3.5 Millionen Hektar agroforstlich genutzten Baumbestände, die als Rückzugsraum für das natürliche Waldleben die entscheidende Rolle spielen.[67]

Trotz ihres ökonomischen und ökologischen Potentials sind die bestehenden Baumgärten aber auch gefährdet. Zwar werden sie heute von vielen Wissenschaftlern, nichtgouvernementalen Organisationen und einer wachsenden Zahl von Regierungsbeamten als Ausgangspunkt für die Entwicklung von nachhaltigen Land-Waldwirtschaftssystemen angesehen. Doch der Trend zu Monokulturen, Hochertragssorten, Dünger und Pflanzenschutzmitteln wirkt sich auch stark auf die Wirtschaftsweise der Kleinbauern aus. Immer noch gelten Baumgärten für die offizielle Landwirtschafts- und Forstpolitik – und oft auch für ihre Eigentümer – als altmodisch.

Neue Rechte, die Bäume fördern und Wälder schützen

Indonesiens Eigentumsrechte sind dem Wohl von Bäumen und Wäldern lange entgegengestanden. Niemand tätigt langfristige Investitionen in Damar- oder ähnliche Baumgärten, wenn er oder seine Familie keinen sicheren Nutzen davon hat. Doch alteingesessene Völker wie Neusiedler besitzen für das Land, das sie bearbeiten, keine oder nur unvollständige Eigentumstitel. Land-Waldwirtschaft benötigt 15 bis 40 Hektar pro Haushalt; zwei bis vier Hektar, wie den Transmigrierten zugeteilt, sind ungenügend.[68]

Eine Anerkennung und Sicherung lokaler Rechte dürfte auch entscheidend zur nachhaltigen Bewirtschaftung und Erhaltung der verbliebenen Waldflächen beitragen. Alter Sekundärwald liesse sich als gemeinschaftlich zu nutzender Dorfwald ausscheiden. Der hohe Druck von allen Seiten auf solche Flächen wäre zwar eine Gefahr, aber auch eine Chance: Die Holznachfrage muss nicht zwangsläufig zum Ausverkauf führen, sie kann auch eine nachhaltige Nutzung stimulieren, aus deren Erlös die Dorfgemeinschaft eigene Vorhaben finanziert. Wenn die Dorfwaldfläche gross genug ist, lässt sich mit der Bevölkerung auch vereinbaren, allfällige Primärwaldkerne unberührt zu lassen.

Die Produktion von Holz dürfte sich künftig auch auf Privatland lohnen. In Krui ziehen die Bauern bereits vermehrt Nutzhölzer nach. Auch in Muhamed Sukaemis Baumgarten warten im Schatten der Bananenstauden Damarpflänzlinge, die er bei Gelegenheit aussetzen wird. Ob sie Harz oder Nutzholz geben, werden dereinst seine Enkel oder Urenkel entscheiden.

Ein Damarpflänzling in den Händen von Muhamed Sukaemi, den er für seine Nachfahren setzen wird.

Brasilien

Amazonien ist noch nicht verloren

Die Geschichte des brasilianischen Amazonasgebietes ist die der Ausbeutung von Boden, Pflanzen und Menschen, eine Entwicklung, die sich in den letzten Jahrzehnten noch verschärft hat. Die Politik des Militärregimes in den sechziger Jahren hat grosse Unternehmen aus Südbrasilien nach Amazonien gezogen, deren Rinderfarmen vor allem einer gigantischen Subventions- und Landspekulation dienten. Zudem lockte die Regierung mit neuen Strassen und Siedlungsprogrammen viele Landlose in den Regenwald. Trotzdem: Amazonien ist noch nicht verloren. Grosse Teile sind nach wie vor bewaldet, bedeutende Flächen wieder am Einwachsen. Dauerhafte Besiedlung und Nutzung ist auch für eine nicht-indianische Bevölkerung möglich, wie die japanischstämmigen Siedler von Tomé-Açu, die uferbewohnenden *caboclos* und die Kautschukzapfer durch ihre «Kulturen mit Bäumen» zeigen.

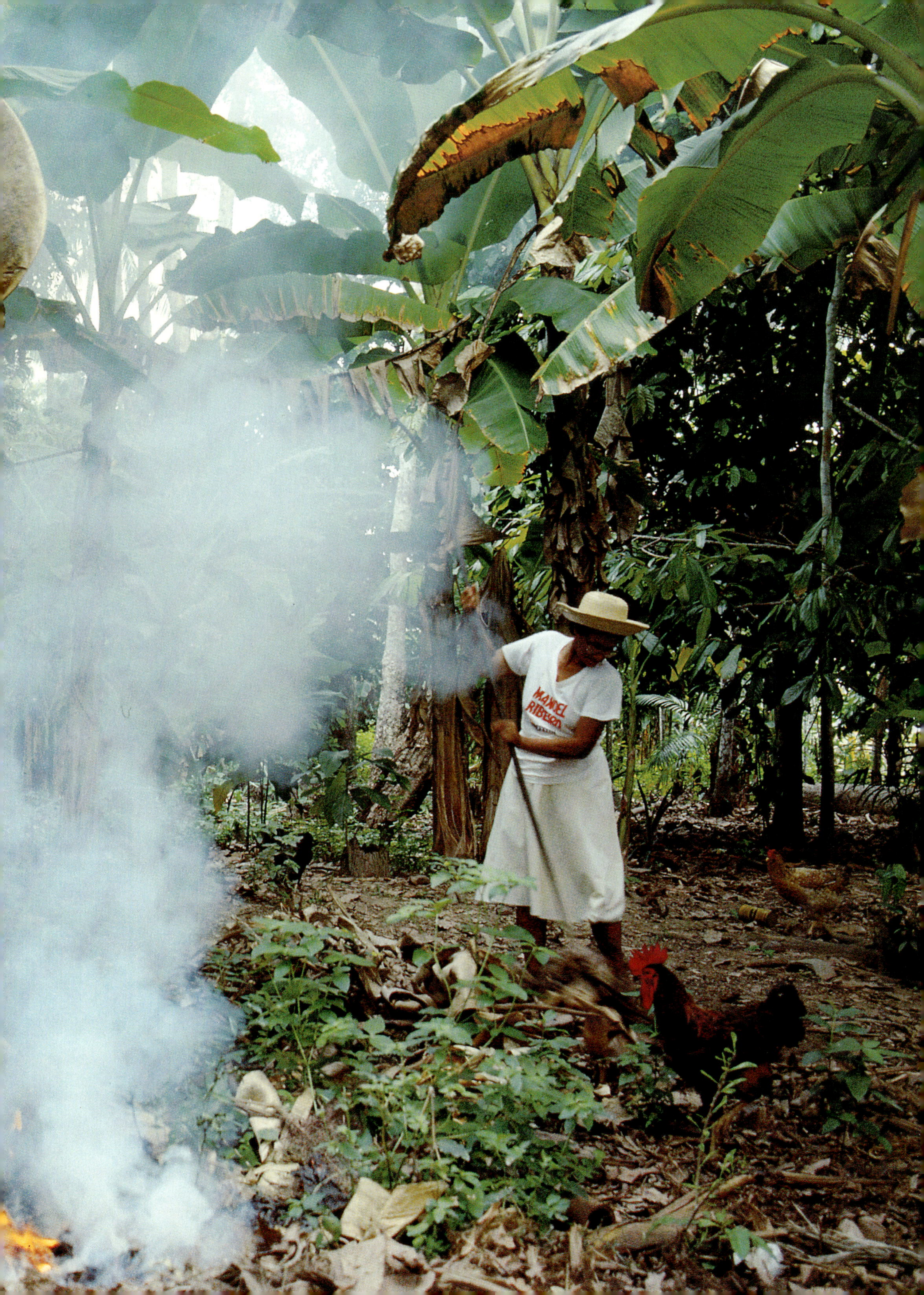

Depressão warnt die Tafel, der Fahrer gibt Gas, der Bus senkt seine Nase und schwankt auf die Planken zu, die das Rinnsal überbrücken. Irgendwie kommen wir doch am Holzlaster vorbei, der uns im tiefsten Punkt kreuzt und als der Stärkere keinen Zentimeter ausweicht. Staub und der säuerliche Geruch von frisch gesägtem Holz mischen sich in meine Erleichterung. Leonardo Sousa da Cruz, der mir als Übersetzer hilft, scheint, unberührt von der Höllenfahrt, eingenickt zu sein.

Wir befinden uns auf der ersten, in den sechziger Jahren fertiggestellten Strasse in Amazonien, die Belém an der Amazonasmündung mit der Hauptstadt Brasília verbindet. Der Weg führt uns zu Kunizo Kato, der in Tomé-Açu, rund 150 km südlich von Belém seine *Fazenda Boa Esperança* bewirtschaftet.

Kunizo Kato ist 1929 als Dreijähriger aus Japan in Belém angekommen, zusammen mit 188 Landsleuten und mit einer Platzwunde auf der Stirn, die er sich bei einem Sturz auf die eisernen Planken der *Montevidéu Maru* zugezogen hatte. Er könne sich an den Unfall nicht mehr erinnern, meint der Bauer, aber die Narbe ist geblieben. Masako, seine kleine, energische Frau, stellt uns Saft von *cupuaçu* auf, der in meinem Gaumen eine angenehm vergorene Erinnerung hinterlässt. Wir sitzen in der Küche des grossen, einfachen Holzhauses, es ist etwas weniger heiss hier, ich zupfe mein nasses Hemd vom Brustbein, und widerwillig nur nimmt mein feuchtes Notizbuch den Bleistift an.

Die Passagiere der *Montevidéu Maru* waren die ersten japanischen Siedler im Norden Brasiliens. Sie stammen von der japanischen Hauptinsel Honshu, wo zu Beginn unseres Jahrhunderts viele Bauern wegen der Übervölkerung landlos wurden. Die Textilfirma Kanebo hatte die Auswanderungsaktion unterstützt.

Der Start in Tomé-Açu war sehr schwierig. Die dortigen Böden gehören nicht zur fruchtbaren *várzea*, wie das regelmässig überflutete und mit Nährstoffen angereicherte Schwemmland Amazoniens genannt wird, sondern zur *terra firme*, dem Festland ausserhalb des Überschwemmungsbereichs. Solche Böden sind – ähnlich wie die meisten Standorte in Kalimantan – ausgewaschen und nährstoffarm. Sie sind jedoch von leichter Struktur, und durch Anreicherung mit viel Kompost und Hühnermist gelingt es den Siedlern, aus Japan mitgebrachtes Gemüse zu ziehen.[1]

Weisse Rüben und Radieschen werden zu den ersten Produkten, die sich in Belém verkaufen lassen, wobei der Handel erst mit der Gründung einer Vermarktungsgenossenschaft nach japanischem Muster erfolgreich wird und nachdem sich Gemüse auch auf den Tischen der einfacheren Haushalte etabliert hat.

Die Siedler in Tomé-Açu müssen viele harte Rückschläge hinnehmen. Malaria und Gelbfie-

Vorherige Seite:
Caboclo-Baumgarten auf der Insel Careiro bei Manaus. Alle, die sich je in den Regenwäldern Amazoniens zum Leben und nicht nur für einen befristeten Raubzug niederliessen, haben Bäume und Wald stark in ihre Kultur einbezogen.

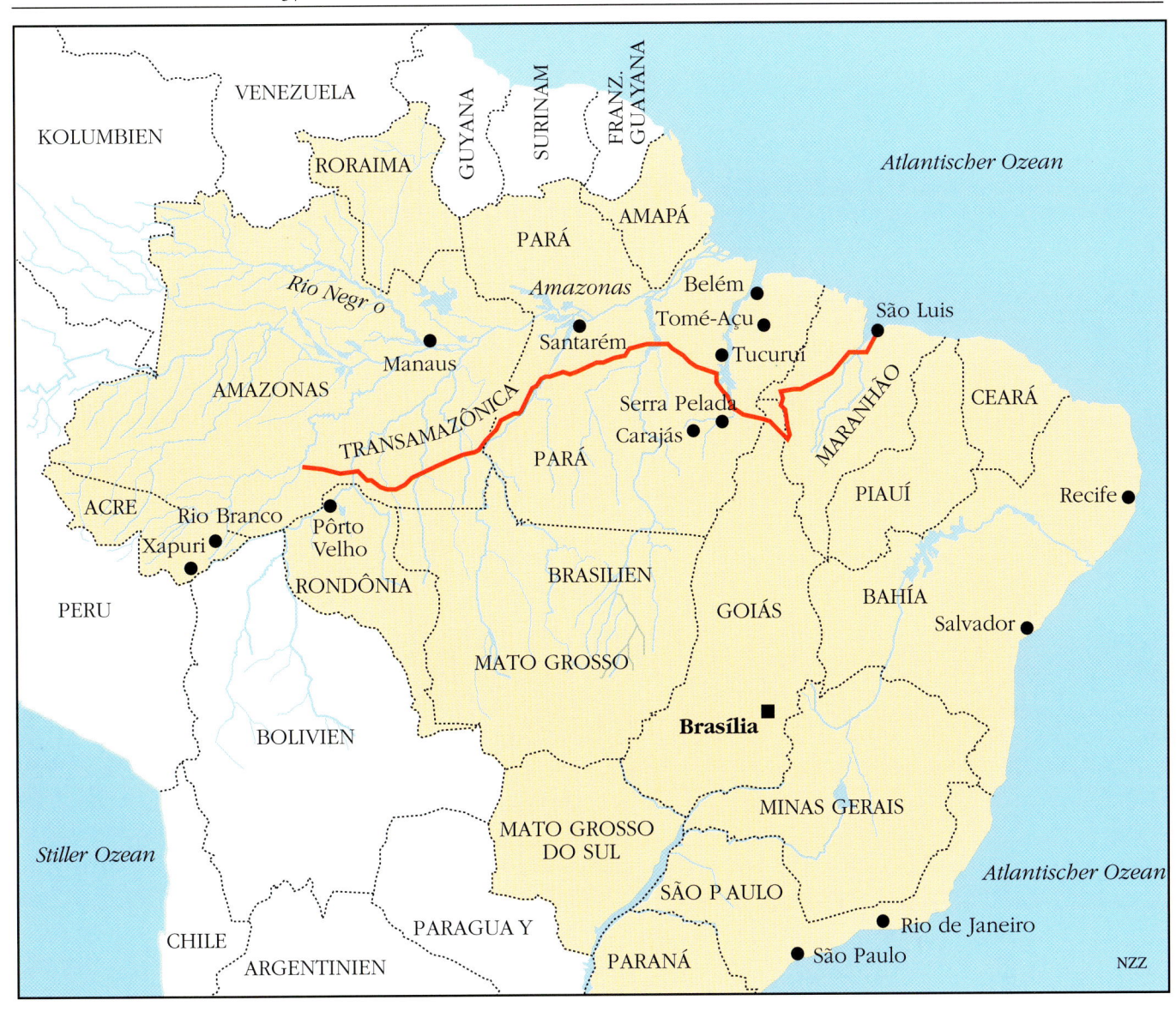

Links oben:
Satellitenbild über Manaus, das in der Breite rund 50 km abdeckt. Die Stadt am unteren Bildrand erscheint blau und weiss, der Rio Negro schwarz. Intakter Primärwald ist rot (wie in Bild S. 138), weiss und gelb werden in den Wald gebrannte Landwirtschafts- und Weideflächen wiedergegeben (wie in Bild S. 139). Bis Mitte der neunziger Jahre sind im Gebiet von «Amazônia Legal» rund **11.6 Prozent der Waldfläche, deutlich mehr als die Fläche Kaliforniens,** zumindest einmal abgebrannt worden.

ber fordern immer wieder neue Menschenleben, und viele Familien versuchen ihr Glück im freundlicheren Südbrasilien. Nur ein Drittel der ursprünglichen Bewohner bleibt, auch die Familie Kato. In Japan habe sein Vater kein Land besessen, so Kunizo Kato, hier jedoch seien es ursprünglich 25 Hektar gewesen, und später hätten sein Vater und er Boden dazukaufen können. Auf dem eigenen Land zu bleiben, sei japanische Tradition.

Solche Standortstreue mag damit zusammenhängen, dass die japanischen Bauern vor allem mit Pflanzen arbeiten. Die portugiesischstämmigen Brasilianer hingegen sind im Grunde ihres Herzens Viehzüchter geblieben, *gaúchos*

mit nomadischem Blut, und ich bin keinem Volk begegnet, auf dessen Speisezettel Fleisch grössere Bedeutung hat.

Durchbruch mit den «Schwarzen Diamanten»

Die Geschichte von Tomé-Açu's erfolgsreichster Kultur beginnt 1933 in Singapur, wo ein Besucher aus Japan zwanzig Pfefferpflanzen ersteht, von denen er drei bis nach Amazonien durchbringt. Hier avanciert Pfeffer bis 1948 zum wichtigsten Produkt. Zu seiner optimalen Vermarktung wird die alte Handelsgenossenschaft zur *Cooperativa Agrícola Mista de Tomé-*

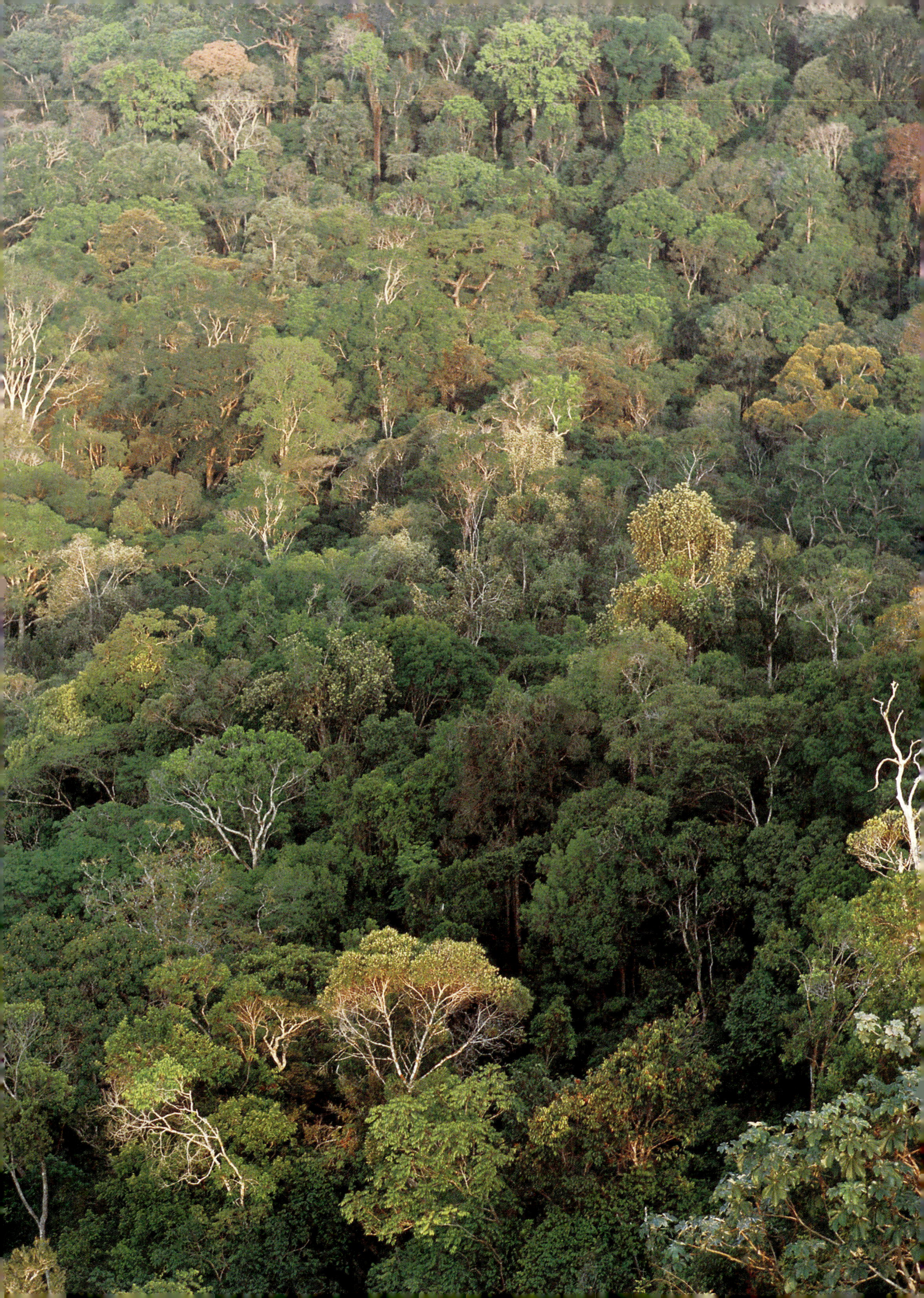

Auch Amazonien ist eine Kulturlandschaft (links). Sie wird von der Urbevölkerung seit Jahrtausenden bewirtschaftet und beeinflusst. Allerdings sind deren Brandrodungsfelder im unendlichen Meer der Bäume lediglich Nadelstiche, von denen sich der Wald leicht erholt. Nach einigen Jahrzehnten erscheint die Vegetation wieder als ungestörter Primärwald, und nur das geübte Auge erkennt die Spuren indianischer Kultur wie die Pupunha-Palme oder gruppenweise auftretende Paranuss-Bäume.

Abbrennen des Waldes für Viehweiden gilt nach wie vor als «benfeitoria», als Meliorationseingriff. Vieh in Amazonien dient vor allem der Markierung von Eigentum und dem Schutz vor Enteignung (rechts). Wesentlich rentabler als die Fleischproduktion ist die Bodenspekulation, das Horten, Parzellieren und Weiterveräussern von Land.

Açu (CAMTA) erweitert. Der «Schwarze Diamant» löst einen Boom aus. Neue Familien aus Japan wandern ein, und 1957 wuchern in Tomé-Açu 800 000 Pfefferpflanzen die Stützpfosten hoch. Der Pfefferpreis klettert mit, und 1961 liefert die kleine japanische Gemeinschaft über fünf Prozent der Weltproduktion.[2]

Nach wie vor leben die 500 Familien tief im Regenwald; die Strasse nach Belém ist erst eine Staubpiste. Doch in Tomé-Açu gibt es ein Spital, die Bekämpfung der Malaria ist Teil der Lebensweise geworden, die *Associação Cultural* vermittelt zu den japanischen Wurzeln, ist ein Ort des Erfahrungsaustauschs und der landwirtschaftlichen Weiterbildung. Die Beziehungen zu Südbrasilien, wo mittlerweile Hunderttausende japanischer Auswanderer leben, erleichtern den Handel und die Beschaffung der nötigen Betriebskredite.

Doch um 1965 kommt die grosse Pfefferkrise. Der Weltmarktpreis fällt zusammen, und gleichzeitig beginnt sich auf den Pfefferranken eine Pilzkrankheit auszubreiten, die den Anbau erschwert.

Baumgärten statt Monokulturen

Wiederum beginnt sich die Kulturlandschaft, Mitte der sechziger Jahre noch vom baumlosen, regelmässigen Raster der Pfefferkegel beherrscht, zu verändern. Ein Teil der aufgegebenen Pfefferplantagen wird von *Cecropia, Visma* und anderen Pionierbaumarten zurückerobert, ein anderer Teil in Baumgärten verwandelt.

Spezialisten dafür sind jene Einwanderer, die nach dem Pfefferboom gekommen sind. Maki Takuro zum Beispiel hat verschiedenste Pflanzenkombinationen angelegt. Der eine Baumgarten besteht aus *macacauba*[3], einem Baum mit wertvollem Holz, aus *cupuaçu,* der Kakao-Verwandten mit dem feinen Fruchtfleisch, in Belém sehr populär, und aus *açai,* einer vielseitig verwendbaren Palme, aus deren Trieben *palmitos* geschnitten werden – delikate, spargelähnliche Palmherzen.

Maki Takuro pflegt und erntet jeweils nur, was gerade Spitzenpreise erzielt. Wenn dies für *cupuaçu* der Fall ist, düngt er die Sträucher mit Kompost. Wenn Palmherzen gefragt sind, fällt er die *açai,* aus deren Stock anschliessend wieder neue Triebe ausschlagen. Wenn der Markt für beide Produkte schlecht ist, wendet er sich anderen Flächen und Produkten zu. Im ruhenden Baumgarten legen die *macacauba* inzwischen wertvolles Holz zu.

Der Erhaltung der Bodenfruchtbarkeit, der Schlüssel für eine nachhaltige Nutzung, ist auf *terra firme* schwierig. Beim Gemüse- und Pfefferanbau gelang dies nur durch einen hohen Input – Pfeffer braucht pro Hektar und Jahr etwa 4000 kg Kompost und 1500 kg Kunstdünger. Baumgärten hingegen benötigen lediglich einen Zehntel davon und selbst diesen nur, wenn eine Ernte vorgesehen ist. Durch entsprechende Artenwahl kann zumindest die Versorgung mit Stickstoff verbessert werden. *Erytrina* beispielsweise, ein Baum, der sich zum Überschirmen von Kakao eignet, besitzt Wurzelbakterien, die Luftstickstoff fixieren.[4]

Auch der 24jährige Edgar Sassahara, der vor einem Jahr die *fazenda* seines Vaters übernommen hat, versucht die ökologischen und ökonomischen Risiken möglichst zu verteilen. Sassahara ist hier aufgewachsen, ebenso Brasilianer wie Japaner, und vielleicht interessiert er sich darum auch für die Viehzucht, die er unter lockerem Baumbestand betreiben möchte. Zur Finanzierung dieses Versuchs hat er ein Jahr lang in Japan gearbeitet und bei Toyota die Typenschilder auf die Autos geklebt.

Edgar Sassahara pflanzt jedoch nicht nur viele Bäume, er bewirtschaftet auch den Naturwald, der zu seinem Besitz gehört. Vor zwei Jahren hat er sorgfältig einzelne Stämme gefällt, und die Lücken beginnen sich bereits wieder mit jungen Bäumen zu schliessen.

Ende der achtziger Jahre werden in Tomé-Açu 34 verschiedene Baum- oder Palmenarten gezählt, ein Dutzend mehrjährige Sträucher oder Lianen sowie 15 einjährige Pflanzen wie Reis und viele Gemüse – die Vielfalt an kultivierten Arten hat einen vorläufigen Höhepunkt erreicht. CAMTA hat zwischen 1984 und 1987 über 55 verschiedene Ernteprodukte vermarktet

Kunizo Kato und seine Frau Masako.

und sich mit dem Kauf einer Fabrik für die Herstellung tropischer Säfte auf die neue Situation eingestellt.[5] Säfte von *acerola*[6], *cupuaçu* oder der Passionsfrucht sind heute die hauptsächlichen Handelsprodukte der Genossenschaft.

Amazonien, eine uralte Kulturlandschaft

Die Entwicklung hin zu einer «Kultur mit Bäumen» mit einer breiten Palette von Nutzpflanzen ist allen Menschen und Völkern gemeinsam, die sich je in den Regenwäldern Amazoniens zum Leben und nicht nur für einen kurzen Raubzug niedergelassen haben – das belegen lange vor den japanischen Siedlern die Indianervölker.

Indianer haben sich bereits 12 000 Jahre vor Kunizo Kato und seinen Landsleuten nicht weit von Tomé-Açu auf Marajó angesiedelt, der grossen Insel in der Amazonasmündung nördlich von Belém. Die Indianer Amazoniens stammen ebenfalls aus Asien und sind im Lauf der Zeit durch Nordamerika und über die mittelamerikanische Landbrücke an den grossen Strom gewandert.

Jüngere Untersuchungen zeigen, dass in vorkolumbianischer Zeit eine fünf bis neun Millionen starke indianische Bevölkerung die Ufer des unteren Amazonas besiedelte.[7] Der Boden von Santarém zum Beispiel enthält schwarze Kulturhorizonte, die weit über die gegenwärtigen Grenzen der Stadt reichen.[8] Zwischen Anden und Atlantik existierte ein Salzhandel[9], und die Inka in Cuzco bezogen aus Amazonien *urucú*, den roten Farbstoff des Strauchs *Bixa orellana*. Über Rio Negro, Casiquiare und Orinoco war Amazonien mit Zentral-Amerika verbunden. Auf all diesen Wegen sind viele «Indianerpflanzen» wie die Pupunha-Palme verbreitet worden, die in ganz Zentral- und Südamerika als typischer Hinweis auf indianische Kulturlandschaften gilt.[10]

Der Niedergang der Urbevölkerung begann mit der Erkundung Amazoniens durch Spanier und Portugiesen im 16. Jahrhundert. Die Portugiesen versuchten die Indianer zu versklaven, denn nur diese kannten sich im Wald aus und konnten den Weissen die begehrten Sammelprodukte beschaffen, die Rinde von *sarsaparilla*[11], der Heilwirkung bei Syphilis zugeschrieben wurde, *cacao*, aus dem das göttliche Getränk zu brauen war, oder den milchigen Latex aus der verletzten Rinde von *Hevea brasiliensis*, dem Kautschuk-Baum. In Terpentin gelöst wurden damit bereits Mitte des 18. Jahrhunderts Kleider abgedichtet, und selbst der König von Portugal liess seine Stiefel zum Imprägnieren nach Belém senden.[12]

Doch Malaria, Pockenerreger und Grippeviren, die die Weissen wie ein Fluch begleiten, rafften die Indianer zu Zehntausenden dahin.[13] Das übrige tat der *cachaça*, Zuckerrohrschnaps, mit dem die Händler die Sammelprodukte zu bezahlen pflegten. Zu Beginn des 19. Jahrhunderts war die Urbevölkerung entlang der grossen Ströme ausgestorben. An den Ufern zurück geblieben sind einzig die *caboclos*, indianisch-portugiesische Mischlinge, zu denen sich später das afrikanische Blut der Kautschuksammler gesellte. Auch bei deren Art der Landnutzung spielen Bäume eine wichtige Rolle.[14] Indianervölker haben nur in den unzugänglichen Wäldern der *terra firme* oder an den Oberläufen der Flüsse überlebt, wo sie durch schwer passierbare Stromschnellen geschützt sind.

Die Urbevölkerung hat auch auf der *terra firme* überall Spuren im Vegetationsbild hinterlassen, mit deren Entzifferung die Wissenschaft erst vor wenigen Jahren begonnen hat. Folge indianischer Bewirtschaftung ist beispielsweise das Verbreitungsmuster des Paranuss-Baumes, eines Regenwaldriesen mit den länglichen, fetten Nüssen, die jede Apéro-Mischung auszeich-

Seite aus einem Jubiläumsbuch: In den sechziger Jahren betrug Tomé-Açu's Anteil am globalen Pfeffermarkt mehr als fünf Prozent. Die Landschaft war vom baumlosen, regelmässigen Raster der Pfefferkegel dominiert.

nen.¹⁵ Die Bäume finden sich einzeln, aber auch in Gruppen mit Dutzenden von Individuen. Solch grössere Bestände können nur auf Lichtungen heranwachsen, denn die *castanha* ist ein Lückenspezialist mit relativ hohem Lichtbedarf. Es ist daher sehr wahrscheinlich, dass die Gruppen auf ehemaligen Brandrodungsfeldern gekeimt sind. Vermutlich haben die Indianer die Bäume sogar gepflanzt. Das Volk der Kayapó beispielsweise pflegt auch heute noch Paranüsse und andere Samen mit sich zu tragen und bei Gelegenheit in den Boden zu stecken.¹⁶

Amazonien, in der industrialisierten Welt Inbegriff vormenschlicher Urlandschaft, entpuppt sich wie die Regenwälder Costa Ricas oder Kalimantans als alte Kulturlandschaft, die von der Urbevölkerung mitgestaltet wurde. «Unberührter Regenwald», der das Bild vom Urwald bis in unsere Zeit geprägt hat, ist zu einem guten Teil eine Erfindung der Romantiker des 18. Jahrhunderts.¹⁷

Die verschiedenen Welten des Kautschuks

1839 endeckt der amerikanische Chemiker Charles Goodyear, dass mit Schwefel erhitzter Kautschuk zu formstabilem Gummi vulkanisiert. Bereits Mitte des letzten Jahrhunderts kommen mit Gummi umwickelte Telegrafendrähte und die ersten Gummikondome auf den Markt. Rund 40 Jahre später beginnen die Firmen Dunlop und Michelin Fahrrad- sowie Autopneus herzustellen.¹⁸ Kautschuk, den es nur in Amazonien gibt, ist für die Industrialisierung zu einer unabdingbaren Zutat geworden, und die Nachfrage nimmt rasant zu.

Das Kautschukgeschäft um die letzte Jahrhundertwende besteht aus Welten, die unterschiedlicher nicht sein könnten. Da ist einmal der *seringal,* die Welt des *seringueiro,* des Kautschuksammlers. Noch in der Nacht begibt er sich auf einen der Pfade, welche die weit auseinanderliegenden Kautschukbäume verbinden, ritzt deren Rinde an und hängt die Schale an den Stamm, in die der weisse Saft träufelt. Auf einem zweiten Durchgang sammelt er den Latex später ein und verbringt den Rest des Tages damit, diesen über dem Feuer Schicht um Schicht zu länglichen Ballen gerinnen zu lassen.¹⁹

Die meisten *seringueiros* stammen aus dem *nordeste,* aus Ceará und anderen der verarmten Staaten des brasilianischen Nordostens. Bei jeder Krise kommen Tausende und dringen schliesslich bis in die feinsten Verästelungen des riesigen Stromgebiets vor. Sie werden noch in ihrer Heimat von einem *seringalista,* einem «Kautschukbaron», dem faktischen Eigentümer eines *seringal,* angeworben. Dieser kommt für die Reise auf und schiesst dem künftigen *seringueiro* für die erste Sammelkampagne Maniokmehl, Salz, Kaffee, Munition, Angelhaken und ausreichend *cachaça* für den Sonntag vor – alles zu einem vollkommen übertriebenen Preis.²⁰

Damit ist der *seringueiro,* noch bevor er die erste Gummiträne zu Gesicht bekommt, bereits tief verschuldet – und nur selten kommt er aus dieser Lage wieder heraus. Denn von nun an bezahlt er mit seinen Ballen stets die aufgelaufenen Schulden. Die Anlage von Maniokfeldern für den Eigenbedarf, die ihn vom Latexpfad abhalten könnten, wird ihm vom *seringalista* verboten, und falls er seine Ballen bei einem anderen eintauscht, riskiert er sein Leben.²¹

Auf der faktischen Leibeigenschaft der Gummizapfer basiert der extravagante Reichtum der anderen Welt, der Latex-Gesellschaft in Manaus und Belém mit ihren Handelshäusern und den direkten Verbindungen nach New York und Liverpool.

Manaus zur Jahrhundertwende ist, obwohl nur zwei Meilen vom Stadtzentrum die Dschungelwildnis beginnt, einer der mondänsten Flecken auf dieser Erde. Zwar hängt der Geruch der Gummiballen – wie von Glut, die mit Wasser gelöscht wird – stets über der Stadt, doch die Gewinne erlauben den weltweit höchsten Edelsteinkonsum pro Kopf und ein Leben, das vollkommen von der Aussenwelt abhängig ist. Aus Belgien wird Blumenkohl importiert, die Kartoffeln kommen aus Lissabon, wohin man auch die Seidenhemden zum Waschen gibt.²²

Sozusagen auf Kautschuk errichtet ist auch das berühmte Opernhaus, bei dessen Anblick sich auch heute noch selbst weitgereiste Men-

Edgar Sassaharas fazenda. Plantagen mit Passionsfrucht und anderen Produkten machen den kleineren Teil aus. Wäldchen mit wertvollen Baumarten sowie Baumgärten und andere agroforstlich genutzte Flächen dominieren. Zum Besitz gehört zudem eine grössere Fläche Naturwald.

schen ungläubig die Augen reiben. Im tropischen Mittagslicht flimmern die glasierten Ziegel aus dem Elsass, welche die Stahlkuppel aus Glasgow überziehen, und im Entrée mit den Säulen aus italienischem Carrara-Marmor und den venezianischen Kristalleuchtern dämmert mir, woran Amazonien immer gekrankt hat, auch heute noch: an der sozialen Ungerechtigkeit, die sich in dieser enormen Weitläufigkeit wie eine Krankheit auszubreiten vermag.

Kollaps als Folge eines botanischen Schmuggels

Als das Opernhaus 1897 von der *Grand Italian Opera Company* eingeweiht wurde, war der Niedergang der amazonischen Gummiwelt schon längst eingeläutet. Zwanzig Jahre zuvor hatte der Engländer Henry Wickham am Tapajós oberhalb von Santarém 70 000 Hevea-Samen sammeln und zwischen getrockneten Bananenblättern sorgfältig in Körbe verpacken lassen. Am Zoll in Belém soll er sie als delikate Orchideen für Kew Gardens, den Botanischen Garten ihrer Majestät in London, vorbeigeschmuggelt haben.[23]

Die Samen, deren enorme Bedeutung nur Visionäre voraussehen konnten, wurden am Tag nach der Ankunft in den Treibhäusern von Kew ausgesät, die Jungbäume später nach Ceylon gesandt. In drei Jahrzehnten gediehen aus ihnen zehn Millionen Kautschuk-Bäume, und 1907 bestanden in Ceylon und Malaysia bereits 120 000 Hektar *Rubber Estates*.

Plantagen sind dort möglich, weil der agressive *Microcyclus-Pilz* fehlt, der in Amazonien die Kautschukbäume in grossem Abstand voneinander hält. Da die asiatischen Gummizapfer von einem Baum zum nächsten nur wenige Schritte zurückzulegen haben, kann der *Empire-Rubber* viel billiger produziert werden. 1912 quellen bereits 28 000 Tonnen aus den asiatischen Kerben, etwa zwei Drittel der Produktion Amazoniens. Das Überangebot lässt den Gummipreis so weit fallen, dass Brasilien nicht mehr konkurrenzfähig ist.[24] Zwar trocknet der Latexfluss aus Amazonien nie ganz ein, er verbleibt jedoch auf relativ tiefem Niveau. Und nebst dem Kautschuk haben in Amazonien stets auch andere Sammelprodukte eine wichtige Rolle gespielt. Die Paranuss, im Gegensatz zum Kautschuk während der Regenzeit gesammelt, stellt in der Ökonomie des *seringueiro* seit je eine ideale Ergänzung dar. Hinzu kommen Dutzende, zum Teil in kleineren Mengen gesammelte Pflanzen, die Fasern, Früchte oder Medizin liefern.

Bis vor wenigen Jahrzehnten leben die rund drei Millionen Indianer, *caboclos* und *seringueiros* im brasilianischen Amazonien vom Verkauf dieser Sammelprodukte, von Jagd und Fischerei sowie vom Feldbau auf kleinflächigen Brandrodungsflächen. Die Rodungen sind nicht mehr als Nadelstiche im riesigen Lebensraum, die rasch verheilen und schon bald nur noch vom geübten Auge als Störung wahrgenommen werden können. Waldfreie Flächen sind 1960 in Amazonien noch unbedeutend.

Entwicklung mit dem Brecheisen

Mit dieser Unversehrtheit ist es Mitte der sechziger Jahre vorbei. 1964 übernimmt das Militär die Macht, dessen Strategen das amazonische Hinterland und die *fronteiras mortas,* die langen, unbewachten Grenzen zu den Nachbarländern,

In seinem Naturwald nutzt Edgar Sassahara (links) regelmässig Holz, und zwar einzelstammweise oder in kleineren Gruppen.

stets als Risiko empfunden haben. Zudem liegt Manaus seit Jahrzehnten darnieder. Farnwurzeln sprengen Stück um Stück der buntglasierten portugiesischen Azulejo-Kacheln von den Hausmauern; der Dschungel hat mit der Rückeroberung der Stadt längst begonnen.

Nach Manaus bittet General Castello Branco 1966 denn auch rund 300 Industrielle, Geschäftsherren und Bankiers, um den Plan zur Revitalisierung der lethargischen Region zu enthüllen. Gesucht sind Unternehmen aus dem wohlhabenden Südbrasilien, die in *Amazônia Legal* zu investieren bereit sind. *Amazônia Legal* umfasst neun brasilianische Teilstaaten und ist mit fünf Millionen Quadratkilometern halb so gross wie Europa oder die Vereinigten Staaten.

Wieder einmal flimmert El Dorado über Amazonien. Doch diesmal ist das Gold weder weiss wie Latex noch schwarz wie Pfeffer, sondern blutrot wie Rindfleisch, denn drohende Nahrungsengpässe in den rasch wachsenden Städten – besonders die knappe Fleischversorgung – bereiten dem Militärregime Sorgen.[25]

Als Lockvogel dient ein grosszügiges Subventionspaket, dessen Reizen ein normales, auf Gewinnmaximierung ausgerichtetes Unternehmen nicht widerstehen kann: Firmen dürfen bis zur Hälfte ihrer Steuern absetzen, sofern sie diese Mittel in *Amazônia Legal* investieren. Zusätzlich gewährt der Staat an solche Projekte bis zu 75 Prozent Darlehen, die erst nach mehreren Freijahren verzinst werden müssen, zu Sätzen zudem, die weit unter der Inflationsrate liegen.[26]

Unverzüglich beginnen Rodungstrupps entlang der Belém-Brasilia-Strasse ihre unzimperliche Arbeit. Tonnenschwere Ketten, zwischen zwei Caterpillar D-8 gespannt, reissen die Bäume mitsamt den Wurzeln um. Das Holz bleibt ungenutzt und wird anschliessend angezündet. In die Asche werden aus Flugzeugen Samen von afrikanischen Weidegräsern gesät.

Bis Mitte der achtziger Jahre lassen sich über 600 Firmen eine durchschnittliche Waldfläche von 24 000 Hektar ins Grundbuch eintragen. Einzelne, wie die Liquigas-Gruppe mit dem Vatikan als grossem Aktionär[27], reservieren sich eine halbe Million Hektar und mehr.[28]

Doch trotz staatlicher Subventionen von über einer Milliarde Dollar bis Mitte der achtziger Jahre – die Kosten für die Strassen nicht eingerechnet – wird die Viehzucht in Amazonien zum ökonomischen Desaster. Mit dem Fleisch, das sich an den Knochen der mageren Rinder bildet, lässt sich gerade ein Viertel der Produktionskosten decken.[29]

Wie in Costa Rica muss für jedes Rind ein Hektar Wald zerstört werden, und das alle 15 Jahre, denn länger bleibt Weide hier nur mit teurer Pflege und Düngung fruchtbar. Zur «Hamburger-Connection» wie Zentralamerika gehört Amazonien allerdings nicht. Seine Rinder machen nämlich nur etwa fünf Prozent des gesamten brasilianischen Bestandes aus, und Amazonien ist netto stets ein Fleischimportgebiet geblieben.[30]

Der Regenwald als Casino

Mag sein, dass die Fleischproduktion für die grossen Unternehmungen zu Beginn ein Ziel war, doch dieses ist rasch einmal aufgegeben worden. 1967 ist nämlich in Carajás, im Süden Parás, das grösste Eisenerzlager der Welt entdeckt worden, und aus der Serra Pelada in der Nähe haben Zehntausende von *garimpeiros* 14 Tonnen Gold herausgebuddelt. In der Hoffnung auf vergleichbare Wunder versuchen nun alle, sich so viel Land wie möglich zu sichern. In Boden investiertes Geld ist zudem geschützt vor der horrenden Inflation des *cruzeiro*.

Wie in Costa Rica hat auch hier Anspruch auf einen Landtitel, wer eine Nutzung nachweisen kann. Als Beleg gilt der Nachweis einer *benfeitoria,* einer «Melioration», und dies ist – ein Reflex alter europäischer Tradition – auch hier die Rodung, die Entfernung des Waldes als Hindernis für «Entwicklung». Wer gerodetes Land besitzt, hat zudem Anrecht auf weiteren Wald von der sechsfachen Fläche der Rodung.[31]

Nicht saftige Hufstücke also, sondern die Sicherung der fetten Subventionspakete und möglichst ausgedehnter Landrechte sind für die grossen Unternehmen die eigentlichen Produkte von Vieh und *fazenda.* Die Abdrücke von

Rinderhufen in der roten Erde sind nichts anderes als Siegel, die Eigentum markieren. Hier wird nicht produziert, sondern spekuliert.

Amazonien als Ventil für Landlose

Neben den grossen *fazendas* und verschiedenen Riesenprojekten wie den Carajás-Minen oder dem Stausee von Tucuruí bestimmen seit den siebziger Jahren auch zunehmend Kleinsiedler das Schicksal Amazoniens, Opfer der Agrarmodernisierung im fruchtbaren Südbrasilien und im Nordosten.

Fruchtbare Böden sind in Brasilien zwar überreichlich vorhanden, aber extrem ungleich verteilt. Die Grossgrundbesitzer, *latifundistas*, rund fünf Prozent der Bevölkerung, beanspruchen über 80 Prozent davon. Dabei lassen sie riesige Flächen brach liegen, 1985 waren es 35 Millionen Hektar, während etwa zehn Millionen Landarbeiter keinen eigenen Boden haben.[32]

Der Militärputsch von 1964 galt unter anderem der Verhinderung einer Landreform, die *latifundistas* zugunsten landloser Kleinbauern enteignen wollte. Stattdessen regte das Militärregime die *latifundistas* mit hohen Subventionen dazu an, ihre Betriebe in hochmechanisierte agroindustrielle Unternehmen zu verwandeln – und löste damit einen Prozess aus, bei dem sich die Bodenkonzentration noch verschärfte.[33]

Im fruchtbaren Zentralbrasilien beispielsweise wurde der frostgefährdete Kaffee durch Soyabohnen und Orangen abgelöst. Während Kaffee pro Hektar noch 83 Tage Handarbeit benötigte, reichen für Soya dank Maschinenpark drei Arbeitstage aus.[34] Immer mehr Landarbeiter, ohne deren Hände früher nichts lief, werden von den *latifundistas* verstossen. Mit dem Boden, den sie zur Selbstversorgung von ihrem Herrn gepachtet hatten, verlieren sie auch die Grundlage zur Selbstversorgung mit dem Nötigsten.

Preiszusammenbrüche auf dem internationalen Soyamarkt, Folge der Spekulation durch nordamerikanische Firmen, zwingen auch kleine und mittlere Soyabauern, ihren Boden zu verkaufen. Mit dem Erlös hoffen sie, sich in Amazonien eine neue Existenz aufbauen zu können.[35]

Im *nordeste* kommt zu Dürre und feudalen Eigentumsstrukturen noch die mechanisierte Zuckerrohrproduktion, die der Staat zur Herstellung von *gasohol*, Alkohol als Fahrzeugtreibstoff, ab Mitte der siebziger Jahre forciert. Auch hier werden viele Familien vom Land vertrieben, das sie als Pächter bearbeitet, aber nicht besessen haben. Hungerrevolten und blutige Landkonflikte sind die Folge.

Zur Dämpfung der Unruhen versucht das Regime, die aus ihren traditionellen Lebensräumen vertriebene Bevölkerung in Amazonien anzusiedeln. Die erste Landverteilungsaktion beginnt im Trockenjahr 1970, als Präsident Medici den hungernden *nordestinos* ein «Land ohne Menschen für Menschen ohne Land» verspricht und den Startschuss zum Bau der Transamazônica gibt. Die 4900 km lange Strasse wird zum Symbol des ausgedehnten Erschliessungsnetzes, das bis 1985 auf 45 000 km anwächst – mit ähnlichen Auswirkungen wie einst die grossen Eisenbahnen im nordamerikanischen Westen.[36]

Entlang dieser Strasse sollte ursprünglich eine Million Menschen angesiedelt werden, doch höchstens 6000 kamen schliesslich, und nur wenige fanden sich mitten im Dschungel zurecht. Die Transamazônica ist zur «Strasse der Tränen» geworden: Misserfolg, Mücken, Malaria und Heimweh haben die meisten Menschen nach wenigen Jahren vertrieben.

Die nächste Aktion findet ab 1972 im westlichen Amazonasstaat Rondônia statt. Mit Hilfe der Weltbank arbeitet die Regierung ein gut gemeintes Siedlungsprogramm aus. Doch in den siebziger Jahren verlieren allein im südlichen Gliedstaat Paraná 2.5 Millionen Landarbeiter die Existenz.[37] Ihr Landhunger beschert Rondônia eine Wanderungswelle, die jede Planung und allen guten Willen unter sich begräbt. Nur 5000 der bis 1983 zugewanderten 600 000 Menschen kommen in den Genuss staatlicher Hilfe.[38]

Gier und Angst zerstören den Wald

Nun sind alle Akteure beisammen für das grausame Monopoly, das Amazonien bis heute erschüttert: die überlebende Urbevölkerung mit

Baumgarten mit der Açai-Palme und der Kakao-Verwandten Cupuaçu.

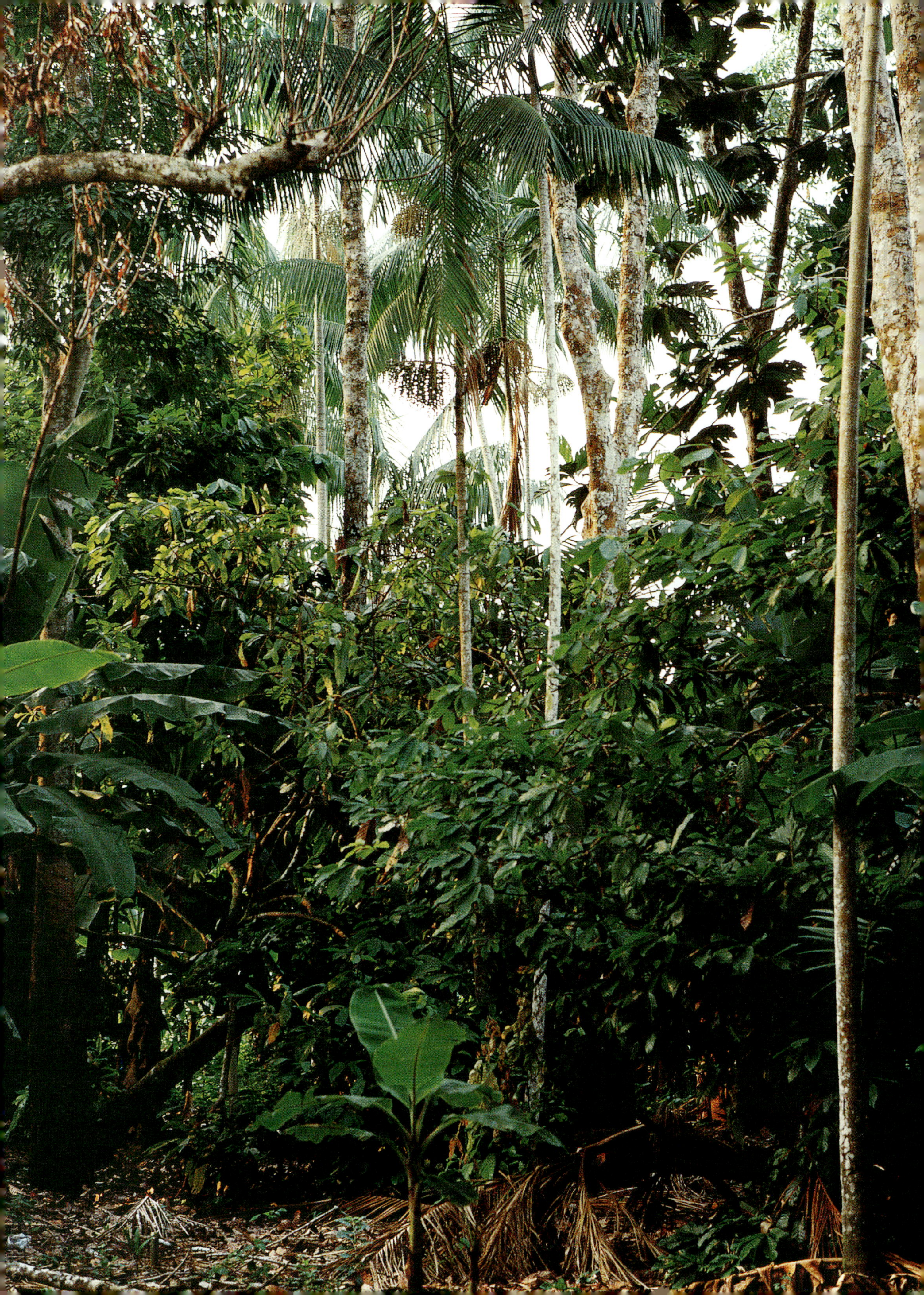

uralten Rechten am Lebensraum, die *caboclos* und *seringueiros* mit traditionellen Nutzungsrechten, dann die *paulistas,* wie die grossen Unternehmen und die kleinen, erfolglosen Soyabauern aus dem Süden genannt werden, und schliesslich die Bauernopfer der Agrarmodernisierung, die land- und mittellosen Siedler, die jenen Traum mit sich tragen, den die Japaner in Tomé-Açu realisieren konnten: endlich eigenen Boden zu besitzen, um ihre Familien anständig ernähren zu können.

Das ganze Drama dreht sich um Land und die legalen Titel dazu. *Grileiros,* Land-Grabscher, versuchen soviel Boden wie möglich zusammenzuraffen, um ihn mit Spekulationsgewinn zu verkaufen. *Pistoleiros* helfen ihnen bei der Vertreibung – mit Drohungen oder Gewehrkugeln – von Indianern, *caboclos* oder Neusiedlern, die sich ihr Land nach brasilianischem Recht längst ersessen haben, aber keinen Eigentumstitel vorweisen können.

Für die Kleinen, ohne Geld und Kenntnis der juristischen Vorgänge, ist der Erwerb von Landtiteln extrem schwierig. Ständig wechselnde Amtsstellen führen das Grundbuch, Archive gehen in Flammen auf, Dokumente verschwinden, Nullen werden hinzugefügt, Unterschriften gefälscht, und Flüsse wechseln über Nacht ihren Lauf. In diesem Chaos zählt einzig das Gesetz des Dschungels.

Überall, wo die neuen Eigentümer Amazoniens die alteingesessenen Menschen vertreiben, suchen diese Schutz bei der Kirche. Diese ist eher in der Lage zu vermitteln, denn lokale Polizei und Justiz werden durch die Mächtigen kontrolliert und vertreten deren Interessen.[39] Doch wer sich für die *sem terra,* die Landlosen, einsetzt, riskiert sein Leben. 500 Menschen werden in Amazonien allein zwischen 1985 und 1987 umgebracht.[40]

Rechtsunsicherheit und die allgegenwärtige latente Angst zwingen auch den kleinen Siedler, mehr Wald als nötig zu zerstören.[41] Wie der *precarista* in Costa Rica kann er ohne sichere Rechte nicht in permanente Kulturen wie Baumgärten investieren. Ohne Landtitel erhält er keine Kredite, ohne festen Wohnsitz keine landwirtschaftliche Beratung. Wo er bereits Maniok und anderes geerntet hat, lässt er bis zur endgültigen Verbuschung noch einige Rinder weiden oder verkauft das Land dem grösseren Nachbarn. Dann rodet er ein neues Stück oder gesellt sich als freier *garimpeiro* zu den 200 000 Goldsuchern, die Amazonien verunsichern und dessen Flüsse vergiften mit dem Quecksilber, das sie zum Binden des Goldes einsetzen.

Tatsächlich spielt Vieh auch für den kleinen Siedler eine wichtige Rolle. Die Tiere dämpfen das Risiko des Pflanzenbaus, lassen sich bei Bedarf zu stets guten Preisen verkaufen und begeben sich auf eigenen Beinen zum Markt. Eine Kuh ist die bessere Bank als ein Kreditinstitut, wo der Zins oft unterhalb der Inflationsrate liegt. Zudem sind die Rinder auch für den kleinen Siedler das wirksamste Mittel, Landrechte zu markieren und einzufordern.

Aufstand der seringueiros

Bis Mitte der achtziger Jahre entstehen in Amazonien 70 000 *latifúndios.* Damit konzentriert sich auch hier der grösste Teil des Bodens in den Händen weniger Unternehmen oder Individuen, die ihr Leben im angenehmen Zentral- oder Südbrasilien verbringen und ihr Eigentum im Norden durch Statthalter überwachen lassen.[42] Doch die Kleinsiedler, alte und neue, beginnen den Grossen zunehmend Widerstand entgegenzusetzen. Hartnäckigen Widerstand leisten insbesondere auch die *seringueiros* in Acre, wo die Springflut der Spekulation um 1970 angekommen ist.

Die Sammlerrechte, die der Staat den *seringalistas,* den Kautschukbaronen, seinerzeit über riesige Flächen verliehen hatte, werden nun kurzerhand in Eigentumsrechte zu deren Gunsten umgewandelt. Das erlaubt vielen Baronen, ihren *seringal* an *paulistas* zu verkaufen. Die Summe der Flächen, die bis 1982 in hektischem Handel den Besitzer wechseln, ist grösser als der ganze Staat Acre.[43]

Mit dem Land werden auch die *seringueiros* fallen gelassen. Oft zwingt sie ihr *seringalista,* mit Daumenabdruck auf sämtliche Ansprüche

Die langen Schoten des Inga-Baumes (rechts), Früchte der Pupunha-Palme (unten).

an jener Ressource zu verzichten, die während Generationen von der eigenen Familie bewirtschaftet worden ist. Überall beginnen die Bäume zu fallen, stelzen die Rinder aus den Transportern.

Zwischen 1970 und 1980 verdoppelt Rio Branco, Acres Hauptstadt, seine Grösse. Die *favelas* sind voll enteigneter Gummizapfer, und Kinder streiten mit den *urubú,* den kleinen schwarzen Geiern, um Nahrungsreste.

Drehte sich der Kampf der *seringueiros* jahrzehntelang um gerechten Erlös für ihre Kautschukballen, geht es jetzt um die Erhaltung des Lebensraums, der ihre Existenz sichert. Mindestens 120 000 Menschen leben in Acre vorwiegend vom Gummizapfen, wenigstens 340 000 sind es in ganz Amazonien.[44] Doch diese Menschen wohnen stundenweit voneinander im Wald, sind Analphabeten, in keiner Weise organisiert – und konnten lange mit vernachlässigbaren politischen Kosten übergangen werden.

Bedürfnisse der lokalen Bevölkerung berücksichtigen

1976 beginnt sich dies zu ändern. Am 10. März verhindert eine Gruppe von *seringueiros* mit ihren Familien erstmals die Rodung eines *seringal* in der Nähe von Xapuri, wo zwei Gruppen von *paulistas* innert weniger Jahre 180 000 Kautschuk- und 80 000 Paranuss-Bäume zerstört haben. Wie die Chipko-Frauen im indischen Himalaja stellen sich die Menschen vor die Bäume. Die Hölzer müssen unverrichteter Dinge abziehen. Bis in die achtziger Jahre werden in vielen weiteren dieser *empate* genannten Aktionen Holzertrupps neutralisiert, was die Geschwindigkeit der Entwaldung stark verlangsamt.

Damit entsteht auch Zeit für die Klärung der zentralen Frage, wem der *seringal* und seine Bäume eigentlich gehören. Die *seringueiros* und ihre gewerkschaftlich organisierten Führer wie Francisco «Chico» Mendes Filho, selbst ein

Das linke Auge des Amazonasdelphins in ein Stück Anacondahaut gewickelt und im Hosensack getragen bringt Glück und macht jeden Mann unwiderstehlich. Die Caboclos, in deren Kultur sich afrikanisches, indianisches und europäisches Gut vermengt, kennen nicht nur diverse Zauber. Sie verfügen auch über gewisse Kenntnisse der indianischen Pflanzenmedizin und haben damit Zugang zum riesigen Reservoir an Wirkstoffen und Wissen, das Amazoniens Wälder und Urbevölkerung bergen.

Gummizapfer, bestehen darauf, dass sie selbst durch ihre Sammeltätigkeit und nicht die Kautschukbarone das Eigentumsrecht auf dem *seringal* erworben haben.

Der 1985 gegründete *Conselho Nacional do Seringueiros* fordert, die Entwicklungspolitik Amazoniens endlich auf die Bedürfnisse der lokalen Bevölkerung auszurichten. Zudem taucht erstmals die Idee sogenannter Sammlerreservate auf. Sammlerreservate – beispielsweise ein *seringal* – sollen von den Ansässigen als gemeinsames Eigentum verwaltet werden. Die *seringueiros* erhalten Nutzungsrechte an den Sammelprodukten und Eigentum an einer beschränkten Fläche für die Selbstversorgung mit Nahrungsmitteln.

Damit liegt für Amazonien erstmals ein Wirtschaftsmodell vor, das von der lokalen Bevölkerung vorgeschlagen wurde und die Landspekulation zu unterbinden sucht.

Neue Bündnisse und ein weiterer Mord

In der zweiten Hälfte der achtziger Jahre entstehen neue Bündnisse zwischen ganz verschiedenen, am Wald interessierten Menschen. *Seringueiros* und Indianer, die sich nie leiden mochten, schliessen sich 1987 als Menschen, die im und vom Wald leben, in der Allianz der Waldbewohner zusammen.[45]

Wissenschaftler und nichtstaatliche Umweltorganisationen aus dem Süden Brasiliens, aus Nordamerika und Europa beginnen die *seringueiros* zu unterstützen. Chico Mendes nimmt die globale Sorge um den Regenwald geschickt auf und erhält 1987 eine Auszeichnung der Vereinten Nationen – bezeichnenderweise nicht wegen seines sozialen Einsatzes für die Rechte der Kautschukzapfer, sondern als herausragender Umweltschützer.

Doch die *seringueiros,* die aus Sicht der industrialisierten Welt als weise Kenner des Waldes und frei vom weltweit herrschenden Konsumgeist erscheinen mögen, versuchen in Wirklichkeit nichts weiter, als ihren Lebensraum vor der Vereinnahmung anderer zu bewahren und durch dessen Nutzung ein besseres Leben als bisher zu führen.

Wie hart dieser Konflikt ist, zeigt Chico Mendes' eigenes Schicksal. Er wird im Winter 1988 in Xapuri von einer Sippe *grileiros* aus dem Süden ermordet, die seine Heimat, den *seringal* Cachoeira, als Eigentum beanspruchen.

Die Todesnachricht und damit der Kampf der *seringueiros* um ihren Lebensraum werden weit in die industrialisierte Welt hinein wahrgenommen. Die Weltbank, Brasiliens wichtigster Partner bei der Finanzierung von Grossprojekten in Amazonien, verschiebt unter Druck nichtstaatlicher Organisationen und US-Kongressabgeordneter den Entscheid über Kredite für Wasserkraftprojekte in Amazonien.[46] Bis 1989 entstehen in Acre, Amapá und Rondônia neun Sammlerreservate, und elf weitere harren der Bewilligung.[47]

Am Anfang eines langen Weges

Die Regenzeit 1992 hat eben begonnen, als ich in Xapuri ankomme, und wie in der Nacht, als Chico Mendes ermordet wurde, trommeln die Tropfen auf Blechdächer und Bananenblätter. Auf den Firsten sitzen durchnässte Geier, die während der Aufhellungen ihre Flügel auffächern und sich zu trocknen versuchen. Die Stimmung hier ist düster, nicht nur wegen des Regens.

Den meisten *seringueiros* um Xapuri ist es in den letzten Jahren zwar gelungen, die alten Fesseln der Leibeigenschaft abzustreifen. Doch 1988 wurden die Einfuhrkontingente zum Schutz der brasilianischen Latexproduzenten aufgehoben, und der Preis ist noch stärker unter Druck geraten. Allein vom Verkauf der qualitativ mässigen Ballen, oft mit Rindenstücken und manchmal mit gewichtssteigernden Steinen durchsetzt, können die Familien nicht mehr ernährt werden.

Der Verlust des wichtigsten wirtschaftlichen Beines vertieft die Krise noch, die der Zerfall des alten Sozialgefüges – ungerecht, aber doch vertraut – bei vielen *seringueiros* ausgelöst hat. Das treibt die Alten noch tiefer in den *cachaça*, und die Jungen zieht es nach Rio Branco.

Solche Auflösungserscheinungen nähren die laufende Debatte um Entwicklungsmodelle für Amazonien. Sammlerreservate würden lediglich Unterentwicklung zementieren, anstatt nachhaltige Entwicklung zu ermöglichen. Nichts sei dort zu holen, das Leben miserabel und menschenunwürdig, lassen sich etwa Wirtschaftsvertreter aus Südbrasilien vernehmen.[48]

Solche Vorurteile gegenüber der Sammelwirtschaft sind verbreitet. Es stimmt, dass der Sammelertrag bescheiden ist, wenn man ihn lediglich mit dem produktivsten Abschnitt des Rinderzyklus vergleicht. Doch bei dieser viel zu kurz greifenden Betrachtungsweise bleibt vieles unbeachtet. Der Sammelertrag lässt sich dauerhaft erzielen, bei Weiden ist dies nur mit kostspieliger Pflege und Düngung möglich. Unberücksichtigt bleiben auch die sozialen Kosten infolge der Waldzerstörung: Umweltdegradation in Form von Artenverarmung und zerstörter Fruchtbarkeit, klimatische Einflüsse, soziale Spannungen.

Umfassende Untersuchungen belegen die ökonomische Überlegenheit der Sammelwirtschaft gegenüber Nutzungen, die den Wald zerstören.[49] Die Verelendung der Sammler, die den Eliten der Amazonasstädte immerhin ein Jahrhundert lang ein feines Leben ermöglichten, ist auch Folge der langen Ausbeutung körperlicher, geistiger und seelischer Kräfte.

Eine Erholung scheint möglich, doch sie wird neue wirtschaftliche Aktivitäten, Unterstützung von Aussen und Zeit benötigen. Als eines der Modelle, an dem Sackgassen ebenso wie gangbare Wege abzulesen sind, bietet sich Tomé-Açu an.

Wertschöpfung durch Verarbeitung an Ort

Strukturen wie sie den japanischen Siedlern zur Überwindung von Krisen geholfen haben, sind in den letzten Jahren auch in Xapuri und an anderen Orten entstanden. Die *Cooperativa Agroextrativista de Xapuri,* der 250 Mitglieder angehören, bemüht sich um die Vermarktung der Sammelprodukte, und in einer eigenen Fabrik knacken 60 Frauen und Männer Paranüsse. Sie werden zu einem fairen Preis von der englischen Menschenrechts-Organisation *Cultural Survival* aufgekauft, die auf diese Weise einen wichtigen Impuls zur Walderhaltung leistet.

Die Kooperative, von deren Arbeit rund 200 Familien leben, hat regionale Bedeutung. Für ungeschälte Nüsse erhält der Sammler normalerweise nur wenige Prozent des Weltmarktpreises. Durch die Weiterverarbeitung steigt dieser Anteil auf über 50 Prozent, was der Kooperative wiederum erlaubt, dem Sammler einen gerechten Preis für seine Nüsse zu entrichten.

Höhere Wertschöpfung vor Ort ist auch für Kautschuk geplant. In kleinen Fabriken könnte der Latex gepresst und im Ofen zu pergamentfarbenen Folien getrocknet werden, die viel bessere Erlöse erzielen als Ballen.

Sammelprodukte und Agroforstwirtschaft

Doch Gummi und Paranüsse sind längst nicht die einzigen Produkte, die sich im Wald ohne grosse Zerstörung sammeln lassen. Es gibt in Amazonien Hunderte von Pflanzen mit einem potentiellen Markt, und viele bisher wenig genutzte Arten würden sich auch für agroforstlichen Anbau wie in Tomé-Açu eignen.

Von 36 Tropenpflanzen mit vielversprechenden ökonomischen Aussichten, die eine Gruppe von Wirtschaftsbotanikern 1975 ausgewählt hat, stammt ein Drittel aus Amazonien.[50] *Tucumã* beispielsweise, eine stachlige Palme mit grossem Nutzungspotential, hat ein Fruchtfleisch mit dreimal mehr Vitamin A als Möhren, der Kern enthält qualitativ hochwertige Öle, und die Triebspitzen eignen sich als Palmherzen.[51] Weil solche Arten noch wenig kommerzialisiert sind, ist die Gefahr einer Marktüberlastung mit anschliessendem Preiszusammenbruch gering.

Entwicklung und Einführung kombinierter Nutzungssysteme überfordern den einzelnen *seringueiro* jedoch. Er benötigt agroforstliche Beratung, ein funktionierendes Kreditwesen wie in Tomé-Açu sowie günstigen und sicheren Transport für seine Ernte.[52] Wenn der Lastwagen mit verderblichen Früchten im knietiefen Schlamm steckenbleibt – in Xapuri ist dies während der Regenzeit der Normalfall –, bricht die mühsam aufgebaute Marktbeziehung zusammen, der Kredit kann nicht zurückbezahlt werden, und der alte Teufelskreis der Verschuldung beginnt von neuem.

Erweiterte Sammelwirtschaft, agroforstliche Nutzung und Selbstversorgung könnten eine gute Wirtschaftsbasis sein und das Leben der ehemaligen Sammler verändern. Doch die meisten *seringueiros* sind wirtschaftlich derart ausgepresst, dass sie darauf nicht warten können. Viele machen sich daher an das Holz heran. Auch in den Sammlerreservaten, wo kommerzieller Holzschlag verboten ist, kann dies nur noch eine Frage der Zeit sein. Holznutzung kann aber auch in Amazonien nachhaltig sein (vgl. Kasten «Forstwirtschaft im Gemeindewald»).

Die Bilanz von Raffgier und Landhunger

Tomé-Açu und Xapuri sind nur winzige Punkte im brasilianischen Amazonasgebiet, das bei seiner enormen Ausdehnung von einem einzelnen Menschen kaum zu erfassen ist, auch in einem ganzen Leben nicht. Um einigermassen zu überblicken, was in den letzten dreissig Jahren hier geschah, braucht es Satellitenbilder.

Das Ausmass der seit 1960 gerodeten Fläche in *Amazônia Legal* ist Gegenstand eines Dauerdisputs. Nach Philip Fearnside vom Institut für Amazonasforschung INPA in Manaus sind zwischen 1960 und 1991 426 000 km² gerodet worden, gut 10 Prozent der ursprünglich bewaldeten Fläche, was etwa dem US-Staat Kalifornien entspricht.[53] Nach Fearnside sind die kleinen Siedler mit Landflächen bis 100 Hektar für ein Drittel der Rodungen, die Grossgrundbesitzer für den Rest verantwortlich.[54]

Francisco Ferreira Gomes ritzt die Rinde eines Kautschukbaumes an (oben). Xapuri mit den alten Handelskontoren, die von besseren Zeiten erzählen (rechts). Heute wird hier nur noch wenig Kautschuk gehandelt.

Forstwirtschaft im Gemeindewald

Octavio Reis Filho ist weit über 70jährig, Sohn eines *seringalista* und kennt die aktuellen Probleme der *seringueiros*. Als Forstunternehmer in Rio Branco hat er zudem zur Genüge erlebt, welche Schäden beim Fällen von Regenwaldriesen entstehen. Dabei ist deren Holz oft kernfaul oder gerissen und eignet sich weder als Sag- noch als Furnierholz. Zur schonenderen Nutzung schlägt er vor, dünnere und kürzere Bäume in den unteren Schichten zu fällen, und nicht wie üblich die Waldriesen, die Struktur und Binnenklima des Regenwaldes bestimmen und grosse Bedeutung für die Erhaltung der Artenvielfalt haben.[64]

In kleinen Schlaglücken könnten sich Lückenspezialisten wie Mahagony oder Cedro verjüngen, beide gesucht wegen ihres wertvollen Furnierholzes. Konzeptgetreu ausgeführt wäre dieses Nutzungsmodell nachhaltig.[65] Die leichten Stämme könnten von den *seringueiros* waldschonend mit Zugtieren an Fluss oder Strasse transportiert werden. Diese angepasste Technologie ist auch für die lokale Bevölkerung erschwinglich. Welche sozialen und wirtschaftlichen Rahmenbedingungen wären nötig, um das Modell zu realisieren?

Für die soziale Organisation bieten gerade die Sammlerreservate mit ihrem gemeinschaftlichen Eigentum am Wald eine grosse Chance. Die *seringueiros* werden sich – falls ihre Reservate nicht nur Signaturen auf der Karte bleiben sollen – ohnehin zu einer Gemeindeform durchlaufen müssen, wo alle dasselbe Gewicht bei der Verteilung der gemeinsamen Ressourcen haben. Eine demokratische Organisation wäre auch Grundbedingung für die gemeinsame Nutzung und Vermarktung von Holz, für die Einrichtung einer eigentlichen Dorfforstwirtschaft.

Ein Markt für das Holz ist zweifellos vorhanden. Bereits Mitte der achtziger Jahre bezog Brasilien 44 Prozent des Sagholzes aus Amazonien, und die steigende Tendenz der Binnennachfrage ist ungebrochen.[66] Damit die *seringueiros* für ihr Holz einen gerechten Preis bekämen und die Wertschöpfung in der Region möglichst hoch wäre, müsste beispielsweise in Rio Branco Industrie angesiedelt werden, die sich auf die Verarbeitung der dünnen Stämme spezialisiert.

Würde eine Holznutzung nicht zwangsläufig Entwaldung der Sammlerreservate bedeuten? Zweifellos besteht ein Risiko, dass der Wald zu Beginn übernutzt und zweckentfremdet wird. Andererseits: wo Wald wertlos ist, weil weder Sammelprodukte noch Holz verkauft werden können, drohen erst recht Rinderhufe. Wenn die Bäume hingegen einen Wert bekommen, werden sie von der lokalen Bevölkerung aus Eigeninteresse geschützt werden.[67] Dazu muss sie mit vollen Rechten ausgestattet sein, denn nur dann sind Machtmissbrauch, Korruption und Günstlingswirtschaft in Schach zu halten.

Ein Drittel davon ist allerdings nicht Regenwald, sondern *cerrado,* tropischer Trockenwald, der den Regenwaldkern an den südlichen und östlichen Rändern begrenzt. Im Gürtel des *cerrado,* der viel stärker unter Druck steht als der Regenwald, finden sich Staaten wie Maranhão, das schon zu zwei Dritteln entwaldet ist. Der im Regenwaldkern gelegene Staat Amazonas hingegen hat bis anfangs der neunziger Jahre lediglich 1.6 Prozent des Waldes verloren.[55]

Die Rodungsrate in *Amazônia Legal* lag zwischen 1978 und 1988 bei durchschnittlich 22000 km² pro Jahr, was etwa der Fläche von Wales entspricht. Seit 1989 sank sie und erreichte 1991 rund 11 000 km² – immer noch über 3000 Hektar Wald pro Tag.[56]

Gründe für die Abnahme der Rodungen dürften die Wirtschaftskrise der achtziger Jahre sein und die höheren Zinsen, was nach 1987 dazu führte, dass praktisch keine Landwirtschaftskredite mehr aufgenommen wurden. Seit 1989 wird das Abbrennen von Wald als Nutzungsbeweis nicht mehr anerkannt, doch diese Gesetzesänderung wird erst im Laufe der Zeit zum Tragen kommen.[57] Für die verbliebenen Viehzüchter ist das Abbrennen von neuem Wald jedoch profitabler als Entbuschung und Düngung bestehender Weiden. Philip Fearnside weist darauf hin, dass die Entwaldungsrate mit anziehender Wirtschaft wieder rasch zunehmen dürfte. Tatsächlich steigen die Entwaldungsraten seit 1992 wieder an; die Gründe sind noch nicht klar.

Capoeira

Rodung bedeutet allerdings auch im brasilianischen Amazonasgebiet nicht notwendigerweise die endgültige Entwaldung. Durch Auflass von Weiden sind bis Mitte der neunziger Jahre Flächen in der Grössenordnung von 200 000 km² entstanden[58], die nun allmählich mit *capoeira,* wie Sekundärwald hier genannt wird, einwachsen.[59]

Die Wiederbewaldung erfolgt umso leichter, je kürzer die Beweidung dauerte, je weniger der Boden durch schwere Maschinen verdichtet wurde und je näher Naturwaldreste liegen, von denen aus Tiere nun Samen einschleppen können.[60] Gräser von der Konkurrenzkraft des südostasiatischen *alang-alang* gibt es hier nicht.

Gegen 90 Prozent des riesigen Amazonaswaldes – so das Fazit in optimistischer Deutung – stehen zu Beginn der neunziger Jahre also noch. Auf grossen Flächen hat sich der Boden als weniger empfindlich denn befürchtet erwiesen, die «grüne Hölle» ist nicht zur «roten Wüste» geworden. Selbst auf der unfruchtbaren *terra firme* Ostamazoniens entwickelt die Natur erstaunliche Selbstheilungskraft.

Auch die Befürchtung, dass der Kollaps Amazoniens bei der Einwanderung in den letzten Jahren lediglich eine Frage der Zeit ist, kann relativiert werden. Zwischen 1970 und 1980, auf dem Kamm der Einwanderungswelle, ist etwa eine Million Menschen nach Amazonien gekommen – viel für diese Region, doch wenig verglichen mit den 20 Millionen, die im selben

Wandbild von Hélio Melo, einem ehemaligen Gummizapfer, an der «Casa dos Seringueiros» in Rio Branco. Amazonien sieht er nicht mehr von Bäumen, sondern vom Stacheldraht der Viehkoppeln dominiert (oben). Francisco «Chico» Mendes Filho (unten): sein Einsatz für die Rechte der Kautschukzapfer und gegen Ausbeutung und Zerstörung durch Aussenstehende hat ihn das Leben gekostet.

Wenige Jahre alter Sekundärwald auf «terra firme» bei Tomé-Açu. Auch in Amazonien bedeutet Rodung nicht endgültige Entwaldung, kann der Wald oft grossflächig zurückkommen, schlagen die abgesägten Strünke aus, samen sich neue Bäume an.

Zeitraum aus Brasiliens ländlichen Räumen in die *favelas* der monströsen Metropolen getrieben worden sind.[61] Zu Beginn der neunziger Jahre leben etwa 12 Millionen Menschen in *Amazônia Legal*, die Hälfte in den Städten.[62] Die aktuelle Bevölkerung liegt damit in der Grössenordnung der Indianer zur Zeit vor Kolumbus.

Wenn die Entwicklungsanstrengungen auf die heutige Bevölkerung Amazoniens und deren Nachfahren ausgerichtet werden – so denken die meisten Kenner der Situation – kann die Region dauerhaft besiedelt und bewirtschaftet werden.[63] Der fragile, beschränkt belastbare Lebensraum muss jedoch unweigerlich degradieren, wenn er zur Lösung von politischen Problemen – Stichwort Bodenreform – missbraucht wird, die im fruchtbaren Süden seit Jahrzehnten verschleppt werden.

Die letzten dreissig Jahre haben gezeigt, wie politische Entscheide sinnlose Zerstörung auslösen können und wie rasch sich diese ausbreitet. Für die verbliebenen Wälder gibt es zwei grosse Gefahren. Die erste besteht im Bau neuer Strassen, wie sie 1995 angekündigt wurden. Mit einem titanischen Projekt sollen Atlantik und Pazifik verbunden werden. Diese «Strasse der Hölle», wie sie bereits genannt wird, würde Amazoniens Holzvorräte den asiatischen Märkten und damit der zweiten Gefahr aussetzen: der Unterbewertung von Wald und Holz, wie dies schon beim Viehboom geschehen ist. Dem spekulativen Kapital wiederum Tür und Tor zu öffnen, würde bedeuten, die Bemühungen der lokalen Bevölkerung um die Entwicklung nachhaltiger Nutzungsformen von vornherein zu untergraben.

Wo die Fronten der Gier stets tiefer und immer rascher in die Waldmassive hineingetrieben werden, vergammeln und verarmen die jeweils letzten Grenzregionen. Hier ist der Unterhalt bestehender Strassen eine Voraussetzung zur Konsolidierung der Wirtschaft und zur Bildung einer dauerhaften Kulturlandschaft. Für intakte Waldgebiete und deren alteingesessene Bewohner jedoch bedeuten neue Erschliessungen grösste Gefahr. Bei den gegenwärtigen politischen, wirtschaftlichen und sozialen Verhältnissen bleibt die Unerreichbarkeit der beste Schutz für Amazoniens Wälder.

Thailand

Walddörfer – mehr Bäume, mehr Wohlstand

Thailand ist als einziges Land Südostasiens nie kolonisiert worden. Entscheidend war, dass der König den Briten im letzten Jahrhundert freien Zutritt zu einem Schatz garantierte, der im Norden des Landes gedeiht: Teak. Das exzellente Schiffsbauholz war einer der Pfeiler, auf dem das *British Empire* ruhte. In den letzten Jahrzehnten ist die thailändische Waldfläche – auch ausserhalb des Teakareals – dramatisch geschrumpft, die Teakbestände sind heute weitgehend erschöpft. Nach verheerenden Überschwemmungen erliess die Regierung 1989 ein landesweites Holzschlagverbot. Dass die Wiederbewaldung möglich ist, zeigen sogenannte Walddörfer wie Mae Moh. Dort sind bereits in den sechziger Jahren forstliche mit sozialen Aspekten verknüpft worden, haben Landlose eine sichere Lebensgrundlage erhalten und mittlerweile beachtliche Flächen mit Teak bepflanzt.

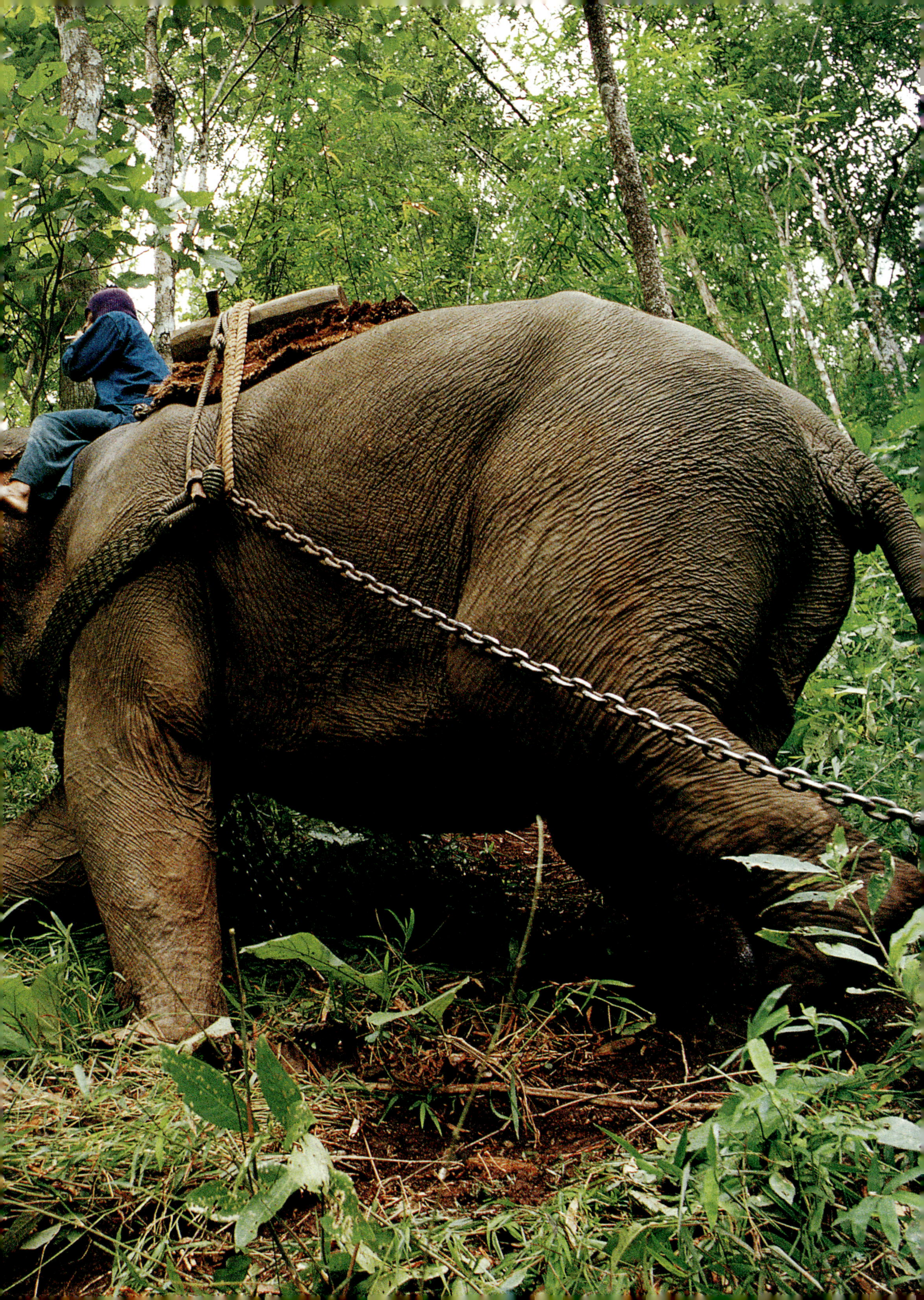

Wie Geister bewegen sich die Männer durch den feuchten Morgenwald. Die nackten Füsse der Einheimischen machen keinen Lärm, und der gestiefelte Reginald Campbell versucht instinktiv, so leise aufzutreten wie seine vorausschreitenden Kulis. Einige Wipfel weiter schreien Affen, das rauhe «kok-kok» eines Nashornvogels ist zu hören, und jedes Mal, wenn ein Tautropfen auf eines der grossen, eiförmigen Teakblätter klatscht, hallt es papieren durch den Wald.

Campbells Oberkuli schreitet exakt entlang den Höhenlinien, immer sorgfältig darauf achtend, die Wasserscheide nicht zu verlassen. Nur auf diese Weise behält man die Orientierung in diesen unendlichen Wäldern, findet man immer wieder zum Ausgangspunkt zurück. Nur so lässt sich das Gelände systematisch ablaufen, kann jeder der mächtigen Teakstämme im bambusreichen Unterholz gefunden werden.

Der nächste Baum, gegen 50 Meter hoch und mit dickem, gefurchtem Stamm, erhält die Nummer 742. Auch hier trennen die Kulis die Rinde oberhalb der Wurzelanläufe mit einigen Axthieben durch. Der «gegürtelte» Baum wird nun langsam absterben und zur Schlagzeit in zwei Jahren soweit ausgetrocknet sein, dass der Stamm schwimmt und in den Hochwassern zur Monsunzeit geflösst werden kann.

Teak-Wallah

Reginald Campbell war 1920 im heissen Bangkok angekommen, dem «Venedig des Ostens», wie die kanalreiche Stadt damals genannt wurde. Der ehemalige Offizier der britischen Marine hatte sich bei einer englischen Firma als *«Teak-Wallah»*, als Teak-Gesell verdingt, wie er sich im Bericht über seine Zeit im Norden Thailands bezeichnet.[1]

Campbells Firma hatte im Norden Thailands, wo Teak optimal gedeiht, umfangreiche Schlagrechte erworben. Im Dienste der *Bombay Burmah Trading Corporation Ltd.* (B.B.T.C.L.) holzten Hunderte von Männern, 180 Elefanten schleppten die Stämme an die Flüsse, und Dutzende von Männern waren mit dem Flössen beschäftigt. In ein besonders teakreiches Gebiet hatte die B.B.T.C.L. gar eine 40 Meilen lange Eisenbahn bauen lassen.

Das Leben im Teakdschungel ist hart. Reginald Campbell lebte mit minimalem Komfort, ernährte sich von Reis mit Huhn, Huhn mit Reis, Büchsenbutter und Kaffee, den ihm sein Küchenkuli durch einen ausgedienten Socken filterte. Er war der Hölle der Regenzeiten ausgeliefert, den Blutegeln, die dann selbst durch die Schuhösen eindringen. Die Füsse seines Feldbetts pflegte er in kerosingefüllte Büchsen zu stellen, um wenigstens im Schlaf nicht von Termiten belästigt zu werden. Er kämpfte gegen Kobras, Einsamkeit und Seelendämonen, gegen Malaria, Magen- und Darmparasiten. Fünf Jahre hielt er seinen tropischen Peinigern stand, dann ging er nach England zurück, um von einem neuen *Wallah* abgelöst zu werden.

Teak – ein Mythos wie Muskat

Teak ist seit urdenklicher Zeit ein begehrter Handelsartikel. Bereits lange bevor die Europäer ins heutige Thailand kamen, bestand ein steter Teakfluss nach China. Vielleicht ruhte sogar der Turm von Babel auf Sockeln aus dem fäulnis- und insektenresistenten Holz, denn bei Ausgrabungen babylonischer Tempel wurde Teak entdeckt, das wohl von der Westküste Indiens stammte.

Ende des 18. Jahrhunderts begannen sich die Briten als erste Europäer für Teak zu interessieren. Damals stand der sagenumwobene britische Eichenwald bereits zum grössten Teil in Form von Kriegsschiffen im Dienst der *Royal Navy*. Eiche in geeigneter Stärke für Schiffe, ein machtstrategisch äusserst wichtiger Baustoff für das *British Empire*, war auf der Insel und dem europäischen Kontinent zunehmend schwieriger zu bekommen.

An der Westküste Indiens hingegen gab es damals noch ausgedehnte Wälder voller Teak, das sich als Eichenersatz bestens eignete. 1805 wurde in Bombay mit der 36-Kanonen-Fregatte «Salsette» das erste Kriegsschiff vom Stapel gelassen, das vollkommen aus Teak bestand. Zwischen 1830 und 1855 zimmerten geschickte in-

Vorherige Seite:
Bunma Paido («Glücklicher Elefantenbulle ohne Zähne») auf dem Weg zu einem Teakstamm, den er aus dem Wald schleppen wird. Die lautlosen und erstaunlich geländegängigen Arbeitstiere sind auch bei Teakschmugglern sehr beliebt.

Bauer vom Volk der Karen mit seinem Enkel, Karensiedlung in den Hügeln Nordthailands.

dische Bootsbauer unter britischem Kommando nicht weniger als 123 grosse Teakschiffe.

Der britische Teakhunger war unersättlich. Für jedes Schiff brauchte man Tausende von Baumstämmen. Zudem wurden grosse Mengen des exzellenten Baustoffes für andere Zwecke nach England befördert. Um 1850 machte sich das *Empire* auch an die Wälder Burmas heran. Die drei Burma-Kriege galten vorab der Sicherung der Teakversorgung, und im letzten von 1885 ging es unverhohlen um die Interessen des späteren Arbeitgebers von Reginald Campbell, die durch eine französische Intrige am Hof des burmesischen Königs gefährdet waren.[2]

Teakpolitik

In Siam, das seit 1939 Thailand heisst, ist die Geschichte anders verlaufen. Thailand, das «Land der Freien», ist wie erwähnt als einziges Land Südostasiens nie europäische Kolonie gewesen. Doch auch hier hatten die Europäer grossen Einfluss, besonders die Engländer. 1874 und 1883 kamen unter britischem Druck die Chiang-Mai-Verträge zustande, in denen Siam den Europäern den Zugang zum Teakholz zu garantieren hatte.[3]

In Thailand wächst Teak vor allem im Norden, in den Provinzen Chiang Mai, Lampang, Phrae und Nan. Hier herrscht das dem Teakbaum förderliche Monsunklima mit mehrmonatiger Trockenzeit, und hier findet diese Baumart auch vom Boden her optimale Standortsbedingungen. Feuer während der trockenen Monate, gegen die Teak bis zu einem gewissen Grad unempfindlich ist, haben die Dominanz dieses Baumes noch verstärkt.

Im Norden leben zwei grundsätzlich verschiedene ethnische Gruppen, einerseits die buddhistischen Thai, die Nassreis in den Ebenen anbauen, andererseits Hügelvölker wie die Karen. Die Karen betreiben Wechselfeldbau, den sie *taungya*, «Feldbau in den Hügeln» nennen. Schon Mitte des letzten Jahrhunderts hatte der Karenbauer Pan Hle dem späteren Generalforstinspektor Indiens, Dietrich Brandis, gezeigt, wie beim *taungya* Rodungsflächen nach einigen Trockenreis-Ernten wiederum gegen ein Jahrhundert lang den Teakbäumen überlassen werden.[4]

Die Thai lebten Ende des letzten Jahrhunderts noch in verschiedenen kleinen, von Bangkok relativ unabhängigen buddhistischen Feudalstaaten. Zentrales Element des Buddhismus in seiner thailändischen Variante ist der Erwerb religiöser Verdienste, die in einem späteren Leben zu günstigeren Daseinsumständen führen werden. Dieses *tham bun* («Verdienst erwerben») genannte Prinzip diente und dient auch heute noch der Legitimierung von Machtverhältnissen und Lebensumständen: Ein feudales Dasein wurde als Dividende für Verdienste aus den früheren Leben akzeptiert. Als Bauer hingegen hatte zu leben, wer sein religiöses Leistungskonto noch ungenügend geäufnet hatte.

Logische Folge des *tham bun* war die Organisation der alten Feudalstaaten nach dem *Sakdina*-System. *Sakdina* bedeutet die Verfügungsgewalt des Feudalherrn über die Reisfelder und deren Ertrag, den die Bauern zu versteuern hatten. Der lokale Fürst galt und verhielt sich als omnipotenter Eigentümer des Bodens, alles Lebendigen, der buddhistischen Rituale, des Handels – und auch des Teakholzes.[5]

Bei diesen Feudalherren mussten nicht nur die kleinen chinesischen oder burmesischen Holzereiunternehmen Schlagrechte erwerben, sondern auch die grossen britischen Firmen wie die B.B.T.C.L., die *Borneo Company* oder die *Siam Forest Company*. Als diese drei Grossen kurz vor der letzten Jahrhundertwende ins siamesische Teak-Geschäft einstiegen, zogen die Stockgebühren kräftig an. Oft versuchten die Feudalherren die Konzessionäre übers Ohr zu hauen, indem sie dieselbe Waldfläche mehreren Interessenten gleichzeitig zuhielten. Die Briten beschwerten sich in Bangkok über solch unlauteres Geschäftsgebaren. König Chulalongkorn entschied sich daher, im Norden selber aktiv zu werden.

Der gewiefte König pflegte in sensiblen Bereichen Europäer zu beschäftigen, um die Begehrlichkeiten der Kolonialmächte, von denen Siam umzingelt war, im Zaum zu halten. Zur Abklärung der Situation in den Teakwäldern lieh er sich vom burmesischen Forstdienst den britischen Forstoffizier Henry Slade aus. Dieser schlug Bangkok 1895 nach einer halbjährigen Inspektionstour vor, den Wald zu verstaatlichen und einen Forstdienst zu gründen.

Im folgenden Jahr wurde das Königliche Forstdepartement ins Leben gerufen. 1899 ent-

Teakreicher Naturwald in der Gegend von Mae Moh, der einen Eindruck der einst ausgedehnten thailändischen Teakbestände vermittelt. Die sehr schönen Bäume werden "Gold-Teak" genannt. Ihre Samen werden in den Pflanzschulen der Umgebung angezogen.

zog die Zentralregierung den bisherigen Besitzern im Norden die Wälder, um diese unter die eigenen Fittiche zu bringen. Damit hatte der König zwei Dinge erreicht: erstens war die Gefahr gebannt, dass die Briten wegen des Teaks in Siam einschreiten könnten, und zweitens flossen die Schlaggebühren für das Holz seither über das Königliche Forstdepartement an den Zentralstaat.

Die Produktion begann nun rasch in die Höhe zu schnellen. 1927 wurden in 32 Konzessionen bereits über 1.3 Millionen Teakbäume gefällt.[6] Die Holzerei fand selten im Kahlschlagverfahren statt, trotzdem hat die Qualität der Teakbestände im Laufe der Zeit kontinuierlich abgenommen. Systematisch sind in mehreren, zu kurz aufeinanderfolgenden Umgängen die grössten Bäumen herausgeschlagen worden. Wo das Kronendach zu sehr gelichtet wurde, machte sich Bambus breit, was die Verjüngung der Bäume um Jahrzehnte verzögerte.

Übermässige Holzerei, hohe Waldflächenverluste

Teak ist bis in die sechziger Jahre nach dem Reis Thailands zweitwichtigstes Ausfuhrprodukt geblieben. Der Exporterlös betrug noch 1976 eine Milliarde Baht, stürzte jedoch bis 1985 auf 281 Millionen Baht hinunter. 1968 wurde erstmals mehr Holz eingeführt als exportiert. Zwischen 1972 und 1985 hat die Holzeinfuhr wertmässig um das dreiundzwanzigfache zugenommen und ist zu einer schweren Belastung der Aussenhandelsbilanz geworden.[7]

Für diese Entwicklung ist der jahrzehntelange Teakexport allerdings nur einer der Gründe. Schwerwiegender hat sich vielmehr die Umwandlung grosser Waldflächen in Landwirtschaftsland ausgewirkt. Im Norden hat eine erste Rodungswelle bereits zu Campbells Zeiten, mit dem Bau der Eisenbahnverbindung Bangkok-Chiang Mai eingesetzt. Der in die frisch aufgebrochenen Böden gesteckte Reis war gerade rechtzeitig herangereift, um auf den europäischen Nachkriegsmärkten zu guten Preisen Absatz zu finden.[8]

Um 1960 beschleunigte sich der Wandel von der Selbstversorgungs- zur Marktwirtschaft. Die Bauern begannen nun für den nationalen und internationalen Markt zu produzieren. Gleichzeitig setzte starkes Bevölkerungswachstum ein. 1960 lebten 26 Millionen Menschen in Thailand, 1986 waren es bereits 52 Millionen.

Der Staat versucht nun verzweifelt, die Waldfläche durch Ausscheidung Nationaler Forstreservate zu schützen. Bei Verletzung ihrer Grenzen drohen Gefängnisstrafen von bis zu fünf Jahren und Bussen von umgerechnet bis zu 2000 Dollar. Aber 7000 Forstbeamte, von denen ein grosser Teil in Bangkok sitzt, genügen nicht, um praktisch die Hälfte der Landesfläche zu kontrollieren. Damit wird der Wald zum Selbstbedienungsladen. Da sein wirtschaftlicher Nutzen allein dem Staat und den Holzereigesellschaften vorbehalten ist, hat die Landbevölkerung nur dann etwas vom Wald, wenn sie ihn rodet und zu Landwirtschaftsland macht.

Die rechtliche Situation, zunehmende Landlosigkeit und die steigende Nachfrage aus den Industrieländern addieren sich zu einer explosiven Mischung, die einen enormen Rodungsdruck bewirkt. Gefördert wird dieser Prozess durch das ausgeprägte marktwirtschaftliche Verständnis der Thai, das in ihrem Buddhismus mit dem Konzept des «Verdienst durch Investitionen erwerben» tief verankert ist (vgl. Kasten: «Der Wald im Nordosten: Europas Säuen vorgeworfen»).

Während 1961 noch über die Hälfte des Landes waldbedeckt war, waren es 1986 lediglich noch 29 Prozent. In nur 25 Jahren also ist in Thailand praktisch die Hälfte des Waldes verschwunden, während sich die Bevölkerung verdoppelt hat.[9] Inzwischen haben die geschlossenen Waldbestände nochmals deutlich abgenommen.

Holzfrevler und Landsuchende

Die Rodungen der letzten Jahrzehnte haben zu einem guten Teil ausserhalb des natürlichen Teakareals, im Nordosten des Landes stattgefunden. Aber auch die verbliebenen Teakwälder des Nor-

Der Wald im Nordosten: Europas Säuen vorgeworfen

Der trockene und nicht sehr fruchtbare Nordosten (wo Teak natürlicherweise kaum vorkommt) war 1961 noch zu 42 Prozent bewaldet.[19] Die Naturwälder, primäre und sekundäre, gehören auch hier zum Lebensraum der lokalen Bevölkerung und werden auf vielfältige Weise genutzt. In einer Gegend der Provinz Khon Kaen beispielsweise bereichern 230 wilde Pflanzen- und Tierarten den traditionellen Speisezettel; 160 verschiedene Pflanzen werden als Medizin gesammelt.[20]

In den sechziger Jahren ist Thailand zunehmend in den Sog des Weltmarktes geraten. Aus den Ländern der Europäischen Gemeinschaft beispielsweise bestand eine starke Nachfrage nach Futtermitteln. In Thailand mussten in jenen Jahren Hunderttausende von Menschen eine neue Lebensgrundlage suchen. Mechanisierung in der Reiswirtschaft, die Konzentration des Bodens in den Händen von stets weniger Leuten und ein hohes Bevölkerungswachstum hatten sie zu Landlosen gemacht. Viele drängten in der Folge nach Nordosten, wo eine heftige Rodungswelle einsetzte.

In die frische Asche pflanzten die Landlosen vor allem Maniok. Aus dessen Wurzel wird das stärkehaltige Tapioka gewonnen, das zusammen mit proteinreichen Soyabohnen vollwertiges Schweine- und Geflügelfutter ergibt. Zwischen 1961 und 1978 vergrösserte sich die thailändische Anbaufläche um das Dreizehnfache. Den grössten Teil des Tapiokas, das um rund 40 Prozent billiger war als in Europa produziertes Futtergetreide, kauften die Länder der europäischen Gemeinschaft. Die rasche Ausweitung des Maniokanbaus wurde durch Strassen wie den «Friendship-Highway» erleichtert, welche die USA während des Vietnamkrieges im Nordosten bauten.[21]

Ein zentraler Grund für die Wucht dieser Rodungswelle, die sich, wenn auch etwas abgeschwächt, nach wie vor ausdehnt, ist die unsichere Rechtslage der Landlosen. Düngung, Terrassierung und Bewässerung können nur Bauern mit einem Landtitel tätigen, der auch Voraussetzung zur Erlangung eines Agrarkredites ist, der wiederum solche Bodenverbesserungen erst ermöglicht. Ohne verbrieftes Landeigentum jedoch ist es für einen Bauern rationaler, alle paar Jahre neuen fruchtbaren Waldboden aufzubrechen und die alte Fläche dem Sekundärwald zu überlassen.

Mitte der neunziger Jahre siedelten rund 10 Millionen Menschen ohne Landtitel und damit illegal auf Flächen, die zu den nationalen Waldreserven gezählt werden.[22] Im Gegensatz zu den Neusiedlern gibt es auch Familien, die bereits seit Generationen dort leben und trotzdem keine Landtitel vorweisen können, weil sie die wenigen Gelegenheiten zur Beschaffung eines solchen verpasst haben.

dens stehen heute unter enormem Druck, wie das Beispiel von Mae Pung in der Provinz Phrae zeigt.

Mae Pung ist einer der grössten verbliebenen Teakbestände. Zu seiner Überwachung setzt das Forstdepartement weltweit einmalig viele Mittel ein. Doch weder das Knattern des periodisch auftauchenden Helikopters noch 300 im Dschungel patrouillierende Aufseher vermögen das ständige Nagen am Mae Pung aufzuhalten.

Tausend professionelle Teakschmuggler und während der Trockenzeit noch mehr Freizeitfrevler aus der Region Phrae haben sich den modernen Überwachungsmethoden angepasst und spielen Katz und Maus mit den Behörden. Sie arbeiten vorzugsweise nachts, schleppen kleine mobile Sägewerke in die abgelegensten Ecken des Dschungels und schneiden die Stämme gleich an Ort und Stelle in Sortimente auf, die sich leicht transportieren lassen. Oder die heimlichen Holzer bringen die Bäume mit Elefanten an den monsungeschwollenen Fluss, beschweren die Stämme mit Steinen und schmuggeln sie auf diese Weise an den Kontrollposten vorbei.

Diese U-Boot-Methode ist von den Forstbehörden lange nicht entdeckt worden.

Patrouillierende Fahrzeuge des Forstdienstes werden oft durch Barrikaden aufgehalten, und bis die Wächter des hölzernen Schatzes den Ort der illegalen Machenschaften erreichen, sind die Frevler mit allem, was sie tragen können, längst über alle Berge. Zurück bleiben Sägemehl- und Rindenhaufen sowie die schweren Teile der Ausrüstung. Als erstes fliegen die Forstleute das wertvolle Fräsenblatt und und den Motor aus, später dann holen sie die gefällten Bäume aus dem Wald.

Zwischen 1980 und 1987 sind mehr als 1500 Frevler angehalten worden. Die regionale Forstverwaltung in Phrae sieht aus wie eine Alteisenhandlung: Dutzende von konfiszierten Lastwagen, Pickupautos, Motorrädern und mobilen Sägen rosten vor sich hin. Unter der Landesflagge vor dem Gebäude weiden Wasserbüffel – manchmal sind dort auch beschlagnahmte Elefanten zu besichtigen. Eindrücklich auch der Blick in den Hinterhof: Siebentausend Fahrräder stehen dort Pedal an Pedal, Velos mit massiven Gepäckträgern, auf denen ein geschickter Mann gut einen Viertel Kubikmeter Teak aus dem Wald schaffen kann. Mitten im Fahrradfriedhof steht ein «sprechender Baum», auf dessen Schild zu lesen ist: «Wenn du den Wald zerstörst, wirst du bestraft.»

Doch Strafe nützt auch hier nicht viel, denn dem Holzfrevel liegt eine Verkettung von relativer Armut, Korruption und organisiertem Verbrechen zugrunde. Die sechsköpfige Durchschnittsfamilie in der Provinz Phrae besitzt nur etwas mehr als ein Hektar Land, zu wenig, um davon leben zu können, besonders wenn das Land in der Trockenzeit nicht bewässert werden kann. Dann dauert die Landwirtschaftssaison lediglich drei Monate, und für manchen Familienvater ist es Tradition, die restliche Zeit ins Holz zu gehen. Damit verdient er viermal mehr als ein Taglöhner – sofern er denn überhaupt Arbeit findet.

Hinter dem Heer der kleinen Holzdiebe steht eine professionelle, bestens ausgerüstete Holzmafia. Einflussreiche Geschäftsleute, die von Politikern und selbst von Forstbeamten gedeckt werden, ziehen die Fäden. Die Holzmafia ist in den letzten Jahren nicht davor zurückgeschreckt, Forstbeamte und Journalisten umzubringen, die sich ihrem Treiben entgegenzusetzen wagten.[10]

Fällverbot

Das zunehmende Ungleichgewicht von bewaldeter zu offener Fläche wird von vielen Leuten wenn nicht als Ursache, so doch als verstärkender Umstand für die Überschwemmungskatastrophen angesehen, die Thailand in den letzten Jahren regelmässig heimsuchen. Eine solche forderte 1988 im Süden über 350 Menschenleben. Die Öffentlichkeit war schockt, die Regierung reagierte mit einem Schlagbann und widerrief im folgenden Jahr alle privaten Holzereikonzessionen im ganzen Land.

Mit dem Bann jedoch ist der Holzsog nicht kleiner geworden, der von Thailands rasch wachsender Volkswirtschaft ausgeht, und das Problem ist lediglich in die Nachbarländer exportiert worden. In Burma zum Beispiel haben thailändische Unternehmen von der Militärregierung Schlagkonzessionen erworben. Auch die schärfsten Gegner dieses Militärregimes, die aufständischen Karen in den Bergen, finanzieren ihren Kampf mit dem Verkauf von Teak nach Thailand und mit Schutzgeldern, die den Holzereiunternehmen abgepresst werden.[11] Der rege Grenzverkehr mit Holz wiederum ermöglicht es der thailändischen Holzmafia, illegal gefälltes Holz zu «waschen»: das gefrevelte Teak wird einfach dem Importholz beigemischt.[12]

Spiegelbildlich geht es an den Grenzen im Norden und Osten zu. Laos weist mit sechs Prozent Verlust pro Jahr eine der weltweit höchsten Entwaldungsraten auf, wofür der Holzstrom nach Thailand ein wesentlicher Grund ist. Die Schläge in Kambodja konzentrieren sich in Gebieten, die bis vor kurzem von den Roten Khmer kontrolliert wurden. Bei 300 Lastwagen, die täglich nach Thailand fahren, füllten die erhobenen Schutzgelder die Kriegskasse der Guerilla jährlich mit Millionen von Dollar.[13]

Die Dächer der alten Tempel Nordthailands ruhen auf mächtigen, rotbemalten Teaksäulen.

Das thailändische Schlagverbot scheint nach anfänglichen Schwierigkeiten – im ersten Halbjahr nach der Bannlegung mussten die Forstbehörden rund 4800 Personen anhalten und Holz im Wert von 20 Millionen Dollar beschlagnahmen[14] – nun doch zu greifen. Die Zerstörung der Naturwälder hat sich verlangsamt.

Zur Umkehr dieses Trends wird es jedoch nicht genügen, allein die verbliebenen Waldflächen zu schonen. Vielmehr braucht es, um die Holzversorgung und den Waldanteil Thailands mittel- bis langfristig wieder einem Gleichgewicht anzunähern, eine umfassende Wiederbewaldungspolitik. Zentral wird sein, den Landlosen eine sichere Lebensgrundlage zu verschaffen, so dass sie ihre waldzerstörende Lebensweise aufgeben können (vgl. Kasten «Masterplan und Gemeinschaftliche Waldwirtschaft»). Ein interessanter und bereits länger laufender Versuch in dieser Richtung ist das Walddorf Mae Moh in der Provinz Lampang.

Mae Moh – ein Ausweg aus der Rodungsfalle

Mae Moh erweckt den Anschein eines ganz normalen Dorfes im thailändischen Norden. Die Holzhäuser stehen auf Pfosten, sind wellblechbedeckt und von respektabler Grösse. Elektrische Drähte hängen entlang der Dorfstrasse. In den meisten Vorgärten steht zwischen den Bananenstauden das mannshohe Tongefäss, in dem Regen als Trinkwasser für die Trockenzeit gespeichert wird, Indiz eines gewissen Wohlstands.

Doch Mae Moh ist ein junges Dorf und wird 1998 erst seinen dreissigsten Geburtstag feiern. Als sein Vater gilt Amnuay Corvanich, der in den sechziger Jahren Direktor der «Forest Industry Organisation» (FIO) im Norden war. Die FIO, ein Staatsunternehmen, widmet sich in Nordthailand dem Einschlag sowie der Verarbeitung von Teak, was sie auch nach dem Schlagbann als einzige Firma tun darf.

In den sechziger Jahren musste Amnuay Corvanich immer wieder beobachten, wie Landsuchende über die Holzwege der FIO in den Wald eindrangen. So konnte sich der Wald

Masterplan und Gemeinschaftliche Waldwirtschaft

1993 hat das Königliche Forstdepartement einen Masterplan vorgelegt, der die Forstpolitik neu regelt. Der Plan sieht folgende Nutzung des Staatslandes vor: 14 Millionen Hektar sollen als System von Schutzgebieten (Nationalparks, Wildreservate, Schutzwälder in Wassereinzugsgebieten) strikte behütet werden. Eine gute Million Hektar Staatsland wird landlosen Kleinbauern als Eigentum übergeben. 8.3 Millionen Hektar, zum grössten Teil entwaldet oder mit Sekundärwald bestockt, werden als Wirtschaftswald ausgeschieden und sollen von privaten in- und ausländischen Investoren, Kleinbauern sowie lokalen Gemeinschaften aufgeforstet und bewirtschaftet werden.[23]

Der Masterplan ist auf heftige Kritik gestossen. Sie richtet sich einerseits gegen die Ausgrenzung der waldbewohnenden Bevölkerung. Eine solche droht durch die Schaffung der Schutzgebiete, die der Staat in traditioneller omnipotenter Manier vor menschlichen Einflüssen frei halten und strikte schützen will. Landesweit sind über 12 000 Dörfer in diese Zone zu liegen gekommen. Ihre Bewohner, die sich zum Teil infolge von Anreizen der staatlichen Wirtschafts- und Siedlungspolitik dort niederliessen, finden sich nun plötzlich in die Illegalität versetzt und von einer Zwangsumsiedlung bedroht. Am stärksten betroffen sind Hügelvölker wie die Karen, die für ihre pfleglische Waldkultur bekannt sind.

Andererseits richtet sich die Kritik am Masterplan gegen die vorgesehene Aufforstungspolitik. Zwiespältige Erfahrungen mit grossen Vorhaben mussten schon früher gemacht werden, beispielsweise mit einem Projekt zur «Begrünung des Nordostens», das die thailändische Armee 1990 begonnen hat. Die Ziele von kommerziellen, auf urbane Bedürfnisse ausgerichteten Aufforstungsprojekten stehen den Interessen der Landbevölkerung oft diametral entgegen.

Mit Aufforstungen sollen «degradierte» Gebiete begrünt werden. Als solche gelten auch artenreiche Sekundärwälder in Verjüngung, die kein Nutzholz mehr enthalten, für die lokale Bevölkerung und die Erhaltung der Artenvielfalt jedoch sehr wertvoll sein können.[24] Ein grosser Teil der geplanten Aufforstungen – beispielsweise Monokulturen mit *Eucalyptus camaldulensis*, soll den Papierbedarf decken, der sich im Schwellenland Thailand zwischen 1977 und 1987 verdreifacht hat.[25]

Um das Land für die Plantagen freizumachen, werden Menschen ohne Landtitel vertrieben oder Kleinbauern mit verbrieften Rechten überredet und in einigen Fällen gar dazu gezwungen, ihr Land zu verkaufen.[26] Einige finden zwar Arbeit bei den Firmen, doch insgesamt bieten die Baumplantagen weniger Menschen ein Auskommen, als das bei der Nutzung derselben Fläche zur Selbstversorgung der Fall ist. Viele Siedler werden daher in die Städte getrieben, wo sie das Heer der unqualifizierten Arbeitssuchenden verstärken.

Der Masterplan ist 1995 revidiert worden. Die gegenwärtigen Bemühungen der Kritiker – Waldbewohner, nichtgouvernementale Organisationen und Wissenschaftler – richten sich auf das Gesetz über Gemeinschaftliche Waldwirtschaft. Die Kritik hat die 1996 vom Kabinett verabschiedete und auf den langen Weg durchs Parlament geschickte Fassung stark beeinflusst. Diese sieht vor, dass Dorfgemeinschaften, die vor 1993 Bestand hatten, ihren Wald selber bewirtschaften dürfen.[27] Damit bestünde eine gute Chance, dass solche Wälder mit der Zeit nicht nur geschützt würden, sondern auch einen Teil jenes Holzes liefern könnten, das die urbane Gesellschaft so dringend benötigt.

Diverse Faktoren wie der Wandel von der Selbstversorgungs- zur Marktwirtschaft oder die Verdoppelung der thailändischen Bevölkerung zwischen 1960 und 1986 führten zu einer starken Entwaldung (oben). Die Idee der Walddörfer besteht darin, den Boden nach einer landwirtschaftlichen Zwischennutzung wieder mit Teak zu bepflanzen. Die Pflanzreihen sind noch deutlich zu sehen (unten).

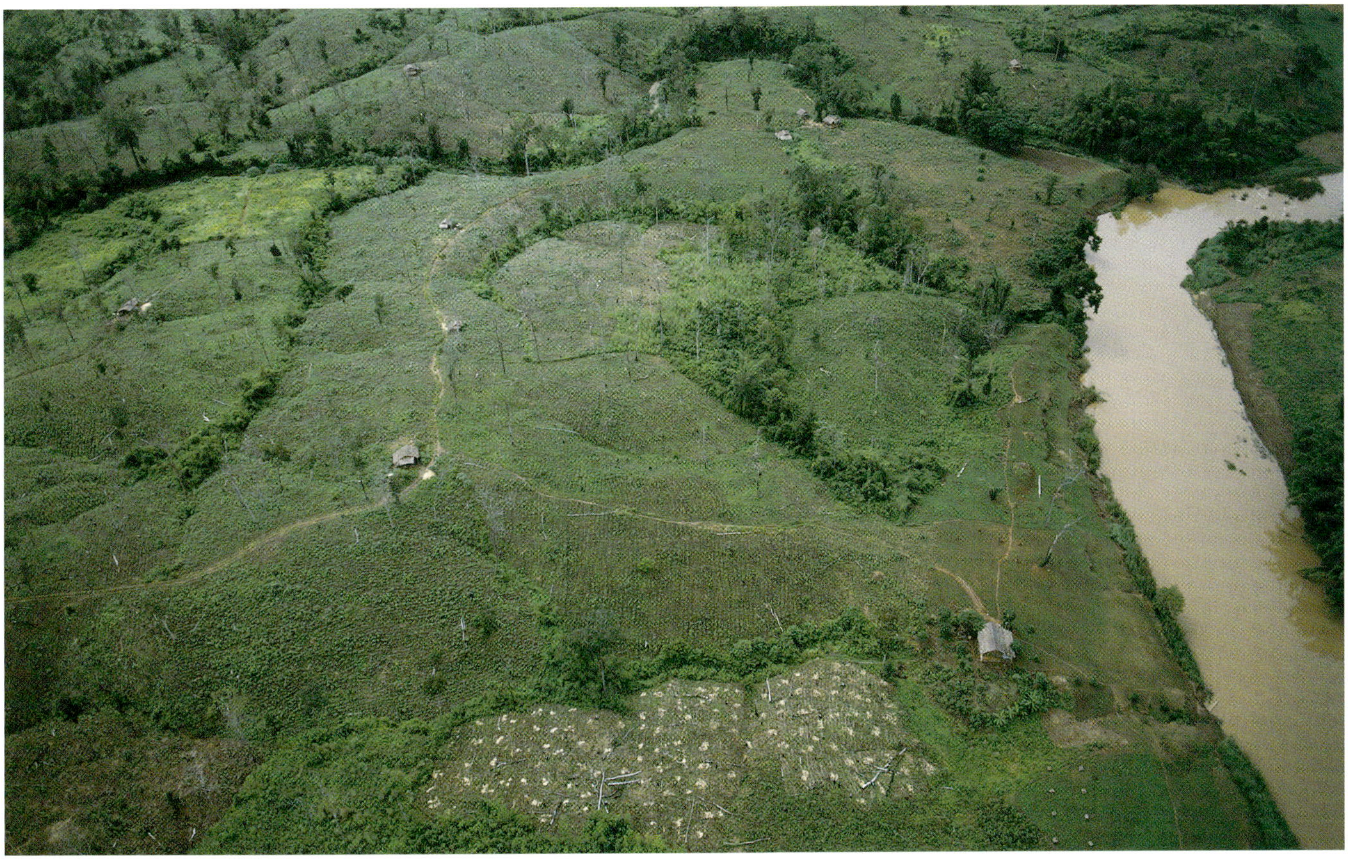

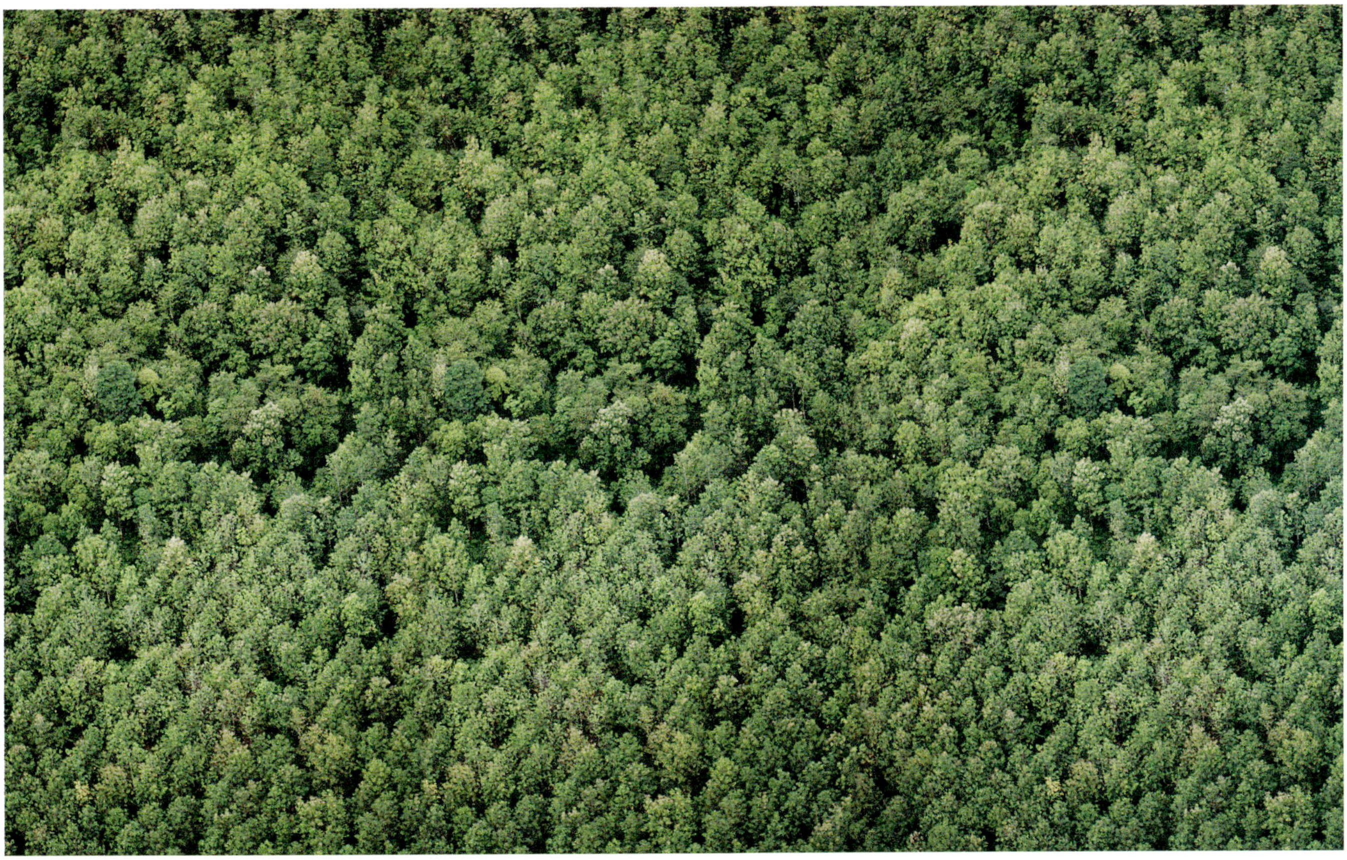

nicht erholen, was nach dem selektiven Schlag von einzelnen Bäumen durchaus möglich gewesen wäre. Statt dessen wurden die Flächen von den Landlosen brandgerodet und landwirtschaftlich genutzt. Nach wenigen Jahren, wenn ausschlagende Wurzelstöcke und nachlassende Fruchtbarkeit die weitere Bearbeitung jeweils zu mühsam machten, zogen die Leute tiefer in den Wald hinein. Amnuay Corvanich begann daher nach Wegen zu suchen, um diese Kräfte so umzulenken, dass Wald entstehen konnte, statt dass immer grössere Flächen zerstört wurden.

Auf sein Betreiben hin gründet die FIO 1968 Mae Moh, das erste sogenannte Walddorf in Thailand – gegen den Willen der Beamten des Königlichen Forstdepartements übrigens, die Amnuay die Illegalität einer Dorfgründung im Wald vorhalten.

Die Brandrodungsbauern um Mae Moh, die einen grossen Teil der Umgebung bereits zerstört hinter sich gelassen haben, werden von der FIO aufgefordert, sich im künftigen Dorf niederzulassen. Interessenten erhalten ein Fünftel Hektar Land zugeteilt, wo sie eine erste Hütte mit Bambuswänden und Blätterdach errichten. Darum herum legen sie Gärten an und pflanzen Mango-, Brotfrucht- oder Tamarindbäume. Dieses Land kann weitervererbt, jedoch nicht verkauft werden. Die FIO baut einen Stauteich, aus dem die Bewohner gratis fliessendes Gebrauchswasser erhalten. Ein Generator liefert – ebenfalls kostenlos – elektrische Energie. Ausserdem übernimmt die FIO die Kosten für die Schulausbildung der Kinder und für eine extensive medizinische Betreuung.

Das Muster der künftigen Landnutzung in Mae Moh lehnt sich an den *taungya*-Wechselfeldbau der Karen an. In Mae Moh säubern die zwanzig Gründerfamilien im ersten Jahr 32 Hektar des Sekundärwaldes, der sich auf den früher gerodeten Flächen entwickelt hat. Auf den 1.6 Hektar pro Familie, die zur Ernährung von fünf bis sechs Erwachsenen ausreichen, pflanzen sie Trockenreis, Mais und Bohnen. Gleichzeitig mit den Nahrungsmitteln werden auch von der FIO zur Verfügung gestellte Teakstecklinge in den Boden gesetzt.

Dies ist der Anfang eines Zyklus, der nach damaliger Planung von Amnuay Corvanich 60 Jahre dauern soll. Bis dann sollen die Stecklinge zu schlagreifen Bäumen herangewachsen sein. Inzwischen wird jede Familie jedes Jahr 1.6 Hektar Sekundärwald roden und als *taungya* bewirtschaften. Im einundsechzigsten Jahr werden die Bauern auf der Fläche des Gründungsjahrs angelangt sein und die damals gesetzten Stecklinge als reife Teakbäume ernten. Anschliessend soll der ganze Umlauf von neuem beginnen.

Grundsätzlich bezahlt die FIO sämtliche Arbeiten im Zusammenhang mit den Bäumen. Bei gutem Anwuchserfolg und hoher Überlebensrate der Stecklinge gibt es Prämien. Die höchste Zulage erhält eine Familie dann, wenn sie – trotz der raschen Abnahme des Ertrags nach dem ersten Jahr – eine Pflanzfläche drei Jahre lang mit Reis bebaut. Dann nämlich werden feuergefährliches Gras und Büsche am ehesten von den wertvollen Jungbäumen ferngehalten.

Mehr Wald und mehr Wohlstand

Mae Moh wächst rasch. Drei Jahre nach der Gründung leben bereits 100 Familien dort. Auch der junge Teakwald gedeiht prächtig. 1987 sind schon 3200 Hektar damit bepflanzt. Die Männer verdienen 40 Baht pro Tag, Frauen 3 Baht weniger, mit der wenig stichhaltigen Begründung, dass Frauen weniger hart arbeiten würden als Männer. Das jährliche Familieneinkommen in Mae Moh liegt Mitte der achtziger Jahre bei 20 000 Baht, was dem Durchschnitt im Norden entspricht.[15]

Einige Familien haben sich die Mittel für produktive Investitionen erarbeitet: Zwei konnten sich 200 000 Baht teure Pickup-Autos anschaffen, mit denen ein Familienmitglied be-

7000 Fahrräder, die Teakschmugglern abgenommen wurden, rosten im Hinterhof des Forstamts Phrae vor sich hin.

Teaksamen (unten), Trockenreisfeld mit den grossblättrigen Teakpflanzen (rechts). Den Bewohnerinnen und Bewohnern der Walddörfer werden Arbeiten im Zusammenhang mit den Bäumen abgegolten, und auch der Transport in die weitläufigen Plantagen wird organisiert (ganz unten).

zahlte Transporte durchführt. Andere betreiben eine kleine Essbude oder besitzen Kühe, die im Wald weiden dürfen, sobald die Bäume dem Zahn des Viehs entwachsen sind. Ältere Frauen, die nicht mehr im Wald oder auf dem Feld arbeiten können, züchten Seidenraupen und weben Tücher.

Auch in Mae Moh wollen die Leute moderne Konsumenten werden und das besitzen, was in den Industrieländern oder im urbanen Thailand üblich ist. Auf manchem Blechdach spriesst eine Fernsehantenne, Radiogeräte gibt es überall, und in einem Haus steht – mitten im Wohnraum plaziert wie ein Heiligtum – ein überdimensionierter Kühlschrank.

Die Entwicklung Mae Moh's verläuft jedoch nicht so ungestört, wie sich dies Amnuay Corvanich vorgestellt hat. Ein grosser Teil des ursprünglich zum Dorf gehörenden Landes wird heute von der staatlichen Elektrizitätsbehörde EGAT beansprucht, die hier Braunkohle fördert. Der stark schwefelhaltige Brennstoff nährt das nahe Kraftwerk, das fast einen Fünftel des thailändischen Stroms liefert.[16]

Von der verbleibenden Fläche ist nur ein Teil fruchtbar genug für die *taungya*-Wirtschaft und mittlerweile bereits aufgeforstet. Für den Anbau von Nahrungsmitteln steht daher kein Rodungsland mehr zur Verfügung. Das Einkommen der Bewohner von Mae Moh stammt heute vor allem aus der Pflege der Aufforstungen und der Produktion von jährlich zwei bis drei Millionen Teakstecklingen für andere Walddörfer in der Region.

In einem ähnlichen Dilemma befinden sich auch die meisten anderen Walddörfer, die von der FIO inzwischen gegründet worden sind. Einen Ausweg sehen die FIO-Planer in der Verkürzung der Baumphase auf 20 bis 30 Jahre. Teak findet nämlich auch in geringen Dimensionen guten Absatz, und in einer entsprechend eingerichteten Fabrikationskette würde als letzter Rückstand nur noch Sägemehl bleiben. Amnuay Corvanich unterstützt eine solche Änderung des ursprünglichen Modells. 60jährige Stämme seien im Kern oft schon durch Pilze befallen, meint er. Zudem schlage jung gefälltes Teak kräftig aus dem Stock aus, so dass Neuanpflanzungen sich weitgehend erübrigten.[17]

Soziale und waldbauliche Verbesserungen nötig

Im Walddorf-Modell der FIO sind früh wie nirgends sonst forstliche mit sozialen Zielen («social forestry») verbunden worden. Ermutigt durch den qualitativen Erfolg, begannen 1975 sowohl die königliche Familie in ihrem eigenen Entwicklungsprogramm wie auch das Königliche Forstdepartement nach dem Modell Mae Moh zu arbeiten. Die Hälfte der Aufforstungen zwischen 1960 und 1985 ist in Walddörfern gemacht worden.[18] Allerdings muss man sich vor Augen halten, dass diese Fläche insgesamt lediglich dem entspricht, was in jener Zeit landesweit in einem halben Jahr an Wald zerstört worden ist.

Das Walddorf-Modell ist eine erfolgreiche Methode zur Verbesserung des Lebens seiner Einwohner und ebenso des Waldzustandes. Nötig sind allerdings grosse Flächen, bedeutende Investitionen und viel Zeit. Zudem ist das ursprüngliche Modell verbesserungsbedürftig. Die meisten Familien träumen von eigenem Boden. Sobald ihre Ersparnisse dies zulassen, versuchen sie diesen Wunsch zu realisieren und wandern ab. Manche Familie verlässt ihr Walddorf, wenn besser bezahlte Arbeit in Aussicht steht. Wenig höhere Tagelöhne und vor allem eine grössere Landfläche für den Eigenbedarf könnten den latenten Drang zum Wegziehen dämpfen.

Trotz der wirtschaftlichen Besserstellung der Walddorfbewohner – oder gerade wegen der dabei erwachten Begehrlichkeiten – ist das alte Gespenst des Holzfrevels auch in den Walddörfern wieder aufgetaucht. In Mae San Kam, einem der sieben FIO-Dörfer, die mein geduldiger Führer Pidet Dolarom mir gezeigt hat, werden wir von

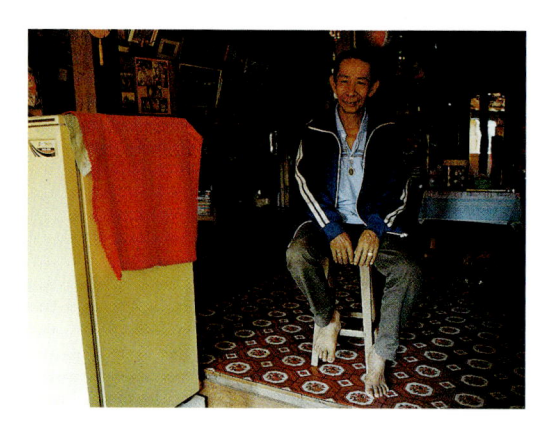

Die Bevölkerung der Walddörfer hat es oft zu bescheidenem Wohlstand gebracht. Viele besitzen Attribute des modernen Lebens wie ein Motorrad (oben) oder einen Kühlschrank (unten).

Bäume gross ziehen und Kinder ausbilden, zwei zentrale Investitionen in die Zukunft, welche die Walddörfer leisten.

einigen Dorfbewohnern empfangen, die mit Remington-Gewehren und Funkgeräten ausgerüstet sind. Seit anderthalb Jahren sind regelmässige Patrouillen gegen Holzdiebe nötig, die sich an die erst 18jährigen Bäume heranmachen.

Hier sind die Frevler Dorffremde, doch in einigen Walddörfern finden sie sich in den eigenen Reihen. Die Familien werden immer grösser, aber nicht alle Mitglieder können oder wollen im Dorf arbeiten. Ein oberschenkeldicker Teakstamm bringt auf dem Schwarzmarkt einen Erlös, für den ein Mann oder eine Frau im Walddorf eine Woche schuften muss. Der Baum fällt umso leichter, als er ja nicht der Dorfgemeinschaft oder einem Einzelnen gehört, sondern Eigentum der FIO und damit der abstrakten Institution Staat ist.

Vielleicht wäre das Walddorfmodell noch erfolgreicher und könnte das bisher Erreichte auch ohne Gewehre gesichert werden, wenn der Staat nicht mehr in alter Weise als omnipotenter Grundbesitzer aufträte, sondern die Teakplantagen den Dörfern zur Bewirtschaftung auf eigene Rechnung übergäbe. Auf diese Weise würde das Einkommen aus dem Wald in die Gemeindekassen fliessen, die Leute in den Walddörfern könnten für sich ernten, was sie gesät haben, und das Leben im Dorf selber organisieren und finanzieren.

Unter lokaler Kontrolle könnte sich mittel- bis langfristig auch das Aussehen der Plantagen verändern. Seit einem guten Jahrhundert ist das waldbauliche Streben in Nordthailand auf Teak als Rohstoff für die urbane Welt fixiert. Im ländlichen Leben jedoch spielen auch andere Arten, die in den Wäldern des Nordens natürlicherweise vorkommen, eine wichtige Rolle. Selbstbestimmte Dörfer würden diese wohl fördern und, wo nötig, durch Pflanzung einbringen. Auf diese Weise bekämen die Teakplantagen mit der Zeit wiederum einen naturnahen Charakter mit grösserer Artenvielfalt. Ein derartiges Ökosystem wäre auf die Dauer stabiler und produktiver.

Die Forstleute der FIO, die in den Walddörfern hervorragende Arbeit geleistet haben, könnten weiterhin wichtige Rollen spielen: einerseits als Verbündete, die die neuen Waldeigentümer vor der Holzmafia schützen, und andererseits als Berater, die mit den Walddorfbewohnern Wege suchen, wie sich teakreiche Wälder nachhaltig und mit grösstmöglicher Wertschöpfung bewirtschaften lassen.

China

Millionen von Menschen pflanzen die Grüne Grosse Mauer

Das chinesische Volk hat seit 1949 über 30 Millionen Hektar mit Milliarden von Bäumen bepflanzt. Das imposanteste von mehreren Riesenprojekten, die Grüne Grosse Mauer, ist ein Schutzwaldsystem, das die Wirkung von Wind und Flugsand in ganz Nordchina mildern soll. Ein Dorf, das den Kampf gegen den Drachen der Verwüstung schon lange aufnehmen musste, ist Hu Zhai. Es liegt in der Provinz Shanxi, 240 km westlich von Peking, am Rand der Steppen und Wüsten der Inneren Mongolei, und drohte noch vor wenigen Jahrzehnten vom Winde verweht zu werden. Heute macht sich Hu Zhai an die Erneuerung seiner Windschutzstreifen – mit Hilfe des chinesisch-deutschen Aufforstungsprojektes Jinshatan.

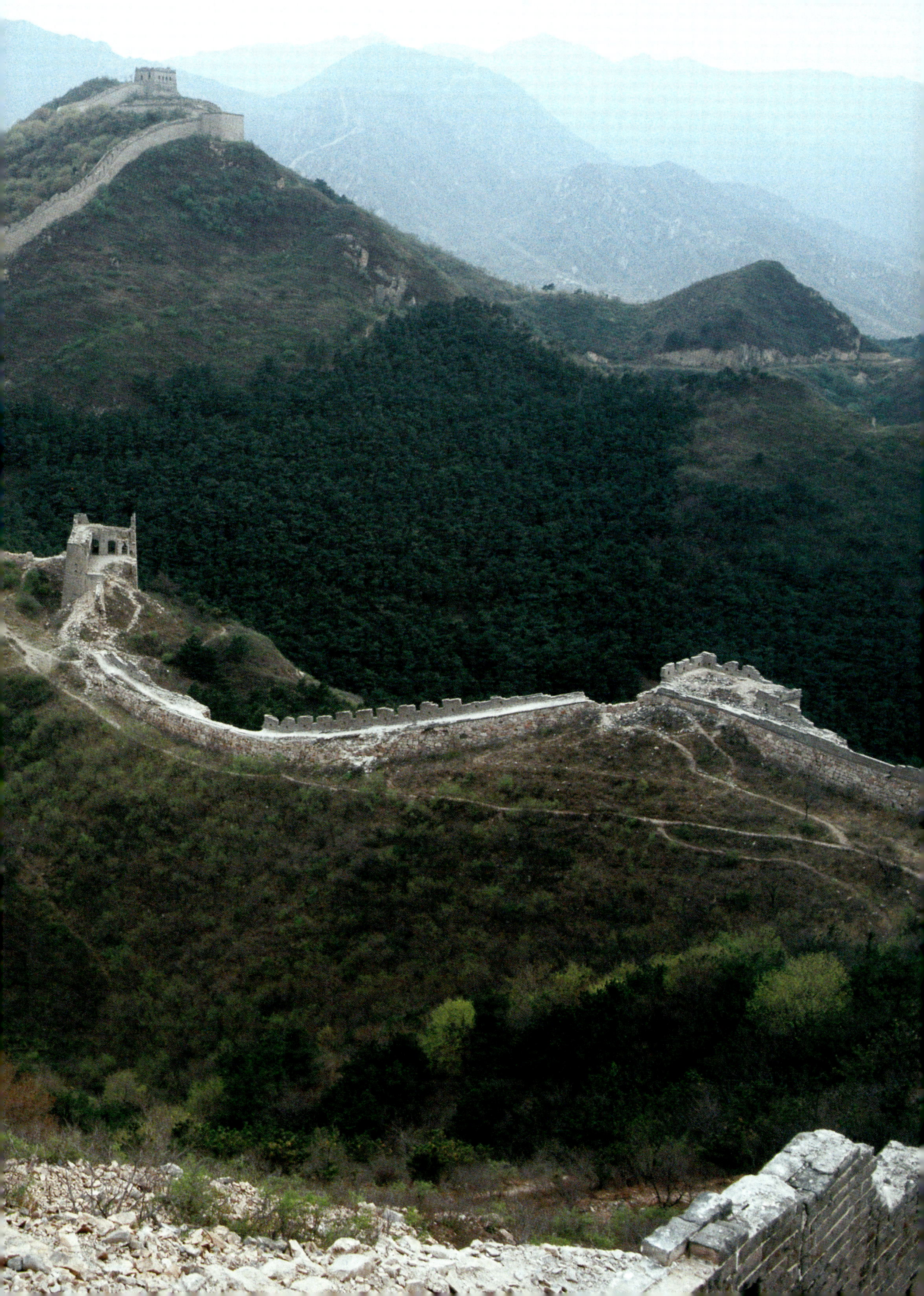

Bis in die heutige Zeit wird das Dorf Hu Zhai von mongolischen Kräften tyrannisiert. Die letzten blutigen Kämpfe an der Grossen Mauer, die nicht weit von hier in einem südlichen und einem nördlichen Ast vorbeizieht, liegen zwar bereits Jahrhunderte zurück. Aber jeden Frühling besteigen weit oben im Norden kalte sibirische Luftmassen ihre windigen Pferde, nehmen über den Ebenen der Inneren Mongolei Anlauf, preschen durch Nordchina hindurch, wo sie Unmengen von Sand und Staub aufnehmen, und dringen bis auf die Höhe von Beijing und weiter in den Süden vor.

In Hu Zhai, das nahe der Industriestadt Datong liegt, führte diese Wetterlage bis in die sechziger Jahre immer wieder zu katastrophalen Situationen. «Was wir morgens an Getreide säten», erzählt Gemeindevorsteher Ning Kai, «war nachmittags oft schon weggeblasen, und die Stürme gruben selbst die frisch gesteckten Kartoffeln wieder aus.» Bei der Feldarbeit strahlte der Sand die Gesichter rot und rissig, und zwischen den Zähnen knirschte es ständig. Wer sein Haus betrat, überzeugte sich stets vom Vorhandensein einer Schaufel, um nach dem Sturm den Weg nach aussen freilegen zu können. Häuser wurden meterhoch eingesandet, einige stürzten unter der angewehten Fracht zusammen, und am nördlichen Dorfrand begannen sich Dünen zu bilden.

Im gleichen Mass, wie die Steppe sich ausbreitete, mussten die Bewohner weichen, und in den fünfziger Jahren waren in Hu Zhai bis auf acht Familien alle weggezogen.

Schleichende Zerstörung eines Lebensraums

Der Hauptgrund für die Degradation des Lebensraums in Hu Zhai ist die über Jahrhunderte erfolgte Vernichtung der natürlichen Baumbestände, wie meistenorts im nördlichen Teil Chinas, wo die dauerhafte Besiedlung der fruchtbaren Ebenen Jahrtausende früher als in Europa begann.

Bereits Jahrhunderte vor der Zeitenwende fingen verschiedene Herrscher an – wohl weil die Bäume gebietsweise bereits damals rar wurden –, sich für den Wald und dessen dauerhafte Nutzung zu interessieren. Während der Zhou-Dynastie (1100–221 v. Chr.) bekamen Leute, die gefällte Bäume nicht mit jungen ersetzten, kein Holz für ihren Sarg[1], und nach einem heftigen Sturm befahl Kaiser Chen seinen Untertanen, alle geworfenen Bäume wieder aufzurichten[2].

Doch ob Wohnhaus, Tempel oder Palast, Holz spielte in China bei jedem Bauvorhaben eine zentrale Rolle. Paläste und Verwaltungsgebäude verschlangen enorme Mengen und mussten oft mehrmals erstellt werden, weil sie bei Volksaufständen immer wieder in Flammen aufgingen, wie der Palast des Chin-Reiches, der bei seiner enormen Grösse drei Monate gebrannt haben soll.[3] Der Auf- und Ausbau des kaiserlichen Palastes in Beijing, zu Beginn der Ming-Dynastie (1368–1644) eingeäschert, dauerte Jahrhunderte, und das Holz musste aus stets weiter entfernten Wäldern herangeschafft werden.[4]

Gleich wie heute in den Regenwäldern Indonesiens und anderer Länder öffneten solche Holzschläge Wege für Neusiedler. Bereits im 4. Jahrhundert vor der Zeitenwende beobachtete der Philosoph Mencius in den Niu-Bergen, dass nach Nutzungen zwar genügend Keimlinge und Stockausschläge für eine neue Waldgeneration vorhanden wären, dass jedoch Ziegen und anderes Vieh diese stets abweideten, bis die Berge nackt dalägen. Kein Mensch würde später mehr glauben, dass dort einst schöner Wald gewachsen sei.[5]

Auch zahllose Kriege haben sich in Nordchinas Wälder gefressen. Waldbrände wurden strategisch zum Ausräuchern des Feindes eingesetzt, und überall, wo die Herrscher hinritten, mussten zuvor beidseits des Weges alle Bäume in Reichweite eines Bogenschusses gefällt werden, um Attentate zu verhindern.[6]

Bis ins 19. Jahrhundert waren Bäume in China derart rar geworden, dass Holz zum Unterhalt des kaiserlichen Palastes in Beijing und für den Bau der Qing-Gräber aus Oregon eingeführt werden musste.[7] Sogar die chinesische Küche hat sich der notorischen Holzknappheit anpassen müssen: das rasche Garen bei konzentrierter Hitze im *Wok* und das Dämpfen in Tür-

Vorherige Seite:
Die Grüne Grosse Mauer, modernes Schutzsystem an traditionellem Ort.

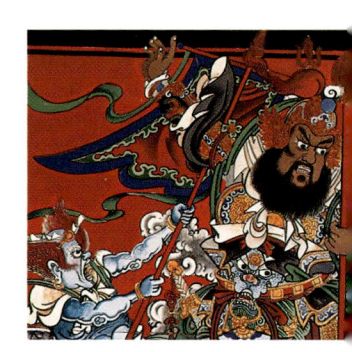

Früher war China den dauernden Überfällen mongolischer Stämme ausgeliefert (oben). Als Folge der damaligen Waldzerstörungen leidet es heute unter der Tyrannei der mongolischen Stürme (rechts).

China

men übereinandergestapelter Bambuskörbe sind beides Verfahren, die mit einem Minimum an Brennholz auskommen.

Zur Forstgeschichte von Hu Zhai und dem Yenbei-Bezirk, in dem das Dorf liegt, berichten Quellen, dass das Lärchenholz für die berühmte buddhistische Pagode von Yingxian, die rund 30 km südöstlich von Hu Zhai liegt, vom Gelben Berg stammt, der sich zwischen diesen beiden Orten erhebt.[8] Dieser älteste erhaltene mehrgeschossige Holzbau Chinas wurde während der Song-Dynastie im 11. Jahrhundert erbaut.

Die Pagode belegt, dass auch dieses Gebiet einst viel stärker bewaldet war, mit Baumarten zudem, die heute weit und breit nicht mehr zu finden sind. Allerdings muss man sich die Gegend nicht als geschlossene Waldlandschaft vorstellen. Zumindest die Ebene war wohl eher von steppenartig aufgelockerten Baumbeständen bedeckt, mit Grasländern auf den schlechteren Böden.

Zum Verschwinden der Bäume haben auch hier unzählige Kriege beigetragen, denn diese Gegend, die von einem nördlich und einem südlich verlaufenden Ast der Grossen Mauer sozusagen eingefasst wird, war heftig umstritten. Zudem dürften die mongolischen Herrscher, die hier immer wieder periodisch zur Herrschaft kamen, wie andernorts die ihnen vertraute Weidewirtschaft gefördert haben. Gegen frei weidendes Vieh haben Bäume langfristig keine Chance, besonders wenn sie sich im Grenzbereich ihres natürlichen Verbreitungsgebietes befinden.

Aufforsten unter schwierigsten Bedingungen

1949, im Jahr der Gründung der chinesischen Volksrepublik, gab es im Yenbei-Bezirk praktisch keine Bäume mehr.[9] Selbst die Simonii-Pappel, eine Balsampappel mit dem botanischen Namen *Populus simonii*, in weiten Gebieten Nord- und Zentralchinas über Tausende von Kilometern eine der wenigen Baumarten, welche die Geschichte zu überleben vermochten, war in älteren Exemplaren nur noch vor Dorftempeln zu finden.

Von diesen Tempelpappeln schnitten die paar zurückgebliebenen, verarmten Bauern Astruten ab. Diese legten sie bogenförmig in Erdgruben, die anschliessend aufgefüllt wurden. Die Ruten bildeten auf der ganzen Länge Wurzeln gegen unten und Triebe gegen oben. Sobald diese Triebe Daumendicke erreichten, wurden sie zu längeren Steckruten geschnitten. Diese vegetativ[10] vermehrten, erbgleichen Pflanzen – sogenannte Klone – wurden von den «Pionieren der Wiederaufforstung» in metertiefe, von Hand ausgehobene Löcher gesetzt. Die Stecklinge schlugen zu jenen Bäumen aus, die 1993 wiederum 13 Prozent des Yenbei-Bezirks bedecken.[11]

Vom Gelben Berg aus, wo einst die Lärchen für die Holzpagode von Yingxian herangewach-

Die Pagode von Yingxian, der älteste erhaltene mehrgeschossige Holzbau Chinas, im 11. Jahrhundert aus Lärchenholz erbaut (unten). Am Gelben Berg südlich von Hu Zhai, wo dieses Holz nach der Überlieferung heranwuchs, waren die Standortbedingungen in den vierziger Jahren derart degradiert, dass nur noch Balsampappeln aufgebracht werden konnten (rechts unten).

Nebengebäude des Yingxian-Tempels (rechts). Holz spielte im alten China bei jedem Bau eine wichtige Rolle, und bereits vor über 2000 Jahren versuchten diverse Kaiser, den Wald pfleglich zu nutzen. Ebenfalls sehr früh hat der Philosoph Mencius jenen Prozess beschrieben, der weltweit als entscheidendes Glied bei der Degradation des Waldes anzusehen ist: die Beweidung der Schlagflächen, insbesondere durch Ziegen, deren Zahn die natürliche Verjüngungskraft der Bäume nach und nach unterbindet.

sen sind, bietet sich heute eine gute Aussicht auf das Meer der Balsampappeln, die sich unter schwierigsten Umweltbedingungen entwickeln mussten. Die kalten Frühjahrswinde können hier – auf über 1000 m ü. M. – noch Mitte Mai Frostschäden verursachen. Bis zu 40 Sturmtage im Jahr, viele davon im Frühling, trocknen die Böden stark aus. Monatelange Dürreperioden sind keine Seltenheit, denn die lediglich 350 mm Niederschlag fallen zum grössten Teil während der sommerlichen Südwindperiode.[12] Die Böden mit ihrem geringen Humus- und oft hohen Salzgehalt sind wenig fruchtbar. Der Winter ist hier so kalt, dass die Rebstöcke nur mit Erde überdeckt zu überleben vermögen, und der trockene Frost bis −35°C kann Bäume vollkommen ausdorren und zum Absterben bringen.

Aber nicht nur das Klima – als Folge der historischen Umweltzerstörung besonders harsch – machte es den Erstaufforstungen im Yenbei-Bezirk schwer. Schafe und Rinder löschten Baumleben und viel Arbeit oft innert Minuten aus. Kaum waren die Bäume etwas älter, wurden ihnen die saftig glänzenden Frühjahrsblätter heruntergehauen, als Notfutter für das Vieh, um die Zeit bis zum Austreiben der Grasvegetation zu überbrücken. Das fehlende Blattgrün verur-

sachte Zuwachsverluste, die Wunden wurden zu Pforten für Pilzinfektionen. Schliesslich lockte das Holz auch als Energielieferant, und je abgelegener die Gegend, desto häufiger finden sich auch heute noch Stöcke widerrechtlich gefällter Bäume.

Den Sand fixieren, die Steppe wieder zurückdrängen

In Hu Zhai selber begannen die Aufforstungen 1952. Frauen und Männer setzten Balsampappeln auf die Dünen, deren Wurzeln den wandernden Sand fixierten. In die landwirtschaftlich genutzte Flur wurde ein Netz von zehn Meter breiten Windschutzstreifen aus Pappeln gelegt, um die Äcker so in kleinere, windgeschützte Kammern aufzuteilen. Trotzdem erlebte Hu Zhai weitere Katastrophen, die letzte 1960, als sieben Tonnen Getreide gesät wurden, die Ernte jedoch nicht einmal die Hälfte der Aussaat erbrachte.

Doch in jener Zeit beginnen sich die Aufforstungsmassnahmen doch allmählich auszuwirken. Die wachsenden Bäume bremsen den bodennahen Wind zusehends; er verliert an Erosionsvermögen und Schleppkraft. Auch das

Bodenwasser – im trockenen Frühling entscheidend für die Keimung der Saat und die Entwicklung der Sprosse – verdunstet weniger rasch. Ackerbau wird wieder möglich, die Umweltflüchtlinge beginnen, in ihr Heimatdorf zurückzukehren.

Heute leben in Hu Zhai wieder 89 Familien, 300 Menschen, die Mais, Weizen, Hirse, Kartoffeln, Bohnen und Zuckerrüben anbauen. Der Getreideertrag des Dorfes ist auf 300 t gestiegen, was auf die Windschutzstreifen, aber auch auf massiven Einsatz von Kunstdünger zurückzuführen ist. In den Gärten wächst vom Spinat bis zur Pfefferschote ein breites Spektrum an Gemüse.

Ning Kai besitzt auf seinem Privatland vor und hinter dem Hof einige Bäume. 1982 bepflanzte er zudem, wie andere Bauern auch, etwa ein Viertel Hektar für Landwirtschaft wenig geeigneten Gemeindeboden mit Bäumen. Während der Boden im Besitz der Dorfgemeinschaft bleibt, gehören die Bäume demjenigen, der sie gesetzt hat, und sind auch vererbbar.

Hu Zhai erscheint heute – verglichen mit der nahe gelegenen düsteren Industriestadt Datong – als lebenswerter Ort. Auch in dieser Phase hektischer Wirtschaftsentwicklung, die gegenwärtig Millionen von Menschen in die Städte treibt, gibt es hier keine Landflucht. Gemeindevorsteher Ning Kai nennt dafür verschiedene Gründe: Durch die Nähe zu Datong und die gute Verkehrsverbindung lassen sich Landwirtschaftsprodukte, die über die staatlich festgelegte Quote erzeugt werden und auf dem freien Markt verkauft werden dürfen, zu guten Preisen absetzen. Damit hängt das Einkommen eines Bauern weitgehend von dessen eigener Initiative ab, während die Löhne für Minen- oder Industriearbeiter staatlich festgelegt sind.

Zudem ist Elektrizität auf dem Land billiger und in Zeiten knappen Fahrzeugtreibstoffs werden die Bauern bevorzugt beliefert. Die Wohnverhältnisse – in den Städten keine vier Quadratmeter Wohnfläche pro Person und gemeinsame Kochstellen für mehrere Familien[13] – sind in Hu Zhai viel grosszügiger. Auch Komfortattribute wie Fernseher oder Ventilatoren fehlen nicht. Seit einigen Jahren gibt es dank dem Wasserturm auch fliessendes Wasser. Die Luft, in den Städten durch Kohlestaub und -abgase sowie den wachsenden Autoverkehr zunehmend belastet, ist auf dem Land viel besser. Die bitterkalten Winternächte lassen sich auf dem *Kang*, dem holz- und kohlebefeuerten Ofenbett, bequem durchstehen.

Wind und Staub mit einer grünen Mauer zähmen

Zweifellos haben die Baumpflanzungen aus den fünfziger Jahren entscheidend zu einer besseren Umwelt in Hu Zhai beigetragen. Doch der kalte Eindringling aus Sibirien und der Mongolei, dessen hoch aufgewirbelter Staub die Sonne mitten am Tag zum schalen Mond werden lässt, bläst wie seit Jahrtausenden auch heute noch. Die paar Baumreihen um die Felder von Hu Zhai entfalten selbstverständlich nicht denselben Schutz wie die natürliche Vegetation mit Grasländern und Wäldern, die dieses Gebiet einst überzogen hat. Auch das übrige nordchinesische Siedlungsgebiet, insgesamt von riesiger Ausdehnung, ist durch die eher punktuellen Aufforstungen noch ungenügend geschützt.

Die Grüne Grosse Mauer ist das grösste Aufforstungsvorhaben der Welt. Jedes Jahr am 12. März, dem nationalen Baumpflanztag, sind die mehr als 11jährigen Chinesinnen und Chinesen zur Pflanzung einiger Bäume angehalten.

Blick auf den Gelben Berg südlich von Hu Zhai. Im Schutz der Pioniergeneration von Balsampappeln, der "kleinen alten Bäume", gedeihen heute auch Kiefern und anspruchsvollere Zuchtpappeln aus dem Projekt Jinshatan.

Aus diesem Grund hatten das Zentralkomitee der Kommunistischen Partei und der Staatsrat 1978 beschlossen, die bereits bestehenden Aufforstungen in den nordöstlichen, nördlichen und nordwestlichen Landesgebieten durch Neuaufforstungen zu ergänzen und zu einem eigentlichen Schutzwaldsystem zu vernetzen. Dieses *Sanbei* («Drei Norden») genannte Projekt, als die *Grüne Grosse Mauer* bekannt geworden, ist das grösste Aufforstungsvorhaben der Welt.

Das Projektgebiet, 7000 km lang, reicht von der Provinz Heilongjiang ganz im Osten Chinas bis in die Autonome Region Xinjiang an der Westgrenze und ist 400 bis 1700 km breit. 35 Millionen Hektar grüne Aufforstungen, so das Ziel, sollen bis zum Jahr 2050 den gelben Drachen der Versteppung endgültig bannen[14].

Zwischen 1979 und 1991 ist bereits Ausserordentliches erreicht worden. Bäume auf zusätzlichen sieben Millionen Hektar wachsen seither den Luftströmungen in die Quere[15]. Jede neu bepflanzte Fläche trägt zur Verminderung von Wind- und auch Wassererosion bei, lokal ebenso wie regional. Eine Aufforstung der nördlich von Hu Zhai gelegenen Hügel beispielsweise würde sich auf das Dorfklima zweifellos günstig auswirken.

Die Grüne Grosse Mauer ist jedoch nicht allein als Schutz gedacht. Vor allem in abgelegenen Gebieten, wo die Menschen nach wie vor mit wenig Fremdenergie und Kunstdünger zu wirtschaften haben, sollen die Bäume auch die Versorgung mit Nutz- und Brennholz, mit Laubfutter für die Tiere sowie mit Fallaub zur Kompostherstellung verbessern. Im Qingshuihe-Bezirk in der Inneren Mongolei beispielsweise dorrte im trockenen Sommer 1980 alles Gras ab. Einzig die Jahre zuvor gepflanzten Erbensträucher[16] blieben grün. Zehn-, wenn nicht Hunderttausende von Tieren konnten mit diesem Notfutter durchgebracht werden.[17]

Dieses Haus in Hu Zhai war in den vierziger Jahren vollkommen übersandet (oben). Stolz präsentiert Gemeindevorsteher Ning Kai eine Auszeichnung, die dem Dorf Hu Zhai attestiert, 1989 pro Kopf 750 kg Getreide produziert zu haben (rechts).

Ein ganzes Volk forstet auf

Bis zu Beginn der achtziger Jahren war praktisch nur die ländliche Bevölkerung in den Aufforstungsaktionen engagiert. Seit Einführung der Nationalen Baumpflanzkampagne 1981 sind alle über 11jährigen Chinesinnen und Chinesen angehalten, jedes Jahr drei bis fünf Bäume zu pflanzen, Setzlinge anzuziehen oder Jungbäume zu pflegen; «Das Land begrünen und die Aufforstung vorantreiben», so lautet das Motto. Nur Alter oder Krankheit können von der moralischen Verpflichtung des Bäumepflanzens entbinden.[18]

Jeweils im Frühjahr, bevorzugt am 12. März, dem Nationalen Baumpflanztag, heben Industriekombinate mit Tausenden von Mitgliedern oder ganze Armee-Einheiten grosszügig bemessene Pflanzlöcher aus, buddhistische Lamas setzen Glücksbäume, junge Eltern pflanzen Lebensbäume, frisch Verheiratete Liebesbäume. Sieben Milliarden Arbeitstage haben die mobilisierten Volksmassen allein zwischen 1981 und 1985 geleistet.[19] Nirgends auf der Welt dürfte eine von einer Landesregierung initiierte Pflanzaktion auch nur annähernd ähnlichen Erfolg gehabt haben.

Aus Rückschlägen lernen

Was das chinesische Volk seit 1949 mit seinen Baumpflanzungen im Gebiet der Grossen Grünen Mauer und anderen Regionen (vgl. Kasten «Aufforstungen in China») erreicht hat, ist einmalig und eindrücklich. Doch bei derart grossen Unternehmen mit langlebigen Pflanzen sind Probleme und Rückschläge nicht zu vermeiden. Was lässt sich beispielsweise im Yenbei-Bezirk aus den Erfahrungen mit den frühen Aufforstungen der fünfziger und sechziger Jahre lernen?

Diese Baumbestände bestehen vor allem aus dem «kleinen alten Baum», wie die Simonii-Pappel in dieser Region liebevoll-spöttisch genannt wird. Tatsächlich sind die Pappeln in der Regel krumm, mattwüchsig und entsprechen dem forstlichen Ideal des raschwachsenden Baumes in keiner Weise. Wegen der erwähnten klimatischen und menschlichen Einflüsse sind die Pflanzungen oft lückenhaft.

Zudem gibt es mit der Simonii-Pappel auch ein grundsätzliches biologisches Problem. Wie gut ein Baum sich zu entwickeln vermag, hängt nämlich von dessen Möglichkeiten ab, mit den gegebenen Standortbedingungen zurecht zu kommen. Selbst der sorgfältig bewässerte und beschützte Setzling wird nur dann zum vitalen, prächtigen Baum, wenn sein Genotyp – seine genetische Ausstattung – optimal auf die gegebenen Klima- und Bodenverhältnisse abgestimmt ist.

Wie fein diese Abstimmung sein kann, zeigt sich an den verschiedenen Genotypen, die innerhalb derselben Baumart entstanden sind – Ergebnis einer jahrtausendelangen Anpassung an ganz bestimmte lokale Verhältnisse. Die Forstleute sprechen von verschiedenen «Herkünften» derselben Baumart. Zur künstlichen Begründung von Pappelbeständen werden oft nur einzelne vielversprechende Ausgangsbäume verwendet und als «Klone» vegetativ vermehrt.

Die im Yenbei-Bezirk eingesetzten Simonii-Pappeln scheinen nicht optimal auf den Standort abgestimmt zu sein, obwohl sie hier heimisch sein dürften und kaum aus einer anderen Region eingeführt worden sind. Wie könnte

Aufforstungsprojekte in China

Kein Volk hat so viele Bäume gesetzt wie das chinesische. In sechs verschiedenen grossen Projekten sind zwischen 1949 und dem Beginn der neunziger Jahre etwa 33 Millionen Hektar – mehr als die Fläche Italiens oder Malaysias – bepflanzt worden.[28] Diese Projekte sind die Grüne Grosse Mauer («Drei Norden»), Aufforstungen zum Boden- und Wasserschutz im Einzugsgebiet des Yangtze-Flusses, Schutzwaldgürtel entlang der Küste, Schutzgürtel in den Zehn Grossen Ebenen, Aufforstungen zur Kontrolle der Wüsten und ein Projekt zur Schaffung produktiver Nutzwälder.[29]

Allein in den ersten zehn Jahren seit Einführung der Baumpflanzpflicht 1981 – mit der Bäume und Wald zu einem Thema für die gesamte chinesische Gesellschaft gemacht wurden – sind etwa zehn Milliarden Bäume gepflanzt worden.[30]

Eine Erhebung des Forstministeriums 1990 zeigt, dass sich 75 Prozent der Aufforstungen in einem qualitativ guten Zustand befinden.[31]

Motivierend für die Pflanzung respektive Erhaltung von Bäumen und Wald sind auch die im Forstgesetz von 1985 neu geregelten Eigentumsrechte. Danach gehören unabhängig vom Bodeneigentum die Bäume demjenigen, der sie gepflanzt hat, und sind vererbbar. Die Eigentumsrechte an noch nicht schlagreifen Bäumen können verkauft werden.[32]

Diese Regelung macht den Weg frei für «Baum-Farmen», die als weiteres wichtiges Bein chinesischer Forstpolitik vorgesehen sind: Bauern in abgelegenen Gebieten sollen mit staatlicher Starthilfe grosse Flächen aufforsten und ihre Existenz später vorab aus dem Verkauf dieser Bäume bestreiten. Entscheidend für den Erfolg dieses Ansatzes werden nebst realistischer Starthilfe auch andere staatliche Leistungen wie der Bau von Strassen und Schulen sein.

dieser scheinbare Widerspruch erklärt werden? Vermutlich sind diese Bäume an den ursprünglichen Standort vor der grossen Vegetationszerstörung mit milderem Klima und fruchtbareren Böden angepasst und finden sich unter den aktuellen Bedingungen – verwehte Rohböden, rauheres Klima – weniger gut zurecht.

Das relativ schlechte Wachstum hat ein weiteres Problem zur Folge. Auf wenig vitalen Bäumen können Insekten und andere Organismen zu Schädlingen werden. Im Yenbei-Bezirk weisen die Feinäste der Simonii-Pappeln durchwegs die charakteristischen Verdickungen auf, in denen sich die Larven des Pappelbocks, eines grossen Käfers, entwickeln.

**Neue, optimale «Bausteine»
für die Grüne Mauer**

Aufforstungen verlangen viel Arbeit und hohe Investitionen. Wenn sie jedoch infolge ungeeigneter Ausgangsbäume grossflächig schlecht wachsen, ist damit ein grosser volkswirtschaftlicher Verlust verbunden – insbesondere in einem Land wie China, das schon 1987 zwölf Millionen Tonnen Holz einführen und in Nordamerika Holzschlagrechte erwerben musste.[20] Wenn gar mühsam begründeter Schutzwald durch Insektenkalamitäten vernichtet wird, kann dies für die lokale Bevölkerung schwere Folgen haben.

Um solche Probleme im Norden des Landes möglichst zu vermeiden, haben chinesische Forstleute schon vor Jahren den Kontakt zu deutschen Kollegen gesucht. 1984 hat das Aufforstungsprojekt Jinshatan – nur einen Kilometer südlich von Hu Zhai gelegen – seine Arbeit aufgenommen. Das chinesische Forstministerium und die Deutsche Gesellschaft für Technische Zusammenarbeit (GTZ) sind die Träger dieses Projektes. Die fachliche Arbeit wird auf deutscher Seite durch die Hessische Forstliche Versuchsanstalt koordiniert und durch sechs bis acht Mitglieder des hessischen Forstdienstes ausgeführt. Die deutschen Forstleute arbeiten jeweils im Frühjahr und Herbst zu zweit oder dritt einige Monate im Projektgebiet.

Weiden vor roten Fahnen (oben), vielversprechende Pappeln zwischen buddhistischen Gräbern bei einem Kloster im Wutai-Gebirge (unten). Optimale «Bausteine» für die Grosse Grüne Mauer sind oft nur an abgelegenen Orten zu finden.

Steckhölzer, eine klassische, bewährte Methode zur Wiederaufforstung.

Das Hauptziel des Aufforstungsprojektes Jinshatan besteht im Bereitstellen von neuen, geeigneten «Bausteinen» für die Grüne Grosse Mauer, das heisst von gut wachsenden, an die Standorte angepassten Baumarten, Herkünften sowie Mischungen verschiedener Klone.

In einer ersten Phase konzentrierte sich diese Arbeit vor allem auf die Pappeln. Dazu wurden besonders wüchsige Herkünfte von verschiedenen Pappelarten gesucht, die in Nord- und Zentralchina sowie in anderen Gebieten der nördlichen gemässigten Zone heimisch sind. Einen Standort mit vielversprechenden Exemplaren von *Populus cathayana* beispielsweise fanden die chinesischen und deutschen Forstleute bei einem Kloster im Wutai-Gebirge, einem der sieben heiligen Berge des chinesischen Buddhismus. Mönche hatten vor einem Vierteljahrhundert einen kleinen Bestand um die Gräber von Äbten gepflanzt.

Mit dem gesammelten Pflanzenmaterial führen die Forstleute unter anderem Kreuzungszüchtungen in den projekteigenen Gewächshäusern in Jinshatan durch. Dabei werden mit Hilfe eines Pinsels kontrolliert Pollen vom einen blühenden Zweig auf einen andern übertragen. Dies ist bei der Pappel sowohl zwischen verschiedenen Herkünften der gleichen Art wie oft auch zwischen verschiedenen Arten möglich.

Bisher sind in Jinshatan rund 500 verschiedene Klone zusammengetragen und gegen 200 Kreuzungskombinationen vorgenommen worden. Ziel dieser Kreuzungen ist es, möglichst vitale und wüchsige neue Klone zu erhalten. Auf diese Weise soll das Spektrum der genetischen Eigenschaften verbreitert werden, um die Risiken durch Umwelteinflüsse und Schädlinge in den grossflächig angelegten Pappelaufforstungen möglichst tief zu halten.

Wie wichtig der Sicherheitsaspekt bei Bäumen ist, die nicht wie Kartoffeln in einem einzigen Jahr heranreifen, verdeutlicht das Beispiel von *Populus popularis*, einer Kreuzung aus Balsam- und Schwarzpappel, die Ende der fünfziger Jahre aus chinesischen Kreuzungsversuchen hervorgegangen ist. Einige wenige Klone von *Populus popularis* haben sich als sehr wüchsig erwiesen und sind entsprechend grossflächig gepflanzt worden, doch das Schädlingsrisiko bei einem derart schmalen genetischen Spektrum ist enorm. Das zeigt sich an Populus-popularis-Pflanzungen in der Provinz Hebei und der Inneren Mongolei, wo 1990 rund 90 000 ha stark durch Insekten befallen wurden[21]. Auf grössere

Sicherheit zielt im Aufforstungsprojekt Jinshatan auch die Suche nach weiteren standortgerechten Arten wie Birken, Eichen, Ulmen, Kiefern oder Lärchen. Damit sollen die Pappelkulturen mit der Zeit in ökologisch stabilere Mischwälder überführt werden, ähnlich denjenigen Vegetationsgesellschaften, die hier ursprünglich wuchsen. Bisher fanden die chinesischen und deutschen Projektpartner etwa 30 vielversprechende Baumarten. Für eine erfolgreiche Suche brauchen die Forstleute eine gute Spürnase, denn im weitläufigen Nordchina finden sich viele Baumarten nur noch in abgelegenen, schwer zugänglichen Restbeständen oder um Klöster, wo Bäumefällen stets als unglücksbringend galt.

Erst prüfen, dann pflanzen

Welche der neuen Pappelklone respektive welche der neuen Baumarten sich später einmal eignen könnten, zeigt sich oft schon im Keimbett. Was bereits in frühester Jugend überlegen wächst, wird auf Versuchsflächen um Jinshatan genauer geprüft. Wie kommt – so die wichtigste Frage – ein neuer Klon oder eine neue Art mit den lokalen Standortbedingungen zurecht?

Schliesslich muss ein auf Wachstum und Resistenz geprüfter Baum auch in grosser Zahl zur Verfügung gestellt werden können. Dazu dienen die im Aufbau befindlichen Samenplantagen. Ausgewählte Bäume werden vegetativ vermehrt, geklont. Bei der Pappel dienen dazu die altbekannten Steckhölzer. Bei der Kiefer bewurzeln sich Stecklinge nicht spontan. Daher laufen Versuche zur Bewurzelung von Kiefernstecklingen mithilfe von Wurzelhormonen. Zur Klonung von Baumarten, die allen herkömmlichen Tricks der vegetativen Vermehrung widerstehen, wurde ein Labor für Gewebekultur aufgebaut[22]. Mit dieser Technik lässt sich aus einem winzigen Gewebestück eine erbgleiche Pflanze erzeugen.

Mensch und Maschine

Wichtig sind im Projekt Jinshatan auch Fragen nach dem Pflanzalter, der Pflanztechnik, der Düngung und der Bewässerung, denn angesichts der riesigen Aufforstungsziele kommt selbst kleinsten Einsparungen grosse Bedeutung zu. Früher wurden stets drei- bis vierjährige Pappeln mindestens einen Meter tief gepflanzt, und anschliessend wurde die ganze Fläche bewässert. Untersuchungen haben nun gezeigt, dass auch jüngere, weniger tief gepflanzte Bäume erfolgreich anwachsen. Zudem lässt sich die Hälfte an Wasser einsparen, wenn nicht die ganze Fläche, sondern nur die entsprechend eingetieften Pflanzreihen bewässert werden.[23]

Auch arbeitstechnisch-organisatorischen Fragen wird viel Aufmerksamkeit geschenkt. In der projekteigenen und anderen Baumschulen, wo jedes Jahr Zehntausende von Sämlingen und Stecklingen produziert werden, können durch den Einsatz von Maschinen und Geräten die Arbeitsabläufe wesentlich verbessert werden. Entscheidend ist insbesondere, dass zwischen dem Aushub der Pflanzen und dem Setzen am definitiven Ort möglichst wenig Zeit verstreicht, denn, so ein deutscher Forstmann: «Abgestorbene Wurzeln kann man giessen soviel man will, der Baum wird sich nicht regen».

Dass ein Baum anwächst, ist auch für diejenige Person wichtig, die ihn im Rahmen der nationalen Baumpflanzkampagne mit grosser Bereitschaft setzt. Denn nichts ist enttäuschender, als am Pflanztag des folgenden Jahres feststellen

Mit der Methode der Gewebekultur lassen sich aus winzigen Gewebestücken rasch und in grosser Menge erbgleiche Pflanzen erzeugen.

zu müssen, dass sich die letztjährige persönliche Anstrengung nicht gelohnt hat.

Die Selbstheilung der Natur lässt auf sich warten

Warum diese Suche nach Effizienz? Warum diese Hast beim Aufforsten? Die Bäume werden sich doch wohl von selbst ansamen, mögen diejenigen denken, die sich an mitteleuropäischen oder nordamerikanischen Verhältnissen orientieren. Doch Prozesse wie die natürliche Verjüngung von Baumarten funktionieren im Norden Chinas bisher noch nicht wieder.

Im Yenbei-Bezirk beispielsweise findet sich auch nach mehr als vier Jahrzehnten intensiver Bemühungen zur Wiederbewaldung praktisch kein einziger Baum, der selbst gekeimt wäre. Dies mag zum Teil auf die nach wie vor hohe Belastung durch das frei weidende Vieh zurückzuführen sein. Doch offenbar braucht die einmal aus dem Gleichgewicht gekippte Natur viel mehr Zeit, um sich aufzufangen und Selbstheilungsvorgänge wie die natürliche Baumverjüngung wieder in Gang zu setzen.

Bis dies soweit ist, muss der Mensch nachhelfen, um seine beschränkten Lebensräume zu konsolidieren oder gar auf noch grössere Belastung vorzubereiten. Denn im Gegensatz zur Baumverjüngung ist es in China um den menschlichen Nachwuchs nach wie vor gut bestellt. Trotz der gesetzlich festgelegten Einkind-Familie nimmt die Bevölkerung jedes Jahr zwischen 13 und 15 Millionen Menschen zu.[24] Fünf Sechstel der chinesischen Bevölkerung – das ist ein Fünftel der Weltbevölkerung – konzentrieren sich zudem in Zentral- und Ostchina auf lediglich einem Sechstel der Landesfläche.[25]

Eine zweite Schutzwald-Generation für Hu Zhai

Auch in Hu Zhai ist es wieder Zeit, den Bäumen aufzuhelfen. Bei den «kleinen alten Bäumen» aus den fünfziger Jahren wird das schützende Blattkleid zunehmend schütter, die unteren Äste dorren ab, die Schutzwirkung lässt nach – Zeit zur Anlage der zweiten Generation von Windschutzstreifen. Gemeindevorsteher Ning Kai hat daher Kontakt mit seinen Nachbarn vom Auf-

Die Versuchsfläche «Gobi 1» 1985 vor der Aufforstung (links). Eine vergleichbare Fläche im selben Gebiet 1993 (unten).

forstungsprojekt Jinshatan aufgenommen, und im Frühjahr 1993 wurden im Windschatten der alten die ersten neuen Streifen gepflanzt. Sie bestehen – im Schnitt betrachtet – aus einer oder zwei Reihen rasch wachsender Pappeln; ein Gürtel aus Sträuchern und niederen Bäumen zu beiden Seiten soll die bodennahen Windströmungen reduzieren.

Die neue Generation der Windschutzstreifen hat wesentlich bessere Aufwuchsbedingungen als die alte. Die aus den Zuchtbemühungen des chinesisch-deutschen Projekts hervorgegangenen Bäume müssen ihr zartes Laub nicht mehr im ungebremsten Sandstrahl der Frühjahrsstürme entfalten.

Die grösste Gefahr für die jungen Bäume geht vom Vieh aus. Infolge des raschen wirtschaftlichen Wandels können sich in dieser prosperierenden Region mehr Leute mehr Fleisch leisten. Auf die erhöhte Nachfrage reagieren die Bauern mit grösseren Herden, und damit wiederum steigt der Druck auf die Bäume als Futterquelle. Zudem treiben die Viehhirten ihre Tiere auch in die Aufforstungen, obwohl Bussen in der Höhe von zwei Monatslöhnen und zwei Wochen Inhaftierung drohen.[26] Weniger problematisch hingegen sollte der Frevel zur Beschaffung von Brennholz sein, da heute genügend Steinkohle aus nahe gelegenen Minen zur Verfügung steht.

Aus dieser lokal günstigen Situation abzuleiten, dass der Druck auf Chinas Bäume und Wälder nun ähnlich wie im letzten Jahrhundert in Europa oder wie seit den fünfziger Jahren in Japan oder Südkorea generell abnehmen würde, ist jedoch nicht zulässig. Zwar weist die letzte Forstinventur landesweit erstmals einen Holzzuwachs aus, der über der Nutzung in derselben Periode liegt[27] – wobei der eigentliche Verbrauch wesentlich höher lag als die Nutzung; die Bilanz wurde durch Importe ausgeglichen. Der rasante Wandel in diesem Land und dessen unvorstellbare Dimensionen lassen jedoch fürchten, dass sich der Druck auf Wald und Holz eher noch verstärken könnte.

Das Wachstum von Städten, Industriezonen und Infrastruktur wie Strassen oder Stauseen verschlingt nicht nur enorme Flächen fruchtbaren Bodens, sondern auch riesige Holzmengen. Weil der Weltmarkt begrenzt ist, wird China pro Kopf der Bevölkerung jedoch nur Bruchteile jener Rohstoff-, Nahrungs- und Energiemengen einführen können, die Länder wie Japan, Südkorea oder die kleinen Tigerstaaten importieren. Der Druck auf Chinas natürliche Ressourcen wird daher nicht abnehmen.

Für die bestehenden Wälder bestehen drei grosse Gefahren: dass die verbliebene Waldfläche durch Umnutzung noch weiter abnimmt, dass die Bäume im besten Zuwachsalter viel zu früh zum Schlag kommen und dass sie durch «schwarzen Regen», mit Kohlestaub vermengten sauren Regen, beeinträchtigt oder zerstört werden. Tatsächlich bewirkt der wirtschaftliche Wandel der letzten Jahre, der vor allem auf Kohle als Schlüsselenergie beruht, eine ständige Vergrösserung der Zonen mit saurem Regen. Über die Zukunft eines Landes nachdenken, wo mehr Menschen leben als in Afrika und Lateinamerika zusammen, lässt die Forderung nach Entwicklung eines nachhaltigen Lebensmodells für alle Menschen zum kategorischen Appell werden.

USA

Von Baummonstern in Los Angeles

Kann Bäumepflanzen an einem Ort wie Los Angeles etwas bewirken? Die TreePeople, die «Baumleute», sind überzeugt davon und haben gute Belege dafür. Seit bald einem Viertel Jahrhundert verfolgt die nichtgouvernamentale Organisation drei Ziele: die Aufforstung der ozongeschädigten Wälder in den Hügeln um Los Angeles, die Pflanzung von Bäumen in der Stadt und die Ausbildung – vor allem von Kindern. Viele der anderthalb Millionen Setzlinge, die von den TreePeople oder auf deren Veranlassung gepflanzt wurden, sind heute halb erwachsene Bäume. Und viele der Million Jugendlichen aus dem Asphaltdschungel, die dank der TreePeople wenigstens einmal in ihrem Leben Erde und Baumsetzlinge in den Händen hielten, sind heute erwachsene, umweltmündige Bürger und bereit, ihre Verantwortung wahrzunehmen.

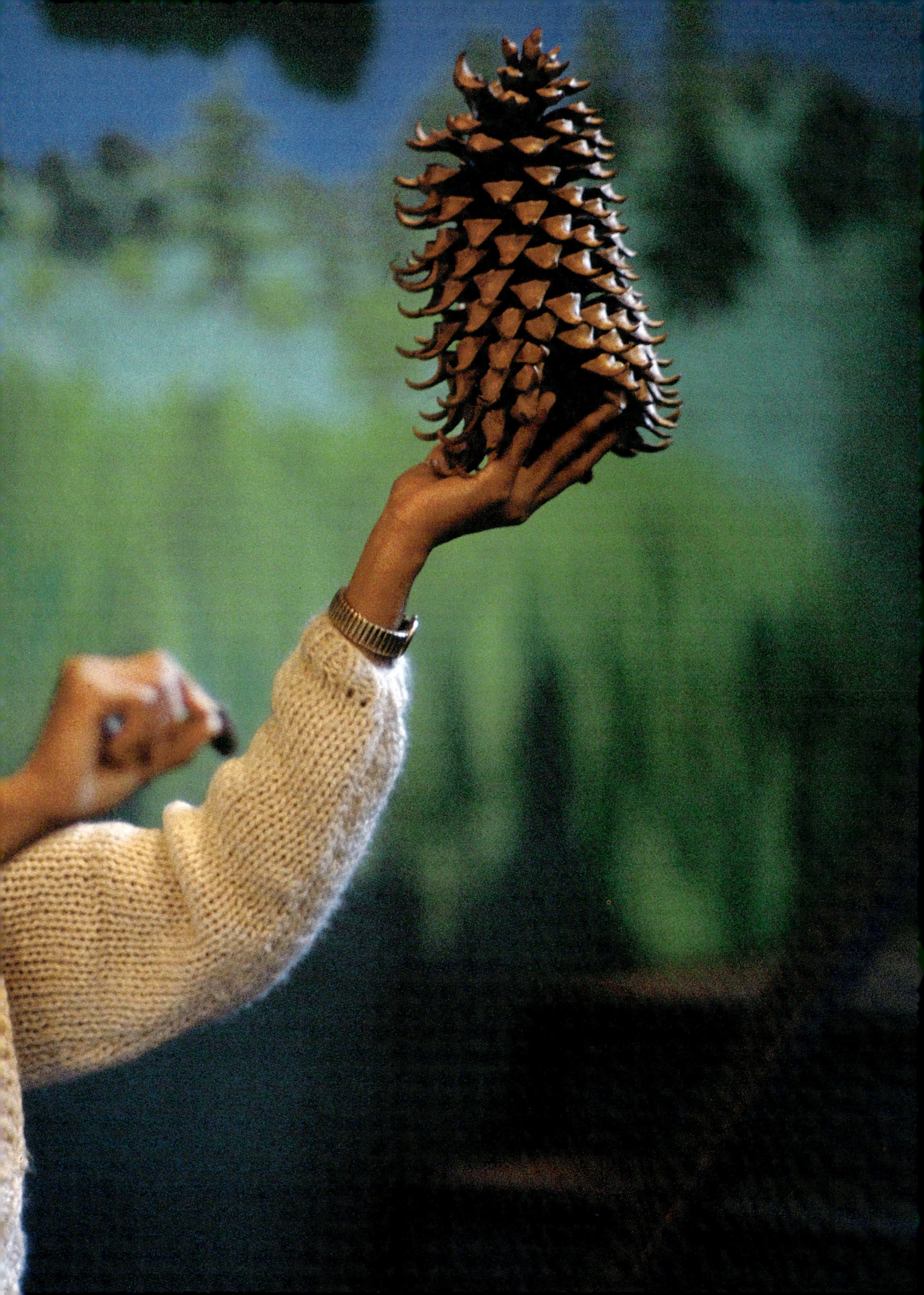

Gespannt drängeln die Kinder auf die geheimnisvolle Tür zu, hinter der sich das Baummonster verborgen halten soll. «Wer hat die Macht, Bäume zu pflanzen? Wer kann ganze Wälder begründen? Wer die Umwelt drastisch verbessern?» fragt das Plakat daneben und gibt auch gleich die Antwort: «Das Baummonster, nur das Baummonster!» Als die hintersten etwas zurückgewichen sind, öffnet das mutigste Mädchen die Tür — und blickt in sein Spiegelbild.

Du bist das Baummonster, du machst den Unterschied, du bist in der Lage etwas zu tun, du kannst die Welt verändern. Das ist die Kernbotschaft von TreePeople, der nichtgouvernementalen Organisation (NGO), die ihren Sitz im Coldwater Canyon Park oberhalb des Nobelortes Beverly Hills hat. Von den «Baumleuten» habe ich übrigens auf eher ungewöhnliche Weise erfahren: In seinem Ashram tief im Himalaya hat mir Sunderlal Bahuguna von ihnen erzählt (vgl. Kapitel über Indien).

In den Coldwater Canyon Park kommen praktisch jeden Tag mehrere Schulklassen oder Kindergruppen mit ihren Eltern, um eine kundige Einführung in die Baumnatur zu erhalten. Hier lernen sie mit dem *Hollywood* jenen Strauch kennen, von dem die nahegelegene Illusionsfabrik ihren Namen erhalten hat. Und hier wird ihnen auch einmal die berüchtigte Gifteiche gezeigt, deren Blätter auf der Haut europäischstämmiger Menschen bei blosser Berührung Ausschläge und Juckreiz auszulösen pflegen, während einheimische Völker unempfindlich gegen sie sind und die Pflanze auf vielfältige Weise verwendet haben – beispielsweise als Gegengift nach dem Biss der Klapperschlange.[1]

Ältere Kinder erfahren von der kühlenden Wirkung, die Baumkronen im Asphaltdschungel von Los Angeles haben, oder vom «Verschwindenlassen» von Mauern und Wänden hinter Büschen oder Klettergrün, was deren Aufheizung verhindert und damit ebenfalls zu einem besseren Stadtklima beiträgt.

Im Coldwater Canyon Park geraten Eltern, Lehrerinnen und Lehrer immer wieder in intensive Diskussionen über Leistungen von Bäumen, die zwar auf seriösen Beobachtungen basieren, jedoch kaum gemessen werden können. Über die Studie aus Delaware beispielsweise, die feststellt, dass Rekonvaleszente schneller gesunden und weniger depressiv sind, wenn sie aus ihrem Spitalbett ins Grüne schauen können.[2] Über die Edison Middle School in South Central Los Angeles, die vom Eindruck her ebensogut ein Gefängnis sein könnte, wo der Schulvorsteher nach einer Baumpflanzaktion weniger Gewaltakte und sogar bessere Leistungen festgestellt hat.[3] Oder über die New Yorker Polizisten, die in Harlem und der Bronx zusammen mit Kindern Bäume pflanzten, mit der Folge, dass sich die Beziehungen zwischen Bevölkerung und Polizisten wesentlich verbesserten und die Delikte in den entsprechenden Quartieren deutlich abnahmen.

Die Führungen für Kinder und Jugendliche sehen die TreePeople als Beitrag auf deren Weg zu umweltmündigen Bürgern. Diese Bildungsarbeit, die heute jedes Jahr etwa hunderttausend junge Menschen erfasst, ist allerdings nicht die einzige Aktivität der TreePeople. Sie sind ebenso bei der Wiederaufforstung der Hügel um Los Angeles engagiert, und früh wie keine andere NGO begann sich die Gruppe mit *Urban Forestry*, mit «Forstwirtschaft in der Stadt» zu befassen. Bis Mitte der neunziger Jahre haben die TreePeople die Pflanzung von über anderthalb

Vorherige Seite:
Wachsen die gigantischen Mammutbäume aus den Samen des kleinen oder des grossen Zapfens?

Besuch einer Kindergruppe im Coldwater Canyon Park: den Hollywood-Strauch kennenlernen (links), Erde in den Händen halten, selber einen Baumsamen anziehen (oben).

Ozon, Leitgas der Konsumgesellschaft

Bereits in den früher fünfziger Jahren haben Wissenschaftler an Bäumen in den San-Bernardino-Bergen chronische Schädigungen durch Ozon nachgewiesen. Die Abgase, die in Los Angeles und anderen kalifornischen Küstenstädten vor allem von den Autos stammen, werden von der Meeresbrise in die Täler und Hügel des Hinterlandes geweht. Unterwegs verwandeln sie sich unter Sonneneinfluss vor allem in Ozon, dem Hauptbestandteil des photochemischen Smogs. Die Abgasfahne von Los Angeles reicht über die Mojave-Wüste hinaus und lässt sich selbst 350 km östlich der Stadt feststellen. Jene der San-Francisco-Bucht wirkt sich noch 300 km landeinwärts im Yosemite-Nationalpark aus.

Photochemischer Smog wirkt auf Pflanzen ebenso wie auf die Atemorgane des Menschen extrem giftig. In Kalifornien sind die landwirtschaftlichen Ernteverluste infolge von Smog bereits 1953 auf 3 Mio. Dollar geschätzt worden, in den siebziger Jahren auf 55 Mio Dollar. Damals konnten in Südkalifornien diverse Landwirtschaftspflanzen gar nicht mehr angebaut werden.[8] Im Wald erwiesen sich bestimmte Baumarten wie die Ponderosa-Kiefer als sehr empfindlich, während andere sich resistenter zeigten. Im mediterranen Klima Kaliforniens, wo episodische Waldbrände als natürlicher Standortsfaktor gelten, bedeutet das dürre Holz der abgestorbenen Bäume und Sträucher eine wesentliche Erhöhung der Brandgefahr und führt zu Feuern besonderer Heftigkeit.

In den sechziger Jahren wurden Smogschäden an der Vegetation auch in der Umgebung anderer verkehrsreicher Agglomerationen bekannt, beispielsweise in den Oststaaten der USA oder in Tokio. Lange hoffte man, dass Europa dank seines kühleren und feuchteren Klimas vor dem photochemischen Smog verschont bleibe, doch ab den siebziger Jahren liessen sich praktisch überall mehr oder weniger hohe Ozonkonzentrationen messen. Auch hier stammen die Vorläufersubstanzen vor allem aus Autoabgasen. Viele Fachleute sehen im photochemischen Smog einen wichtigen Faktor für die neuartigen Waldschäden.

In Kalifornien sind bereits zu Beginn der siebziger Jahre strenge Abgasvorschriften für Automobile erlassen worden. Tatsächlich zeigen gewisse Messreihen in den San-Bernardino-Bergen zu Beginn der siebziger Jahre eine Abnahme der Ozonkonzentration und eine anschliessende Stabilisierung auf tieferem Niveau. An denselben Orten sind auch die Schäden an den Nadeln und Blättern zurückgegangen.[9] Andernorts sind die Beobachtungen weniger ermutigend. In verschiedenen Sequoia-Wäldern mussten noch zu Beginn der neunziger Jahre Ozonschäden an den Sämlingen der Riesenbäume festgestellt werden.[10]

Millionen Bäumen angeregt oder selbst ausgeführt.

Die Wurzeln der NGO reichen über ein Vierteljahrhundert zurück und sind eng mit Andy Lipkis verbunden. Er ist ohne Zweifel ein Baummonster, und keiner ist überzeugter als er, dass letztlich alle Menschen das Bedürfnis haben, in Harmonie mit ihrer Mitwelt zu leben, und dass auch in jedem Einzelnen Bereitschaft und Energie vorhanden sind, dafür einen wesentlichen Beitrag zu leisten.

Bäume pflanzen, Freude haben, Freunde gewinnen

Sommer 1970. Wie seit Jahren verbringt der 15jährige Andy Lipkis seine Ferien in einem Camp in den San-Bernardino-Bergen oberhalb von Los Angeles. In diesem Sommer nehmen er und seine Kameraden und Kameradinnen erstmals die vielen sterbelnden Bäume wahr, Eichen, Kiefern und sogar riesige Sequoia. Viele sind schon abgestorben und vom Forstdienst mit ei-

Bereits in den vierziger Jahren begannen in den Bergen nordöstlich von Los Angeles einzelne Bäume abzusterben. In den frühen fünfziger Jahren konnte Ozon als Ursache nachgewiesen werden.

Paul R. Miller befasst sich seit Jahrzehnten mit den Umweltschäden. Die entfärbten Flecken auf dem Eichenblatt sind typisch für Ozonschäden. Ozon entsteht hier vor allem aus den Stickoxiden der Autoabgase unter Einwirkung von Sonnenenergie.

nem Ring von absurd fröhlichem Blau gekennzeichnet worden. Erstmals hört Andy vom Smog, der tagsüber als gelblich-dunstige Decke über der Stadt liegt und abends, wenn die Sonne langsam im Pazifik versinkt, sich in romantisch goldenen Dunst verwandelt. Smog ist ein aggressives Umweltgift, das aus den Abgasen entsteht, die in Los Angeles aus Millionen von Autos quellen. Er ist der Hauptgrund für das Serbeln der Pflanzen in den umliegenden Hügeln (vgl. Kasten «Smog – Leitgas der Konsumgesellschaft»).

Jeder, den Andy nach möglichen Abhilfen befragt, zuckt resigniert die Schultern. In 25 Jahren könnte hier der letzte Baum abgestorben sein, wird ihm beschieden. Gegen den Smog könne man nichts tun, als Einzelner schon gar nicht. Es gebe allerdings Baumarten, die das Umweltgift besser zu ertragen schienen als andere, meint ein Förster.

Andy und einige Kameradinnen und Kameraden beschliessen, im Campareal solche Bäume zu pflanzen. In harter Arbeit pickeln sie Pflanzlöcher in einen ehemaligen Parkplatz. Dann karren sie Kuhmist als Dünger heran und setzen 20 resistente Coulter-Kiefern und Zedern[4] zusammen mit einigen Sträuchern.

Fünf Wochen lang war der Dreck unter den Nägeln nicht wegzubringen, die Blasen an den Händen sind zu Schwielen geworden, und doch hat der Stadtmensch Andy zum ersten Mal das Gefühl, etwas bewirkt zu haben. «Wir tun wirklich etwas Besonderes», sagt eines der Mädchen. «Ja», meint Andy, «mit diesen Bäumen haben wir ein Stück lebenden Wald geschaffen.» Die gemeinsame Schufterei lässt die jungen Leute zu Freunden werden.

In Andy Lipkis beginnt ein Traum heranzureifen. «Warum ersetzen wir nicht jeden absterbenden durch einen resistenten Baum?», fragt er in die Runde. «Auch wenn wir für den Rest des Lebens fünfzehn Stunden täglich arbeiten würden, könnten wir nicht genügend Bäume pflanzen», meint einer. «Du bist verrückt», sagt ein anderer, «wer wird schon einen Haufen Kinder beachten.»

«Andy gegen das bürokratische Totholz»

Doch der Traum lässt Andy Lipkis nicht los. Zum einen ist er nach wie vor überzeugt, dass smogresistente Bäume das Waldsterben wenigstens verzögern können. Andererseits möchte er diesen inneren Frieden, dieses Gefühl, mit der Pflanzaktion etwas Schöpferisches und Konstruktives getan zu haben, auch andere Jugendliche erleben lassen.

Für den Sommer 1971 plant er eine grössere Pflanzaktion mit Jugendlichen aus mehreren Sommercamps. Der mittellose Schüler versucht 200 Dollar für Telefon- und Postspesen aufzutreiben, zuerst bei der Standard Oil Company, die damals TV Spots über ihre Umweltfreundlichkeit senden lässt. Doch bei der PR-Abteilung wimmelt man ihn ab. Für solche Aktionen sei kein Geld vorgesehen, die Bäume in den San-Bernardino-Bergen würden gar nicht sterben, und wenn es doch so sein sollte, sei das wohl eher den Abgasen des Stahlwerks in Fontana zuzuschreiben.

Der Dämpfer, den der Idealist hier erhält, besteht nicht nur in der Verweigerung der finanziellen Unterstützung. Was ihn beklemmt, ist der weit klaffende Graben zwischen TV-Spot und wirklicher Haltung, das Abstreiten ökologischer Zusammenhänge, die schon damals zur Genüge belegt sind, der Versuch, die Schuld anderen in die Schuhe zu schieben.

Nach einem Jahr des Zweifelns nimmt Andy Lipkis einen neuen Anlauf für eine Pflanzaktion, die er im Sommer 1973 in 30 Camps realisieren will. Im Februar telefoniert er dem kalifornischen Forstdepartement, um die nötigen 20 000 Kiefernsetzlinge zu bestellen. Die Stimme am anderen Ende sagt, dass er die Pflanzen nach Bezahlung von 600 Dollar abholen könne. Aber er habe dafür nur noch wenige Wochen Zeit, denn Mitte März würden die staatlichen Pflanzgärten überschüssige Setzlinge jeweils unterpflügen, um Platz für die nächste Generation zu schaffen. Nein, meint die Stimme am Telefon, die Pflanzen seien Eigentum des Staates und könnten selbst für einen guten Zweck nicht gratis abgetreten werden.

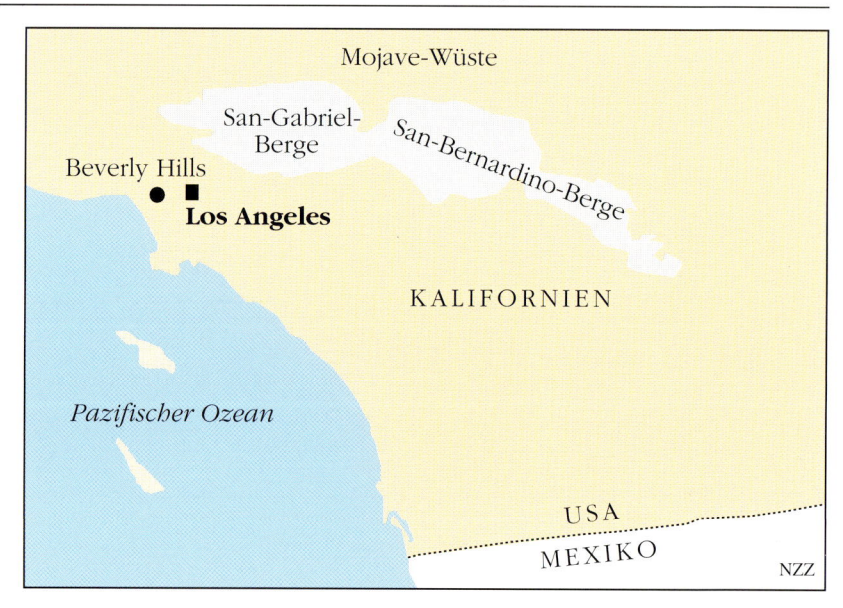

Als Andy Wochen später hört, dass mit der Zerstörung der Setzlinge begonnen wurde, setzt er erstmals Werkzeuge ein, in deren Gebrauch er mittlerweile ein Meister ist. Mit Hilfe eines Journalisten und eines Politikers gelingt es, einen Teil der Setzlinge zu retten. Der Lärm bringt den Distriktförster für Südkalifornien auf den Plan, der Andys Vorhaben zum staatlichen Demonstrationsprogramm erhebt und ihm so die verbliebenen 8000 Setzlinge gratis abtreten kann.

Zwei Wochen später werden die jungen Bäume angeliefert, zusammen mit der Ermahnung, sie kühl zu halten und innert Wochenfrist einzeln einzutopfen. Im Café seines Colleges und in einer nahen Eisdiele findet Andy genügend Kühlraum. Er überzeugt eine Milchfirma, Milchtüten zu spenden, und zum Eintopfen organisiert er einen Lastwagen voll Erde sowie hilfsbereite Pfadfinderinnen und Pfadfinder.

Wie die Pflanzen schliesslich in die Erde gelangen, ist eine amerikanische Geschichte. Ein Bericht in der *Los Angeles Times* («Andy gegen das bürokratische Totholz») löst eine Fernsehsendung aus, in der auch Andy Lipkis' begrenztes Budget zur Sprache kommt. Kurz darauf beginnt eine Flut von Briefen über den «Tree Boy» hereinzubrechen. Am ersten Tag sind es 500, die insgesamt über 2000 Dollar enthalten. «Lieber Andy. Ich lege zwei Dollar bei. Bitte pflanze einen Baum für meinen Grossvater. Er wird diesen Monat 82jährig.» In einem Couvert, das einen grossen Schein enthält, steht: «Es braucht junge Leute mit Träumen und alte, die helfen, diese wahr zu machen.»

Die Sympathiewelle ebbt nicht ab. Bis im Sommer kommen 10 000 Dollar zusammen. Damit gründen Andy und seine Freunde das *California Conservation Project* (CCP). «Ein grosser Name für ein Projekt», lacht er heute, «hinter dem eine Handvoll Kinder steckte.»

Im Laufe des Sommers werden die Bäume von etwa 5000 Campern, viele durch die Medien mobilisiert, gesetzt. Als der kalifornische Forstdienst im Herbst auszählt, was überlebt hat, kommt er auf 44 Prozent – erstaunlich viel in den Augen der Forstleute, die mit einer Anwuchsrate um 10 Prozent gerechnet haben. Für Andy Lipkis ist das Resultat eher enttäuschend: mit Freiwilligen kann er pro Jahr nicht mehr als 10 000 Bäume pflanzen, doch im selben Zeitraum müssen die Förster viermal so viele absterbende Stämme mit blauen Ringen versehen.

In der Öffentlichkeit werden die Bemühungen von Andy Lipkis und seiner Freunde durchaus positiv wahrgenommen. Die «tree people» heissen sie in den Medien, was Ende 1974 zur Umbenennung des CCP in TreePeople führt. 1977 übergibt ihnen die Stadt den Coldwater Canyon Park, 1923 als Feuerwehrstation gebaut, wo das Hauptquartier eingerichtet wird.

Der Waldentwicklung helfen

Trotz der seinerzeitigen Zweifel am Sinn von Pflanzungen in den Hügeln, sind die TreePeople bis heute jedes Jahr dorthin zurückgekehrt, oft für mehrere Aktionen. Während meines Besuchs fand eine solche in den San Gabriel Bergen nordöstlich von Beverly Hills statt. Hier hat kürzlich ein Feuer gewütet, zusätzlich genährt vom Totholz, das sich infolge der Ozonschäden angesammelt hatte. Auch viele ausgewachsene Bäume sind den Flammen zum Opfer gefallen. Vom vollen Licht und der nährstoffreichen Asche profitieren nun vor allem Gräser, deren Wurzelfilz die natürliche Verjüngung auf Jahre hinaus verhindern wird.

Um die Wiederbewaldung zu beschleunigen, legen sich 25 Frauen und Männer – zwischen 20 und 75jährig, aus Amerika, Europa und Asien stammend, – einen ganzen Tag ins Zeug. Sie pickeln und schaufeln, schleppen und pflanzen. Die Methode der Ballenpflanzung in Milchtüten hat sich bewährt. Die Kartons leiten die Wurzeln in die Tiefe, lassen die Saaterde weniger rasch austrocknen und werden schliesslich abgebaut.

Was mich besonders beeindruckt an diesem Tag, ist der Wille zum Anpacken, zu gegenseitiger Hilfe. Diesen Energien, mit denen auch die TreePeople imprägniert sind, bin ich nur in den Vereinigten Staaten begegnet. So müssen die Vorfahren dieser Leute in die Speichen gegriffen haben, als es galt, die Bandwaggons durch die Mojave-Wüste zu bewegen, das letzte grosse Hindernis vor dem gelobten Land.

Von den Bergen in die Strassen

Die Geschichte der TreePeople erhält Ende der siebziger Jahre ein neues Kapitel. Zunehmend werden die Bäume nun im Stadtbereich gepflanzt, entlang von Strassen, in Schulhöfen, in Parks, überall, wo sie fehlen. Das ist noch härtere Arbeit als in den Bergen, und zu Beginn hat die NGO einiges an Rückschlägen wegzustecken. Im künftigen Park von Baldwin Hills beispielsweise sollen zusammen mit den Anstössern 10 000 Bäume gesetzt werden. Die TreePeople sehen sich sozusagen als Generalunternehmer und übernehmen den Grossteil der Verantwortung für das Projekt.

Der Winter vor der Pflanzaktion bringt wüste Regen und überall in der Stadt Überschwemmungen sowie Landrutsche. Die TreePeople helfen, wo sie können – und überfordern sich dabei. Als es in Baldwin Hills losgehen soll, sind die Freiwilligen erschöpft, es gibt zu wenig Schaufeln, und das Bewässerungssystem funktioniert nicht. Schliesslich werden lediglich 3000 Bäume gepflanzt, von denen 80 Prozent durch Nager zerstört werden.[5]

Die grösste Ernüchterung für die TreePeople erfolgt jedoch, als sich herausstellt, dass sich die Leute aus der Nachbarschaft nicht um den Un-

Pflanztag bei den TreePeople in den Santa Monica Bergen. An der Pazifikküste liegt dichter Nebel, und hier oben weht eine kalte Brise. Den ganzen Tag wird engagiert gepickelt, geschaufelt und gepflanzt.

terhalt der Bäume kümmern. Offenbar, so die wichtige Erkenntnis, kann zu grosser Einsatz der TreePeople die Entstehung von lokalem Engagement verhindern.

Wenn die Initiative jedoch von Quartierbewohnern kommt, die selber Bäume wollen und ihre Nachbarn überzeugen, wenn sie gemeinsam Geld sammeln und sich beim Aufbrechen von Asphalt und Beton die Hände blutig pickeln, werden sie diesen Bäumen auch Sorge tragen, sie wässern im heissen Sommer, sich im Winter um einen fachgerechten Astschnitt kümmern und die Stützdrähte entfernen, bevor diese den Baum erwürgen. Wer hingegen hinter den Vorhängen steht und zuschaut, wie andere pflanzen, wird zu diesen Bäumen nie ein intimes Verhältnis entwickeln.

Das gilt insbesondere auch für das öffentliche Stadtgrün, betonen die TreePeople. Zu Beginn der achtziger Jahre besitzt Los Angeles 660 000 Bäume. Das Gartenbauamt tut alles, um diese im Namen der Allgemeinheit zu hegen, doch mit den Bäumen wächst auch der Aufwand für deren Pflege, während die entsprechenden Budgets laufend sinken. In der Zehnmillionenstadt kümmern sich damals gerade 137 Angestellte um die Holzgewächse, so dass für den durchschnittlichen Baum alle 16 Jahre einmal etwas gärtnerische Zuwendung abfällt.[6]

Die Pflanztechnik der ersten Stunde hat überlebt: Nach wie vor gelangen die Setzlinge in Milchtüten in den Boden. Die Kartons leiten die Wurzeln in die Tiefe, lassen die Saaterde weniger rasch austrocknen und werden schliesslich abgebaut.

In dieser Situation ist Mithilfe durch qualifizierte Freiwillige unumgänglich. Schon bald nach ihrem vermehrten Engagement im urbanen Bereich beginnen die TreePeople einen Kurs für *Citizen Foresters* anzubieten. Freiwilligen wird dabei vermittelt, wie mit Behörden und Bäumen umzugehen und wie eine Aktion zu planen ist. Sie lernen verschiedene Baumarten für verschiedene Standorte kennen, und sie hören immer wieder, dass die Arbeit mit lebenden Dingen – seien dies Bäume oder Menschen – Geduld und Beharrlichkeit erfordert.

Das Stadtgrün darf in der Tätigkeit der *Citizen Foresters* nur einer von mehreren Aspekten sein. Mit den Bäumen soll vor allem auch der Zusammenhalt zwischen Nachbarn, die menschliche Gemeinschaft wachsen. *Citizen Foresters* sind – ganz im Selbstverständnis der TreePeople – Brückenbauer, zwischen Bürgern und Behörden ebenso wie zwischen Nachbarn verschiedener Kultur, Klasse und politischer Zugehörigkeit. Im Schmelztiegel Los Angeles bestehen nämlich, ähnlich wie in der indischen Kastengesellschaft, unsichtbare Grenzen, die von den *Citizen Foresters* durch geschickte Vermittlung zu überbrücken sind, um Ideen und Projekte nicht von Anfang an im Keime ersticken zu lassen.

Die «Eine Million-Bäume-Story»

Wenn sich Menschen mit einem gemeinsamen Ziel vor Augen zusammentun, kann jene Magie entstehen, die Wunder bewirkt.

1980 präsentiert das Planungsamt von Los Angeles eine Studie über Stadtgrün und Luftqualität. Eine zusätzliche Million Bäume würde, sobald sie halbwegs erwachsen wären, enorme Staubmengen binden und die Lebensbedingungen in Los Angeles wesentlich verbessern, so eine Erkenntnis aus dem Report. Dazu würden die Stadtbehörden mit eigenem Personal allerdings 20 Jahre brauchen, und zudem wären für Pflanzung und spätere Baumpflege 400 Millionen Dollar an Steuergeldern nötig.

Bürgermeister Tom Bradley wendet sich in der Folge an die TreePeople. Deren Ruf hat sich durch die Mobilisierung von Tausenden von

Die Pflanzgemeinschaft (oben).

«Ein Tag, der ein gutes Gefühl gibt.» Paul Axinn's Worte und Hände (rechts unten).

Andy Lipkis mit Gregory Peck, Schauspieler und Stiftungsrat von TreePeople.

Freiwilligen bei erneuten Überschwemmungen und anderen Ereignissen, welche die Behörden überfordert haben, noch gefestigt. Durch diese Erfolge fühlen sich die TreePeople in ihrem Idealismus bestätigt, durch die Anfrage des Bürgermeisters geschmeichelt. Im Juli 1981 erkühnen sie sich, eine Kampagne zur Planzung von einer Million Bäume im Stadtgebiet zu lancieren, die bis zum Beginn der Olympiade von Los Angeles im Sommer 1984 gepflanzt werden sollen.

Eine Million – in Europa würde diese Zahl allein selbst willige Arme mutlos hinuntersinken lassen. «Hier hat die Zahl einen guten, soliden Klang; sie ist ein wilder Traum und doch erreichbar», meint Andy Lipkis. «In dieser Stadt vermag sie spontane Anstrengungen grosser Bevölkerungskreise freizusetzen.»

Für die TreePeople folgen drei turbulente Jahre. Das generelle Ziel ist klar, doch ein detaillierter Plan, wie dieses zu erreichen ist, existiert natürlich nicht. Immer wieder müssen neue Wege ausprobiert werden, um die Vision unter die Leute zu bringen.

Einer setzt – auf der Hand liegend bei der geographischen Nähe zu Hollywood – auf den Glamour der Illusionsfabrik. Nach Dutzenden von vergeblichen Versuchen, Berühmtheiten in die Kampagne einzubinden, stellt sich Gregory Peck für einen Werbespot zur Verfügung. Der Schauspieler ist von der Sache derart überzeugt, dass er sich später in den Stiftungsrat von TreePeople wählen lässt.

Wenig erfolgreich ist der Versuch, Plakatgesellschaften zu begeistern, denn Bäume gehören sozusagen zu deren natürlichen Feinden, weil sie ihre Aushänge verdecken. Eine der angefragten Firmen, erfahren die TreePeople später, war eben wegen eines nächtlichen Baum-Massakers eingeklagt worden.

Neben der Informationsarbeit hetzt der Stab der TreePeople – kein Dutzend Frauen und Männer – von einer Aktion zur nächsten, unterstützt von den *Citizen Foresters* und 200 der Organisation nahestehenden Aktivistinnen und Aktivisten. In hispanisch dominierten Quartieren von East Los Angeles wird zusammen mit Polizisten gepflanzt. Drei Jahre nacheinander lassen die TreePeople jeweils für einen Tag ein Stück des Marino Freeways blockieren, um die Borde auf zehn Kilometern mit Hilfe von 5000 Freiwilligen aufzuforsten.

200 000 Gewinnerinnen und Gewinner bei der Baumolympiade

Einmal müssen 100 000 Setzlinge, die eine Gärtnerei nach der Geschäftsaufgabe spendet, transportiert werden. Die Nationalgarde hilft mit einem Konvoi schwerer Lastwagen aus, der Bürgermeister entlädt das erste Bäumchen, um es mediengerecht einem Kind zu schenken. In der Regel werden die Setzlinge allerdings für einen Dollar verkauft, denn in Los Angeles gilt ebenso wie in Nepal oder im kenyanischen Kitui: was keinen Wert hat, riskiert weggeworfen oder lediglich verscharrt statt liebevoll gepflanzt zu werden.

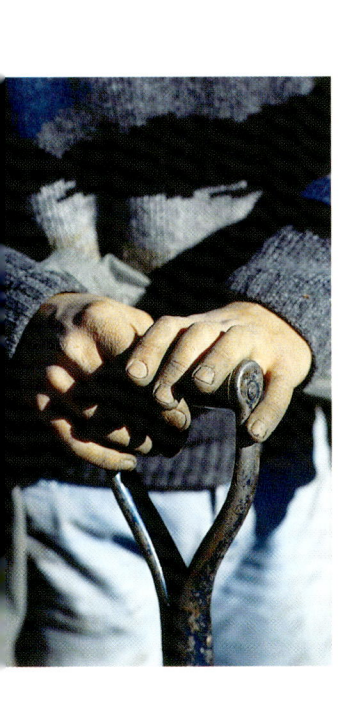

Trotz all dieser Anstrengungen ist man anderthalb Jahre vor dem Termin noch immer 900 000 Bäume vom Ziel entfernt. Entscheidend sei schliesslich die Zusammenarbeit mit einer lokalen Fernsehstation gewesen, meint Andy Lipkis rückblickend. Erst als die Fernsehleute beiläufig nach der Nummer der *hotline* fragen, auf die frisch gepflanzte Bäume zu melden sind, erkennen die Freiwilligen den Lapsus ihrer Kampagne: Im Land des Telefons haben sie sich die Pflanzungen per Postkarte melden lassen. Die Einführung der Nummer «two-seven-three-tree» und eines «Treemometer» am Bildschirm, wo alle die täglichen Fortschritte der Aktion verfolgen können, versetzt der Kampagne den entscheidenden Kick.

Um es kurz zu machen: Das Wunder tritt tatsächlich ein, TreePeople gewinnen zusammen mit vielleicht 200 000 Leuten, die sich zum Mitmachen begeistern liessen, die Baumolympiade. Vier Tage, bevor die olympische Flamme brennt, wird die Pflanzung eines Aprikosenbaums im Canoga Park gemeldet, der die Million voll macht.

Wieviele dieser Bäume leben noch? Es gibt darüber keine Angaben, weil keine Erfolgskontrolle in die Kampagne eingebaut wurde. Aber selbst wenn nur die Hälfte überlebt hat – eine eher pessimistische Annahme beim hohen Anteil an Pflanzungen auf Privatland –, ist deren Präsenz heute deutlich sicht- und spürbar.

Arbeit in den vernachlässigten Quartieren

Kampagnen, die den Erfolg an eine Zahl von amerikanischer Grösse knüpfen, sind die eine Seite der TreePeople. Andererseits werden auch viele kleinere Aktionen angeregt und unterstützt, vor allem durch die rund 350 *Citizen Foresters*, die Mitte der neunziger Jahre tätig sind.

Bereits zu Beginn der achtziger Jahre wurden Baumschulbesitzer überzeugt, überschüssige Fruchtbäume nicht wie üblich zu verbrennen, sondern der Gruppe zu spenden. Die TreePeople veredelten sie dann und pflanzten Aprikosen-, Pfirsich- oder Apfelbäume in Reservaten der Urbevölkerung und zusammen mit bedürftigen Familien in deren Hinterhof. Nach den Rassenunruhen von 1992 ist das Programm mit einem Beitrag der Sängerin Bette Midler wieder aufgenommen worden.

Überhaupt werden soziale Aspekte in der Arbeit der TreePeople immer wichtiger. Hilfe für die vernachlässigte natürliche Umwelt ist spätestens seit der Zuwendung zur *Urban Forestry* nur noch eine Seite ihrer Tätigkeit.

Los Angeles hört nicht auf zu wuchern. Die City streckt ihre Tentakel heute weiterum in jedes Tal, und wo zuvor Walnussbäume fruchteten und Kühe grasten, stehen jetzt anonyme Schlafstädte, verbunden mit der City durch chronisch verstopfte Freeways. Üppig-wohlgeordneten Pflanzenwuchs und grossartige Parklandschaften gibt es in Hollywood oder Beverly Hills – in den *suburbs* jedoch sehen die Strassen oft aus wie Flugpisten. Entweder haben die Planer das Stadtgrün schlicht vergessen, oder die Setzlinge sind verwahrlost und bereits in frühester Jugend abgestorben.

Es ist der Umzug aus überblickbaren dörflichen oder kleinstädtischen Siedlungen in solch anonyme Strukturen, der uns machtlos gemacht hat, meint Andy Lipkis. «Niemand kennt den Nachbarn mehr. Die Verantwortung für den Raum um uns herum haben wir der Regierung und ihren Behörden delegiert. Viele der aktuellen Probleme kommen daher, dass wir unsere persönliche Verantwortung für unsere Mitwelt aufgegeben haben und unsere Energien nicht mehr schöpferisch einsetzen können.»[7]

Damit haben nach Lipkis auch viele Syndrome zu tun, für die Los Angeles berüchtigt ist. Drogen, die vielen Selbstmorde von Jugendlichen, Bandenkriege. 100 000 Kinder und Jugendliche in East Los Angeles und anderen ärmeren Quartieren sind in *gangs* organisiert. Die-

Einer der vielen Parks in Los Angeles, in dem die Tree-People Hand angelegt haben (oben). Blühender Eucalyptus (links).

se Banden sind die Ersatzfamilien der Kinder mit den unschuldigen Augen, deren Energie sich bei Provokation in epidemische Gewalt verwandeln kann, was sich beispielsweise in blutigen Bandenkriegen äussert.

Viele Kinder verlassen die Schule vorzeitig – und verbauen sich damit in einer Welt, wo vor allem hochqualifizierte Dienstleistungsarbeit zählt, jede Aussicht auf mehr als einen mies bezahlten Job. «Wir schauen in den Schlund eines Albtraums genannt 'Unterklasse'», so die Los Angeles Times. Die Lebensbasis dieser sozialen Schicht wird, ähnlich wie bei den Landlosen in den Ländern des Südens, zusehends schmäler.

Das grosse wirtschaftliche Gefälle zwischen den *suburbs* und den reichen Quartieren, wo das Leben wie in den Produkten der Illusionsfabrik aussieht, führt zu sozialen Spannungen und diese wiederum zu Verängstigung. Vor allem die europäischstämmige Bevölkerung fühlt sich zunehmend verunsichert. Wie in Städten des Südens äussert sich dies in der Entstehung von Sicherheitskultur, Festungsarchitektur und Wehrdörfern, Quartieren, in denen rund um die Uhr Uniformierte patrouillieren.

Was soll die Arbeit von TreePeople unter solchen Bedingungen, was soll mit Bäumepflanzen überhaupt noch erreicht werden?

Die Ängste in den Quartieren, denkt Andy Lipkis, sind nicht zuletzt auf die eigene Isolation, die Abschottung von den Nachbarn zurückzuführen. «Mit Bäumen allein können unsere kranken Städte sicher nicht geheilt werden», sagt Andy Lipkis. «Aber die Zeremonie des Pflanzens kann radikaler und subversiver wirken als politische Aktionen.» Tatsächlich ist die Begrünung eines kahlen Asphaltbandes oft ein mühsamer Gang, gespickt mit Misserfolgen und zugeknallten Türen. Aber auf diesem langen Weg können Nachbarn, die sich zuvor nur mit lauerndem

Zum Abschluss des Besuchs bei TreePeople erhalten Kinder und Schüler einen Baumsetzling und genaue Anweisungen, wo und wie dieser zu pflanzen ist.

Misstrauen begegnet sind, kennen lernen, vielleicht sogar näher zusammenfinden.

Das kann das Fundament sein, auf dem mehr zu wachsen vermag. Organisierte Nachbarn fühlen sich nicht mehr isoliert und ohnmächtig. Auf Bedrohungen für ihr Leben und ihren Lebensraum, etwa infolge einer geplanten Giftmülldeponie oder einer Strassenverbreiterung, bei welcher der prägende Baumbestand verschwinden würde, erfolgen jetzt rasche Reaktionen. Man kennt nun den Weg zu den Behörden, hat unmittelbaren Zugriff auf die zuständigen politischen Abgeordneten, kann Widerstand leisten.

Die Macht, die Organisiertsein bedeutet, wird von Nachbarschaften nicht nur defensiv, sondern meist auch sehr kreativ eingesetzt. Die TreePeople berichten von Putzaktionen (mit denen oft auch die Banden verschwinden, denn Gangs setzen sich eher in verwahrlosten Quartieren fest) berichten von Kinderhütediensten, gemeinsamen Komposthaufen und Familiengärten, Quartierfesten oder Wachaktionen, die zeitweise notwendig sind, um die drohende Rückkehr von Gangs zu verhindern.

Verwaldung und Verdorfung als Vision

Während viele Leute Los Angeles im Sterben liegen sehen, glauben Andy Lipkis und die TreePeople, dass die Stadt neu am Entstehen ist. Zwar beobachten auch sie physischen Verfall und soziale Erosion, doch bei ihrer Arbeit in den Quartieren der Unterprivilegierten können sie auch die Entstehung neuer Beziehungsgeflechte, neuer Organisationsformen verfolgen. In der Vision der TreePeople für Los Angeles verfügt jede Nachbarschaft über einen *Citizen Forester*, eine Frau oder einen Mann, die sozusagen auf die Verwaldung und Verdorfung der Megalopolis hinarbeiten: Los Angeles als dichter *Urban Forest* mit sozial hoch organisierten Nachbarschaften.

Dass ihre Bemühungen in die gute Richtung gehen, dafür verfügen die TreePeople über eindrückliche Belege und ein Potential an menschlichen Kräften, das erst in Entfaltung ist: Der Debs Park, 1978 ein kahler Schutthügel mitten in der Stadt und Ort der ersten urbanen Pflanzaktion der TreePeople, hat sich in einen vitalen Wald mit zwanzig Meter hohen Bäumen verwandelt. Und von der Million Kinder, die bis heute durch den Coldwater Canyon Park gegangen sind, werden immer mehr zu mündigen Bürgern. Nicht alle von ihnen sind zu Baummonstern geworden, aber sie alle haben schon in ihrer Jugend Erde und Baumsetzlinge in den Händen gehalten und werden ihren Beitrag zur Heilung der Mitwelt leisten.

Deutschland

Waldbauern im Schwarzwald:
Leben von den Bäumen

Aus dem Mittleren Schwarzwald wird seit Jahrhunderten Holz exportiert. Viele Bauern, die grössere Privatwaldflächen besitzen, leben noch heute davon. Trotzdem – oder gerade deswegen – sind die Wälder nicht verschwunden. Mancherorts haben es die Waldbauern sogar verstanden, ihre traditionelle Nutzungsweise zu bewahren – unter erheblichem Widerstand gegen forstliche Zeitströmungen und Amtsmacht. Diese Bauern fällen die Bäume nicht kahlschlagweise, sondern einzeln. Dadurch hat ein naturnaher Mischwald überlebt, wo verschiedene Baumarten vom Sämling bis zum starken Holz nebeneinander wachsen. Baumweise Nutzungsformen wie diese stossen heute wiederum auf reges Interesse. Es sind Leitbilder für die Überführung vieler deutscher Forste in Lebensgemeinschaften, wo vorab natürliche Prozesse wirken und menschliche Eingriffe aufs Nötigste reduziert sind. Auch Johannes Gross, ein Waldbauer aus Oberwolfach, geht diesen Weg und versucht, Traditionelles mit neuen Erkenntnissen anzureichern.

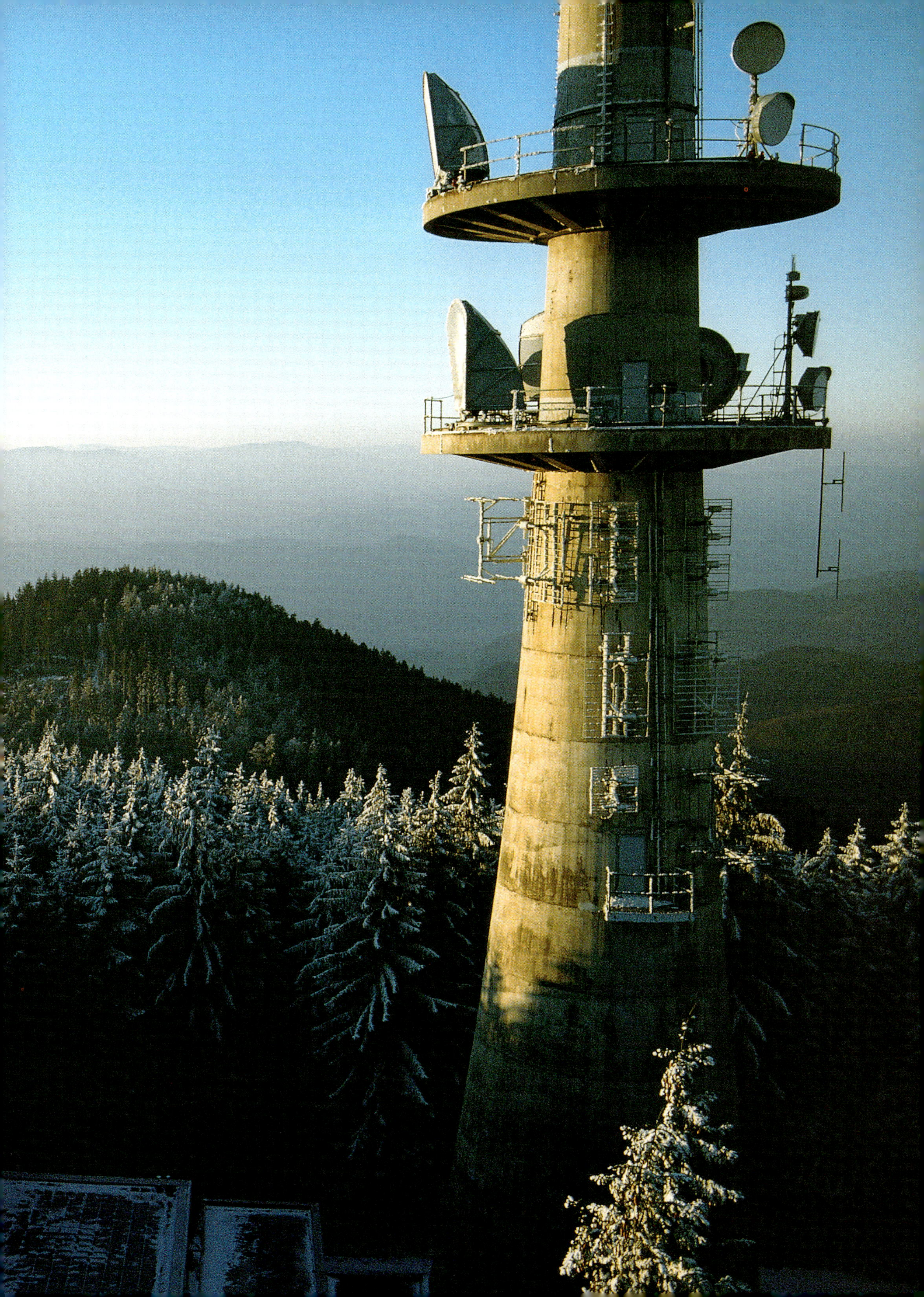

Johannes Gross und Walter Schmidtke legen die Fallrichtung eines Baumes fest.

«Und sie sägten an den Ästen,/ auf denen sie sassen,/ und schrien/ sich zu ihre Erfahrungen,/ wie man besser sägen könne/ und fuhren mit Krachen in die Tiefe/ und die ihnen zusahen beim Sägen/ schüttelten die Köpfe/ und sägten kräftig weiter.»
Bertolt Brecht.

Johannes Gross hat mit dem Sägen weit oben begonnen. Das letzte Drittel der Krone bleibt unberührt, doch von dort arbeitet er sich langsam nach unten, um einen Quirl nach dem andern abzutrennen. Als der letzte Ast gefallen ist, umfasst er den Baum mit beiden Armen und lässt sich elegant die verbleibenden zwei Meter des glatten Stammes hinuntergleiten. Dann wählt er die nächste schöne Fichte aus, stellt die Leiter an und windet sich durchs Geäst hinauf, um auch dieses zu kappen.

Dass Johannes Gross am eigenen Ast sägen würde, lässt sich allerdings nicht behaupten. Für ihn und Walter Schmidtke, seinen forstlichen Berater, hat diese Arbeit durchaus zukunftsgerichtete Bedeutung. Die 15-35jährigen Bäume sollen bis zu ihrer Schlagreife in etwa hundert Jahren astreines, qualitativ hochwertiges Holz bilden. Zudem wird durch das Ausasten etwas mehr Licht auf den Boden gelangen. Das fördert Tannen- und Buchenkeimlinge und damit eine reichere Artenmischung.

Johannes Gross ist der Bauer des Thesenhofs, Walter Schmidtke ist Förster im aktiven Ruhestand. Er hat schon mit dem Vater von Johannes Gross zusammengearbeitet und kommt auch heute noch regelmässig auf den Thesenhof. Dieser liegt in der Gemeinde Oberwolfach, weit hinten im engen Tal des Gelbaches. Dieses Bächlein fliesst in die Wolf, die sich ihrerseits in Wolfach mit der Kinzig vereinigt, einem Seitenfluss des Rheins.

Das Hauptgebäude des Thesenhofs ist, wie viele der weit verstreuten Höfe in dieser Gegend, von beeindruckender Grösse und sehr ge-

Vorherige Seite:
Der Schwarzwald vom Brandenkopf bei Oberwolfach aus gesehen.

pflegt. Die angrenzenden Wiesen sind so steil, dass sich die Kühe nirgends zum Verdauen hinlegen können und am Mittag wieder in den Stall getrieben werden müssen. Das Grünland ist lediglich von kleinen Kartoffeläckern unterbrochen und geht schon bald in die für den heutigen Schwarzwald typischen, weiten Forste über.

Freie Bauern

Wenn Johannes Gross in den Ästen herumturnt und sich für etwas anstrengt, von dem er selber nicht mehr profitieren wird, hat dies mit seinem Selbstverständnis als der gegenwärtige in einer langen Reihe von Bewirtschaftern zu tun. Den Thesenhof betreut er ebenso als Erbe seiner Vorfahren wie als Lehen seiner Nachfolger.

Der Hof ist uralt. In einen Stein der Hausmauer ist die Jahrzahl 1571 eingehauen, der Hof hat aber sicher schon vorher bestanden. Die Besiedlung des Kinzig- und dann des Wolftals durch die Alemannen erfolgte zwischen dem 11. und 13. Jahrhundert. Die beiden Flusstäler waren damals stark versumpft und noch unbewohnbar, die Nebentäler und Höhen so rauh und steil wie heute. Die Rodung der mächtigen Tannen, Buchen und Fichten muss enorm mühsam gewesen sein. In einer solchen Umwelt waren nur grosse Höfe mit genügend arbeitenden Händen überlebensfähig. Wer bereit war, sich hier niederzulassen, erhielt von den Grafen von Fürstenberg die persönliche Freiheit – ein besonderer Anreiz in einer Zeit, da im süddeutschen Raum viele Menschen leibeigen waren und ihr Schicksal damit weitgehend von ihrem Herrn bestimmt wurde.

Allerdings behielten sich die Fürstenberger als Grundherren ein Obereigentum an Grund und Boden vor, für das auch die freien Bauern jährlich Zinshühner und andere Abgaben zu entrichten hatten. Zudem beanspruchten die Fürstenberger im Erbfall ein Drittel des Hofwertes. Um diese Belastung so selten wie möglich auf den Hof kommen zu lassen, war in der Regel der jüngste Sohn Alleinerbe. Dies verhinderte auch die Zersplitterung des Besitzes und erhielt dem Hof die existenzsichernde Grösse. Die weichenden Geschwister bekamen eine bescheidene Abfindung, verdingten sich als Tagelöhner auf den Höfen, verarbeiteten als Handwerker Waldprodukte oder zogen flussabwärts in die Städte.[1]

Die jungen Frauen trachteten danach, auf einen anderen Hof zu heiraten. Wo es ausschliesslich Erbinnen gab, gelang dies auch einmal einem Mann, so dem Urgrossvater von Johannes Gross, der 1900 als 34jähriger auf den Thesenhof kam. Zu jener Zeit lebten und arbeiteten hier noch zehn und mehr Personen, und alle Nahrungsmittel wurden selbst produziert.

Zum Anbau von Brotgetreide war damals im Mittleren Schwarzwald die sogenannte Reutfeldwirtschaft weit verbreitet, ein Pendant zum Wechselfeldbau mit Brandrodung in den Tropen. Die Steilhänge in Hofnähe waren mit buschartigem Niederwald aus Laubbäumen überzogen, den die Bauern alle 15 bis 20 Jahre im Frühling niederhauten. Im Herbst wurde das

Reisig angezündet, und mit der ausgekühlten Asche Winterkorn untergehackt. Im zweiten Jahr kam Hafer aufs Reutfeld, im dritten wurden Kartoffeln angebaut. Dann überliess man das Feld wieder dem Ginster und den Stockausschlägen der Holzgewächse.

Die Reutfeldwirtschaft kam allmählich zum Erliegen, nachdem die Eisenbahn 1878 Wolfach erreicht hatte und billiges Getreide importiert werden konnte. An abgelegenen Orten blieb sie länger bestehen; auch Johannes Gross hat sie auf dem Thesenhof noch erlebt. Nach der Jahrhundertwende ist dann ein Reutfeld nach dem anderen mit Fichten und Tannen aufgeforstet worden. In Oberwolfach bestanden 1850 rund 85 Prozent der Gemeindefläche aus Laub-Niederwald. Heute sind wiederum rund 85 Prozent mit Hochwald überzogen.[2] So ist aus einer Urlandschaft mit Primärwald erst eine offene, hochwaldarme Kulturlandschaft geworden, die sich dann wieder in die aktuelle dunkle Landschaft mit nadelholzreichen Sekundärwäldern verwandelt hat.

Waldwirtschaft wichtiger als Landwirtschaft

Auch auf dem Thesenhof wird das Brotgetreide heute hinzugekauft. Der Hof erscheint zwar immer noch als eigene Welt, wo vieles selbst produziert wird, Milch, Butter, Fleisch, Kartoffeln, Gemüse, Honig, Baumnüsse. Die vielen Obstbäume um den Hof liefern vergorenen Most sowie Schnaps, als Genussmittel ebenso wie als Medizin für Mensch und Vieh. Die Heizenergie stammt aus dem eigenen Wald, und sogar das Licht ist selbst gemacht: zum Hof gehört ein kleines Kraftwerk, das vom Gelbach angetrieben wird.

Im wesentlichen wird der Thesenhof heute vom Ehepaar Gross bewirtschaftet. Für die Arbeiten in der Landwirtschaft ist vor allem Frieda Gross zuständig. Sie betreut das runde Dutzend Kühe und macht die Milch zu Butter, die sie auf Märkten des Wolf- und des Kinzigtals anbietet. Die Milchreste werden Mastkälbern und Schweinen verfüttert, die zum Teil ebenfalls zum Verkauf bestimmt sind. Die staatlichen Zuschüsse eingerechnet, macht die Landwirtschaft heute ein Fünftel des Hofeinkommens aus. Sie ist sehr arbeitsaufwendig, Ferien gibt es keine, und auch sonntags wollen die Kühe gemolken sein.

Der bedeutendere Teil des Geldertrags kommt aus dem Wald, der den grössten Teil der 83 Hektar Hoffläche ausmacht. Zum Hof gehört ein eigenes Jagdrecht. Johannes Gross ist in erster Linie Waldbauer, verbringt seine Arbeitszeit vor allem unter den Bäumen und manchmal eben auch in ihrem Geäst.

Harz, Holzkohle und «Holländer»

Der Wald des Thesenhofs spiegelt die enge Verwobenheit von rechtlichen, ökonomischen und forstlichen Entwicklungen in dieser Gegend gut wieder. Kornanbau auf dem Reutfeld war hier von der Höhenlage her stets kritisch. Dafür verfügte der Thesenhof wie die Höfe in der klimatisch rauhen Nachbargemeinde Schapbach über eine bedeutende Fläche an eigenem Hochwald mit Tannen, Fichten und Buchen.[3] Ursprünglich war der ganze Oberwolfacher Wald gemeinsamer Besitz. Nach dem 15. Jahrhundert sind den Höfen dann Teile als Privateigentum zugewiesen worden. Der Rest ist bis heute Gemeindewald geblieben.

Im Wald des Thesenhofs fanden die Ziegen und Zugochsen etwas Futter. Ältere Fichten waren angezapft und lieferten Harz, während Jahrhunderten unentbehrlich zum Abdichten von Schiffen und Fässern, zur Herstellung von Terpentin, Druckerschwärze, Schusterharz und Dutzenden anderer Dinge, die heute aus Erdöl hergestellt werden. Neben dem Thesenhof rauchten Kohlemeiler, denn bis ins 19. Jahrhundert wurde im Gelbachtal Silber- und Eisenerz geschürft, zu dessen Verhüttung Massen von Holzkohle nötig waren.

Seit wann die Thesenhofwälder auch Nutzholz liefern, das «Gold des Schwarzwaldes», ist nicht sicher zu belegen. Hinweise könnten zwei weitere datierte Steinblöcke in der Hofmauer mit den Jahrzahlen 1832 und 1860 sein. Sie zeigen das jahresringartige Wachstum des Gebäu-

Der Thesenhof (rechts). Ganz links das Hofgebäude, rechts mit den Dachfenstern das «Leibgedinghaus», das von der Familie Gross weitgehend selbst erbaute Altenteil (oben).

Johannes Gross beim Schälen einer Fichte. Die Rinde wird an eine Gerberei verkauft, die damit hochwertige Leder herstellt (rechts unten).

Frieda Gross, die Bäuerin des Thesenhofs.

Deutschland

des, das nur durch besondere Einnahmen zu finanzieren war – am ehesten wohl durch den Verkauf von «Holländer-Holz».

Der Schwarzwald ist seit jeher eine holzreiche Insel zwischen Oberrhein- und Neckartal, die viel früher besiedelt und entsprechend entwaldet waren. Schon im Mittelalter ist auf seinen Wassern Holz geflösst worden, beispielsweise um 1050 für den Bau des Doms von Speyer. Die Oberläufe der Kinzig wurden im 15., die Wolf sicher im 16. Jahrhundert flössbar gemacht. Wolfach blieb über 400 Jahre lang ein Zentrum der Flösserei. «Das Volck so bey der Kyntzig wohnet, besonders umb Wolfach, ernehret sich mit den grossen Bawhöltzern, die sie gen Strassburg in den Rhein flötzen und gross Gelt jährlich erobern», hielt Sebastian Münster 1544 in seiner *Cosmographia Universalis* fest.

Eine rege Phase erlebte der *Holzcommerz* im 18. Jahrhundert, als die Städte entlang des Rheins nach langen Kriegsjahren erneuert wurden und wieder zu wachsen begannen. Enormen Bedarf hatten zudem die Niederlande, die in jenen Jahren zur bedeutendsten See- und Kolonialmacht neben England aufstiegen. Die Nachfrage zog derart an, dass sich der Holzpreis in der Markgrafschaft Baden zwischen 1750 und 1790 verdoppelte.[4]

Immer häufiger kamen die *Mijnheers* der niederländischen Handelskontore nun direkt nach Wolfach, um «Holländer» einzukaufen, Riesentannen von bis zu 33 m Länge und 48 cm Durchmesser am dünneren Stammende. Solche Bäume fanden sich vor allem im Wolftal, in den Privat- und Gemeindewäldern von Schapbach und Rippoldsau. Sie dienten zum Haus- und Hafenbau, aber auch als Rammpfähle, auf denen die Fundamente der alten Häuser Rotterdams und Amsterdams noch heute ruhen. Für die Kriegs- und Handelsschiffe hingegen sowie für die Windmühlen (von denen die meisten Säge- und nicht etwa Getreidemühlen waren) brauchte es vor allem Eiche, doch als Deck- oder Mastenholz mag manche Schwarzwälder Tanne pazifische Gewässer erreicht haben.

In Wolfach wurden die «Holländer» und die kleineren Sortimente mit Holzseilen zu Flössen zusammengebunden. Darauf war die «Oblast» festgezurrt, Sägewaren aller Art sowie hölzerne Halbfabrikate wie Fassdauben, Wagenachsen und Hopfenstangen – zudem Harz, Kobaltfarbe für die blauen Delfter Kacheln, Holzkohle vom Faulbaum für Schiesspulver und viele weitere Rohstoffe für die urbane Welt.

In Kehl kam es zum Umbau der Flosse. Über das französische Kanalnetz gelangte Wolfacher Holz bis nach Paris. Rheinflösse für die Niederlande wurden an den Einmündungen von Main und Neckar zu Gefährten von abenteuerlicher Dimension zusammengebunden, die nur wenige kapitalkräftige Holzhändler betreiben konnten. Diese schwimmenden Holzinseln waren bis zu 300 m lang, 50 m breit und mehrere Stammschichten hoch. Das erlaubte auch den Transport von Eichenholz, das nicht «flott», sondern «senk» ist und zehnmal soviel galt wie Nadelholz. Um ein Floss nach Dordrecht bei Rotterdam zu manövrieren, waren oft 500 Ruderknechte nötig.[5]

Bei gleichzeitiger Öffnung der künstliche angelegten Stauweiher um Wolfach entstand ein Wasserschwall, der ein Floss selbst bei niedriggehender Kinzig bis zum Rhein tragen konnte.

Das Ende für die Flösserei kam, als der Dampf Oberhand über das fliessende Wasser gewann. 1894 legte das letzte grosse Floss von Wolfach ab. Nur wenige Jahre zuvor war der Ort von der Bahn erschlossen worden, die den Holzexport fortan besorgte.

Fichte als Gewinner, Buche als Verlierer

Der Flossholzhandel und all die anderen Nutzungen haben den Schwarzwald enorm verändert. Wie tiefgreifend dieser Wandel ist, lässt ein Besuch der «Grossen Tannen» bei Kälberbronn erahnen, einem der wenigen noch vorhandenen ursprünglichen Waldbilder weiterum. Dieser mehrere hundert Jahre alte Tannen-Buchenwald, wo die lokale Bevölkerung stets nur Leseholz gesammelt hat, ist als Rest zwischen zwei Kahlhiebsflächen zurückgeblieben und heute geschützt. Auffallend ist die mosaikartige Verteilung von Baumarten und -grössen, auffallend sind die vielen Buchen in allen Entwicklungsstufen, die mächtigen Tannen, der geringe Anteil an Fichten.

Wo hingegen die Wälder genutzt wurden, hat sich die Baumartenmischung generell zugunsten der Fichte verschoben. An Terrain eingebüsst hat vor allem die Buche, zum Teil auch die Tanne. Am meisten sind die ursprünglichen Waldbilder dort beeinträchtigt, wo grosse Flächen kahlgeschlagen wurden.

Kahlhiebe behagen der Buche gar nicht. Ihre Keimlinge entwickeln sich am besten unter dem Schirm des Altholzes, denn die Blätter junger Buchen sind für schattige Verhältnisse gebaut und nicht auf prallen Sonnenschein ausgerichtet. Zudem bleiben sie lange frostempfindlich und frieren im Freien leicht ab. Mit den alten Bäumen verschwanden nicht nur die Samenträger, sondern auch der Blättermull, das bevorzugte Keimbett der Bucheckern und für die Bodenfruchtbarkeit zentral. Was trotzdem noch zum Wachsen kam, wurde vom Vieh gefressen oder zertrampelt. Vom Menschen konnte die Buche keine Unterstützung erwarten, denn ihr fäulnisanfälliges Holz war, ausser als Brennholz und Holzkohle, kaum zu gebrauchen.

Der grosse Profiteur der menschlichen Einwirkungen auf den Wald ist die Fichte, ein Kulturfolger *par exellence*. Als robuster Pionier kommt die Fichte praktisch überall zum Keimen. Sie erträgt Sonne wie Schatten, und auch Frost setzt ihr nicht zu. Zudem ist sie auch immer wieder mit Absicht begünstigt worden. Schon die Harzer pflegten andere Baumarten zugunsten des Fichtennachwuchses wegzuschlagen, und die grossen Harzfichten blieben systematisch vor der Axt verschont.[6]

Die Flosse wuchsen mit dem Fluss. In Koblenz wurden die für Dordrecht bei Rotterdam bestimmten «Kapitalflosse» zusammengebunden. Der Stich zeigt die Ankunft eines solchen Gefährts. Der Aufbau der niederländischen Handels- und Kriegsflotte im 17. Jahrhundert ebenso wie das Wachstum der Hafenanlagen und Städte hingen von Holz als wichtigstem Baumaterial der vorindustriellen Zeit ab.

Terrain an die Fichte hat auch die Tanne verloren, vor allem, wo es zum Kahlschlag gekommen ist. Die Tanne, in den mittleren Höhenlagen des Schwarzwaldes einst die Hauptbaumart, ist eine Schattenbaumart wie die Buche. Sie hält es unter dem Schirm der Eltern jahrzehntelang als kniehohes Bäumchen aus. In dieser Zeit entwickelt sie ihre Keilwurzel, die den erwachsenen Baum solide verankern und sturmfest machen wird. Erst wenn ein benachbarter Baum abstirbt oder gefällt wird, beginnt die verschlafene Jungtanne in die Höhe zu treiben, um nach 120 bis 150 Jahren Holländerdimensionen zu erreichen.

Plentern: die Bäume kommen und gehen, der Wald bleibt

Waldbauern, die am Holländerhandel beteiligt waren, haben die Wirtschaftsweise in ihren Privat- und Gemeindewäldern stets auf die Tanne ausgerichtet. Ihr Ziel war es, möglichst starkes Holz zu erzeugen. Ein Zentimeter mehr im Durchmesser konnte den Preis des Stammes sprunghaft erhöhen. Daher pflegten die Bauern, bevor sie die Säge ansetzten, auf den Baum hinaufzuklettern, um die Dicke zu prüfen. Hatte er das Mass erreicht, kam er einzeln zum Hieb. In den entstandenen Schacht drangen Licht, Wärme und Regenwasser nun bis auf den Boden und brachten dort Samen zum Keimen. Bereits etablierte Bäume erhielten Raum, Sonnenenergie und Nährstoffe für einen neuen Entwicklungsschub.

Auf diese Weise entstand ein «Familienwald», wo alle Baumarten in Mischung und vom Sämling bis zum Holländerstamm nebeneinander gedeihen. Die einzelnen Bäume keimen, werden erwachsen und dann genutzt, der Wald bleibt dauernd bestehen. Was bei solch baumweiser Bewirtschaftung entsteht, wird im Schwarzwald als Femelwald bezeichnet, im übrigen Deutschland und der Schweiz wird von Plenterwald gesprochen.

Die Waldbauern im Wolf- und Kinzigtal waren an einem stetig fliessenden Einkommen aus der Holznutzung interessiert – als Privatpersonen ebenso wie als Gemeindemitglieder. Grössere Hiebe fanden nur in besonderen Fällen statt: im Gemeindewald für Vorhaben wie Wege-, Kirchen- oder Schulbau, im Privatwald bei einer Hochzeit, im Erbfall, für eine Investition oder um den Ruin des Hofs abzuwenden. Eine Übernutzung des Kapitals Holzvorrat ist durch anschliessende Zurückhaltung beim Holzschlagen jeweils wieder ausgeglichen worden.

Durch die Bewirtschaftung ist die ursprüngliche Baumartenmischung zwar zu Ungunsten der Buche verändert worden, denn diese ist als Konkurrentin der Brotbäume Tanne und Fichte auch in den Bauernwäldern «wie Unkraut aus den Gärten und Äkern», so ein Gutachten von 1795, jahrhundertelang systematisch ausgemerzt worden.[7] Zu grossflächigen Kahlschlägen jedoch ist es in den Privat- und Gemeindewäldern des oberen Kinzig- und des Wolftals bis nach 1830 nicht gekommen[8] – trotz des starken Sogs durch den Flossholzhandel.

Holzkönige und Altersklassenwald

Ganz anders hat sich die Holznutzung im Staatswald des Nordschwarzwalds entwickelt, wo die Landesherren zu Beginn des 18. Jahrhunderts privaten Unternehmen grosse Flächen zur Nutzung der Holzvorräte überlassen hatten. Zuerst wandten sich vor allem Wirte, Posthalter und Amtspersonen dem neuen Geschäft zu. Später wurden deren frühkapitalistische «Compagnien» von Kaufleuten aus Calw und Neuenbürg – im Kern zwei bis drei Dutzend «Holzkönige», die oft miteinander verwandt waren – zu Handelsgesellschaften umgestaltet, die mit bedeutenden Kapitalmengen ausgestattet waren. Im Handel mit Holland liessen sich rasche und gewaltige Gewinne erzielen. So schüttete etwa die Calwer Holzkompagnie von 1755 bis 1809 beinahe zwei Millionen Gulden aus, die jährlichen Kapitalrenditen lagen zwischen 17 und 56 Prozent.[9] Die Kehrseite dieses Goldrauschs: Die Schläge erfolgten in rasantem Tempo und waren alles andere als nachhaltig. Im württembergischen Schwarzwald waren die Staatswälder bereits 1817 zu einem Drittel ausgeschlachtet und lagen kahl da.[10]

Das Eindringen des quantifizierenden Geistes in den Wald und seine Folgen: die Wälder wurden zur besseren Kontrolle der Nutzung in gleiche «Gehaue» eingeteilt, von denen jedes Jahr eines kahlzuschlagen und anschliessend meist mit einer einzigen Baumart aufzuforsten war (unten). Das Muster auf dem Plan spiegelt sich noch in manchem Altersklassenforst (oben). Die Überführung solcher Bestände in naturnahe Wälder braucht unter Umständen mehrere Baumgenerationen.

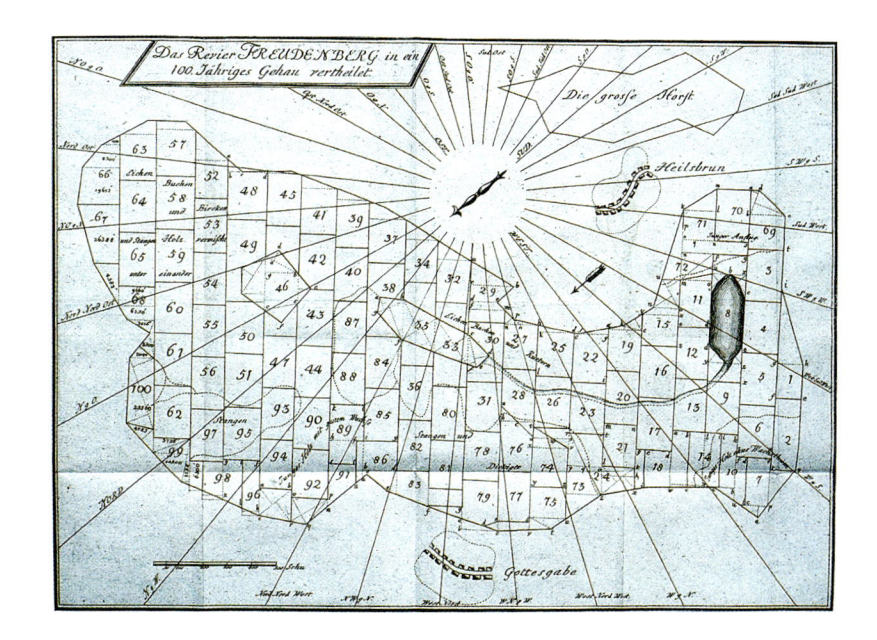

Das Beispiel des Nordschwarzwalds ist nur eines von vielen im Gebiet des heutigen Deutschlands, das die wachsende Bedeutung illustriert, welche das Holz für die Speisung der landesherrlichen Schatullen im 18. Jahrhundert bekam. Seine ökonomische Bedeutung dürfte denn auch entscheidend für die Geburt der Forstwissenschaft gewesen sein, ebenso wichtig wohl wie die Bekämpfung des jahrhundertealten Gespenstes der Holznot – das im übrigen manche Obrigkeit stets dann zu beschwören pflegte, wenn ihre eigenen Interessen an Holz oder jagdbarem Wild gegenüber den Untertanen durchzusetzen waren.[11]

Die Forstwissenschaft ist ab Mitte des 18. Jahrhunderts vorab in Preussen und Sachsen entwickelt worden und hat anschliessend in Form der klassischen deutschen Forstwirtschaft weite Verbreitung gefunden. Zentral für die junge Wissenschaft war, möglichst viel Holz auf möglichst rationelle Weise zu produzieren. Anstelle der traditionellen Waldschritte und Schätzungen setzte sie das genaue Mass und den Glauben an die strikte Planbarkeit. Am Pult wurde der lebendige Baum durch den «Normalbaum» ersetzt, mit dem das Wachstum der Forste, die künftige Holzernte und der geldmässige Ertrag auf dem Papier simuliert werden sollten.

Draussen vermassen Forstgeometer die traditionellen Mischwälder und teilten sie schachbrettartig ein. Sollten die Bäume 100 Jahre alt werden, waren ebenso viele Felder vorgesehen. Jedes Jahr wurde einer dieser Schläge kahlgehauen und anschliessend meist mit einer einzigen Baumart aufgeforstet. Ziel waren Bestände, wo felderweise Bäume gleicher Altersklasse und gleicher Art beisammenstehen. Dieser Hang der frühen Forstleute zur Monokultur ist unter anderem auf deren gute Erfahrungen mit Fichten und Kiefern zurückzuführen, die auf überweideten Standorten ebenso rasch anwuchsen wie in den verbliebenen, meist als vollkommen heruntergekommen beschriebenen Waldflächen.

So verständlich das Eindringen des quantifizierenden Geistes in den Wald aus damaliger Sicht scheint, so sehr ist aus aktueller Warte zu bedauern, wie tiefgreifend Grosskahlschlag, Monokultur und Altersklassenforst die Waldbewirtschaftung weit über Deutschland hinaus und bis in die heutige Zeit beeinflusst haben.

Baumweise kontra schlagweise Nutzung

Auch vor dem Waldbauerngebiet des Mittelschwarzwalds machte die Forstwirtschaft in ihren neuen, den wachsenden Handels- und Kapitalströmen angepassten Dimensionen nicht halt. Bis 1833 hatte sich der neue Zeitgeist bis ins badische Forstgesetz hineingeschlichen, das die einzelbaumweise Nutzung, diese »planlose, gegen alle Regeln des Forstbetriebs verstossende Wirtschaftsmethode», so die Gesetzesbegründung, kurzerhand untersagte.[12] Nun sollten also auch die traditionellen Plenterbestände der Kinzig- und Wolftalgemeinden in forsttechnische Kunstprodukte umgewandelt werden. Die Reaktionen der Bauern auf diese obrigkeitlichen Einmischungsversuche waren heftig. Mehrere Gemeinden traten wiederholt mit Petitionen an die Regierung.[13] Das Klima war so gereizt, dass es zu Ausschreitungen gegenüber dem Forstpersonal kam.

Die Lage begann sich erst vier Jahrzehnte später unter dem Wolfacher Bezirksförster Joseph Schätzle wieder zu beruhigen. Der Sohn eines Schwarzwälder Zimmermanns scheint die waldbauliche Vernunft der einzelbaumweisen Nutzung rasch erkannt und dem Plenterverbot in der Praxis keine Beachtung geschenkt zu haben. 1884 hielt Schätzle in einem Vortrag an der Versammlung des badischen Forstvereins fest, dass »der Femelwald dem Urwalde, der natürlichen und ursprünglichen Waldform« am nächsten komme. Die Zähigkeit der Bauern und der dienstliche Ungehorsam der eigenen Beamten bewogen die badische Forstverwaltung noch vor der Jahrhundertwende, das Femelverbot wenigstens zu entschärfen und die einzelbaumweise Nutzung zu tolerieren.

Das Reservat «Grosse Tannen» bei Kälberbronn. Ursprünglicher Wald mit mosaikartiger Verteilung der Baumarten und -grössen, mit auffallend vielen Buchen, mächtigen Tannen und geringem Fichtenanteil.

Quantität ohne Qualität geht gegen die Natur

Zu jener Zeit hatten Sturm, Schnee sowie Schädlinge die qualitativen Schwächen der Altersklassenforste längst offengelegt und den Glauben an die technische Manipulierbarkeit des Waldes bei manch einem Forstmann erschüttert. Schon 1880 hatte der Münchner Waldbauprofessor Karl Gayer die Forstleute aufgefordert, sich wieder vermehrt an der Natur zu orientieren: «Wir haben den Pfad der Tugend verloren. Wollen wir ihn wiederfinden, so müssen wir an der Rückfährte bis zum Plenterwald arbeiten.»

Das war der Auftakt zur Debatte um die einzelbaum- oder schlagweise Nutzung, die von den Forstleuten phasenweise mit schwerer verbaler Axt und verletzenden Emotionen geführt wurde und auch heute noch nicht abgeklungen ist. Die Jünger des Altersklassenforstes mussten sich den Vorwurf gefallen lassen, dass sie die Tanne im Bergwald nicht erhalten könnten mit ihrem Bedürfnis nach Gleichmässigkeit und Sauberkeit und «dem Schulbild des Normalwaldes im Kopf». Die Gegenseite polemisierte, dass die Plenterwirtschaft nicht viel mehr als ein «geistiges Turngerät» sei, eine «Fabel» und «barbarische Hinterwäldlerkultur».[14]

Viele noch heute aktuelle Themen wurden schon damals diskutiert. Im Verständnis der Plenterwaldbefürworter kann der Natur nicht einfach dekretiert werden, was sie in den nächsten hundert Jahren zu produzieren hat.[15] Wald ist mehr als eine Holzfabrik, und seine nachhaltige Bewirtschaftung hat nicht nur einen quantitativen, sondern auch einen qualitativen Aspekt, dem Altersklassenwälder kaum zu genügen vermögen. Qualitativ hochwertiger Wald ist eine auf die natürlichen Verhältnisse abgestimmte Lebensgemeinschaft, die auf Störungen von aussen träge reagiert oder sich nach solchen rasch wieder erholt, die damit weitgehend selbstregulierend ist und langfristig stabil bleibt. Genau diese Eigenschaften besitzt der Plenterwald in hohem Mass. Der eiserne Bestand von Borkenkäfern ist zwar auch hier vorhanden, zu grossflächigen Waldverderbern wie in der Fichtenmonokultur werden sie jedoch ebensowenig wie der Hallimasch oder andere «Schädlinge». Gut dokumentiert ist auch die Windsicherheit von Plenterwäldern. Allerdings ist es schon früher immer wieder zu Ereignissen gekommen, denen selbst Plenterwald zum Opfer gefallen ist: Im Gemeindewald von Oberwolfach etwa haben um die Jahrhundertwende zwei Stürme von aussergewöhnlicher Stärke und aus ungewohnter Richtung Dutzende von Hektar Wald geworfen, der damals schon jahrzehntelang einzelstammweise bewirtschaftet worden war.[16]

Ein weiterer qualitativer Aspekt wird durch die aktuellen Diskussionen um die Biodiversität erhellt. Dank der natürlichen Verjüngung ist in den Plenterwäldern die ursprüngliche Vielfalt weitgehend erhalten geblieben. In vielen Altersklassenforsten hingegen sind Artenvielfalt und genetisches Spektrum als Folge von Kahlhieb und Monokultur heute drastisch eingeschränkt – und damit auch das Anpassungsvermögen an sich verändernde Umweltbedingungen. Zudem herrscht weiterum ein genetisches Chaos: Bis tief ins 20. Jahrhundert hinein wurden Samen ohne Rücksicht auf ihre Herkunft hin und her gehandelt. Fichten aus Tieflagen ersetzten in den Hochlagen die heimischen Sorten und umgekehrt.

Andererseits haben Fichten und Kiefern die natürlichen Laubbäume oder die Tanne auf grossen Flächen verdrängt. In Sachsen beispielsweise, wo die Tanne ursprünglich mit Millionen von Bäumen einen Fünftel des Waldes ausmachte, gibt es heute gerade noch 2000 mehr als 60 Jahre alte Tannen.[17] Die radikalen Eingriffe haben den Altersklassenwald in eine gefährlich enge Lage mit nurmehr wenigen Optionen ge-

Gleichförmiger Altersklassenforst mit reiner Fichte.

bracht. Bei einzelbaumweiser Nutzung hingegen bleiben die waldbaulichen Entscheide von einer Tragweite, die ein einzelner Mensch zu überblicken und zu verantworten vermag.

Die wirtschaftliche Überlegenheit der Plenterwirtschaft ist anhand von Versuchsflächen im Wolftal schon Ende des letzten Jahrhunderts wissenschaftlich belegt worden.[18] Die Wiederholung dieser Untersuchung mehr als ein halbes Jahrhundert später bestätigte die alte Erkenntnis der Waldbauern: Plenterwald ist besonders dann unübertrefflich, wenn Starkholz heranwachsen und verkauft werden kann.[19]

Vorwärts zur naturnahen Waldwirtschaft

Trotz all der offensichtlichen Vorteile jedoch haben sich einzelstammweise Nutzung und Plenterwald nicht durchzusetzen vermocht – nicht einmal im Areal der Tannen-Buchenwälder des Schwarzwaldes. In Baden-Württemberg lassen sich heute gerade noch 3.5 Prozent der Waldfläche als gemischt und stufig aufgebaut ansprechen. Grössere zusammenhängende Flächen sind nur in den Bauernwäldern des Kinzig- und des Wolftals erhalten geblieben, dort, wo wirtschaftlicher Erfolg und eigene Erfahrungen schon früh Misstrauen gegenüber der Wissenschaft aufkommen liessen und die Bevölkerung genügend Rechte und Selbstbewusstsein hatte, um der Amtsmacht die Stirn zu bieten.

Die Gründe für den Siegeszug des Altersklassenwaldes sind letztlich unklar. Ist es, wie Elias Canetti schreibt, weil nicht der chaotisch scheinende Naturwald die deutschen Herzen mit tiefer und geheimnisvoller Freude erfüllt, sondern «das Rigide und Parallele der aufrechtstehenden Bäume»? Ist es, weil die Plenterwirtschaft von übermässigen Freunden immer wieder als einzige Wahrheit verkündet wurde, um damit bei den zu Bekehrenden erst recht Widerstand zu provozieren?

Wichtige Faktoren sind sicher die oft grossflächigen Eigentumsverhältnisse und die Machtfülle, mit der die Forstleute in Deutschland noch vor einem halben Jahrhundert ausgestattet waren. Wo einmal gleichförmige Fichtenmono-

---

Das Wild ins Verhältnis zum Wald bringen

Ein Reh im Wald und nicht in der Tiersendung oder dem Trickfilm zu sehen – welch ein Erlebnis für Stadtmenschen! Aus der Sicht der Waldeigentümer und grosser Teile des deutschen Waldes sieht das anders aus: sie stehen nach wie vor unter der Fuchtel zu hoher Wildbestände. Vor allem das Rehwild hat sich seit den fünfziger Jahren dramatisch vermehrt.

Wo der Rehbestand zu hoch ist, wird die Baumverjüngung so stark verbissen, dass sie ohne Schutz nicht aufkommen kann. Bestimmte Baumarten wie Ahorn oder Weisstanne werden bevorzugt angegangen. Bei der Tanne ist dies besonders problematisch, weil sie bei langsamem Jugendwachstum dem Wild lange ausgesetzt bleibt.

Wo die Bäume leiden, tun dies auch die Rehe. Verglichen mit den dreissiger Jahren ist ihr Körpergewicht vielerorts stark gefallen, die Schädellängen sind kürzer, die Geweihe verkrüppelt. Dies sind Folgen einer ungenügenden Futterbasis und anderer Stressfaktoren. Dazu gehören die Intensivierung der Landwirtschaft ebenso wie die zunehmende Freizeitaktivität.

Den Wildbestand anzupassen gilt vielerorts als zentrale Massnahme, um die Überführung der fichtenreichen Forste in naturnahe Lebensgemeinschaften mit standortsgemässen Baumarten zu ermöglichen.

Reinbestände sind anfälliger gegen Windwurf (oben) und Schädlinge wie den Fichtenborkenkäfer, dessen Brut zwischen Holz und Rinde geschwächter Fichten heranwächst (unten).

kulturen zu stehen gekommen sind und eine artenreichere Verjüngung durch fehlende Samenbäume und übersetzte Reh- und Hirschbestände behindert wird, ist der Weg zurück zur Natur sehr weit und beschwerlich (vgl. Kasten «Das Wild ins Verhältnis zum Wald bringen»). Auch von Amts wegen hat die einzelbaumweise Wirtschaft kaum Förderung erfahren. Das badische Plenterverbot von 1833 ist zwar nie strikt angewendet worden, formell jedoch bis 1976 stehen geblieben. Erst seit 1992 werden Plenterwälder in Baden-Württemberg offiziell wieder zugelassen und empfohlen.

Zuvor waren im Orkanwinter 1990 in ganz Deutschland 100 Millionen Kubikmeter Holz umgerissen worden, mehr als bei allen Stürmen des ganzen Jahrhunderts zusammen. Obwohl jede waldbauliche Kunst bei Böen von 150 km pro Stunde an ihre Grenzen stösst, stimmen viele Fachleute darin überein, dass es die Altersklassenforste und die ihnen innewohnenden Probleme waren, die den Schaden zur Katastrophe werden liessen.

Gegenwärtig schwingt das Pendel der Waldbaudebatte daher wieder Richtung Naturnähe, Mischwald und einzelstammweise Nutzung. Im Gebiet des Tannen-Buchenwaldes ist Plenterwirtschaft von neuem ein Thema. Forstämter in den Tieflagen, die Laub- und Mischwälder in freierem Stil kleinflächig oder gar einzelstammweise nutzen, sind zu beliebten Exkursionszielen geworden. Damit sei nochmals deutlich gesagt, dass es nebst den erwähnten Plenterwäldern vor allem in Süd- und Südwestdeutschland manchen Betrieb in allen Eigentümerkategorien gibt, der sich der Entwicklung hin zum Altersklassenwald widersetzt hat.

Plenterwald als kulturelle Tat

An den Thesenhofwäldern sind die Orkane von 1990 ohne grosse Folgen vorbeigezogen. Die wirtschaftlichen und forstlichen Trends der letzten 200 Jahre jedoch haben auch hier ihre Spuren hinterlassen.

Heute fällt als erstes die weitgehende Absenz der Buche ins Auge. Als Laubholz zählte sie auch auf dem Thesenhof zu den «Hecken», wie die Bauern den Buschwald der Reutfelder nannten, und ist konsequent als Brennholz herausgehauen worden. Als Förster Schmidtke 1955 nach Oberwolfach kam und sich für die Buche zu engagieren begann, bekam er umgehend den Spottnamen «Heckenförster». Doch die Zeit hat ihm recht gegeben. Heute wird die Buche weitherum als wichtiges Element der Lebensgemeinschaft Tannen-Buchenwald akzeptiert und gefördert, auch auf dem Thesenhof.

Vom Aufbau her sind die Thesenhofwälder etwa zu einem Drittel stufig und gemischt und können als Plenterwald bezeichnet werden. Der grössere Teil ist noch eher gleichförmig mit dominierender Fichte. Diese Flächen gehen vor allem auf Aufforstungen der ehemaligen Reutfelder zurück. Allerdings sind auch hier bereits Ergebnisse der vierzig Jahre Arbeit zur Qualitätsverbesserung zu sehen, die Johannes Gross und Walter Schmidtke geleistet haben.

Ziel ihrer Bemühungen ist, nebst einem höheren Buchenanteil, ein ausgewogenes Verhältnis zwischen Fichte und Tanne und eine stufige Struktur zu erreichen. Indem sie einzelne alte und gesunde Bäume möglichst lange stehen lassen, wird das Kronendach unterbrochen. So erhalten mittelstarke Bäume und die Verjüngung Förderung. Auch das Aufasten ist eine Massnahme in dieser Richtung. Wo sich junge Fichten teppichweise durchsetzen, versucht Johannes Gross jede andere noch verbliebene Baumart zu begünstigen. Manchmal gräbt er Buchenwildlinge aus, um sie dort zu setzen, wo der Laubbaum heute fehlt. Der Verjüngung wird allgemein viel Zeit gelassen, um sich einzustellen und zu entwickeln.

Während die Mischung mit Tannen, Buchen und Fichten ein natürliches Kennzeichen dieser Wälder ist, kann dies vom angestrebten stufigen Aufbau nicht behauptet werden. Plenterwald ist ein Kulturprodukt, das mit Beharrlichkeit und Geduld über lange Zeit geschaffen werden muss. Zu starke Eingriffe stören den ausgewogenen Aufbau ebenso wie zu schwache Nutzungen. Wird zu wenig Holz entnommen, beginnt sich das Kronendach wieder zu schliessen. Mit abnehmender Lichtstärke vermag sich die Verjüngung nicht mehr zu entwickeln. Der stufige Aufbau geht verloren.[20]

Weil die Erhaltung des idealen Gleichgewichts so schwierig ist, hat der Freiburger Waldbauprofessor Gerhard Mitscherlich schon in den fünfziger Jahren dafür plädiert, den Plenterwald nicht zu engherzig zu definieren. Massgebend sei der Wille des Bewirtschafters, einzelstammweise zu nutzen.[21]

Erdöl lässt Holz überflüssig werden

War Holz einst weitherum Mangelware, ist es heute in ganz Mitteleuropa immer schwieriger, den Naturstoff zu ernten und abzusetzen. Das ist letztlich auf das Ungenügen des heute gültigen wirtschaftlichen Steuerungssystems zurückzuführen, das weder auf Belastungen noch auf Leistungen der Umwelt reagiert.

Während die Kosten für Holzernte und Transport der allgemeinen Entwicklung gefolgt sind, stagnieren die Holzerlöse. Als Walter Schmidtke 1955 in Oberwolfach anfing, kostete die Arbeitsstunde eines Waldarbeiters DM 1.20; heute ist sie, vor allem infolge der gestiegenen Lohnnebenkosten, etwa 40mal teurer. Die Holzerlöse hingegen liegen Mitte der neunziger Jahre nur um 60 Prozent höher als 1954.[22]

Die Gründe für das Stagnieren der Holzpreise sind die gleichen wie in der Schweiz: Infolge der tiefen Kosten für die Transportenergie kann billiges Raubbauholz aus den Tropen, Kanada oder den Ländern des Ostens auf mitteleuropäische Märkte vorstossen. Auch vor skandinavischem Holz, das vollmechanisch und grossflächig und damit auch kostengünstig geschlagen wird, gibt es keinen Transportschutz.

Holz steht zudem in einem scharfen Wettbewerb mit anderen Materialien. Stahl wird zur Erhaltung von Arbeitsplätzen seit Jahrzehnten massiv subventioniert. Die wohlfeile Prozessenergie verschafft Stahl und Beton zudem eine «graue» Subventionierung, während die ökologisch hervorragende Bilanz von Holz verschleiert bleibt.

Neuerdings steht das frische Waldholz gar mit einem seiner eigenen Vorteile in Wettbewerb: Das ökologisch an und für sich sinnvolle Papierrecycling hemmt gegenwärtig den Verkauf von Schwachholz, das bei der Nutzung von Stammholz zwangsläufig anfällt und in den letzten Jahrzehnten vor allem für die Papierherstellung Absatz fand.

Naturverjüngung, gute Erschliessung, tiefe Kosten

Nach dem Orkanwinter mussten die meisten Forstbetriebe Baden-Württembergs zeitweise tiefrote Zahlen schreiben. Bei lustloser Nachfrage, tiefen Preisen und hohen Kosten erholen sie sich nur langsam. Auch auf dem Thesenhof ist die ungünstige Lage zu spüren, wobei hier Umstände zusammenkommen, die sich auf das Betriebsergebnis vorderhand noch stabilisierend auswirken.

In den klug genutzten Wäldern ist heute einiges an wertvollem Holz vorhanden – nicht zu schwaches und nicht zu starkes. Das Wegnetz

Johannes Gross beim Ausasten (links). Ansätze zu einem stufigen Bestand (rechts). Die Buche als wichtige Baumart fehlt noch. Der Weg zurück zu naturnahem Wald ist dort besonders weit, wo gleichförmige Fichtenmonokulturen stehen, wo die naturgemässen Baumarten nicht mehr vorhanden sind oder wo deren Verjüngung durch übersetzte Schalenwildbestände vernichtet wird.

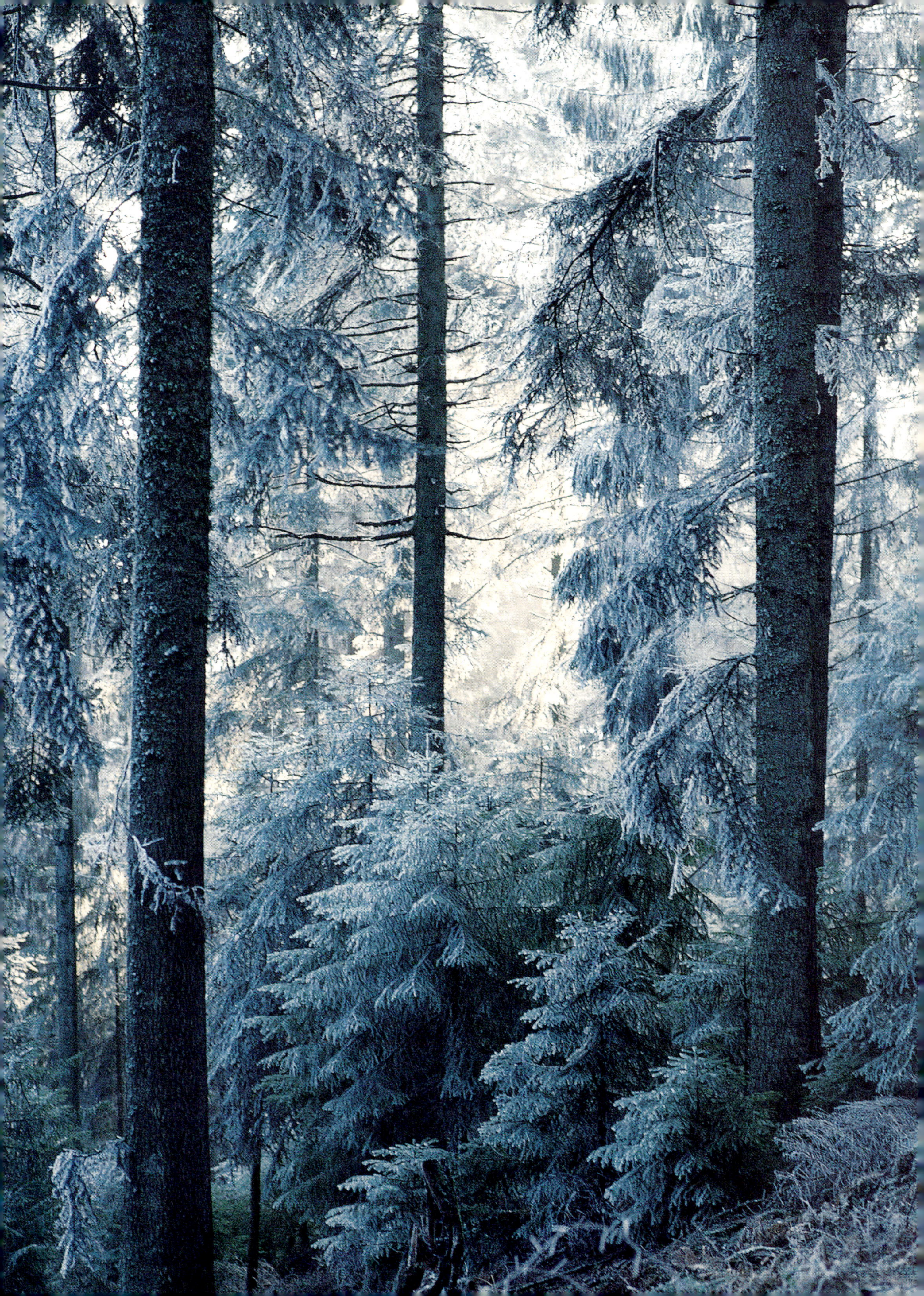

Plenterwald als Kulturprodukt, als «Familienwald», wo dank subtiler Holznutzung Tanne, Fichte und die verschiedenen Laubbäume in bunter Mischung vom Sämling bis zum Sagholzstamm nebeneinander wachsen.

für den Holztransport konnte in den besseren achtziger Jahren weitgehend vollendet werden. Ohne gute Erschliessung ist keine schonende Plenterung möglich, denn diese verlangt leichte, dafür oft wiederkehrende Nutzungen.

Während die Verjüngung im Altersklassenwald in der Regel durch Pflanzung erfolgt – zu Kosten von bis zu zehntausend Mark pro Hektar, je nach Baumart – sät im Thesenwald vorwiegend die Natur zum Nulltarif. Das eigene Jagdrecht erlaubt es Johannes Gross, Baumverjüngung und Wildbestand in einem ausgeglichenen Verhältnis zu halten.

Kosten für hoffremdes Personal laufen hier nur ausnahmsweise auf. Johannes Gross arbeitet meist allein oder dann zusammen mit seinem Sohn Hubertus, der den Hof übernehmen soll. Allein im Wald zu arbeiten ist nicht ungefährlich, aber bisher hat der Thesenhofbauer Glück gehabt: ein einziges Mal liess er sich von der Kettensäge am Knie erwischen, musste er 14 Tage ins Krankenhaus. Und manchmal, wenn er seinen Rücken mit monotoner Arbeit überlastet, rauben ihm die Schmerzen einige Stunden Schlaf.

Seine Nachfahren werden es voraussichtlich leichter haben. Je näher die Wälder ans Plentergleichgewicht gebracht werden, desto kleiner wird der Aufwand für Ernte, Verjüngung und Pflege.

Schutz vor Raubbauholz, Gewinn von Marktanteilen

Bei einer weiteren Verschlechterung auf dem Holzmarkt könnte allerdings auch dem Thesenhof die wirtschaftliche Grundlage entzogen und jahrzehntelange Anstrengung und Aufbauarbeit gefährdet werden.

Noch viel mehr gilt dies, wo mit der Überführung von Altersklassenforsten in strukturreiche Mischwälder erst begonnen wird. Sicher könnte die Natur solche Bestände auch aus eigenen Kräften zurechtrücken – sie würde dafür jedoch Jahrhunderte benötigen. Meistenorts wird sich der Weg zu qualitativ befriedigenden Wäldern durch Holznutzung und die Pflanzung von standortsgemässen Baumarten abkürzen lassen. Damit sei nicht ausgeschlossen, dass mancherorts eher Nichtstun als übertriebener Aktivismus zu Verbesserungen führen kann.

Eine Kultur der Nachhaltigkeit, wie sie seit der Umweltkonferenz 1992 in Rio de Janeiro propagiert wird, ist ohne erneuerbare Ressourcen nicht denkbar. Holz wird dabei eine zentrale Rolle spielen. Wichtigster Schritt in dieser Richtung ist die Einführung ökologisch wahrer Preise, was das günstige Profil des nachhaltig und umweltverbessernd produzierbaren Rohstoffs umgehend zum Aufblitzen bringen würde. Allerdings harzt es gegenwärtig sehr mit Steuerungslösungen über den Geldbeutel.

An einem anderen Weg, demjenigen über Vernunft und ökologisches Gewissen, arbeiten gegenwärtig vor allem Umweltverbände wie der WWF oder Greenpeace. Durch eine Zertifizierung sollen der Kunde und die Kundin jene Holzprodukte erkennen können und mit ihrem Kaufentscheid honorieren, die aus nachhaltiger und naturnaher Waldwirtschaft stammen. Die Zertifizierung soll in erster Linie zu einer besseren Waldnutzung in Gebieten mit Raubbau führen. Damit würden sich auch bessere Marktchancen für einwandfreies einheimisches Holz ergeben.

Eine Erhöhung des Marktanteils wird auch im Bauwesen angestrebt, dem wichtigsten Absatzgebiet des Naturstoffs. Holz ist bis vor kurzem vorab handwerklich mit dem überlieferten Wissen des Zimmermanns verarbeitet worden. Zudem hat es noch heute mit Vorurteilen zu kämpfen, die in der Asche der mittelalterlichen Stadtbrände wurzeln. Doch mit der Entwicklung innovativer Techniken, beispielsweise der Verleimung, ist Holz mittlerweile zu einem berechenbaren neuen Werkstoff mit grossem Zukunftspotential geworden. Als nächstes gilt es, die Hindernisse auf dem Planungstisch abzubauen: Ingenieure und Architekten wissen mit Stahl und Beton umzugehen. Planungshilfen für Holzkonstruktionen jedoch sind erst am Entstehen, nicht zuletzt, weil die Forschungs- und Ausbildungsstätten diesen Zweig bisher vernachlässigt haben.[23]

Manchmal tauchen auf dem Holzmarkt auch eher überraschende Lösungen auf. Die Tanne beispielsweise muss seit Jahren mit Absatzschwierigkeiten kämpfen, weil sich die Nachfrage auf Fichtenholz eingependelt hat. Besonders schwer haben es mittlerweile starke Tannen in klassischer Holländerdimension, weil nur noch wenige Sägewerke über Anlagen zu ihrer Verarbeitung verfügen. Seit 1994 nun werden jedes Jahr einige zehntausend Kubikmeter exportiert – nach Japan diesmal.

Die japanische Holzindustrie leidet unter Lieferproblemen, da starke Tropenhölzer immer schwieriger zu bekommen sind. Zudem exportieren die USA neuerdings weniger, weil der Grosskahlschlag in gewissen Primärwäldern zum Schutz bedrohter Tierarten eingeschränkt wurde. Der Weg des Schwarzwaldholzes in den Pazifik ist altvertraut: Ab Kehl wird es von Rheinfrachtern nach Rotterdam geschafft und dann in pazifische Gewässer transportiert, auf Schiffen, die zuvor mit japanischen Autos nach Europa gekommen sind.[24]

Gefährliche Werkzeuge entschärfen

Nicht mit Überraschungen zu rechnen ist hingegen von Seiten der öffentlichen Hand. Während Waldeigentümer wie Johannes Gross ihrer sozialen und ökologischen Verpflichtung gegenüber der Allgemeinheit in hohem Mass nachkommen, tut diese sich schwer mit dem Wald sowie dessen Bewirtschaftern und Pflegern. In Baden-Württemberg immerhin – bundesweit eine einmalige Geste – erhalten Privatwaldeigentümer seit 1991 die «Ausgleichszulage Wald», die bis 120 Mark pro Hektar ausmachen kann.

Allerdings sind damit weder die vielfältigen Leistungen des Waldes für die Allgemeinheit in Bereichen wie Erholung, Boden- oder Wasserschutz abgedeckt – und schon gar nicht Belastungen, wie sie im Zusammenhang mit den neuartigen Waldschäden bestehen. Wesentlich fairer als Subventionen jedoch und volkswirtschaftlich viel effizienter wäre der ökologische Umbau der real existierenden Marktwirtschaft, die uns Konsumenten mit derart scharfen Sägen an den Ästen herumhantieren lässt, auf denen wir sitzen.

Ob Saklana im Himalaya, Machame am Kilimanjaro oder Tomé-Açu in Amazonien: das Schicksal von Bäumen und Wäldern entscheidet sich im Kraftfeld menschlicher Interessen. Es geht letztlich um Fragen von Macht und Eigentum, um Entmündigung und Ermächtigung. Die Bäume und Pflanzenwelten mögen verschieden sein, die menschliche Gesellschaft ist überall hin- und hergerissen zwischen kurzfristigen Bestrebungen Einzelner und langfristigen Bedürfnissen der Gemeinschaft, zwischen raschem Profit und dauerhaftem Gewinn, zwischen Ökonomie und Ökologie. Das Folgende ist ein Versuch, das Zusammenwirken dieser Kräfte auf Bäume und Wälder zu skizzieren und vor allem auch jenen konstruktiven Einflüssen nachzugehen, die zur Zuversicht berechtigen.

Sich zu schonender Nutzung zusammenraufen

Dörfer weit weg von den Städten, die sich weitgehend selbst versorgen und mit der Aussenwelt nur durch dünne Handelsströme verbunden sind, nutzen ihren Wald auf vielfältigste Weise – er sichert Energie, Nahrung, Futter, Dünger, Medizin und eine Vielzahl von Rohstoffen. So war das, noch keine Baumgeneration zurück, wo heute die Zentren der industrialisierten Welt fiebrig pulsieren, und so ist es heute noch in unerschlossenen Randgebieten des Nordens und der Tropen.

«Dorf» tönt idyllisch nach Gemeinschaft, die einem Überleben und Alter sichert, nach besänftigten Ängsten, ruhigem Tod. Aber «Dorf» bedeutet ebenso bescheidenes Leben, körperliche Arbeit, starre Geschlechterrollen und soziale Schichtung – und damit Streit, speziell auch um die Bäume und deren Produkte. Daher kennen die meisten Dorfdramen den Akt der Übernutzung der natürlichen Grundlagen.

Aber weil man sich aus abgelegenen Welten nicht ohne weiteres davonmachen kann, müssen sich Dorfbewohner stets von neuem zusammenraufen, um die Nutzung ihrer Ressourcen zu regeln. Die mächtigeren Familien pflegen dabei mehr zu bekommen, doch den Unterprivilegierten bleiben in der Regel zumindest soziale Nischen als Lebensgrundlage. Dörfliche Nutzungen erfolgen extensiv und nadelstichartig. So entstehen Kulturlandschaften, die sich nach Störungen rasch wieder erholen und langfristig stabil bleiben. Die Pflanzen- und Tierwelt mag sich zwar verändern, aber das Spektrum der ursprünglichen Arten bleibt erhalten. Mehr noch: Auslese- und Zuchtbemühungen des Menschen können selbst im Wald zu neuen Sorten führen. Zudem entstehen bei der Nutzung von Baum und Wald zahlreiche biologische Nischen für Pflanzen und Tiere mit speziellen Ansprüchen. Ohne Mensch ist die heute vorhandene biologische Diversität nicht zu erklären, nicht einmal in Amazonien.[1]

Stadt-Land-Konflikte höhlen die Waldsubstanz aus

Viele Dörfer sind schon vor langer Zeit in den Einzugsbereich von Städten geraten, wo sich Menschen und Macht konzentrieren. Städte wirken als «Schwarze Löcher», die Energie und Materie verschlingen. Zur Sicherung von Holz als Rohstoff und als Energieträger pflegten sie schon früh selbst in weit entfernten Wäldern hoheitliche Rechte zu beanspruchen. Um diese einzufordern, wurden in Europa Forstdienste gegründet. Die frühen Forstleute waren die ersten Energie- und Rohstoffexperten und vertraten vor allem Interessen der Stadt und der urbanen Wirtschaft.

So kamen zu den Nutzungskonflikten unter der Landbevölkerung jene zwischen der ländlichen und der urbanen Welt, zwischen Selbstversorgungs- und Geldwirtschaft hinzu. Selbstversorger pflegen Wald und Feld ohne künstliche Trennung als ein Ganzes zu bewirtschaften. Ihre Traditionen sind den Forstleuten stets ein Dorn im Auge gewesen, denn der Aufwuchs von Holz für die Stadt wird vom Vieh gefressen, und das Schneiden von Futterlaub verstümmelt die Bäume zu Jammergestalten. Deutlich spiegelt sich dieser Nutzungskonflikt in den forstlichen Wortschöpfungen: die Holzproduktion für die Stadt wird zur «Hauptnutzung» erhoben, die ländlichen Produkte werden zu «Nebennutzungen» degradiert. Um die eigenen Interessen durchzusetzen, bemühte sich die mächtige Stadt, eine gesonderte forstliche Welt zu schaffen und die lokale Bevölkerung davon fernzuhalten. Die Förster waren vor allem Polizisten und versuchten, die traditionellen dörflichen Nutzungsrechte einzuschränken, zu verbieten oder kurzerhand ganze Dörfer zu enteignen. Doch gerade solche Eingriffe haben die Einheimischen überall auf der Welt dazu provoziert, umstrittene Wälder langsam, aber sicher zu zerstören.

Gegen den Widerstand der lokalen Bevölkerung ist jede forstliche Bemühung über kurz oder lang zum Scheitern verurteilt. «Forstmandate werden so wenig zur Rettung der Alpenwälder beitragen wie Sittenmandate zur Rettung guter Sitten», meinte Forstmeister Karl Kasthofer 1818 zur Lage im Berner Oberland. Diese Erkenntnis war dort ein wichtiger Grund für die Aufteilung des Waldeigentums zwischen Staat, dörflichen Gemeinschaften und Privaten.

Allerdings zeigt gerade das Berner Beispiel, wie problematisch die Privatisierung von gemeinschaftlichem Waldeigentum wird, wo soziale Gerechtigkeit auf der Strecke bleibt. Wenn sich bei der Neuregelung die ländliche Elite einseitig durchzusetzen vermag, verlieren die Unterprivilegierten ihre Gewohnheitsrechte und damit ihre traditionellen sozialen Nischen.

Flächenweise Nutzung, Ausbeutung

Genau dies ist damals – Hand in Hand mit der zunehmenden wirtschaftlichen Durchdringung in weiten Teilen Mitteleuropas – geschehen. Der Sog auf das Holz und die steigenden Preise brachten immer mehr ausgewachsene Bäume zu Fall. Wo die Landleute vorher die Bäume nur einzeln und verstreut fällten, kam es jetzt zu grossflächigen Kahlschlägen. Nachwuchs jedoch hatte es schwer aufzukommen, weil die Unterprivilegierten ihre Ziegen ausgiebiger denn je über die neuen, für sie nicht akzeptablen Grenzen fressen liessen.

Einzelne Forstleute begannen sich schon vor 150 Jahren zu fragen, wie weit man im «Streben nach dem grössten finanziellen Erfolg gehen dürfe, ohne die Erfüllung der Aufgabe zu gefährden, welche den Waldungen im Haushalte der Natur zugewiesen ist» und wie «das Werk der vorgehenden Generationen, die Hoffnung und die Sicherheit der zukünftigen vor den Launen einer einzelnen Generation» bewahrt werden könnte.[2]

Solche ethischen Überlegungen sind damals auch in die Forstgesetze eingeflossen, denen das Wunder der Wiederbewaldung Mitteleuropas auch heute noch oft zugeschrieben wird. Aus historischer Distanz wird jedoch klar, dass die Rückkehr der Bäume wohl viel stärker durch den gesamtgesellschaftlichen Wandel bedingt ist, der Mitte des 19. Jahrhunderts einsetzte. Entscheidend war dabei die Nutzung des «unterirdischen Waldes» in Form fossiler Kohle. Sie verminderte den städtischen Energieholzbedarf und förderte die Industrialisierung, den ersten Schritt der grossen Transformation von Karl Kasthofers traditioneller Solarenergie- zur heutigen Konsumgesellschaft. Viele Leute zogen vom Land in die Stadt, wo sie Arbeit in den neuen Fabriken fanden. Die uralten Nutzungskonflikte wurden sozusagen vom Dampf des Kohlezeitalters verdeckt. Der nachlassende Druck ermöglichte auch die lang ersehnte Konzentration auf die Nutzholzproduktion. Land- und Forstwirtschaft konnten nun separiert, die alte Vision einer eigenen forstlichen Welt realisiert werden. Die Förster wurden von Polizisten allmählich zu Beratern.

Vom Wald zum Forst und zurück

Doch der Wandel des Holzes vom Gebrauchsgegenstand zum Handelsgut hat die Waldbilder Mitteleuropas grundlegend verändert, insbesondere wo die traditionellen Nutzungsformen mit Naturverjüngung durch gepflanzte, uniforme Altersklassenforste ersetzt wurden. Vielerorts sind auf diese Weise eintönige Nadelforste an die Stelle der ursprünglichen Laubmischwälder getreten.

Schon vor 1870 kam es darüber zu heftigen Debatten unter Forstleuten. Naturwidrige, nur auf reine Holzproduktion ausgerichtete Bewirtschaftung werde sich dereinst durch schlechten Ertrag rächen, so ein Verfechter der naturnahen Waldwirtschaft. Sein Kontrahent hielt nichts von solch «hochtönenden Phrasen von reiner Natur-Wirtschaft». Sein Plädoyer für die Verjüngung durch Pflanzung ist auch ein früher Beleg für eine noch heute verbreitete Urangst seines Berufsstandes: «wenn die Natur alles selbst machen kann im Walde, so brauchen wir wahrlich keine Forstleute».[3]

Aber in den mitteleuropäischen Wäldern machten die stets wiederkehrenden Katastrophen rasch klar, dass Bäume während ihres langen Lebens Sturm und Schädlingen nur trotzen können, wenn sie auf den natürlichen Standort abgestimmt sind. Heute drängt sich hier der Weg zu einer naturnahen Waldwirtschaft nicht nur aus ökologischen, sondern auch aus betriebswirtschaftlichen Gründen auf, denn die Natur säen zu lassen, ist viel günstiger, als selber zu pflanzen.

Eines der grossen Probleme, das Grosskahlschlag und Pflanzung mit sich gebracht haben, beginnt erst durch die aktuellen Diskussionen um die Biodiversität Konturen anzunehmen. Artenvielfalt und genetisches Spektrum sind vielerorts tiefgreifend verändert – womit auch das Anpassungsvermögen an neue Umweltbedingungen stark eingeschränkt worden ist.

Wellen der Verwüstung

Die einstige Kahllegung von Europas Wäldern über weite Teile lässt sich als erste von drei ausgedehnten Verwüstungswellen in der Neuzeit verstehen. Tragischerweise haben die damals geschlagenen Bäume zur Bildung der zweiten Welle, derjenigen in den Wäldern der europäischen Kolonien, entscheidend beigetragen, indem sie auch den Baustoff für jene Schiffe lieferten, welche eine Kolonisierung überhaupt erst ermöglichten.

Auch diese zweite Verwüstungswelle wurde, wie das Beispiel Indien illustriert, im wesentlichen durch den urbanen Nachfragesog nach Holz ausgelöst. Auch hier hat der imperiale Forstdienst versucht, durch Absonderung von Reservaten eine eigene forstliche Welt zu schaffen. Der schwerwiegendste Effekt war, dass traditionelle gemeinschaftliche Nutzungsregelungen zersetzt und die Wälder faktisch zur offenen Ressource wurden, wo sich alle nach individuellem Gutdünken zu bedienen begannen.

Die indische Geschichte ist ganz anders verlaufen als die europäische. Nach der Unabhängigkeit 1947 stand das Land mit ausgelaugten Böden, zerstörten Rechts- und Wirtschaftsstrukturen und einer Gesellschaft da, in der die soziale Schichtung ausgeprägter war denn je. Ein Wandel wie die europäische Industrialisierung, die den Wäldern eine Atempause verschafft hätte, hat bisher nicht stattgefunden. Heute müssen sie für mehr als 200 Millionen Menschen in den Städten Möbel sowie Papier liefern, und nach wie vor entnehmen ihnen über 700 Millionen Landleute die traditionellen Produkte für die Selbstversorgung.

Die dritte Welle der Waldverwüstung wütet gegenwärtig vor allem in den tropischen Regenwäldern, aber auch in den Althölzern Nordamerikas und im Einflussbereich der ehemaligen Sowjetunion. Technisch ermöglicht wird diese Welle vor allem durch das billige Erdöl, das in den fünfziger Jahren vorerst in die wohlhabenden Erdteile zu fliessen begann. Auf Öl beruht die Transformation hin zur Konsumgesellschaft, zu der sich heute in starker zeitlicher Raffung selbst abgelegene Regionen hinbewegen.

Das Erdölzeitalter hat in den meisten Wäldern ganz neue Kraftfelder entstehen lassen. In Mitteleuropa ist der Erlös für Rohholz seit den sechziger Jahren am Sinken, denn die wohlfeile Industrie- und Transportenergie vergünstigt nicht nur Eisen, Beton und Kunststoffe, sondern auch den Import von billigem Kahlschlagholz aus dem Norden und den Tropen. Heute bleibt die Nutzung der mitteleuropäischen Wälder weit unter ihrem Zuwachs, die Holzvorräte nehmen laufend zu. Bedroht sind die Bäume trotzdem, vor allem durch den verschwenderischen Umgang mit dem Erdöl und die dadurch verursachte Umweltverschmutzung.

Hart getroffen von der dritten Welle werden die tropischen Regenwälder, wobei für die grosse Wucht ein Set staatlicher Massnahmen verantwortlich ist, der in den meisten Ländern weitgehend übereinstimmt. Zentral ist dabei wiederum die Vereinnahmung von traditionellen Rechten der lokalen Bevölkerung durch den Zentralstaat, die Hand in Hand mit privatwirtschaftlichen Interessen erfolgt.

Im Namen von nationalem Fortschritt und Gemeinwohl verschachert der Staat Holzschlagrechte zu Bedingungen, denen auf Gewinnmaximierung ausgerichtete Unternehmen nicht zu widerstehen vermögen. Wo vor allem der Boden interessant erscheint, um Exportprodukte für den globalen oder nationalen Markt zu produzieren wie in Lateinamerika, wird Wald zur Wegwerflandschaft. Bäume stehen spekulativen Interessen nur im Weg und werden kurzerhand abgefackelt. Die dünne Humusschicht jedoch ist bald einmal erschöpft, das spekulative Kapital zieht weiter und sucht sich neue Gefilde.

Auch hier kommt es zu Konflikten, denn wiederum dringen Kräfte von aussen in bewohnte und bewirtschaftete Lebensräume ein. Selbst im tiefsten Regenwald leben Menschen, seien es Urbewohner wie Indianer und Dayak oder später eingewanderte Gruppen wie die Gummizapfer Amazoniens. Sie nutzen eine Vielzahl von Früchten, Harzen, Nüssen, Ölen, Fasern und anderen Sammelprodukten. Sie tun dies mehr oder weniger nachhaltig, denn der Wald ist ihr Zuhause und nicht nur eine von diversen wirtschaftlichen Opportunitäten.

Verschärft wird die Situation durch den Versuch von Zentralregierungen, in den Regenwaldgebieten ihre politischen Versäumnisse nachzuholen. Das empfindliche Ökosystem muss als Ventil bei wirtschaftlicher Misere oder zur Entschärfung sozialer Konflikte herhalten, die sich in viel fruchtbareren Landesgegenden aufgestaut haben. Das kann eine Folge verschleppter Bodenreformen wie in Brasilien sein oder die Folge sekundärer Landlosigkeit wie in Costa Rica, die durch die Konzentration der fruchtbaren Böden in den Händen von immer weniger Eigentümern bewirkt wird.

Erst jetzt beginnen auch Hunger und Armut als entwaldende Kräfte eine Rolle zu spielen. Wenn Leute in einen Lebensraum verpflanzt oder getrieben werden, den sie nicht kennen und wo ihre bescheidene Existenz ständig bedroht ist, weil sie keine gesicherten Rechte haben (oder der Staat zu korrupt ist, um diese zu garantieren), wird viel mehr Wald zerstört, als zum Überleben nötig wäre.

Die volkswirtschaftlichen Schäden der unbedachten und überstürzten Aufschliessung der Regenwälder sind enorm. Die Einnahmen aus Taxen und Steuern stehen in keinem Verhältnis zu den Schäden an der Umwelt und vor allem auch am sozialen Klima. Denn weitab der Städte werden die, die sich für zivilisiert halten, zu Raubrittern, deren Raffgier eine Atmosphäre latenter Gewalt entstehen lässt.

Sich zur Wehr setzen und nicht vereinnahmen lassen

Wie die Geschichte der Waldbauern im Schwarzwald belegt, ist es einzelnen Gemeinschaften schon früh gelungen, sich obrigkeitlichen Einmischungsversuchen und selbst starken Marktkräften entgegenzustemmen. An solchen Orten haben denn auch oft besonders naturnahe, qualitativ hochwertige Waldformen überlebt.

Auch die Opfer der zweiten und dritten Entwaldungswelle wehren sich zunehmend, und in vielen Randgebieten, wo der globale Trend zu staatlicher Kontrolle und wirtschaftlicher Durchdringung bemerkbar wird, beginnt sich lokaler Widerstand zu bilden. Die Proteste aus dem Himalaya oder aus Amazonien sind weit herum zu vernehmen gewesen. Viele, wie die Akazienbaum-Frauen in Kenya, setzen sich aber auch ganz still zur Wehr. All diesen Menschen geht es darum, ihren traditionellen Lebensraum vor der Vereinnahmung von aussen zu bewahren.

Bei der Einforderung der Rechte, die der lokalen Bevölkerung zustehen, spielen Gruppierungen der Zivilgesellschaft wie nichtgouvernamentale Organisationen oft eine wichtige Rolle.

Wie wenn es unbewusste Sühne für den Frevel wäre, den die Stadt dem Land und der Waldnatur nach wie vor antut, haben diese Gruppen ihre Wurzeln oft in der urbanen Welt.

Nicht zentrale Kontrolle, sondern lokale Ermächtigung ist der erste Schritt, um Ressourcen und Umwelt dauerhaft zu erhalten. Auf unserer geschrumpften Erde hat bald einmal der hinterste Baum Geldwert. Nur eine Bevölkerung mit vollen Rechten, eigenen Lebensgrundlagen und gemeinschaftlichen Regeln zur Lösung von Konflikten kann sich gegen Usurpation von aussen und gegen die eigenen Dorfpotentaten wehren.

Beim Weg vorwärts zum «neuen Dorf» geht es vor allem darum, Entscheidungsmacht und Verantwortung wieder näher zusammenzubringen: wer entscheidet, soll auch die Konsequenzen tragen, positive wie negative. Nur in lokalen bis regionalen Strukturen kann die Zerstörung jener Ressourcen verhindert werden, die Leben und langfristigen Gewinn überhaupt ermöglichen. Regionen, die sich im Gleichgewicht befinden, können auch nationale und internationale Bedürfnisse am besten befriedigen, wofür die Chagga am Kilimanjaro ein gutes Beispiel liefern.

Viele Staaten jedoch halten noch zäh an der zentralen Ressourcenkontrolle fest – wobei Eigeninteressen von Eliten und Forstdiensten nach wie vor damit verbrämt werden, dass die Landbevölkerung gar nicht in der Lage sei, sich zu organisieren und ihre Rechte auszuüben. Aber sogar in Indien, wo aus der Kolonialzeit ererbte und nach der Unabhängigkeit nicht ausgeräumte Konflikte die Waldbewirtschaftung weit unter ihrem Potential halten, zeigen erste zaghafte Versuche hin zum «neuen Dorf» positive Wirkung. Allerdings wird eine solche Neuorientierung, die der traditionellen Rollenverteilung zwischen Mann und Frau, der hierarchischen Gesellschaftsstruktur und ebenso der zentralisierten Forstadministration zuwiderläuft, viel Zeit benötigen.

Viel weiter auf dem Weg, die lokale Bevölkerung wieder ins Zentrum der Waldnutzung zu stellen, ist Nepal. Die Forstpolitik des kleinen Himalayalandes gehört heute weltweit zu den mutigsten und innovativsten. Seit Beginn der neunziger Jahre übergibt der Staat die Wälder im Hügelgebiet an kleinere Gruppen von Nutzerinnen und Nutzern zur nachhaltigen Bewirtschaftung. Der Ertrag steht voll diesen Gruppen zu.

Erste Resultate sind ermutigend, was beispielsweise eine vitale Naturverjüngung überall dort belegt, wo die lokal vereinbarten Schutzregeln zu greifen beginnen. Doch der Weg zu ausgeglicheneren Verhältnissen ist auch hier noch weit und durch eine Vielzahl von Konflikten verstellt. Die bisherigen Erfahrungen zeigen, dass sich in den Nutzergruppen oft die ländliche Elite durchsetzt, zum Nachteil von Mitgliedern unterer Kasten oder der Frauen. Zudem wird der Rollenwechsel vom Polizisten zum Berater noch von etlichen Forstleuten als Machtverlust empfunden, und gesellschaftliche Anerkennung als Ersatz scheint im schwierigen geografischen und sozialen Gelände allzu mühsam zu erlangen zu sein.

Wie beschwerlich der Weg zu wiederum dauerhaften Wirtschaftsformen ist, wenn sich Ausbeutung und Gewalt erst einmal zu etablieren vermögen, zeigt Amazonien. Hier fehlt politische Stabilität, fehlt administrative Macht, die dem Recht auch in den Randgebieten Geltung verschafft. Während sich Interventionen des Staates für unberührte Waldgebiete und deren Bewohner oft als Gift erweisen, wird staatliche Zuneigung in Regionen, die durch die Spekulation bereits versengt sind, dringend benötigt. Hier braucht es gute Schulen, Weiterbildung, ein Kreditwesen und Strassen, die auch zur Regenzeit befahrbar sind. Nur dann vermag sich mit der Zeit eine dauerhafte Kulturlandschaft herauszubilden, in der unter anderem auch eine geregelte Nutzung der Wälder stattfinden kann.

Produktive forstliche Arbeit

Forstleute haben stets dazu tendiert, Probleme technisch zu lösen. Doch die Anlage von Pflanzgärten lohnt sich nicht, bevor das legale und soziale Gestrüpp gut durchforstet ist. Wo der Wald infolge der klassischen Konflikte degradiert, müssen sich die Forstleute zuerst um die Menschen kümmern. Gefragt sind solidarische Feldarbeiter, die sich für die Wesen an den Rändern engagieren, für die Menschen ebenso wie für die Natur. Erst wenn die politischen Verhältnisse einigermassen stabil sind, haben Bäume eine Chance heranzuwachsen, kann auch technische Arbeit, forstliche wie agroforstliche, produktiv werden.

Agroforstwirtschaft ist in den Ländern des Südens vielversprechend, sowohl für die Intensivierung der Landnutzung wie auch zur Entlastung der verbliebenen Wälder.

Die Beispiele aus Tanzania, Kenya und Nepal zeigen, dass Bevölkerungszuwachs und landwirtschaftliche Intensivierung Bäume in der Kulturlandschaft nicht ausschliessen, im Gegenteil.

Diese liefern die verschiedensten Produkte, stellen die Bodenfruchtbarkeit wieder her und wirken sich günstig aufs Mikroklima aus. Dabei wird es künftig nicht einfach darum gehen, möglichst ertragreiche Sorten zu züchten, sondern Kombinationen von Pflanzen und Tieren herauszufinden, die den natürlichen Bedingungen ebenso entsprechen wie der sozialen Wirklichkeit von Kleinbauern und ihren Märkten.

Eine Neuorientierung der forstlichen Tätigkeit ist auch im eigentlichen Waldgebiet nötig. Wie die frühen europäischen Förster mit Fichte und Kiefer möglichst produktive «Kartoffeln des Waldes» propagierten, verbreitet die internationale Förstergemeinde heute eine Reihe von Exoten, die im entsprechenden Klimagürtel erdumspannend eingesetzt werden.

Kommen diese auf degradierten Böden als Vorbau zum Einsatz, um das Terrain für die einheimischen Arten vorzubereiten, mag dies angehen. Aber oft wird sogar naturnaher Wald gerodet, um Platz für Monokulturen mit Exoten zu machen, nur weil sie raschen Profit versprechen. So wiederholt sich die Geschichte des Nordens im Süden: Der Kahlschlag führt zur Banalisierung der ursprünglichen Waldtypen und zum Verlust von sozialen und biologischen Nischen. Und wie zunehmend auftauchende Probleme mit Schädlingen zeigen, lässt sich die Natur auch im Süden nicht überlisten.

Je feiner und naturnäher die Eingriffe, desto stabiler die Wälder. Je vielfältiger die Produkte, desto diverser die Waldbilder. Ein gangbarer und realistischer Weg, den ganzen Fächer von Genen, Arten und Standorten zu erhalten, muss sich einerseits an der kleinflächigen dörflichen Dynamik orientieren, am Mosaik der verschiedenen Waldbilder und Entwicklungsstadien. Andererseits gehören dazu auch grossflächige Schutzgebiete, ebenso wie extensiv bewirtschaftete Reservate für Gemeinschaften, in deren Lebensweise Sammeln und Jagen zentral sind.

Gerade in Tropenwäldern hat die Urbevölkerung mit Feuer und nadelstichartigem Wechselfeldbau entscheidend zur Entstehung biologischer Diversität beigetragen.[4] Solange die Bäume einzeln oder in kleinen Gruppen gefällt werden, solange in der Nähe ausgedehnte Naturwaldinseln überleben, aus denen Flughunde und andere Samenkuriere das Pflanzenspektrum ergänzen können, bleibt das Selbstheilungsvermögen auch hier intakt.

Ein neuer Rahmen für die künftige Welt

Drei der walderhaltenden Faktoren, auf denen meine persönliche Zuversicht für die Wälder der Welt gründet, habe ich damit skizziert: zuerst den lokalen Widerstand als Mittel, um Ausbeutung und Zerstörung durch Aussenstehende zu unterbinden, dann die natürliche, oft unterschätzte Regenerationsfähigkeit der Waldvegetation und schliesslich die Kunst der naturnahen Waldbewirtschaftung, deren Potential an vielen Orten noch längst nicht ausgeschöpft ist, weil das politische und soziale Klima der forstlichen Arbeit noch wenig förderlich ist.

Genügen diese drei Kräfte, um die Bäume dort, wo sie fehlen, wieder zurückkommen zu lassen? Wenn im Süden nicht noch breitere Bevölkerungsschichten verarmen, wenn die natürlichen Ressourcen entlastet werden sollen, wird wohl auch hier eine übergeordnete Dynamik nötig sein, vergleichbar mit dem gesamtgesellschaftlichen Wandel, dem in Europa das Wunder der Wiederbewaldung im wesentlichen zu verdanken ist.

Der gegenwärtige Trend im Süden geht vor allem in eine Richtung, die den «entwickelten», auf nicht erneuerbaren Energieressourcen basierenden Lebensstil des Nordens kopiert. Die Orientierung an den Normen der Industrieländer sowie Bevölkerungswachstum und -migration haben viele neue Schwarze Löcher entstehen lassen, und selbst hinduistische, buddhistische und konfuzianische Innenwelten werden zunehmend von Symbolen materieller Macht überlagert.

Doch die Verschwendungskultur des Nordens spiegelt etwas vor, das diese Erde nicht aushalten kann, wenn es alle erreichen wollen. «Wenn England die halbe Welt ausbeuten musste, um zu sein, was es ist, wieviele Welten würde dann Indien brauchen?», hat schon Mahatma Gandhi gefragt. Wenn 1250 Millionen Menschen in China statt 600 Liter Rohöl pro Jahr deren 3500 wie in Japan verbrauchen würden, wären die Reserven sehr rasch erschöpft. In unserer vollen Welt lassen sich die Verteilkämpfe nicht mehr durch die zunehmend rarer werdenden erschöpfbaren Ressourcen neutralisieren, wie dies im Europa des letzten Jahrhunderts geschehen ist.

Hier liegt die grosse Herausforderung für jene Länder und Gesellschaftsteile, die sich für «entwickelt» halten: einen Lebensstil zu finden und zu führen, den alle Menschen leben können, ohne dass dabei die Welt zugrunde geht. Nötig ist die Verwirklichung einer universellen Kultur der Nachhaltigkeit, in der alle Zugang zu Ressourcen und Einkommen haben. In dem Mass, wie wir auf diesem langen Weg vorwärts kommen, wächst auch die Hoffnung für die Wälder.

Anhang

Anmerkungen
Literaturverzeichnis

Schweiz

Anmerkungen

1. Hauser 1966, S. 881
2. vgl. Pfister 1986, S. 381
3. Pfister, Schüle 1989, S. 41
4. Pfister 1992, S. 40
5. Pfister 1990, S. 44
6. Balsiger 1925, S. 7
7. Kasthofer 1850, S. 238
8. Sachs 1990, S. 42
9. Kasthofer 1822a, S. 277
10. Kasthofer 1850, S. 233
11. Kasthofer 1850, S. 227
12. vgl. Stuber 1993, S 61
13. Bill 1992, S. 96, Anmerkung 9 (S. 239)
14. Kasthofer 1850, S. 221
15. Kasthofer 1833, S. 26
16. Kasthofer 1818, S. 51
17. vgl. Hess 1940, S. 2
18. Kasthofer 1850, S. 221
19. Küchli 1994a, S. 658
20. von Erlach 1944, S. 13
21. Kasthofer 1822b, S. 24
22. Kasthofer 1851, S. 7
23. vgl. Sieferle 1990
24. Pfister 1990, S. 45
25. Pfister 1991, S. 359
26. Fankhauser 1893, S. 76
27. Kasthofer 1828 II, S. 97
28. vgl. Stuber 1993, S. 111
29. Kasthofer 1818, S. 71
30. Fankhauser 1893, S. 91. Nach diesem Gesetz können Weiderechte im Wald durch Zahlung des zwanzigfachen Jahresertrags dieses Rechts abgelöst werden.
31. Grossmann 1949, S. 63
32. Stuber 1993, S. 74
33. vgl. Stuber 1993, S. 111
34. Stuber 1993, S. 113
35. Stuber 1993, S. 112
36. Fankhauser 1856, S. 132
37. vgl. Hauser 1968, S. 427
38. Protokoll Sitzungen SFV 1865, S. 39 ff.
39. Keel 1859, S. 35
40. vgl. Küchli 1992, S. 98 ff.
41. Kasthofer 1833, S. 33
42. Kasthofer 1833, S. 34
43. Fankhauser 1856, S. 139
44. Kasthofer 1833, S. 28
45. Marchand 1849, S. 7
46. Stuber 1993, Abb. 2
47. Pfister 1995, S. 86
48. Vontobel 1994, S. 14
49. vgl. Küchli 1994b
50. Tanne: *Abies alba*; Fichte: *Picea abies*
51. von Weizsäcker, Hennicke 1994, S. 23
52. Voss 1994, S. 33

Literatur

Balsiger, R., 1925: Forstmeister Kasthofer und seine Zeit. Schweiz. Z. Forstwes. 76, 1: 1–10, 40–54, 66–75, 96–108.

Bill, R., 1992: Die Entwicklung der Wald- und Holznutzung in den Waldungen der Burgergemeinde Bern vom Mittelalter bis 1798. Diss. ETH Nr. 9626.

Fankhauser, F., 1856: Über die Ursachen der Entwaldung und die Mittel, welche im bernischen Oberland dagegen in den letzten Jahren angewendet wurden. Schweiz. Z. Forstwes., 7, 6: 129–140.

Fankhauser, F., 1893: Geschichte des bernischen Forstwesens. Bern: Stämpfli.

Grossmann, H., 1949: Forstgesetzgebung und Forstwirtschaft in der ersten Hälfte des 19. Jahrhunderts. 1803–1848. Beih. Zeitschr. Schweiz. Forstver. Nr. 25.

Hauser, A., 1966: Zur Bedeutung Karl Kasthofers für die schweizerische Forstwirtschaft und Forstgeschichte des 19. und 20. Jahrhunderts. Schweiz. Z. Forstwes. 117, 12: 879–897.

Hauser, A., 1968: Land- und Forstwirtschaft im Wallis vor und nach der industriellen Revolution. Agrarpolitische Revue 24, 422–429.

Kasthofer, K., 1818: Bemerkungen über die Wälder des Bernischen Hochgebirges. Aarau: Sauerländer.

Kasthofer, K., 1822a: Bemerkungen auf einer Alpen-Reise über den Brünig, Bragel, Kirenzenberg, und über die Flüela, den Maloya und Splügen. Aarau: Sauerländer.

Kasthofer, K., 1822b: Bemerkungen auf einer Alpenreise über den Susten, Bernardin, und über die Oberalp, Furka und Grimsel. Aarau: Sauerländer.

Kasthofer, K., 1828: Der Lehrer im Walde. Teile I und II. Bern: Jenni.

Kasthofer, K., 1833: Betrachtungen über die einheimischen Eisenwerke und über die Freiheit der Holzausfuhr. Bern: Huber.

Kasthofer, K., 1850: Die Forstverwaltung und Bewirthschaftung der freien Staatswälder im bernerschen Hochgebirge. Schweiz. Z. Forstwes., 1, 12: 219–242.

Kasthofer, K., 1851: Die Forstverwaltung und Bewirthschaftung der freien Staatswälder im bernischen Hochgebirge. Schweiz. Z. Forstwes. 2, 1: 7–15.

Keel, J., 1859: Bericht über die forstlichen Zustände im Kantone Appenzell A. Rh.. Bühler 1860.

Küchli, Ch., 1992: Wurzeln und Visionen – Promenaden durch den Schweizer Wald. Aarau: AT.

Küchli, Ch., 1994a: Die forstliche Vergangenheit in den Schweizer Bergen: Erinnerungen an die aktuelle Situation in den Ländern des Südens. Schweiz. Z. Forstwes. 145, 8: 647–667.

Küchli, Ch., 1994b: Berner Wald wohin? Grundlagenbericht zur Schaffung des neuen Berner Waldgesetzes. Bern: Amt für Wald und Natur.

Marchand, X., 1849: Über die Entwaldung der Gebirge. Denkschrift an die Direktion des Innern des Kantons Bern. Herausgegeben von der jurassischen Nacheiferungsgesellschaft (Société jurassienne d'émulation), Porrentruy. Bern 1849.

Pfister, Chr., 1986: Bevölkerung, Wirtschaft und Ernährung in den Berg- und Talgebieten des Kantons Bern 1760–1860. Itinera, Fasc. 5/6: 361–391.

Pfister, Chr., 1990: The Early Loss of Ecological Stability in an Agrarian Region. In: Brimblecombe, P., Pfister, Chr. 1990: The Silent Coundown. Essays in European Environmental History. Berlin: Springer.

Pfister, Chr., 1991: Ernährungslandschaften vor dem Zeitalter der Eisenbahn. In: Stähelin, H.B. u. a. 1991: Dritter Schweizerischer Ernährungsbericht. Bern: Bundesamt für Gesundheitswesen.

Pfister, Chr., 1992: 800 Jahre Umweltgeschichte am Beispiel des Kantons Bern. Mitt. Naturf. Ges. Bern 49, 35–48.

Pfister, Chr., 1995: Das 1950er Syndrom. Der Weg in die Konsumgesellschaft. Bern: Haupt.

Pfister, Chr., Schüle, H., 1989: Metaquellen als Grundlagen zur Abgrenzung und Typisierung historischer Agrarzonen. Das Beispiel des Kantons Bern im späten 18. und 19. Jahrhundert. Itinera, 10: 28–57.

Protokoll, Sitzungen des SFV 1865 (Referat Staatsrat von Riedmatten). Schweiz. Z. Forstwes. 16 (1866), 17–22, 31–42.

Sachs, W., 1990: On the Archeology of the Development Idea. The Ecologist, 20, 2: 42–43.

Sieferle, R.P., 1990: The Energy System – A Basic Concept of Environmental History. In: Brimblecombe, P., Pfister, C. (Eds.), 1990: The Silent Countdown. Essays in European Environmental History. Berlin, New York: Springer.

Stuber, M., 1993: Anweisungen zu einer besseren Ökonomie der Wälder. Nachhaltigkeitskonzepte im Kanton Bern 1750–1880. Bern: Liz. Phil.-hist. Fakultät.

von Erlach, 1944: Karl Albrecht Kasthofer. Beiheft zu den Zeitschriften des Schweizerischen Forstvereins Nr. 22.

Vontobel, W., 1994: Der Preis der Natur. Panda Magazin 27, 4. Zürich: WWF Schweiz.

Voss, A., 1994: Die Zukunft gestalten: Gedanken zur Energiefrage. In: Zehnmal Zehn Atel-Jahre. Olten: Aare-Tessin AG für Elektrizität.

Weizsäcker, E. U. von, Hennicke, P., 1994: Der Effizienzmarkt als Herausforderung für Energieversorgungsunternehmen im Jahrhundert der Umwelt. In: Zehnmal Zehn Atel-Jahre. Olten: Aare-Tessin AG für Elektrizität.

Indien

Anmerkungen

1 Dowson 1984, S.108
2 *Quercus incana*
3 Pandey, Singh 1984, S. 50
4 Moench 1988, S. 127
5 Moench, Bandyopadhyay 1985, S. 67
6 Shah 1994, S. 18
7 *Shorea robusta*
8 Tucker 1983, S. 150
9 Guha 1988, S. 285
10 Tucker 1983, S. 156
11 *Cedrus deodar*
12 Tucker 1983, S. 157
13 Tucker 1983, S. 159
14 Tucker 1983, S. 159
15 Guha 1988, S. 287
16 Tucker 1983, S. 157
17 Gadgil, Guha 1992, 123
18 vgl. Guha 1988, S. 287
19 Gadgil 1991, S. 38
20 Hesmer 1975, S. 67
21 vgl. Kulkarni 1983, S. 86
22 Hesmer 1975, S. 67
23 Guha 1988, S. 288
24 Shyamsunder, Parameswarappa 1987, S. 334
25 Guha 1988, S. 290
26 *Pinus roxburghii*
27 Guha 1988, S. 289
28 Guha 1988, S. 289
29 vgl. Guha 1988, S. 292 und Tucker 1988, S. 97
30 vgl. Tucker 1983, S. 164
31 vgl. Hardin 1968
32 vgl. Moench 1988
33 Weber 1987, S. 617
34 vgl. Weber 1989, S. 30 ff.
35 Shah 1994, S. 11
36 Agarwal, Chak 1991, S. 65
37 Weber 1989, S. 33
38 Weber 1989, S. 41
39 Bhatt 1980, S. 12
40 Mishra, Tripathi 1978, S. 27
41 Saxena 1991, S. 30
42 Shah 1994, S. 8
43 Weber 1989, S. 112
44 Bänziger 1991
45 vgl. Campbell 1996
46 Campbell, Denholm 1993, S. 6 ff.
47 vgl. Khosla 1994
48 vgl. z. B. Sharma 1994
49 Imhof 1988, S. 236
50 vgl. Rangan 1993
51 Weber 1987, S. 627
52 Shah 1994, S. 18
53 Pachauri 1992, S. 2
54 vgl. Gadgil, Guha 1994

Literatur

Agarwal, A., Chak, A. (Hsg.), 1991: Floods, Flood Plains and Environmental Myths. State of Indias Environment 3. New Delhi: Centre for Science and Environment.

Bänziger, A., 1991: «Umarmt die Bäume», lautete die Devise. Zürich: Tages-Anzeiger, 10. 12. 1991.

Bhatt, Ch. P., 1980: Ecosystem of the Central Himalayas and Chipko Movement. Gopeshwar: Dashauli Gram Swarajya Sangh.

Campbell, J. G., Denholm, J., 1993: Inspirations in Community Forestry. Report of the Seminar on Himalayan Community Forestry, Kathmandu, Nepal, June 1–4, 1992. Kathmandu: ICIMOD

Campbell, J. Y., 1996: The Power to Control Versus the Need to Use: A Pragmatic View of Joint Forest Management. Community Property Resource Digest, No. 37: 9–10.

Dowson, J., 1984 (Reprint): A Classical Dictionary of Hindu Mythology and Religion, Geography, History, and Literature. Calcutta: Rupa.

Gadgil, M., 1991: Deforestation: Problems and Prospects. In: Rawat, A. S., 1991: History of Forestry in India. New Delhi: Indus Publishing Company.

Gadgil, M., Guha, R., 1992: This Fissured Land. An Ecological History of India. Delhi: Oxford University Press.

Gadgil, M., Guha, R., 1994: Ecological Conflicts and the Environmental Movement in India. In: Ghai, D. 1994: Development and Environment. Sustaining People and Nature. Oxford/Geneva: Blackwell/UNRISD.

Guha, R., 1988: Forestry and Social Protest in British Kumaun, c. 1893–1921. In: Fortmann, L., Bruce, J. W., 1988: Whose Trees? Property Dimensions in Forestry. Boulder: Westview Press.

Hesmer, H., 1975: Leben und Werk von Dietrich Brandis, 1824–1907. Opladen, Westdeutscher Verlag.

Hardin, G., 1968: The Tragedy of the Commons. Science 162: 1243–1248.

Imhof, A. E., 1988: Die Lebenszeit. Vom aufgeschobenen Tod und von der Kunst des Lebens. München: Beck.

Khosla, A., 1994: Sustainable National Development. Independent Sector Organisations. Development Alternatives, 4, 3: 1–4.

Kulkarni, S., 1983: The Forest Policy and the Forest Bill: A Critique and Suggestions for Change. In: Fernandes, W., Kulkarni S., 1983: Towards a New Forest Policy. People's Rights and Environmental Needs. New Delhi: Indian Social Institute.

Mishra, A., Tripathi, S., 1978: Chipko Movement. New Delhi: Gandhi Book House.

Moench, M., Bandyopadhyay, J., 1985: Local Needs and Forest Resource Management in the Himalaya. In: Bandyopadhyay, J., Jayal, N. D., Schoettli, U., Singh, Ch., 1985: Indias Environment. Crisis and Responses. Dehra Dun: Natraj Publishers.

Moench, M., 1988: «Turf» and Forest Management in a Garhwal Hill Village (India). In: Fortmann, L., Bruce, J.W., 1988: Whose Trees?: Proprietary Dimensions of Forestry. Boulder: Westview Press.

Pachauri, R. K., 1992: Energy and Environmental Issues in Sustainable Development of Mountain Areas: Development or Destruction? In: Monga, P., Ramana, P.V., 1992: Energy, Environment and Sustainable Development in the Himalayas. New Delhi: Indus Publishing Company.

Pandey, U., Singh, J.S., 1984: Energy-flow Relationships Between Agro- and Forest Ecosystems in Central Himalaya. Environmental Conservation 11, 1: 45–53.

Rangan, H., 1993: Romancing the Environment. Popular Environmental Action in the Garhwal Himalayas. In: Friedmann, J., Rangan, H., 1993: In Defense of Livelihood. Comparative Studies on Environmental Action. West Hartford, Con.: Kumarian Press/UNRISD.

Saxena, N.C., 1991: Forest Policy in India: A Critique and an Alternative Framework. Wasteland News, Aug.–Oct. 1991.

Shah, S. A., 1994: Silvicultural Management of Our Forests. Wastelands News, 9, 2: 8–30.

Sharma, R., 1994 : Learning from Experiences of Joint Forest Management in India. Forest, Trees and People Newsletter, No. 24, June 1994.

Shyamsunder, S., Parameswarappa, S., 1987: Forestry in India – The Forester's View. Ambio, 16, 6: 332–337.

Tucker, R. P., 1983: The British Colonial System and the Forests of the Western Himalayas, 1815–1914. In: Tucker, R. P., Richards, J. F., 1983: Global Deforestation and the Nineteenth-Century World Economy. Durham, N. C.: Duke Press Policy Studies.

Tucker, R. P., 1988: The British Empire and India's Forest Ressources: The Timberlands of Assam and Kumaon, 1914–1950. In: Richards, J.F., Tucker, R. P., 1988: World Deforestation in the Twentieth Century. Durham and London: Duke University Press.

Weber, T., 1987: Is There Still a Chipko Andolan? Pacific Affairs, 60, 4: 615–628.

Weber, T., 1989: Hugging the Trees. The Story of the Chipko Movement. New Delhi: Penguin.

Nepal

Anmerkungen

1 Küchli 1988
2 vgl. Mahat, Griffin, Shepherd 1987; Pandey 1982
3 Banyan: *Ficus bengalensis*; Pipal: *Ficus religiosa*
4 vgl. Ives, Messerli 1989
5 vgl. World Bank 1979
6 Schätzung für 1981, vgl. Ives, Messerli 1989, S. 35
7 vgl. Högger 1993, S. 192
8 vgl. Gilmour, Fisher 1991, S. 26
9 vgl. Manandhar 1982
10 vgl. Küchli 1988, S. 84
11 *Pinus patula*
12 Chilaune: *Schima wallichii* ; Katus: *Castanopsis spp.*
13 Campbell, Denholm 1993, S. 8
14 Patrick Robinson, persönliche Mitteilung, 22.5.93
15 English 1985, S. 69
16 Bista 1991, S. 26
17 *Santalum album*
18 vgl. vor allem Ives, Messerli 1989
19 vgl. Gurung, H. 1989
20 Gilmour, Fisher 1991, S. 23
21 vgl. Campbell 1983, Campbell, Shrestha, Euphrat 1987, Mahat 1985
22 vgl. Baral 1991
23 vgl. Gilmour, Nurse 1991
24 Talbott, Khadka 1994, S. 8, 9
25 Bänziger 1990
26 vgl. Banskota 1989, S. 5
27 vgl. Malla 1992
28 Robinson, Joshi 1993, S. 104
29 vgl. Carson 1985
30 Gurung, S. M. 1989, S. 358
31 vgl. Kienholz, Hafner, Schneider 1984

Literatur

Agarwal, A., Chak, A. (Hsg.), 1991: Floods, Flood Plains and Environmental Myths. State of Indias Environment 3. New Delhi: Centre for Science and Environment.

Banskota, M., 1989: Hill Agriculture and the Wider Market Economy: Transformation Processes and Experience of the Bagmati Zone in Nepal. ICIMOD Occasional Papers No. 10

Baral, J. Ch., 1991: Indigenous Forestry Activities in Achham District of Far Western Hills of Nepal. Kathmandu: Community Forestry Development Project.

Bänziger, A., 1990: Überleben in Nepal. Zürich: Tages-Anzeiger vom 22.6. 1990, S. 65.

Bista, D. B., 1991: Fatalism and Development. Nepal's Struggle for Modernisation. 3rd Impression 1992. Hyderabad: Orient Longman.

Campbell, J.G., 1983: People and Forests in Hill Nepal. CFDP, Field Document No. 10.

Campbell, J.G., Shrestha, R.J., Euphrat, F., 1987: Socio-economic Factors in Traditional Forest Use and Management. Banko Janakari 1, 4: 45–54.

Campbell, G. J., Denholm, J., 1993: Inspirations in Community Forestry. Report of the Seminar on Himalayan Community Forestry, Kathmandu, Nepal, June 1–4, 1992. Kathmandu: ICIMOD

Carson, B., 1985: Erosion and Sedimentation Processes in the Nepalese Himalaya. ICIMOD Occasional Paper No. 1.

English, R., 1985: Himalayan State Formation and the Impact of British Rule in the Nineteenth Century. Mountain Research and Development 5, 1: 61–78.

Gilmour, D. A., Fisher, R. J., 1991: Villagers, Forests and Foresters. The Philosophy, Process and Practice of Community Forestry in Nepal. 2nd edition 1992. Kathmandu: Sahayogi Press.

Gilmour, D. A., Nurse, M. C., 1991: Farmer Initiatives in Increasing Tree Cover in Central Nepal. Mountain Research and Development 11, 4: 329–337.

Gurung, H., 1989: Regional Patterns of Migration in Nepal. Papers of the East-West Population Institute, Honolulu.

Gurung, S. M., 1989: Human Perception of Mountain Hazards in the Kakani-Kathmandu Area: Experiences from the Middle Mountains of Nepal. Mountain Research and Development 9, 4: 353–364.

Högger, R., 1993: Wasserschlange und Sonnenvogel. Die andere Seite der Entwicklungshilfe. Frauenfeld: Waldgut.

Ives, J. D., Messerli, B., 1989: The Himalayan Dilemma. Reconciling Development and Conservation. London, New York: Routledge.

Kienholz, H., Hafner, H., Schneider, G., 1984: Stability, Instability, and Conditional Instability. Mountain Ecosystem Concepts based on a Field Survey of the Kakani Area in the Middle Hills of Nepal. Mountain Research and Development 4, 1: 55–62.

Küchli, Ch., 1988: Gemeindeforstwirtschaft in Nepal oder «Was die Wälder sonst noch nützen neben dem Holz». NZZ Nr. 54, S. 82–84

Mahat, T.B.S., 1985: Community Protection of Forest Areas: A Case Study from Chautara, Nepal. Paper presented to the International Workshop on the Management of National Parks and Protected Areas of the Hindukusch-Himalaya, Kathmandu May 6–11, 1985.

Mahat, T.B.S., Griffin, D. M., Shepherd, K. R., 1987: Human Impact on Some Forests of the Middle Hills of Nepal. 4. A Detailed Study in South East Sindhu Palchok and North East Kabhre Palanchok. Mountain Research and Development 7, 2: 111–134.

Malla, Y. B, 1992: The Changing Role of the Forest Resource in the Hills of Nepal. Canberra: Australian National University, PhD Thesis.

Manandhar, P. K., 1981: Introduction to Policy, Legislation and Programmes of Community Forestry Development in Nepal. CFDP, Field Document No 1a (updated June 1982).

Pandey, Kk., 1982: Fodder Trees an Tree Fodder in Nepal. Berne: Swiss Development Cooperation.

Robinson, P.J., Joshi, M. R., 1993: Private Forestry: Needs and Opportunities. Banko Janakari, 4, 1: 103–106.

Talbott, K., Khadka, S., 1994: «Handing it Over». An Analysis of the Legal and Policy Framework of Community Forestry in Nepal. Washington: World Resources Institute.

World Bank, 1979: Nepal: Development Performance and Prospects. Washington D.C.: World Bank.

Tanzania

Anmerkungen

1 Lawuo 1979, S. 13
2 Fingerhirse: *Eleusine coracana*
3 Pike 1965, S. 94
4 Stahl 1964, S. 12
5 Lawuo 1979, S. 17
6 Hecklau 1989, S. 315
7 Köhler 1988, S. 111
8 Hecklau 1989, S. 157
9 Lawuo 1979, S. 24
10 Stahl 1965, S. 42
11 Lawuo 1979, S. 22
12 Lawuo 1979, S. 24
13 Acland 1980, S. 60
14 Kivumbi, Newmark 1991, S. 83
15 vgl. Boserup 1965
16 O'Kting'ati, Kessy 1991, S. 73
17 vgl. Fernandes, O'Kting'ati, Maghembe 1984
18 Yams: *Dioscorea alata, D. bulbifera*
19 Queme: *Telfairia pedata*
20 Msesewe: *Rauvolfia caffra*
21 Drachenwurz: *Dracaena afromontana*
22 Maro 1988, S. 281
23 Taro: *Colocasia esculenta*
24 O'Kting'ati, Kessy 1991, S. 76
25 O'Kting'ati, Kessy 1991, S. 71, 72
26 vgl. Egger 1983, S. 572
27 Warner 1993, S. 168
28 Güntert 1995, S. 9
29 Baumgartner 1996
30 vgl. Raikes 1986, S. 122
31 Warner 1993, S. 19
32 Gamassa 1991, S. 7; S. 1
33 Fernandes, O'kting'ati, Maghembe 1984, S. 82
34 vgl. Maro 1988, S. 281
35 vgl. Lamprey, Michelmore, Lamprey 1991
36 O'Kting'ati, Kessy 1991, S. 80
37 Warner 1993, S. 169
38 Berry 1993, S. 538; Gamassa 1991, S. 1
39 Raikes 1986, S. 127
40 Raikes 1986, S. 128
41 Boesen, Havnevik, Koponen, Odgaard 1986, S. 19
42 vgl. Bruijnzeel, Proctor, 1995
43 Pócs 1991, S. 32
44 Sarmett, Faraji 1991, S. 62

Literatur

Acland, J. D., 1980: East African Crops. An Introduction to the Production of Field and Plantation Crops in Kenya, Tanzania and Uganda. London: Longman.

Baumgartner, P., 1996: Der Mühlstein hängt schwer am Hals. Vom Gipfel der G-7 werden Anstösse zur Entschuldung der Drittweltländer erwartet. Zürich: Tages-Anzeiger, 27. 6. 1996.

Berry, L., Lewis, L. A., Williams, C., 1990: East African Highlands. In: Turner, B. L. et. al., 1990: The Earth As Transformed by Human Action. Cambridge: University Press.

Boesen, J., Havnevik, K. J., Koponen, J., Odgaard, R., 1986: Tanzania. Crisis and Struggle for Survival. Uppsala: Scandinavian Institute of Arfrican Studies.

Boserup, E., 1965: The Conditions of Agricultural Growth. London: Allen & Unwin.

Bruijnzeel, L. A., Proctor, J., 1995: Hydrology and Biogeochimistry of Tropical Montane Cloud forests: What Do We Really Know? In: Hamilton, L. S., Juvik, J. O., Scatena, F. N., 1995 Tropical Montane Cloud Forests: New York: Springer.

Egger, K., 1983: Ökologischer Landbau in den Tropen. Umschau, 19: 569–573.

Fernandes, E. C. M., O'Kting'ati, A., Maghembe, J., 1984: The Chagga Homegardens: A Multistoried Agroforestry Cropping System on Mt. Kilimanjaro (Northern Tanzania). Agroforestry Systems, 2: 73–86.

Gamassa, D. M., 1991: Historical Change in Human Population on Mount Kilimanjaro and its Implications. In: Newmark, W. D., 1991: The Conservation of Mount Kilimanjaro. Gland: IUCN.

Güntert, B., 1995: Ein SAP kommt selten allein. Strukturanpassungsprogramm in Tansania. Entwicklung + Développement, 45: 8–11.

Hecklau, H., 1989: Ostafrika. Wissenschaftliche Länderkunden Bd. 33. Darmstadt: Wissenschaftliche Buchgesellschaft.

Kivumbi, C. O., Newmark, W. D., 1991: The History of the half-mile forestry strip on Mount Kilimanjaro. In: Newmark, W. D., 1991: The Conservation of Mount Kilimanjaro. Gland: IUCN.

Köhler, M., 1988: Ostafrika. Köln, DuMont.

Lamprey, R. H., Michelmore, F., Lamprey, H. F., 1991: Changes in the Boundary of the Montane Rainforest on Mount Kilimanjaro between 1958 and 1987. In: Newmark, W. D., 1991: The Conservation of Mount Kilimanjaro. Gland: IUCN.

Lawuo, Z. E. 1979: Education and Social Change in a Rural Community. A Study of Colonial Education an Local Response among the Chagga Between 1920 and 1945. Dar Es Salaam University Press.

Maro, P. S., 1988: Agricultural Land Management under Population Pressure: The Kilimanjaro Experience, Tanzania. Mountain Research and Development, 8, 4: 273–282.

O'Kting'ati, A., Kessy, J. F., 1991: The Farming Systems on Mount Kilimanjaro. In: Newmark, W. D., 1991: The Conservation of Mount Kilimanjaro. Gland: IUCN.

Pike, A. G., 1965: Kilimanjaro and the Furrow System. Tanganyika Notes and Records, 64: 95–96.

Pócs, T., 1991: The Significance of Lower Plants in the Conservation of Mount Kilimanjaro. In: Newmark, W. D., 1991: The Conservation of Mount Kilimanjaro. Gland: IUCN.

Raikes, P., 1986: Eating the Carrot and Wielding the Stick: The Agricultural Sector in Tanzania. In: Boesen, J., Havnevik, K. J., Koponen, J., Odgaard, R., 1986: Tanzania. Crisis and Struggle for Survival. Uppsala: Scandinavian Institute of Arfrican Studies.

Sarmett, J. D., Faraji, S. A., 1991: The Hydrology of Mount Kilimanjaro: An Examination of Dry Season Runoff and Possible Factors Leading to its Decrease. In: Newmark, W. D., 1991: The Conservation of Mount Kilimanjaro. Gland: IUCN.

Stahl, K. M., 1964: History of the Chagga People of Kilimanjaro. The Hague: Mouton & Co.

Stahl, K. M., 1965: Outline of Chagga History. Tanganyika Notes and Records, 64: 35–49.

Warner, K., 1993: Patterns of Farmer Tree Growing in Eastern Africa: A Socioeconomic Analysis. Oxford Forestry Institute, Tropical Forestry Papers 27.

Kenya

Anmerkungen

1 Heyer 1990, S. 106, 107
2 vgl. Hoekstra 1987, S. 325
3 Nzioki 1982, S. 1
4 Die Paste wurde aus Blättern und Zweigen des immergrünen Baumes *Acakanthera schimperi* hergestellt
5 Nzioki 1982, S. 28
6 Nzioki 1982, S. 16
7 Hecklau 1989, S. 164; Pestalozzi 1986, S. 106
8 O'Leary 1984, S. 35
9 vgl. Warner 1993, S. 55
10 Baumgartner 1995
11 vgl. Dewees 1993, S. 15
12 vgl. Rocheleau 1987
13 Teel 1988, S. 78
14 vgl. auch Rao, Westley 1989, S. 11
15 vgl. Scherr 1989, S. 9
16 vgl. Scherr 1989, S. 12
17 Muvingo oder Mpingo: *Dalbergia melanoxylon*, Teel 1988, S. 84
18 vgl. Maathai 1988, S. 23
19 Australische Akazie: *Acacia mearnsii* vgl. Dewees 1993, S. 49
20 vgl. Scherr 1989, S. 16
21 Neue Zürcher Zeitung 1995, Nr. 169
22 vgl. Hoekstra 1984, S. 12
23 vgl. Coe 1994
24 vgl. Ong 1994, S. 9; Vandenbeldt 1990, S. 186
25 vgl. Vandenbelt 1990, S. 168
26 Hoekstra 1987, S. 326; Teel 1988, S. 61
27 Nair 1993, S. 149

Literatur

Baumgartner, P., 1995: Weltbank befürchtet Abkoppelung. In Schwarzafrika sind umfassende Wirtschaftsreformen dringend nötig. Zürich: Tages-Anzeiger, 8. Juli 1995, S. 25.

Coe, R., 1994: Through the Looking Glass: 10 Common Problems in Alley-cropping research. Agroforestry Today, 6, 1: 9–11.

Dewees, P. A., 1993: Social and Economic Incentives for Smallholder Tree Growing. A Case Study from Murang'a District, Kenya. Rome: FAO.

Hecklau, H., 1989: Ostafrika. Wissenschaftliche Länderkunden Bd. 33. Darmstadt: Wissenschaftliche Buchgesellschaft.

Heyer, J., 1990: Kenya: Monitoring Living Conditions and Consumtion Patterns. Geneva: UNRISD.

Hoekstra, D. A., 1984: Agroforestry Systems for the Semiarid Areas of Machakos District, Kenya. Nairobi: ICRAF, Working Paper No. 19.

Hoekstra, D. A., 1987: Economics of Agroforestry Systems in Africa. In: Beer, J. W., Fassbender, H. W., Heuveldop, J., 1987: Advances in Agroforestry Research. Turrialba: CATIE/GTZ.

Maathai, W., 1988: The Green Belt Movement. Sharing the Approach and the Experiment. Nairobi: Environment Liaison Centre International.

Nair, P. K. R., 1993: An Introduction to Agroforestry. Dordrecht: Kluwer Academic Publishers.

Neue Zürcher Zeitung 1995: Kenyas Regierung erneut auf dem Prüfstand. Nr. 169, S. 3.

Nzioki, S., 1982: Kenya's People: Akamba. London: Evans Brothers.

O'Leary, M., 1984: The Kitui Akamba. Economic and Social Change in Semi-arid Kenya. London: Heinemann.

Ong, C. K., 1994: Alley Cropping – Ecological Pie in the Sky? Agroforestry Today, 6, 2: 8–10.

Pestalozzi, P., 1986: Historical and Present Day Agricultural Change on Mt. Kenya. In: Winiger, M., 1986: Mount Kenya Area. Contributions to Ecology and Socio-economy. Geographica Bernensia, Vol. A1, Berne.

Rao, M. R., Westley, S. B., 1989: Agroforestry for Africa's Semi-arid Zone. Experience from ICRAF's Field Station. Agroforestry Today, 1, 1: 5–11.

Rocheleau, D., 1987: Woman, Trees an Tenure: Implications for Agroforestry Research and Development. In: Raintree, J. B., 1987: Land, Trees and Tenure: Proceedings of an Imternational Workshop on Tenure Issues in Agroforestry. Nairobi: ICRAF.

Scherr, S. J., 1989: The Legislative Context for Agroforestry Development in Kenya. IUFRO Working Party S4. 08–03. In: Forstwissenschaftliche Beiträge, Fachbereich Forstökonomie und Forstpolitik, ETH Zürich, 6:171–194.

Teel, W., 1988: A Pocket Directory of Trees and Seeds in Kenya. Nairobi: Kengo.

Vandenbelt, R. J., 1990: Agroforestry in the Semiarid Tropics. In: MacDicken, K. G., Vergara, N. T., 1990: Agroforestry: Classification and Management. New York: John Wiley & Sons.

Warner, K., 1993: Patterns of Farmer Tree Growing in Eastern Africa: A Socioeconomic Analysis. Oxford Forestry Institute, Tropical Forestry Papers 27.

Costa Rica

Anmerkungen

1. Laurel: *Cordia alliodora*, vgl. Opler, Janzen, 1983, S. 219 ff.
2. Guácimo blanco: *Goethalsia meiantha*; Anonillo: *Rollinia microsepala*
3. *Quercus copeyensis, seemannii* und *costaricensis*
4. Biesanz 1987, S. 15
5. vgl. Utting 1993, S. 26
6. vgl. Butterfield 1994, S. 317
7. vgl. Ghimire 1993, S. 79
8. vgl. Utting 1993, S. 39
9. vgl. Kapp 1989
10. Nations, Komer 1987, S. 164; Pedroni, Flores Rodas 1992, S. 41
11. vgl. Anderson 1990, S. 9
12. Pedroni, Flores Rodas 1992, S. 35
13. vgl. Utting 1993, S. 4, Butterfield 1994, S. 322
14. Neue Zürcher Zeitung 1992, Nr. 152
15. Pedroni, Flores Rodas 1992, S. 38, S. 37; Neue Zürcher Zeitung 1992, Nr. 119
16. Pedroni, Flores Rodas 1992, S. 29
17. vgl. Budowski 1957
18. Poró: *Erythrina poeppigiana*, vgl. Fassbender 1994
19. vgl. z. B. Beer, Fassbender, Heuveldop 1987
20. Neue Zürcher Zeitung 1992, Nr. 146
21. Butterfield 1994, S. 319
22. McDade, Hartshorn 1994, S. 9
23. vgl. auch Uhl, Buschbacher, Serrão 1988
24. Balsa: *Ochroma lagopus*, Guarumo: *Cecropia spp.*
25. Für die aktuelle Diskussion der Vorstellungen über die Pflanzensukzession vgl. McDade, Hartshorn 1994, S. 67 ff.
26. McDade, Hartshorn 1994, S. 8
27. vgl. Gómez-Pompa, Vázques-Yanes, Guevara 1972
28. vgl. Jacobs 1988, S. 96
29. vgl. Sayer, McNeely, Stuart 1990
30. Brown, Lugo 1990, S. 4
31. Finegan 1992, S. 296
32. Howard 1995, S. 106
33. Howard 1995, S. 108
34. Neue Zürcher Zeitung 1992, Nr. 146
35. The Tico Times, 30.3.1990, S. 11
36. vgl. Blaser, Camacho 1991, S. 8
37. vgl. Berner, Stadtmüller 1988
38. vgl. Hutchinson 1988
39. aus der Beek, Sáenz 1992, S. ix
40. vgl. Berner 1991
41. zum Ausgleich von Nährstoffverlusten vgl. Weidelt 1993, S. 159
42. vgl. Stadtmüller, aus der Beek 1992
43. vgl. Hutchinson 1993; Finegan, Sabogal, Reiche, Hutchinson 1993
44. vgl. Kapp 1993, S. 13
45. Neue Zürcher Zeitung 1995, Nr. 66
46. Veillon 1976, S. 105; Veillon 1991; Veillon 1992
47. vgl. Lamprecht 1989, S. 61

Literatur

Anderson, A. B. (Ed.), 1990: Alternatives to Deforestation: Steps Toward Sustainable Use of the Amazon Rain Forest. New York: Columbia University Press.

aus der Beek, R., Sáenz, G., 1992: Manejo Forestal Basado en la regeneración Natural del Bosque: Estudio de Caso en los Robledales de Altura de la Cordillera de Talamanca, Costa Rica. Colección Silvicultura y Manejo de Bosques Naturales No. 6. Turrialba: CATIE.

Beer, J. W., Fassbender, H. W., Heuveldop, J., 1987: Advances in Agroforestry Research. Turrialba: CATIE/GTZ.

Berner, P., 1991: Short-term Monitoring of Girth Increment of High Altitude Oaks in Costa Rica. Implications for Natural Forest Management. In: Proceedings of the ATB Meeting San Antonio.

Berner, P., Stadtmüller, Th., 1988: Naturnaher Waldbau in Bergwäldern der feuchten Tropen: Erfahrungen, Probleme, Perspektiven. Schweizerische Zeitschrift für Forstwesen, 139, 12: 1031–1044.

Biesanz, R., K. Z., M. H., 1987: The Costa Ricans. San José: EUNED.

Blaser, J., Camacho, M., 1991: Estructura, Composición y Aspectos Silviculturales de un Bosque de Robles (Quercus spp.) del Piso Montano en Costa Rica. Colección Silvicultura y Manejo de Bosques Naturales No. 1. Turrialba: CATIE.

Brown, S., Lugo, A. E., 1990: Tropical Secondary Forests. Journal of Tropical Ecology, 6: 1–32.

Budowski, G., 1957: The Opening of Virgin Areas for Agriculture and Animal Husbandry and Some of its Implications. Turrialba: CATIE.

Butterfield, R. P., 1994: Forestry in Costa Rica: Status, Research Priorities, and the Role of La Selva Biological Station. In: McDade, L. A., Bawa, K. S., Hespenheide, H. A., Hartshorn, G. S., 1994: La Selva. Ecology and Natural History of a Neotropical Rain Forest. Chicago: The University of Chicago Press.

Fassbender, H.-W., 1994: Agroforstliche Produktionssysteme in Costa Rica. Nachhaltige produktion und Bodenschutz. Allgemeine Forstzeitschrift, 49, 26: 1440–1444.

Finegan, B., 1992: The Management Potential of Neotropical Secondary Lowland Rain Forest. Forest Ecology and Management, 47: 295–321.

Finegan, B., Sabogal, C., Reiche, C., Hutchinson, I., 1993: Los Bosques Húmedos Tropicales de América Central: Su Manejo Sostenible es Posible y Rentable. Revista Forestal Centroamericana, 2, 6: 17–27.

Ghimire, K. B., 1993: Linkages between Population, Environment and Development. Case Studies from Costa Rica, Pakistan and Uganda. Geneva: United Nations Research Institute for Social Development.

Gómez-Pompa, A., Vázques-Yanes, C., Guevara, S., 1972: The Tropical Rain Forest: A Nonrenewable Resource. Science, 177, 762–765.

Hutchinson, I. D., 1988: Points of Departure for Silviculture in Humid Tropical Forests. Commonwealth Forestry Revue, 67, 3: 223–230.

Hutchinson, I., 1993: Silvicultura y Manejo en un Bosque Secundario Tropical: Caso Pérez Zeledón, Costa Rica. Revista Forestal Centroamericana, 2, 2: 13–18.

Jacobs, M., 1988: The Tropical Rain Forest. Berlin, New York: Springer.

Kapp, G., 1989: Perfil Ambiental de la Zona Baja de Talamanca, Costa Rica. Turrialba: CATIE/GTZ/DFG.

Kapp, G., 1993: Entwicklungsorientierte Forschung – Bäuerliche Feuchtwaldwirtschaft in den Tieflandtropen Zentralamerikas. Entwicklung und ländlicher Raum, 27, 3: 11–16.

Lamprecht, H., 1989: Silviculture in the Tropics. Tropical Forest Ecosystems and Their Tree Species – Possibilities and Methods for Their Long-Term Utilisation. Eschborn: GTZ.

McDade, L. A., Hartshorn, G. S., 1994: La Selva Biological Station. In: McDade, L. A., Bawa, K. S., Hespenheide, H. A., Hartshorn, G. S., 1994: La Selva. Ecology and Natural History of a Neotropical Rain Forest. Chicago: The University of Chicago Press.

Howard, A. F., 1995: Price Trends for Stumpage and Selected Agricultural Products in Cosa Rica. Forest Ecology and Management, 75: 101–110.

Nations, J. D., Komer, D. I., 1987: Rainforests and the Hamburger Society. The Ecologist, 17, 4/5: 161–167.

Neue Zürcher Zeitung 1992: Wald als Unwert in Costa Rica. Nr. 119, S. 5.

Neue Zürcher Zeitung 1992: Costa Ricas Nationalparks: belagerte Inseln. Tourismus als ökologische Chance und Gefahr. Nr. 146, S. 5.

Neue Zürcher Zeitung 1992: Süss-saure Bananen für Costa Rica. Nr. 152, S. 5.

Neue Zürcher Zeitung 1995: Kohlenstoffbindung in Costa Ricas Wäldern. Finanzierung durch Swaps amerikanischer Luftverschmutzer? Nr. 66, S. 5.

Opler, P. A., Janzen, D. H., 1983: Cordia Alliodora (Laurel). S. 219–221. In: Janzen, D. H., Costa Rican Natural History. Chicago: University of Chicago Press.

Pedroni, L., Flores Rodas, J., 1992: Diagnostico Forestal Regional para Centro America y Propuestas de Trabajo. Bern: Intercooperation.

Sayer, J., Mc Neely, J. A., Stuart, S. N., 1990: The Conservation of Tropical Forest Vertebrates. In: Peters, G., Hutterer, R., 1990: Vertebrates in the Tropics, 407–419. Bonn: Museum Alexander Koenig.

Stadtmüller, T., Aus der Beek, R., 1992: Development of Forest Management Techniques for Tropical High Mountain Primary Oak-Bamboo Forest. Proceedings Oxford Conference on Tropical Forests, Voluntary Paper. Oxford.

The Tico Times 1990: Landless Farmers Threaten Remaining Forests. March 30, S. 11.

Uhl, C., Buschbacher, R., Serrão, E. A. S., 1988: Abandoned Pastures in Eastern Amazonia. 1. Patterns of Plant Succession. Journal of Ecology, 76: 663–681.

Utting, P., 1993: Trees, People and Power. Social Dimensions of Deforestation and Forest Protection in Central America. London: Earthscan.

Veillon, J.-P., 1976: Las Deforestaciones en los Llanos Occidentales de Venezuela desde 1950 hasta 1975. In: Hamilton, L. S., Steyermark, J., Veillon, J.-P., Mondolfi, E., 1976: Conservacion de los Bosques Humedos de Venzuela. Caracas: Sierra Club.

Veillon, J.-P., 1991: Los Bosques Naturales de Venezuela. Parte II: Los bosques xerófilos. Mérida: Universidad de los Andes, Instituto de Silvicultura.

Veillon, J.-P., 1992: Los Bosques Naturales de Venezuela. Parte III: Los bosques tropófitos. Mérida: Universidad de los Andes, Instituto de Silvicultura.

Weidelt, H.-J., 1993: Some Effects of Selective Logging on Forest Productivity and Ecology. In: Lieth, H., Lohmann, M., 1993: Restoration of Tropical Forest Ecosystems. Amsterdam: Kluwer.

Indonesien

Anmerkungen

1 vgl. Torquebiau 1984
2 Mary, Michon 1987, S. 52; Michon, Jafarsidik 1989, S. 63
3 Jackfrucht: *Artocarpus heterophyllus*; kalong: *Pteropus vampyrus*
4 Mary, Michon 1987, S. 51
5 Durian: *Durio zibethinus*; Duku: *Lansium domesticum*
6 de Foresta, Michon 1994, S. 13; vgl. Sayer 1995, S. 13
7 Cleary, Eaton 1992, S. 94
8 vgl. Colfer 1992, S. 73
9 Dove 1983, S. 86
10 Dove 1983, S. 91
11 Potter 1988, S. 129
12 Dove 1985, S. 2
13 Gillis 1988, S. 49
14 vgl. Nair 1993, S. 68 ff.
15 vgl. Peluso 1993
16 *Shorea macrophylla, seminis* und *splendida*, Whitmore 1975, S. 187
17 Dove 1993, S. 117
18 Jacobs 1988, S. 202; 225
19 Dove 1983, S. 94
20 *Eusideroxylon zwageri*
21 Potter 1988, S. 136
22 Potter 1988, S. 144
23 Peluso 1993, S. 6
24 Küchli 1982, S. 36; Tages-Anzeiger, 14. 9. 1989
25 Manning 1971, S. 43; Küchli 1982, S. 36
26 Gillis 1988, S. 50
27 Brookfield, Lian, Kwai-Sim, Potter 1990, S. 500
28 Tages-Anzeiger, 21. 4. 1990
29 vgl. Johnson, Dykstra 1978
30 Weidelt 1986, S. 23a
31 Gillis 1988, S. 50, Cleary, Eaton 1992, S.142
32 Gillis 1988, S. 56
33 Gillis 1988, S. 77
34 vgl. Cleary, Eaton 1992, S. 228
35 vgl. Jacobs 1988, S. 229
36 Huss, Sutisna 1993, S. 147
37 Garrity, Khan 1994, S. 28
38 vgl. Inoue, Lahjie 1990
39 Gillis 1988, S. 48
40 Inoue, Lahjie 1990, S. 282
41 vgl. Colfer 1982
42 Peluso 1993, S. 68
43 vgl. Colchester 1992, S. 8
44 vgl. Time 1992
45 vgl. Barber, Johnson, Hafild 1994, S. 70, 71
46 vgl. Cleary, Eaton 1992, S. 145; Brookfield, Lian, Kwai-Sim, Potter 1990, S. 503
47 vgl. Barber, Johnson, Hafild 1994, S. 41
48 Colfer 1992, S. 81
49 Barber, Johnson, Hafild 1994, S. 22
50 Brookfield, Lian, Kwai-Sim, Potter 1990, S. 503
51 Repetto 1990, S. 19
52 Goodland, Asibey, Post, Dyson 1991, S. 505
53 vgl. Barber, Johnson, Hafild 1994, S. 47, 43
54 Dove 1985, S. 26
55 Barber, Johnson, Hafild 1994, S. 48
56 vgl. Dudley, Stolton, Jeanrenaud 1995
57 Barber, Johnson, Hafild 1994, S. 23
58 vgl. Michon, de Foresta 1995
59 Mary, Michon 1987, S. 49
60 de Foresta, Michon 1994, S. 13
61 Rehm, Espig 1984, S. 226
62 Godoy 1990, S. 167
63 vgl. Freese 1994, S. 19
64 Michon, de Foresta 1995, S. 94
65 Weltwoche 1989, Nr. 51
66 Garrity, Khan 1994, S. 2
67 Michon, de Foresta 1995, S. 102
68 vgl. Colfer 1992, S. 75, 82
69 Bertault 1991
70 Bandy 1994, S. 2
71 vgl. Hutchinson 1986; Weidelt 1993
72 Huss, Sutisna 1993, S. 152, 153
73 pers. Schreiben von Willie Smits, Tropenbos-Kalimantan vom 17. 4. 1990
74 Bruenig 1993, S. 175
75 Poore, Sayer 1991, S. 50
76 vgl. Weidelt 1986, S. 11 und Whitten, Damanik, Anwar, Hisyam 1987, S. 286

Literatur

Bandy, D., 1994: From Indonesia. Slash and Burn – Update on Alternatives, 1, 3: 2.

Barber, C. V., Johnson, N. C., Hafild, E., 1994: Breaking the Logjam: Obstacles to Forest Policy Reform in Indonesia and the United States. Washington: World Resources Institute.

Bertault, J.-G., 1991: Quand la forêt tropicale s'enflamme. Bois et Forêts des Tropiques, No. 230: 5–14.

Brookfield, H., Lian, F. J., Kwai-Sim, L., Potter, L., 1990: Borneo and the Malay Peninsula. In: Turner, B. L. et. al., 1990: The Earth As Transformed by Human Action. Cambridge: University Press.

Bruenig, E. F., 1993: Research and Development Programme for Forestry in Sarawak: A Pilot Model Approach Towards Sustainable Forest Management and Economic Development. In: Lieth, H., Lohmann, M., 1993: Restoration of Tropical Forest Ecosystems. Amsterdam: Kluwer.

Cleary, M., Eaton, P., 1992: Borneo: Change and Development. Singapore: Oxford University Press.

Colchester, M., 1992: Sustaining the Forests: The Community-Based Approach in South and South-East Asia. Geneva: UNRISD.

Colfer Pierce, C. J., 1982: Kenyah Dayak Tree Cutting: In Context. In: Interaction Between People and Forests in East Kalimantan. Washington D. C.: Indonesia-U.S. Man and the Biosphere Project.

Colfer Pierce, C. J., 1992: Shifting Cultivators of Indonesia: Marauders or Managers of the Forest? Rice Production and Forest Use Among the Uma' Jalan of East Kalimantan. Rome: FAO

Dove, M. R., 1983: Theories of Swidden Agriculture an the Political Economy of Ignorance. Agroforestry Systems, 1: 85–99.

Dove, M. R., 1985: The Agroecological Mythology of the Javanese and the Political Economy of Indonesia. East-West Environment and Policy Institute, Reprint No. 84 of: Indonesia, No. 39, April 1985.

Dove, M. R., 1993: The Responses of Dayak and Bearded Pig to Mast-Fruiting in Kalimantan: An Analysis of Nature-Culture Analogies. In: Hladik, C. M. et al., 1993: Tropical Forests, People and Food: Biocultural Interactions and Applications to Develeopment. UNESCO Man and the Biosphere Series 13. Carnforth, New York: Parthenon.

Dudley, N., Stolton, S., Jeanrenaud, J.-P., 1995: Pulp Fact. The Environmental and Social Impacts of the Pulp and Paper Industry. Gland: WWF.

de Foresta, H., Michon, G., 1994: Agroforests in Sumatra. Where Ecology meets Economy. Agroforestry Today: 6, 4: 12–13.

Freese, C., 1994: The Commercial, Consumptive Use of Wild Species. Implications for Biodiversity Conservation. Interim Report. Gland: WWF International.

Garrity, D. P., Khan, A., 1994: Alternatives to Slash-and-Burn: a Global Initiative. Summary Report of a Workshop in Indonesia 1993. Nairobi: International Centre for Research in Agroforestry.

Gillis, M., 1988: Indonesia: Public Policies, Resource Management, and the Tropical Forest. In: Repetto, R., Gillis, M., 1988: Public Policies and the Misuse of Forest Resources. Cambridge: University Press.

Godoy, R., 1990: The Economics of Traditional Rattan Cultivation. Agroforestry Systems, 12:163–172.

Goodland, R. J. A., Asibey, E. O. A., Post, J. C., Dyson, M. B., 1991: Tropical Moist Forest Management: The Urgency of Transition to Sustainability. In: Constanza, R., 1991: Ecological Economics. The Science and Management of Sustainability. New York: Columbia University Press.

Huss, J., Sutisna, M., 1993: Conversion of Exploited Natural Dipterocarp Forests into Semi-natural Production Forests. In: Lieth, H., Lohmann, M., 1993: Restoration of Tropical Forest Ecosystems. Amsterdam: Kluwer.

Hutchinson, I. D., 1986: Improvement Thinning in Natural Tropical Forests: Aspects and Institutionalisation. In: Mergen, Vincent, 1986: Natural Management of Moist Forests. New Haven: Yale University.

Inoue, M., Lahjie, A. M., 1990: Dynamics of Swidden Agriculture in East Kalimantan. Agroforestry Systems, 12: 269–284.

Jacobs, M., 1988: The Tropical Rain Forest. Berlin, New York: Springer.

Johnson, N. E., Dykstra, G. F., 1978: Maintaining Forest Production in East Kalimantan. Tropical Forestry Research, ITCI (Weyerhaeuser).

Küchli, C., 1980: Holznutzungen und Forstwirtschaft in Indonesien. Schweiz. Z. Forstwes., 131, 6: 539–551.

Küchli, C., 1982: Feuer und kaltes Geld. Natur, München, Juli 1982.

Manning, C., 1971: The Timber Boom with Special Reference to East Kalimantan. Bulletin of Indonesian Economic Studies, 7, 3: 30–60.

Mary, F., Michon, G., 1987: When Agroforests Drive Back Natural Forests: A Socio-Economic Analysis of a Rice-Agroforest System in Sumatra. Agroforestry Systems, 5: 27–55.

Michon, G., Jafarsidik, D., 1989: *Shorea javanica* Cultivation in Sumatra – An Original Example of Peasant Forest Management Strategy. In: Bruenig, E. F., Poker, J., 1989 Management of the Tropical Rainforests – Utopia or Chance of Survival? Case Study 5, 59–67. Baden-Baden: Nomos.

Michon, G., de Foresta, H., 1995: The Indonesian Agro-Forest Model. In: Halladay, P., Gilmour, D. A., 1995: Conserving Biodiversity outside Protected Areas. Gland: IUCN.

Nair, P. K. R., 1993: An Introduction to Agroforestry. Dordrecht: Kluwer Academic Publishers.

Peluso, N. L., 1993: The impact of Environmental Change on Forest Management. A Case Study from West Kalimantan, Indonesia. Rome: FAO.

Poore, D., Sayer, J., 1991: The Management of Tropical Forest Lands. Ecological Guidelines. Gland, Switzerland: IUCN.

Potter, L., 1988: Indigenes and Colonisers: Dutch Forest Policy in South an East Borneo (Kalimantan) 1900 to 1950. In: Dargavel, J., Dixon, K., Semple, N., 1988: Changing Tropical Forests. Historical Perspectives on Today's Challenges in Asia, Australasia and Oceania. Canberra: Centre for Resource and Environmental Studies.

Rehm, S., Espig, G., 1984: Die Kulturpflanzen der Tropen und Subtropen. Stuttgart: Ulmer.

Repetto, R., 1990: Deforestation in the Tropics. Scientific American, 262, 4: 18–24.

Tages-Anzeiger 1989: Sie pflegen das Gärtchen und verholzen den Tropenwald – die Japaner und ihr Umweltschutz. 14. 9. 1989, S. 2.

Tages-Anzeiger 1990: «Tag der Erde» endlich auch in Japan begangen. Die Essstäbchen als Symbol für die Zertstörung der Regenwälder angeprangert. 21. 4. 1990, S. 2.

Time 1992: Empire of the Sons – and Daughter. February 3, 1992, S. 20–25.

Torquebiau, E., 1984: Man-Made Dipterocarp Forest in Sumatra. Agroforestry Systems, 2, 2: 103–127.

Weidelt, H.-J., 1986: Die Auswirkungen waldbaulicher Pflegemassnahmen auf die Entwicklung exploitierter Dipterocarpaceen-Wälder. Göttinger Beiträge zur Land-und Forstwirtschaft in den Tropen und Subtropen, Heft 19.

Weidelt, H.-J., 1993: Some Effects of Selective Logging on Forest Productivity and Ecology. In: Lieth, H., Lohmann, M., 1993: Restoration of Tropical Forest Ecosystems. Amsterdam: Kluwer.

Weltwoche 1989: Die Kunst, den Regenwald zu nutzen und zu schützen. Indonesien auf der Suche nach dem Ausgleich zwischen ökonomischem Wachstum und ökologischer Verantwortung. Nr. 51, S. 24–25.

Whitmore, T. C., 1975: Tropical Rain Forests of the Far East. Oxford: Clarendon Press.

Whitten, A.J., Damanik, J.A., Anwar, J., Hisyam N., 1987: The Ecology of Sumatra. Yogyakarta: Gadjah Mada University Press.

Brasilien

Anmerkungen

1. Subler, Uhl 1990, S. 154; Jordan 1991, S. 169
2. Anonymus 1967
3. *Platymiscium sp.* (Leguminosae)
4. *Erythrina poeppigiana,* vgl. Subler, Uhl 1990, S. 160
5. Subler, Uhl 1990, S. 158
6. *Malpighia sp.*
7. zur Diskussion um die präkolumbische Bevölkerungsgrösse vgl. Hecht, Cockburn 1989, S. 9
8. Roosevelt 1989, S. 45
9. Hecht, Cockburn 1989, S. 30
10. *Bactris gasipaës*, vgl. Balick 1985, S. 15
11. *Smilax spp.*
12. Hecht, Cockburn 1989, S. 61
13. vgl. Hemming, S. 489
14. vgl. z. B. Bahri 1992
15. *Bertholletia excelsa*, vgl. Mori, Prance 1990
16. vgl. Posey 1985
17. Balée 1989, S. 15; Oldeman 1988, S. 110, McNeely 1994, S. 12
18. Lescure, de Castro 1992, S. 37
19. vgl. Prance 1989
20. vgl. Pinton, Emperaire 1992, S. 695
21. vgl. Geffray 1992
22. vgl. Collier 1968
23. vgl. Santos 1980, S. 232
24. Santos 1980, S. 237; S. 212
25. vgl. Goodman 1988
26. Hecht, Cockburn 1989, S. 106
27. Kohlhepp 1980, S. 64
28. Goodman, Hall 1990, S. 5
29. Hecht 1989, S. 231
30. Hecht 1992, S. 8; Hecht 1989, S. 234
31. Hecht 1992, S. 15
32. vgl. Anderson 1990, S. 9; Neue Zürcher Zeitung 1992, Nr. 96; Dorner, Thiesenhusen 1992, S.11
33. Goodman 1988, S. 43
34. Goodman 1988, S. 49
35. de Souza Martins 1990, S. 252
36. vgl. Kohlhepp 1991, S. 89
37. Diegues 1992, S. 7
38. Goodman, Hall 1990, S. 9
39. de Souza Martins 1990, S. 255
40. Wagner 1990, S. 243
41. vgl. Sawyer 1990, S. 269
42. Wagner 1990, S. 232
43. Hecht, Cockburn 1989, S. 168
44. vgl. Allegretti 1990, S. 255 und Fearnside 1989b, S. 387
45. Hecht, Cockburn 1989, S. 183
46. Goodman, Hall 1990, S. 15
47. Fearnside 1989b, S. 391
48. vgl. Brown, Brown 1992 S. 131
49. vgl. Brown, Brown 1992 S. 132
50. Schultes 1980, S. 260
51. Balick 1985, S. 341
52. vgl. Burger 1991
53. Fearnside 1993, S. 541; Castriolo 1992, S. 97 gibt 415 215 km2 an
54. Fearnside, persönliche Mitteilung, 27.11.1993; vgl. auch Goodman, Hall 1990, S. 6
55. vgl. Fearnside 1990
56. Fearnside 1993, S. 542
57. Castriolo 1992, S. 104; 105
58. Mario Dantas, EMBRAPA Rio Branco, persönliche Mitteilung, 2.12.92
59. vgl. Denich, 1991
60. vgl. Uhl, Buschbacher, Serrão 1988
61. Sawyer 1990, S. 267
62. Fearnside 1989a, S. 61
63. vgl. Fearnside 1989a, S. 75, Burger 1991, S. 90
64. vgl. Reis Filho 1992
65. Mahagony: *Swietenia macrophylla*; Cedro: *Cedrela odorata*
66. Hecht, Cockburn 1989, S. 141
67. vgl. Barros, Uhl 1995

Literatur

Allegretti, M. H., 1990: Extractive Reserves: An Alternative for Reconciling Development and Environmental Conservation in Amazonia. In: Anderson, A. B. (Ed.), 1990: Alternatives to Deforestation: Steps Toward Sustainable Use of the Amazon Rain Forest. New York: Columbia University Press.

Anderson, A. B. (Ed.), 1990: Alternatives to Deforestation: Steps Toward Sustainable Use of the Amazon Rain Forest. New York: Columbia University Press.

Anonymus, 1967: Relatos Historicos da Cooperativa Agricola Mista de Tomé-Açu. Tomé-Açu: CAMTA.

Bahri, S., 1992: L'Agroforesterie, une alternative pour le développement de la plaine alluviale de l'Amazone. L'exemple de l'île de Careiro. Université de Montpellier.

Balée, W., 1989: The Culture of Amazonian Forests. In: Posey, D. A. & Balée, W., 1989: Resource Management in Amazonia: Indigenous and Folk Strategies. Advances in Economic Botany 7: 1–21. New York: The New York Botanical Garden.

Balick, M. J., 1984: Ethnobotany of Palms in the Neotropics. In: Prance, G. T.& Kallunki, J. A., 1984: Ethnobotany in the Neotropics. Advances in Economic Botany 1: 9–23. New York: The New York Botanical Garden.

Balick, M. J., 1985: Useful Plants of Amazonia: A Resource of Global Importance. In: Prance, G. T. & Lovejoy, T. E., 1985: Key Environments: Amazonia. Oxford: Pergamon Press.

Barros, C., Uhl, C., 1995: Logging Along the Amazon River and Estuary: Patterns, Problems and Potential. Forest Ecology and Management 77: 87–105.

Brown, Jr., K.S., Brown G.G., 1992: Habitat Alteration and Species Loss in Brazilian Forests. In: Whitmore, T.C., Sayer, J.A., 1992: Tropical Deforestation and Species Extinction. London: Chapman & Hall.

Burger, D., 1991: Land Use in the Eastern Amazon Region. In: Burger, D. et al., 1991: Studies on the Utilization and Conservation of Soil in the Eastern Amazon Region. Eschborn: Deutsche Gesellschaft für Technische Zusammenarbeit (GTZ).

Castriolo de Azambuja, M. C., 1992: The Bazilian Case. Tropical Forest – Victim of a Short-Sighted Policy? In: Linder, W. (Hsg.): Umweltzerstörung und Ressourcenverschwendung, Band 21 der Sozialwissenschaftlichen Studien für das Schweizerische Institut für Auslandsforschung Zürich. Zürich: Rüegger.

Collier, R., 1968: The River that God Forgot. The Story of the Amazon Rubber Boom. London: Collins.

Denich, M., 1991: Vegetation of the Eastern Amazon Region with Emphasis on the Vegetation Influenced by Man. In: Burger, D. et al., 1991: Studies on the Utilization and Conservation of Soil in the Eastern Amazon Region. Eschborn: Deutsche Gesellschaft für Technische Zusammenarbeit (GTZ).

de Souza Martins, J., 1990: The Political Impasses of Rural Social Movements in Amazonia. In: Goodman, D. & Hall, A., 1990: The Future of Amazonia. Destruction or Susainable Development? London: Macmillan.

Diegues, C., 1992: The Social Dynamics of Deforestation in the Brazilian Amazon. Geneva: UNRISD.

Dorner, P., Thiesenhusen, W. C., 1992: Land Tenure and Deforestation: Interactions and Environmental Implications. Geneva: UNRISD.

Fearnside, Ph. M., 1989a: Forest Management in Amazonia: the Need for New Criteria in Evaluating Development Options. Forest Ecology and Management, 27: 61–79.

Fearnside, Ph. M., 1989b: Extractive Reserves in Brazilian Amazonia. An Opportunity to Maintain Tropical Rain Forest Under Sustainable Use. BioScience, 39 (6): 387–393.

Fearnside, Ph. M., 1990: The Rate and Extent of Deforestation in Brazilian Amazonia. Environment Conservation, 17(3): 213–225.

Fearnside, Ph. M., 1993: Deforestation in Brasilian Amazonia: The Effect of Population and Land Tenure. Ambio, 22, 8: 537–545.

Geffray, Chr., 1992: La dette imaginaire des collecteurs de caoutchouc. Cah. Sci. Hum., 28 (4): 705–725.

Goodman, D., 1988: Agricultural Modernisation, Market Segmentation and Rural Social Structures in Brazil. In: Banck, G. & Koonings, K., 1988: Social Change in Contemporary Brazil. Amsterdam: CEDLA Latin American Studies 43.

Goodman, D. & Hall, A., 1990: The Future of Amazonia. Destruction or Sustainable Development? London: Macmillan.

Hecht, S. B., 1989: The sacred Cow in the Green Hell: Livestock and Forest Conversion in the Brazilian Amazon. The Ecologist, 19 (6): 229–234.

Hecht, S. & Cockburn A., 1989: The Fate of the Forest. Developers, Destroyers and Defenders of the Amazon. London, New York: Verso.

Hecht, S. B., 1992: The Logics of Lifestock and Deforestation: The Case of Amazonia. In: Downing, T. E. et al. (ed.), 1992: Development or Destruction. The Conversion of Tropical Forests to Pasture in Latin America. Boulder: Westview Press.

Hemming, J., 1978: Red Gold. The Conquest of the Brazilian Indians. Cambridge: Harvard University Press.

Jordan, C. F., 1991: Nutrient Cycling Processes and Tropical Forest Management. In: Gómez-Pompa, A., Withmore, T. C., Hadley, M., 1991: Rain Forest Regeneration and Management. Man and the Biosphere Series, Vol. 8. Paris: UNESCO.

Kohlhepp, G., 1980: Analysis of State and Private Regional Development Projects in the Brazilian Amazon Basin. Applied Geography and Development, 16: 53–79.

Kohlhepp, G., 1991: The Destruction of the Tropical Rain Forests in the Amazon Region of Brazil – an Analysis of the Causes and the Current Situation. Applied Geography and Development, 38: 87–109.

Lescure, J.-P. & de Castro, A., 1992: L'extractivisme en Amazonie centrale. Aperçu des aspects économiques et botaniques. Bois et forêts des Tropiques Nr. 231: 35–51.

McNeely, J. A., 1994: Coping with Change. People, Forests and Biodiversity. Gland: IUCN.

Mori, S. A. & Prance, G.T., 1990: Taxonomy, Ecology, and Economic Botany of the Brazil Nut (Bertholletia excelsa). Advances in Economic Botany 8: 130–150. New York: The New York Botanical Garden.

Neue Zürcher Zeitung 1992: Brasiliens Umweltkrise und der Gipfel von Rio. Das Auseinanderklaffen von Wort und Tat. Nr. 96, S. 7.

Oldeman, R. A. A., 1988: Tropical America. In: Jacobs, M., 1988: The Tropical Rain Forest. Berlin, New York: Springer.

Pinton, F. & Emperaire, L., 1992: L'extractivisme en Amazonie brésilienne: Un système en crise d'identité. Cah. Sci. Hum. 28: 685–703.

Posey, D. A., 1985: Indigenous management of tropical forest ecosystems: the case of the Kayapó indians of the Brazil Amazon. Agroforestry Systems 3: 139–158.

Prance, G. T., 1989: White Gold, The Diary of a Rubber Cutter in the Amazon 1906–1916, by John C. Yungjohann. Oracle: Synergetic Press.

Reis Filho, O., 1992: Photomicrogap-Acre Understory Harvesting System. Rio Branco: Eigenverlag.

Roosevelt, A., 1989: Resource Management in Amazonia before the Conquest: Beyond Ethnographic Projection. In: Posey, D. A. & Balée, W., 1989: Resource Management in Amazonia: Indigenous and Folk Strategies. Advances in Economic Botany 7: 1–21. New York: The New York Botanical Garden.

Santos, R., 1980: História Econômica da Amazônia (1800–1920). São Paulo: Queiroz.

Sawyer, D., 1990: The Future of Deforestation in Amazonia: A Socioeconomic and Political Analysis. In: Anderson, A.B. (ed.), 1990: Alternatives to Deforestation: Steps Toward Sustainable Use of the Amazon Rain Forest. New York: Columbia University Press.

Schultes, R. E., 1980: The Amazonia as a Source of New Economic Plants. Economic Botany, 33: 259–266.

Subler, S. & Uhl, Chr., 1990: Japanese Agroforestry in Amazonia. In: Anderson, A.B. (ed.), 1990: Alternatives to Deforestation: Steps Toward Sustainable Use of the Amazon Rain Forest. New York: Columbia University Press.

Uhl, C., Buschbacher, R., Serrão, E. A. S., 1988: Abandoned Pastures in Eastern Amazonia. 1. Patterns of Plant Succession. Journal of Ecology, 76: 663–681.

Wagner Berno de Almeida, A., 1990: The State and Land Conflicts in Amazonia 1964–1988. In: Goodman, D. & Hall, A., 1990: The Future of Amazonia. Destruction or Sustainable Development? London: Macmillan.

Thailand

Anmerkungen

1 Campbell 1935
2 Latham 1954, S. 504
3 vgl. Ramitanondh 1985
4 Nair 1993, S. 4
5 vgl. Nartsupha 1986
6 vgl. Ramitanondh 1985
7 Sricharatchanya 1987
8 vgl. Ramitanondh 1985
9 vgl. Küchli 1990
10 Kanwanich 1987; Sricharatchanya 1987; Callister 1992, S.71
11 vgl. Callister 1992, S. 43
12 Callister 1992, S. 70
13 Neue Zürcher Zeitung 1995, Nr. 192
14 Callister 1992, S. 72
15 vgl. Boonkird 1984
16 Hufschmid 1994
17 Amnuay Corvanich, persönliche Mitteilung, 18. November 1987
18 vgl. Arbhabhirama 1987
19 Leungaramsri, Rajesh 1992, S.70
20 Leungaramsri, Rajesh 1992, S. 178
21 vgl. Küchli 1990
22 Wittayapak 1996, S. 7
23 Erni 1996
24 Lynch, Talbott 1995, S. 10
25 Leungaramsri, Rajesh 1992, S. 57
26 Lohmann 1990, S. 13
27 Wittayapak 1996, S. 8

Literatur

Arbhabhirama, A., et al., 1987: Thailand Natural Resources Profile. Bangkok: Thailand Development Research Institute and National Environment Board.

Boonkird, S.-A., et al., 1984: Forest villages: an agroforestry approach to rehabilitating forest land degraded by shifting cultivation in Thailand. Agroforestry Systems, 2, 87–102.

Callister, D. J., 1992: Illegal Tropical Timber Trade: Asia-Pacific. Cambridge: Traffic International.

Campbell, R., 1986 (Reprint): Teak-Wallah. The Adventures of a young Englishman in Thailand in the 1920s. Singapore: Oxford University Press.

Erni, Ch., 1996: Neuer Plan zum Schutz von Thailands Wäldern. Neue Zürcher Zeitung, Nr. 76: 7.

Hufschmid, P. H., 1994: Ein Fall von Entwicklungshilfe. Zürich: Tages-Anzeiger, 2. 3. 1994.

Kanwanich, S., 1987: «Dark forces» killing forests. Bangkok Post, 15. 5. 1987.

Küchli, C., 1990: Teak, Tapioka und die Walddörfer in Thailand. Schweiz. Z. Forstwes., 141, 6: 463–477.

Latham, B., 1954: The growth of the Teak trade. Wood, 19: 371–373; 415–417; 451–453; 504–506.

Leungaramsri, P., Rajesh, N., 1992: The Future of People and Forests in Thailand after the Logging Ban. Bangkok: Project for Ecological Recovery.

Lohmann, L., 1990: Commercial Tree Plantations in Thailand: Deforestation by Any Other Name. The Ecologist, 20, 1: 9–17.

Lynch, O. J., Talbott, K., 1995: Balancing Acts: Community-Based Forest Management and National Law in Asia and the Pacific. Washington: World Resources Institute.

Nair, P. K. R., 1993: An Introduction to Agroforestry. Dordrecht: Kluwer Academic Publishers.

Nartsupha, C., 1986: The village economy in pre-capitalist Thailand. In: Phongphit, S. (Ed.), 1986: Back to the Roots. Village and Self-Reliance in a Thai Context. Bangkok: Rural Development Documentation Centre (RUDOC).

Neue Zürcher Zeitung 1995: Raubbau an Kambodschas Wäldern. Nr. 192, S. 5.

Ramitanondh, S., 1985: Socio-economic Benefits from Social Forestry: For Whom? (The Case of Northern Thailand). In: Rao, Y. S. et al., 1985: Community Forestry: Socio-economic Aspects. Bangkok: RAPA (FAO).

Sricharatchanya, P., 1987: Jungle Warfare. Far Eastern Economic Review, 17. 9. 1987.

Wittayapak, C., 1996: Forestry without Legal Bases: Thailands Experience. The Common Property Resource Digest No. 38: 7–8.

China

Anmerkungen

1. Richardson 1990, S. 274
2. Shu-Chun 1927, S. 565
3. Shu-Chun 1927, S. 568
4. Menzies 1992, S. 68
5. Needham 1971, S. 244
6. Lu Zan Shao, persönliche Mitteilung
7. Menzies 1992, S. 74
8. Wang Zhonghan, persönliche Mitteilung
9. Zhou Hong, persönliche Mitteilung
10. Vegetativ: ungeschlechtliche im Gegensatz zur sexuellen Vermehrung, bei der über Samen Pflanzen mit neuen Kombinationen des Erbguts entstehen
11. Zhou Hong, persönliche Mitteilung
12. Karner, Weisgerber 1988, S. 10
13. Scheuch, Scheuch 1987, S. 40
14. Ministry of Forestry 1992, S. 7
15. Ministry of Forestry 1992, S. 8
16. Peashrub, *Caragana spp.*
17. Ministry of Forestry 1986, S. 8
18. Ministry of Forestry 1992, S. 14
19. Ministry of Forestry 1986, S. 7
20. Yang Yuchou, Ministry of Forestry, Beijing, persönliche Mitteilung; Richardson 1990, S. 281
21. Weisgerber 1991, S. 1716
22. Karner, Weisgerber 1988, S. 2
23. Karner, Weisgerber 1988, S. 15
24. Time 10. 5. 93, S. 20, Smil 1996, S. 24
25. Weisgerber 1991, S. 1698
26. Klyszcz 1990, S. 19
27. Ministry of Forestry 1992, S. 2
28. Ministry of Forestry 1992, S. 3
29. vgl. Ministry of Forestry 1992
30. Ministry of Forestry 1992, S. 14
31. Ministry of Forestry 1992, S. 18
32. Qin Fengzhu 1986, S. 13

Literatur

Karner, L., Weisgerber, H., 1988: Chinesisch-deutsches Aufforstungsprojekt Jinshatan, Provinz Shanxi. Eschborn: GTZ.

Klyszcz, G., 1990: Die Einbindung der örtlichen Bevölkerung (Social Forestry) ist eingeleitet. Eschborn: GTZ PN 82.2021.2 – 03.200.

Menzies, N.K., 1992: Sources of Demand and Cycles of Logging in Pre-Modern China. In: Dargavel, J., Tucker, R., (Ed.), 1992: Changing Pacific Forests. Historical Perspectives on Forest Economy of the Pacific Basin.

Ministry of Forestry, Bureau of the «Three North» Protection Forest System, 1986: Work on the Project of «Three North» Protection Forest System Is Underway. Beijing: Ministry of Forestry.

Ministry of Forestry of the People's Republic of China, 1992: Forestry Development and Environmental Protection in China. Beijing: Ministry of Forestry.

Needham, J., 1971: Science and Civilisation in China, Vol. 4. Cambridge: University Press.

Richardson, S. D., 1990: Forests an Forestry in China. Washington: Island Press.

Qin Fengzhu, 1986: Forestry for Rural Development: China. In: Five Perspectives on Forestry for Rural Development in the Asia-Pacific Region. Bangkok: FAO, Regional Office for Asia and the Pacific (RAPA).

Scheuch E. K., Scheuch, U., 1987: China und Indien. Eine soziologische Landvermessung. Zürich: Interfrom.

Shu-Chun, Teng, 1927: The Early History of Forestry in China. Journal of Forestry, 25: 564–570.

Smil, V., 1994: Raubzug auf letzte Ressourcen. NZZ Folio, 11: 24–28.

Time, 10.5.1993.

Weisgerber, H., 1991: Forstliche Verhältnisse in der Volksrepublik China. Erste Ergebnisse deutsch-chinesischer Zusammenarbeit zur Wiederbewaldung des Landes. Holz-Zentralblatt, 117, 1696–1698; 1716–1718.

USA

Anmerkungen

1 Balls 1962, S. 59
2 vgl. Ulrich 1984
3 Seedling News 1994, S. 4
4 Incense Cedar
5 Pagel 1983, S. 26
6 Pagel 1983, S. 25
7 vgl. TreePeople 1990, S. 4
8 Jacobson 1977, S. 164
9 Miller, McBride, 1989, S. 66
10 vgl. Grulke, Miller 1994

Literatur

Balls, E. K., 1962: Early Uses of California Plants. Berkeley: University of California Press.

Grulke, N. E., Miller, P. R., 1994: Changes in gas exchange characteristics during the life span of giant sequoia: implications for response to current and future concentration of atmospheric ozone. Tree Physiology 14: 659–668.

Jacobson, J. S., 1977: The Effects of Photochemical Oxidants on Vegetation. VDI-Berichte 270 (1977).

Los Angeles Times, 1987: L. A. Gangs: Throat of a Nightmare. 9. Dezember, Part II, S. 7.

Miller, P. R., McBride, J. R., 1989: Trends of ozone damage to conifer forests in the Western United States, particularly Southern California. In: Bucher, J. B., Bucher-Wallin, I., 1989: Air Pollution and Forest Decline, p. 61–68. Birmensdorf: WSL

Moll, G., Gangloff, D., 1987: Urban Forestry in the United States. Unasylva, 39, 1: 36–45.

Pagel, A. A. 1983: Urban Relief: A Million Trees for Los Angeles. American Forests, March 1983.

Seedling News, 1994: Edison Plants Geo's 200,000th Tree. 16: 1, 4.

TreePeople with Andy and Katie Lipkis, 1990: The Simple Act of Planting a Tree. A Citizen Forester's Guide. Los Angeles: Tarcher.

Ulrich, R., 1984: View Through a Window May Influence Recovery from Surgery. Science, 224: 420–421.

Deutschland

Anmerkungen

1 Schmidtke 1981, S. 9
2 Schmidtke 1981, S. 34
3 vgl. Maier 1958, S. 217
4 Lowood 1991, S. 318
5 Quellen für Kapitel Flossholzhandel v. a.: Schrempp 1988; Wiemer 1988
6 vgl. Volk 1969, S. 39
7 Abetz 1955, S. 187
8 vgl. Gürth 1982, S. 33
9 Scheifele 1995, 235 ff.
10 Hasel 1985, S. 177
11 vgl. Schäfer 1992; Radkau, Schäfer 1987
12 Hasel 1977, S. 76
13 Hasel 1977, S. 78
14 vgl. Hockenjos 1993, Hockenjos 1994
15 vgl. Biolley 1980
16 Gürth 1982, S. 53
17 Prange 1989, S. 585; Allgemeine Forst Zeitschrift/Der Wald 1996, S. 237
18 vgl. Hockenjos 1993, S. 215
19 Mitscherlich 1953, S. 39
20 vgl. Küchli 1992, S. 64 ff.
21 Mitscherlich 1952, S. 10
22 Ott 1996, S. 177
23 vgl. Allgemeine Forst Zeitschrift 1995, S. 885
24 Forstdirektion Freiburg 1994

Literatur

Abetz, K., 1955: Bäuerliche Waldwirtschaft. Hamburg: Parey.

Allgemeine Forst Zeitschrift, 1995: Wir nehmen unsere Kleinheit nicht genau genug wahr. Baden-württembergischer Forstverein tagte in Villingen-Schwenningen, 16: 884–887.

Allgemeine Forst Zeitschrift/Der Wald 1996: Biodiversität und nachhaltige Forstwirtschaft. 51, 5: 236–243.

Biolley, H., 1980: Öuvre écrite. Beih. Z. Schweiz. Forstver., 66. 458 S.

Forstdirektion Freiburg, 1994: Schwarzwälder Tannenholz nach Japan exportiert. Pressemitteilung, 20. 12. 1994.

Gürth, P., 1982: Bestandesgeschichtliche Untersuchungen im mittleren Schwarzwald. Schriftenreihe der Badischen Forstlichen Versuchsanstalt, Band 57.

Hasel, K., 1977: Auswirkungen der Revolution von 1848 und 1849 auf Wald und Jagd, auf Forstverwaltung und Forstbeamte, insbesondere in Baden. Schriftenreihe der Badischen Forstlichen Versuchsanstalt, Band 50.

Hasel, K., 1985: Forstgeschichte. Hamburg: Parey.

Hockenjos, W., 1993: Die Wiederentdeckung des Femelwaldes. Auf forstgeschichtlicher Spurensuche im Bücherschrank eines badischen Forstamtes. Allg. Forst- u. J.-Ztg., 164, 12: 213–218.

Hockenjos, W., 1994: Naturgemässe Waldwirtschaft als Ideologie – Ursprung und Hintergründe einer Unterstellung. Der Dauerwald, Juli 1994: 24–33.

Küchli, C., 1992: Wurzeln und Visionen – Promenaden durch den Schweizer Wald. Aarau: AT.

Lowood, H. E., 1991: The Calculating Forester: Quantification, Cameral Science, and the Emergence of Scientific Forestry Management in Germany. In: Frängsmyr, T. et al., 1991: The Quantifying Spirit in the 18th Century. Berkeley: University of California Press.

Maier, K.-E., 1958: Oberwolfach. Die Geschichte einer Schwarzwaldgemeinde im Wolftal. Oberwolfach: Gemeindekanzlei.

Mitscherlich, G., 1952: Der Tannen-Fichten-(Buchen)-Plenterwald. Schriftenreihe der Badischen Forstlichen Versuchsanstalt, Heft 8.

Ott, W., 1996: Wald und Forstwirtschaft in Baden-Württemberg 1995. AFZ/Der Wald 51, 4: 172–177.

Prange, H., 1989: Entwicklung des Saatgutherkunftsgedankens. Allgemeine Forst Zeitschrift, 24–26: 585–588.

Radkau, J., Schäfer I., 1987: Holz. Ein Naturstoff in der Technikgeschichte. Reinbek: Rowohlt.

Schäfer, I., 1992: «Ein Gespenst geht um» – Politik mit der Holznot in Lippe 1750 – 1850. Detmold: Selbstverlag des Naturwissenschaftlichen und Historischen Vereins für das Land Lippe e. V.

Scheifele, M., 1995: Schwarzwälder Holzkönige als Industriepioniere im 18. Jahrhundert – Lebensbilder aus der Wirtschaftsgeschichte des Nordschwarzwaldes. Allgemeine Forst- und Jagdzeitung 166, 12: 235–241.

Schmidtke, H., 1981: Analyse einer Landschaftsveränderung, dargestellt am Beispiel des Wolftales im Mittleren Schwarzwald. Diplomarbeit, Institut für Landespflege und Weltforstwirtschaft, Universität Freiburg.

Schrempp, O., 1988: Die Flösserei in Wolfach. Erinnerungen an einen alten Berufsstand. In: Wolfach, Schwarzwaldstadt mit Tradition. Freiburg i. Br.: Rombach.

Volk, H., 1969: Untersuchungen zur Ausbreitung und künstlichen Einbringung der Fichte im Schwarzwald. Schriftenreihe Landesforstverwaltung Baden-Württemberg 28.

Wiemer, K.-P., 1988: Die Flösserei auf Mittel- und Niederrhein im 18. Jahrhundert. In: Keweloh, H.-W., 1988: Auf den Spuren der Flösser. Stuttgart: Theiss.

Wälder der Hoffnung?

Anmerkungen

1 vgl. Oldeman 1988, McNeely 1994
2 vgl. Küchli 1994
3 vgl. Küchli 1994
4 vgl. Oldeman 1988

Literatur

Küchli, Ch., 1994: Die forstliche Vergangenheit in den Schweizer Bergen: Erinnerungen an die aktuelle Situation in den Ländern des Südens. Schweiz. Z. Forstwes. 145, 8: 647–667.

McNeely, J. A., 1994: Coping with Change. People, Forests and Biodiversity. Gland: IUCN.

Oldeman, R. A. A., 1988: Tropical America. In: Jacobs, M., 1988: The Tropical Rain Forest. Berlin, New York: Springer.